KNAUR

*Im Knaur Taschenbuch Verlag sind bereits
folgende Bücher der Autorin erschienen:*
Alles, was bleibt
Ein Sommer wie dieser

Über die Autorin:
Annette Hohberg hat Linguistik, Literaturwissenschaften und Soziologie studiert. Heute arbeitet sie als Journalistin. Auf die Frage, woher sie die Inspirationen für ihre Romane hole, sagte sie mal: »Ich lebe!«. Die Schriftstellerin lebt in München, fühlt sich aber überall auf der Welt zu Hause. Was immer dabei sein muss: gute Bücher und gute Musik.

ANNETTE HOHBERG

DAS UNENDLICHE BLAU

Roman

Besuchen Sie uns im Internet:
www.knaur.de

Vollständige Taschenbuchausgabe Februar 2015
Knaur Taschenbuch
© 2013 Knaur Verlag
Ein Unternehmen der Droemerschen Verlagsanstalt
Th. Knaur Nachf. GmbH & Co. KG, München
Alle Rechte vorbehalten. Das Werk darf – auch teilweise –
nur mit Genehmigung des Verlags wiedergegeben werden.
Umschlaggestaltung: ZERO Werbeagentur, München
Umschlagabbildung: © plainpicture/Gallery Stock/Richard Hendry
Druck und Bindung: CPI books GmbH, Leck
ISBN 978-3-426-51416-0

2 4 5 3 1

Für Alex

1

Es ist wohl dieser Satz gewesen. Dieser eine Satz. Gedankenlos hingeworfen, wie man das mit Sätzen manchmal so macht, nur um irgendwas zu sagen. Eine alte Freundin ihrer Mutter ist es, die ihn ein wenig betrunken auf den Tisch knallt: »Carpe diem ist eine Einstellung, die sich heute niemand mehr leisten kann.«

Dort liegt er dann, der Satz, zwischen Brotkrümeln und Rotweinflecken und Salzstreuern, zunächst unbemerkt, bis ihre Mutter ihn mit einem »Wie meinst du das?« vorsichtig aufliest.

Sie beherrscht das gut, dieses leicht lauernde Nachfragen, das Antworten verlangt, Ausflüchte nicht zulässt. Damit hat sie ihren Mann vor Jahren in die Kapitulation getrieben; sie wollte zu viel wissen von ihm, und sie bekam, was sie wissen wollte. Heute, an ihrem fünfzigsten Geburtstag, hat er einen Blumenstrauß geschickt und eine Karte, auf der er ihr viel Glück wünscht. Ihre Mutter hat die Blumen wortlos in einen kleinen Eimer in der Küche gestellt und neben der Spüle stehen lassen. Es sind rote Rosen, die einen merkwürdigen Kontrast zu dem schmutzigen Geschirr bilden, das sich dort im Laufe des Abends angesammelt hat.

Lina hat sich vorgenommen, mit ihrem Vater zu reden. Man darf seine Frau nicht nach Strich und Faden betrügen und ihr elf Jahre später rote Rosen schicken.

Und nun sitzt ihre Mutter da, hält ihre eben gestellte Frage in der Hand wie etwas, das leicht zu Bruch gehen kann. Eine Frage wie hauchdünnes Glas. »Was meinst du damit?«

Das leise Vibrieren in ihrer Stimme löst etwas aus, das man sonst nur aus Konzertsälen kennt – ein Abebben der Gespräche, sobald der Dirigent den Taktstock hebt, hier und da noch ein Räuspern, ansonsten pure Aufmerksamkeit.

Die Menschen am Tisch sehen zu ihrer Mutter. Viele Freunde aus fünf Jahrzehnten, einige Kollegen aus Redaktionen, wenige Verwandte.

»Ach, ich meine ja nur … Wer kann denn schon tun, was ihm gefällt?«, versucht die Freundin abzuwiegeln. Es liegt Wohlwollen in der Art, wie sie das sagt. Dieser versöhnliche Schulterschluss-Tonfall, in den Betrunkene gern mal überwechseln und die Konsonanten dabei nicht mehr ganz zu fassen bekommen.

»Wir sind doch alle nur Feiglinge …«, entgegnet ihre Mutter, und die sechs Worte sind scharf wie hauchfeine Klingen, die bei der kleinsten Berührung Verletzungen hinterlassen.

»Martha, bitte, was ist in dich gefahren?«

»… kleingeistige, ängstliche, verklemmte Feiglinge, stets darauf bedacht, nicht von der Spur abzukommen. Immer schön vollkaskoversichert gegen das Leben.«

»Was wird das hier?«, mischt sich ein Kollege ihrer Mutter ein. »Klassischer Fall von Midlife-Krise, würde ich sagen …« Er lacht. Ein kurzes, verlegenes Lachen, das sich nicht ganz aus der Deckung traut.

»Carpe diem ist immer eine Option«, schneidet Martha ihm das Wort ab. »Wer aufhört, daran zu glauben, kann sich gleich einen Sarg bestellen.«

Die Freundin beugt sich vor, als wollte sie Martha damit näher kommen, eine Brücke bauen. »Aber es gibt Pflichten. Es gibt Verantwortung. Es gibt ...«

»Und das erzählst du *mir*?«, unterbricht Martha sie. »Mir, die Lina allein durch Pubertät, Abi und Studium gebracht hat? Die jedes Wochenende im Pflegeheim verbringt, um Papa den Hintern abzuwischen? Die sich im Job vierteilt, um wenigstens die laufenden Kosten begleichen zu können? Mir erzählst *du* was von Verantwortung?«

Lina sieht ihre Mutter fassungslos an. Ihre Mutter, die es nicht leiden kann, wenn jemand die Beherrschung verliert. Ihre Mutter, die lieber die Tür hinter sich schließt, statt ein Wort zu viel zu sagen. Ihre Mutter, die selbst bei der Scheidung das bewahrte, was ihr alle hoch angerechnet hatten: Contenance.

Lina spürt, wie ihre eigene Verwirrung auch die anderen am Tisch erfasst, ein unbekanntes Virus, das sich sekundenschnell ausbreitet und gegen das keiner hier so schnell ein Gegenmittel parat hat.

Sie greift nach der Hand ihrer Mutter, drückt die vertrauten dünnen Finger.

Martha sieht auf, als hätte jemand sie wachgerüttelt. Streicht sich mit der freien Hand das Haar aus dem Gesicht. Dunkelblondes schulterlanges Haar, ohne Spuren von Grau. Wie ein junges Mädchen wirke sie, hat vorhin einer der Gäste gesagt. Sie trägt ein schwarzes Kleid heute, eines mit Stickereien am Ausschnitt. Dazu etwas Silberschmuck. Die Uhr ist ein altes Geschenk ihres Mannes. Eine Art vorwegnehmender Wiedergutmachungsversuch vor fünfzehn Jahren, als die Ehe noch keine Brüche, sondern gerade mal feine Sprünge gezeigt hatte. Martha hat nie aufgehört, die Uhr anzulegen; in solchen Dingen ist sie pragmatisch.

Jetzt wirft sie ihren graublauen Blick der Tochter zu, lässt ihn dort für Momente nach Ankerpunkten suchen, während ihre Hand noch immer in Linas liegt, zart und ein wenig kälter als sonst.

»Entschuldigt, bitte«, flüstert sie.

Als sie die Finger löst, zuckt sie kaum merklich mit den Schultern. »Entschuldigt«, sagt sie noch einmal, etwas lauter diesmal.

Und dann steht sie vom Tisch auf wie in Zeitlupe. Sie geht Richtung Tür. Ihr »Bin gleich wieder da« nimmt sie mit.

Das Letzte, was Lina von ihrer Mutter sieht, ist die wippende Bewegung des schwarzen Kleides.

Marthas Kollege, der mit der Bemerkung über die Midlife-Krise, fragt nach einer guten halben Stunde als Erster, wo die Gastgeberin eigentlich sei.

Da zuckt Lina noch mit den Schultern und setzt ihr Gespräch mit einem alten Freund ihrer Mutter fort. Ein Gespräch über ihr Studium. Sie hat vor, hier auszuziehen und für ein Jahr ins Ausland zu gehen. Paris oder Rom oder Barcelona, so genau weiß sie das noch nicht. Sie weiß nur, dass sie wegwill. Weg aus dem Elternhaus, das als Nest ausgedient hat. Sie lebt ganz gern mit ihrer Mutter. Sie haben eine Art Nichtangriffspakt geschlossen, die großen Schlachten sind geschlagen, jetzt regiert auf beiden Seiten freundliche Nachsicht. Und trotzdem weiß Lina, dass es Zeit wird. Zeit, ihre Sachen zu packen.

Als sie kurz darauf aufsteht und in die Küche geht, sehen die Rosen ihres Vaters sie an. Es sind teure Rosen, solche, die nicht auf einen Fingerdruck hin nachgeben. Er ist schon immer großzügig gewesen in diesen Dingen; manchmal hat ihre Mutter ihn verschwenderisch genannt, nicht ohne dabei zu lächeln. Es ist ein verstecktes Lächeln gewesen, eines, von dem Lina ahnt, dass Martha Männer damit um den Verstand bringen kann. Aber sie hat nie viel Gebrauch davon gemacht. Sie hat ihren Job als Journalistin erledigt und ist auf Pressereisen früh zu Bett gegangen. Sie hat sich um Lina gekümmert. Und um ihren alten Vater, der jetzt in einem Heim lebt und weder Tochter noch Enkelin mehr erkennt.

Martha hat all das nahezu klaglos getan; nur hin und wieder hat Lina sie spätabends mit einem Glas Rotwein auf dem Sofa sitzen sehen, und sie hat gewusst, dass es nicht das erste Glas gewesen ist. In diesen Momenten hat ihre Mutter sie hineinsehen lassen in den Raum, den sie sonst so sorgsam hinter dicken Läden verschließt. Sie macht nicht viel Aufhebens um sich; manchmal glaubt Lina, sie ist deswegen eine so gute Journalistin. Eine, die für ihre Porträts und Interviews und Reportagen viel Anerkennung bekommen hat. Eine, der man gern Aufträge gibt. Einen Röntgenblick besitze sie, behaupten manche, und trotzdem bringt sie den Menschen Empathie entgegen. Keiner kann sich dem entziehen.

»Mami?«, ruft Lina in den Flur hinein.

Die Wände, an denen Fotos aus fünf Jahrzehnten hängen, werfen die Frage zurück.

Sie läuft die Treppe hinauf, dort, wo die Schlafzimmer und das Büro ihrer Mutter liegen. Die Türen stehen offen. Lina blickt auf ordentlich gemachte Betten und auf einen weniger ordentlichen Schreibtisch.

»Mami?« Ihre Stimme hat nun einen alarmierten Unterton.

Sie klopft an die Badezimmertür und öffnet sie, als sie keine Antwort bekommt. Sieht auf Zahnputzgläser, Cremetöpfe, Haarbürsten, spärlich beleuchtet von der Straßenlaterne vor dem Fenster.

Lina setzt sich auf den Badewannenrand, spürt den Rotwein, den sie getrunken hat. Und sie spürt noch etwas. Ein Gefühl, das sich in ihren Eingeweiden formiert wie eine zu allem entschlossene Armee. Angst. Sie kann diese Angst nicht mehr in ihre Schranken weisen; binnen Sekunden wird jeder Winkel ihres Körpers davon besetzt.

Sie weiß nicht, wie lange sie dort sitzt, weil Sekunden und Minuten in diesem nächtlichen Badezimmer die Konturen verlieren. Sie weiß nur, dass sie irgendwann nach ihrem Handy sucht. Sie wählt die Nummer ihrer Mutter. Und dann hört sie den vertrauten Klingelton. Er kommt von nebenan, aus Marthas dunklem Schlafzimmer. Ihre Mutter geht nie ohne ihr Handy irgendwohin. Niemals.

Als Lina in die Garage läuft, um nach dem Auto zu sehen, ahnt sie bereits, was sie erwartet: Der alte Lancia ist verschwunden.

Ihr Blick irrt umher, findet schließlich das Schlauchboot, mit dem sie und ihre Eltern früher auf dem Plöner See herumgepaddelt waren. Irgendjemand hat es vor Jahren dort an die Wand gehängt, und seitdem hat sich keiner mehr darum gekümmert. Ein Stück aus einem Leben, dem die Luft ausgegangen ist, ohne dass es einer bemerkt hat.

Was sag ich jetzt den Gästen?, fährt es Lina durch den Kopf. Und im nächsten Moment entschließt sie sich zur

Lüge. Sie wird erklären, ihrer Mutter sei nicht wohl gewesen, sie habe sich hingelegt. Sie wird um Entschuldigung bitten und sich von allen verabschieden, als sei nichts geschehen.

Es ist einfacher als erwartet. Einige reagieren verwundert, andere besorgt, doch niemand hakt weiter nach. Die meisten greifen nach Jacke, Autoschlüssel, Handy, bedanken sich und wünschen eine gute Nacht.

Die Uhr in der Küche zeigt zwei Uhr morgens, als Lina das letzte Geschirr in die Spüle räumt. Die Rosen stehen etwas schief in ihrem Eimer; Martha hat noch nicht mal das Bastband aufgeschnitten, das den Strauß zusammenhält. Wie zum Trotz beginnen vier Blumen bereits, sich zu öffnen.

Lina fährt mit den Fingern über das blühende Rot. Dann ruft sie ihren Vater an.

Er klingt verschlafen und etwas ärgerlich.

Sie geht darüber hinweg. »Mami ist verschwunden«, sagt sie, und ihre Stimme zittert dabei. Wie ihre Hände, die noch immer die Rosen streicheln.

2

»Könnten Sie mir Feuer geben?«
Martha sah hoch. Die Frau, die vor ihr stand, war klein, dünn, fast hager. Sie hatte lange dunkle Haare, die sie mit einer schnellen Bewegung in den Nacken warf. Alles an ihr wirkte schnell, auch der Blick, mit dem sie sich von ihrem Gegenüber eine erste Rohzeichnung machte – ein Skizzen-Blick, in dem sie ein Zwinkern versteckte, kaum wahrnehmbar, doch Martha fand es, hob es auf und gab ihr ein Lächeln zurück.

»Natürlich.« Sie griff neben sich nach dem Feuerzeug, drehte zweimal an dem Rädchen und schützte die Flamme mit der anderen Hand, während die Frau an ihrer Zigarette zog.

»Danke.« Sie inhalierte kurz und blies den Rauch aus. »Sie kommen aus Deutschland?« Sie zeigte auf das Buch, das neben Martha auf dem Boden lag.

»Ja, aus der Nähe von Hamburg. Und Sie?«

»Aus Bologna. Bin für zwei Tage zu Besuch bei meinen Eltern hier in Triest.«

»Sie sprechen gut Deutsch.«

»Meine Mutter ist Österreicherin.«

»Aha, daher der Akzent.«

»Ja, ja, das Wienerische ...« Sie zeigte auf die Steinbank, auf der Martha saß. »Darf ich?«

»Gern. Ich bin sowieso allein.«

Die Frau setzte sich, wobei sie ein Knie anwinkelte und den linken Fuß ganz nah zu sich heranzog. Sie trug enge Jeans und Chucks. Dazu ein schwarzes verwaschenes Shirt, dessen Ärmel sie hochgekrempelt hatte. Martha sah braungebrannte muskulöse Arme. Sie schätzte die Frau auf Anfang vierzig. Das Gesicht kam mit wenig Make-up aus; es gibt diese Gesichter, die das nicht nötig haben.

Einige Momente schwiegen beide, sahen auf das Meer, das graugrün gegen die große Mole schwappte. Es war ein fast selbstverständliches Schweigen, das sich mit dem Plätschern des Wassers verband und Raum ließ für das, was um sie herum passierte. Für die alten Männer, die ihre Angeln auswarfen, und die jungen Kerle, die ihre Oberkörper bräunten. Für die alten Frauen, die bunte Handtaschen spazieren führten, und die jungen Mädchen, die Mathematikaufgaben in kleinkarierten Heften lösten. Für die Boote der Guardia Costiera, die an der Mole nebenan starteten und mit Höchstgeschwindigkeit vorbeidieselten. Für die Möwen, die nach Fischen Ausschau hielten. Die Sonne spielte am Himmel Verstecken mit den Wolken, doch immer wenn sie hervorkam, wärmte sie die Steine, auf denen die Menschen saßen und redeten und schauten und es genossen, dass sich die Luft an diesem Nachmittag im Mai bereits ein wenig nach Sommer anfühlte.

»Was machen Sie in Triest?«, fragte die Frau neben Martha und drückte ihre Zigarette an der Steinbank aus.

»Ich hatte heute ein Interview mit einem deutschen Krimiautor, der hier lebt.«

»Sie sind Journalistin?«

»Ja.«

»Für wen schreiben Sie?«

»Verschiedene Magazine. Einige Frauenzeitschriften darunter. Ich arbeite frei.«

»Sicher nicht ganz leicht.«

»Na ja, ich mach das schon seit vielen Jahren. Da hat man seine Kontakte.«

»Mein Bruder schreibt auch.« Sie lächelte, während sie das sagte.

»Und was schreibt er?«

»Romane, die nie fertig werden. Ein Meister der unvollendeten Werke.«

Martha lachte. »Davon kann man schlecht leben.«

»Tut er auch nicht. Aber er versucht, die Dinge entspannt zu sehen.«

»Lebenskünstler?«

»Ist so ein abgegriffenes Wort.«

»Da haben Sie recht.«

»Er ist mehr als das. Ich erzähle Ihnen eine Geschichte, einverstanden?«

»Ich mag Geschichten.«

»Also, als Kinder hatten wir ein Spiel, mein Bruder und ich. Wir spielten Beerdigung. Wir dachten uns eine Person aus, die wir kannten, und stellten uns vor, sie sei gestorben. Unsere Lehrerin, den Padre, die dicke Fischverkäuferin, bei der unsere Mutter freitags die Sardinen kaufte ...« Sie nahm sich noch eine Zigarette und griff nun selbst nach dem Feuerzeug.

»Mein Bruder hielt wunderbare Grabreden«, fuhr sie fort. »Er erfand unglaubliche Lebensgeschichten, und sie gingen immer gut aus. Im Gegensatz zu seinen Romanen heute hatten sie wenigstens einen Schluss, er verzierte sie alle mit einem Happy End. Eigentlich wollten wir ja die Leute nur beerdigen, weil man da so viele tolle Sachen über jemanden erzählen konnte und weil es hinterher Hefezopf mit Rosinen gab, wie bei dem echten Begräbnis unseres Großvaters. Wir kauften also in der Bäckerei von unserem Taschengeld alle paar Wochen Hefezopf, und dann konnte die Zeremonie beginnen. Unsere Toten waren kleine Figuren aus Knetmasse, die wir in Streichholzschachteln legten und in unserem Vorgarten vergruben. Mein Bruder hielt die Rede, und ich tat, als ob ich weinen würde, manchmal weinte ich auch wirklich. Und danach gab's den Hefezopf. Heute gehe ich hin und wieder an dem Haus hier in Triest vorbei, in dem wir aufgewachsen sind. Der Garten existiert noch, aber keiner weiß, dass es ein kleiner Friedhof ist.«

Martha lächelte.

»Merkwürdig«, sagte die Frau neben ihr. »Ich habe diese Geschichte noch nie jemandem erzählt.«

»Es ist eine schöne Geschichte. Manchmal denke ich mir, wenn man etwas über einen Menschen erfahren will, muss man nur nach den Spielen fragen, die er als Kind gespielt hat.«

»Haben Sie Kinder?«

»Ja, eine Tochter.«

»Wie alt ist sie?«

»Anfang zwanzig.«

»Sind Sie verheiratet?«

»Geschieden. Lina, meine Tochter, ist bei mir aufgewachsen. Aber das ist wieder eine andere Geschichte … Keine so schöne übrigens.«

»Verstehe.« Die Frau streckte ihre Hand aus. »Ich bin Francesca.«

»Und ich bin Martha.«

Sie hatten beide einen festen Händedruck. Und als sie aufstanden und zwischen den Menschen auf der Mole Richtung Piazza dell'Unità zurückliefen, hatten sie bereits beschlossen, den Rest des Tages gemeinsam zu verbringen.

Sie lächelten synchron, als sie in einem Café auf dem großen Platz eine Schulklasse sahen. Die Kinder mochten sechs oder sieben Jahre alt sein, sie hatten alle Sessel besetzt und aßen wahlweise Schoko- oder Vanilleeis, während sie die Füße baumeln ließen. Eine Gesellschaft en miniature, die sich dort niedergelassen hatte, wo sonst Geschäftsleute mit ihren Handys und Touristen mit ihren Kameras saßen.

»In dem Alter schmeckt das Leben noch süß«, sagte Martha.

»Das kann es in jedem Alter«, erwiderte Francesca.

Es wurde, was Martha später einen denkwürdigen Tag nannte. Sie tat, was sie sonst nicht tat: Sie redete über sich. Erzählte dieser Frau von ihrer Arbeit, ihren Sorgen um den alten, kranken Vater, ihren zurückliegenden Kämpfen mit der Tochter.

Francesca begleitete alles mit ihrem wachen, schnellen Blick, um irgendwann wieder von sich zu sprechen. Sie sei Lehrerin in einem Kulturinstitut, bringe Menschen aus aller Welt Italienisch bei. Woche für Woche kämen Leute in ihre Klasse, um sich von ihr erklären zu lassen, dass ihre Sprache wunderschön, aber keinesfalls logisch sei. Dass Ungereimtheiten das gewisse Etwas, sozusagen das Salz in der Minestrone seien. Sie grinste, als sie das sagte, und Martha ahnte, dass sie diesen Vergleich öfter anbrachte. Besonders Männer aus Amerika und England täten sich schwer mit dem weichen italienischen Singsang, erklärte

Francesca; mit den Italienerinnen dagegen täten sie sich um einiges leichter.

Ob sie verheiratet sei, fragte Martha.

Francesca schüttelte den Kopf. Ein paar Beziehungen habe es gegeben, sie habe sogar mal versucht, mit einem Mann zusammenzuleben, aber sie sei wohl nicht für die Zweisamkeit geschaffen. Zu viele Kompromisse, zu viele Einschränkungen, zu viele Konditionalsätze.

Martha zuckte zusammen, als Francesca ein paar Sätze mit »se« beginnend auf Italienisch durchdeklinierte. *Wenn ich …, wenn du …, wenn wir …* Und während sie von der Piazza in eine der kleinen Seitenstraßen abbogen, machten ihre Gedanken kurz halt. Wie oft hatte sie sich selbst an diesen Phrasen abgearbeitet. Hatte sie zur Grammatik ihres Lebens gemacht und sich dabei immer mehr aus dem Blick verloren. Wenn ich mich ändere … Wenn du diese andere Frau verlässt … Wenn wir es noch mal miteinander versuchen … Was war übrig geblieben von diesem Möglichkeiten-Roulette, für das man Selbstverleugnung als Spielgeld einsetzte? Ein Zustand, der sich irgendwann im Mittelfeld eingependelt hatte – wohltemperiert, nicht kalt genug für ein Kopfüber ins eisige Wasser, nicht heiß genug, um sich das Herz zu verbrennen. Martha war eine nicht unzufriedene Frau – auch so eine grammatikalische Konstruktion, die sich in der Nicht-Festlegung gefiel. Die doppelte Verneinung als Daseinsform. Ja, doch, es gab sie, die Momente, in denen sie nichts vermisste; es waren nicht viele, aber sie waren da. Das musste genügen, sagte sie sich immer wieder. Sie hatte Freunde, die sie schon lange begleiteten, einen Beruf, den sie mochte, eine Tochter, die sie liebte.

Keine Frage, unterbrach Francesca ihre Gedanken. Sie möge Männer, aber mit einer Wohnungstür zwischen sich und ihnen. Einer Wohnungstür, die man abschließen könne, wenn einem danach sei.

Martha dachte, dass ihr diese Erkenntnis erst gekommen war, als ihre Ehe bereits in Scherben lag. Und plötzlich musste sie darüber lachen. Sie hatte noch nie darüber gelacht.

Die beiden Frauen waren jetzt wieder am Hafen. Prachtbauten standen da, fein aufgereiht wie herausgeputzte Musterschülerinnen, mit großen Fenstern, aus denen sich seit Jahrhunderten der freie Blick aufs Meer bot.

Sie amüsierten sich darüber, dass die Boote, die hier lagen, fast ausnahmslos Frauennamen trugen. Es liege wohl daran, dass es so wenig Bootsbesitzerinnen gebe, meinte Martha, und sie begannen, sich Geschichten zu »Elvira«, und »Rosa« und »Milena« auszudenken. Sie merkten, dass sie beide gut im Ausdenken von Geschichten waren.

Martha staunte, wie mit dieser Frau auf einmal Leichtigkeit in ihren Nachmittag gekommen war. Bis vor zwei Stunden hatte sie noch geglaubt, sie würde ihren letzten Tag hier allein mit ihrer mäßigen Laune verbringen, ein bisschen herumlaufen, vielleicht noch irgendwo eine Kleinigkeit essen und dann im Hotel ihre Sachen für den Rückflug morgen packen. Alles abspulend mit der Routine unzähliger Dienstreisen.

»Lust, ins Aquarium zu gehen?«, fragte Francesca und deutete auf einen kleinen altmodischen Backsteinbau.

Martha konnte sich nicht erinnern, wann sie das letzte Mal ein Aquarium besucht hatte, aber es musste zu einer Zeit gewesen sein, als Aquarien noch keine durchgestylten Unterwasser-Erlebniswelten waren, sondern so wie dieses hier. Träge vor sich hin dümpelnde Fische zwischen künstlich aufgebauten Korallen- und Felslandschaften, müde beleuchtet von einem Licht, das in der schummrigen Atmosphäre der engen Räume so etwas wie Orientierung bot. Bunte Gefangene, die sich ihre Nasen und Münder an dem dicken, gewölbten, die Perspektive verzerrenden Glas platt drückten, als wollten sie sich ansehen, wer da zu ihnen hereinschaute, um sich dann mit einem gleichmütigen Schlagen der Flossen wieder abzuwenden.

»Wir kamen oft als Kinder her, mein Bruder und ich«, erzählte Francesca. »Michele hatte immer Mitleid mit den Fischen. Er hätte sie am liebsten alle im Meer ausgesetzt. Bis auf die Haie.« Sie zeigte auf ein größeres Becken, das über ein paar Stufen zu erreichen war. »Die waren hier drin ganz gut aufgehoben, fand er. Und die Schlangen im Terrarium im ersten Stock natürlich auch. Die ersparen wir uns heute besser.«

»Hast du auch Angst vor Schlangen?«, fragte Martha. Sie waren ohne Absprache zum Du übergegangen.

»Grauenhafte Angst. Da oben gibt es ein ziemlich giftiges kleines Ding, das man in der Altstadt von Triest gefunden hat. War 'ne große Sensation in der Presse damals. Mein Vater hat mir sogar die Zeitungsartikel nach Bologna geschickt. Seitdem trage ich hier lieber geschlossene Schuhe.« Sie lachte.

»Besuchst du deine Eltern oft?«

»Na ja, seitdem sie etwas gebrechlicher sind, ungefähr jeden Monat. Aber sie schlagen sich ganz tapfer, die zwei. Und sie nehmen dankbar jede Hilfe an. Michele und ich haben eine Haushälterin engagiert, die sie inzwischen behandeln wie ihre eigene Tochter.«

Sie griffen das Thema wenig später wieder auf, als sie am Canal Grande saßen, der, wie Francesca meinte, wegen seiner wenig beeindruckenden Größe eigentlich Canal Piccolo heißen müsste. Trotzdem sei er nett, dieser kleine Wasserlauf, der vom Meer in die Stadt hineinkrieche, entgegnete Martha und sah sich die Holzboote an, die hier vor Anker lagen und im Wind schaukelten. »Haben deine Eltern schon immer in Triest gelebt?«, fragte sie.

»Nein, nein, mein Vater kommt aus Rom. Dort hat er unsere Mutter kennengelernt. Aber als er sie nach Italien holen wollte, ging's bei ihr nicht ohne ein bisschen K. und K. Daher Triest mit seinem Mittelmeer-Donau-Charme. Mama ist eben Wienerin durch und durch.«

Martha zog fragend die Augenbrauen hoch.

»Na ja, immer ein wenig befindlich, wenn du weißt, was ich meine«, entgegnete Francesca, »mit einem leichten Hang zum Drama. Die große Oper eben.« Sie kicherte. »Aber alles in allem ist sie sehr süß, mein Vater liegt ihr noch immer zu Füßen.«

»Die wahre Liebe?«

»Sie tun zumindest so.«

»Das können nicht viele Ehepaare in dem Alter von sich sagen.«

»Wie war's bei deinen Eltern? Ich meine, bevor dein Vater ins Heim kam?«

»Solange meine Mutter lebte, haderte sie mit ihrer Situation. Sie hat immer mehr gewollt, und insgeheim gab sie mir die Schuld, dass es nicht geklappt hat. Ein Kind als Bremsklotz. Ein Kind von einem Mann, den sie nie wirklich geliebt hat ...« Meine Güte, unterbrach sie ihren Redefluss. Was erzählte sie dieser Frau, die sie gerade mal ein paar Stunden kannte? Selbst langjährige Freunde behaupteten, sie sei verschlossen, und nun tischte sie einer Wildfremden Dinge auf, die sie noch nicht mal der Therapeutin anvertraut hatte, zu der sie nach ihrer Scheidung gegangen war. Sie hatte die Sache damals nach drei Monaten hingeschmissen, weil es ihr sinnlos schien, über etwas zu reden, das nicht mehr zu ändern war. Sie war sowieso nie jemand gewesen, der viel geredet hatte. Als Zuhörerin war sie unschlagbar; diese Disziplin beherrschte sie. Und wenn es darum ging, das, was sie gehört hatte, in Worte zu fassen, machte ihr so leicht keiner was vor. Sie war eine gute Journalistin. Und gute Journalisten reden nicht viel.

»Ich bin mein Leben lang ehrgeizig gewesen«, gestand sie nun mehr den Booten in dem kleinen Kanal als der Frau neben sich. »Vielleicht weil ich meinte, meiner Mutter beweisen zu müssen, doch eine Daseinsberechtigung zu haben.«

Francesca nickte nur.

»Ich weiß auch nicht«, fuhr Martha fort, »warum ich dir gegenüber so offen bin.« Fast entschuldigend fügte sie hinzu: »Ich tue so was sonst nicht.«

»Was tust du nicht?«

»Anderen von mir erzählen.«

»Ist nicht immer ein Fehler. Aber manchmal passt es einfach. Und zwischen dir und mir – da passt es. Das hab ich mir schon gedacht, als ich dich auf der Mole sitzen sah.«

Martha lächelte.

»Kennst du Triest aus der Vogelperspektive?«, wechselte Francesca das Thema.

»Nein.«

»Dann lass uns hinauffahren in den Karst. Manchmal rückt es den Blick gerade, wenn man sich die Dinge von oben besieht.«

An der Piazza Oberdan bestiegen sie eine alte Zahnradbahn und suchten sich zwei Plätze gegenüber, auf Holzbänken, die mit rotem Leder bespannt waren. Sie setzten sich jeweils ans Fenster, hinter dunkelgelbe Vorhänge, die von kleinen Schlaufen festgehalten wurden. Die Gepäckablagen aus Holz erinnerten Martha an die Schlitten, mit denen sie als Kinder durch den Winter gefahren waren. An der Decke hingen Messinglampen, alles wirkte, als sei es auf Dauer angelegt, und irgendwie war es das ja auch. Seit über hundert Jahren ächze diese Bahn nun schon die Triester Hügel hoch, erzählte Francesca, während sie in Schrittgeschwindigkeit hinausfuhren aus dem Häuser- und Gassengewirr, vorbei an Blauregen, Holunder und Ginster.

Kurz vor der Endhaltestelle stiegen sie aus. Die Aussicht, die sich von hier auf die Stadt am Meer bot, ließ Martha tief Luft holen. Das Wasser hatte um diese Tageszeit bereits abendliches Glitzern aufgetragen, und ohne das allgegenwärtige Hupen der Autos und Rattern der Motorräder wirkte Triest leicht verschlafen.

»Ich komme oft hier rauf, wenn ich mich mal wieder geraderücken will«, sagte Francesca. »Dazu braucht man gelegentlich den Perspektivenwechsel.« Sie holte ihre Zigaretten heraus und bot Martha eine an. Die nahm an und gab beiden Feuer.

Eine Weile rauchten sie, ohne etwas zu sagen.

»Das Leben hat immer zwei Seiten«, meinte Martha schließlich.

»Stimmt, eine offensichtliche und eine, die man beim flüchtigen Hinsehen gar nicht wahrnimmt.«

»Na ja, viele schauen auch nicht so genau hin. Die begnügen sich mit dem ersten Blick.«

»Tun wir das nicht alle mehr oder weniger?«

»Weil wir von anderem abgelenkt werden, keine Zeit haben, lauter Mist machen müssen, um über die Runden zu kommen. Wer kann sich schon wirklich und wahrhaftig den Dingen widmen …«

»Tust du das denn nicht in deinem Job?«

»Ich versuch's, klar. Aber dann gibt es inhaltliche Vorgaben der Chefredakteure und begrenzte Zeichenzahlen und Abgabetermine, und in so einem Korsett dringt man nur selten zum Kern einer Sache vor. Berufung statt Beruf – an den Quatsch glaub ich schon lange nicht mehr. Und trotzdem gebe ich in diesem begrenzten Rahmen mein Bestes. Den Leuten scheint's zu reichen.«

»Klingt nicht gerade enthusiastisch.«

»Ach komm, Enthusiasmus ist was für Träumer.«

Francesca sah sie an; in ihrem Blick las Martha erst Erstaunen, schließlich Ärger. Es war die Art Ärger, den Mütter zeigen, wenn ihre Kinder etwas ausgefressen haben. Vielleicht haben ihn auch Lehrer in petto für Schüler, die ihre Vokabeln nicht gelernt haben oder den Unterricht stören. Francesca war schließlich Lehrerin.

»Hast du denn nicht auch manchmal das Gefühl, das Leben läuft an dir vorbei?«, setzte Martha vorsichtig nach. Es klang, als wollte sie das eben Gesagte mit einer Entschuldigung versehen.

Francesca blies langsam den Rauch aus. »Nein. Ich denke eher, es läuft mir davon. Es ist gut, und ich will's festhalten, aber es hat sich nun mal für Hochgeschwindigkeit entschieden. Also nehme ich mit, was ich kriegen kann.«

»Ist wohl alles in allem die glücklichere Lebensvariante ...«

»Du bist es immer selbst, die entscheidet.«

»Aber es gibt Pflichten, es gibt Verantwortung ...«

»Natürlich. Aber es gibt auch den freien Willen. Was, zum Beispiel, würdest du gern mal tun?«

Martha überlegte. Sie überlegte lange, und Francesca wartete in ihr Schweigen hinein. »Vielleicht zwei, drei Monate nach Italien gehen und ein anderes Leben leben und Italienisch lernen ... bei jemandem wie dir.«

Francesca lächelte. »Und warum tust du's nicht?«

»Siehe oben.«

»Deine Tochter braucht dich nicht mehr ...«

»Aber ...«

»Sagtest du nicht, sie ist über zwanzig?«

»Und mein Vater?«

»Um den kümmern sich andere.«

»Ich kann nicht einfach alles hinwerfen.«

»Du willst es nicht.«

Jetzt war es Martha, die ärgerlich schaute. »Wir kennen uns gerade mal vier Stunden und ...«

»... haben schon den ersten Streit«, grinste Francesca. »Ich würde sagen, das sind beste Voraussetzungen. Komm«, sie streckte Martha die Hand hin, »lass uns hier oben noch einen Spaziergang auf dem Höhenweg machen.« Ihre Hand war klein, und sie fühlte sich kühl und sehnig an. Eine entschlossene Hand, dachte Martha und willigte ein.

Am Abend besuchten sie eine Trattoria unweit des Hafens. Draußen standen Männer vor der Tür, rauchten und tranken Wein und schickten den Frauen, die hineingingen, Komplimente nach. Drinnen begrüßte die Wirtin Francesca mit einem Nicken und wies ihnen einen Platz in der Ecke zu.

Sie aßen eine Platte mit Muscheln und Krebsen und kleinen eingelegten Fischen und danach Pasta mit Tomaten und frischem Basilikum. Martha merkte, wie viel Hunger sie hatte. Das Essen war einfach und gut. Die Grappa, die man ihnen danach ungefragt auf den Tisch stellte, brannte in der Kehle, doch Francesca meinte, sie müssten zumindest einen Schluck davon trinken.

Sie sprach jetzt von ihrem Bruder, der sich gerade von seiner Frau getrennt hatte. Seinen Sohn, den er über alles liebe, sehe er kaum noch, erzählte sie. Das klassische Scheidungskinddrama eben.

»Warum ist die Ehe auseinandergegangen?«, fragte Martha.

»Erst hatte er eine andere Frau, dann hatte sie einen anderen Mann. Na ja, sie ist bei dem anderen geblieben.«

»Und dein Bruder?«

»Ist wieder mal auf der Suche. Er hat derzeit eine Freundin, aber wenn du mich fragst – das wird nichts mit den beiden. Sie erzieht zu viel an ihm herum, und das kann er nicht leiden.«

»Du kennst ihn ziemlich gut, scheint mir.«

»Ja, wir sehen uns oft. Und wenn wir uns nicht sehen, telefonieren wir. Er ist ein wunderbarer Beobachter, ein guter Zuhörer, ein toller Erzähler. Wahrscheinlich ist er ein schlechter Ehemann, aber das ist nicht mein Problem.«

»Ist er jünger als du?«

»Nein, drei Jahre älter.«

»Wovon lebt er denn? Ich meine, wenn seine Bücher nicht veröffentlicht werden ...«

»Er schreibt hin und wieder was für Fachbuchverlage. Klappentexte, Pressemitteilungen, solche Sachen. Und er unterrichtet Yoga.«

»Yoga?« Martha runzelte die Stirn.

Francesca lachte. »Ja, du schaust, als hättest du noch nie was davon gehört.«

»Doch, doch, einige meiner Kolleginnen stehen drauf, aber ich glaube, für mich ist das nichts. Sich verbiegen und alles loslassen ist nicht so mein Ding. Und ein Mann, der Yoga macht? Ich kenne niemanden, der das tut.«

»Du kennst die falschen Leute, scheint mir ...« Francesca griff über den Tisch nach Marthas Hand.

»Weißt du, was mich verwirrt?«, unterbrach Martha sie. »Ich hab's heute Nachmittag schon mal gesagt, und jetzt fällt es mir wieder auf – ich vertraue dir Dinge an, die ich mir selbst sonst kaum eingestehe.«

»Ist gar nicht so ungewöhnlich. Ich beobachte das oft bei meinen Schülern. Die freunden sich sehr schnell an, und nach drei Tagen packen sie ihre Lebensgeschichten aus. Manchmal ist das bei Fremden leichter. Die gehen wieder – und nehmen mit, was man ihnen erzählt hat. Ich sag immer, das sind Interimstüröffner. Nicht schlecht für Leute, die im Grunde ihres Herzens verschlossen sind.«

»Bin ich verschlossen?«

Francesca goss ihnen noch zwei Grappa ein. »Soll ich ehrlich sein?«

»Sind wir das nicht schon den ganzen Tag?«

»Okay. Als ich dich heute Mittag auf der Mole sitzen sah, dachte ich mir, diese Frau sehnt sich nach etwas. Vielleicht war's die Art, wie du aufs Wasser geschaut hast, als würdest du dort etwas suchen, das du noch nicht gefunden hast.«

»Mag sein.«

»Du bist sehr kontrolliert, glaube ich. Du scheinst dein Leben fest im Griff zu haben. Da läuft alles prima. Tochter, Job, Vater ... Aber wo bleibst *du* bei alldem? Wann bist du das letzte Mal so richtig nett zu dir gewesen? Selbst bei so was wie Yoga zuckst du zusammen, weil du gleich an Kontrollverlust denkst. Dabei ist es das genaue Gegenteil: Es zeigt dir den Weg zu dir. Sagt Michele zumindest, und ich denke, er hat recht.«

»Du magst deinen Bruder wirklich sehr.«

Francesca trank einen großen Schluck Grappa und stellte das Glas zurück auf den Tisch. »Er hat mich schon an die Hand genommen, als wir Kinder waren. Ich hab dir von unseren Spielen damals erzählt. Heute versucht er, im großen Spiel mitzumischen, und dabei holt er sich nicht selten blaue Flecken. Aber er gibt nicht auf, und, ja, das liebe ich an ihm. Am meisten lachen wir, wenn einer von uns mal wieder tief drinsitzt in irgendeiner Katastrophe.«

»Das Kontrastprogramm zur theatralischen Mutter ...«

Francesca spitzte ihre Lippen und lächelte dabei. »Gut aufgepasst. Aber nein, das ist es nicht. Mama hat zwar einen Hang zum Drama, aber sie hat uns auch beigebracht, dass man sich von diesem Leben umarmen lassen soll, bevor man sich irgendwann auf den Zentralfriedhof legt.«

»Zentralfriedhof? Ist der nicht in Wien?«

»Ja, es ist ihr Wunsch, dort begraben zu werden. Sie redet viel vom Sterben. Das hat sie schon getan, als sie noch jung war. Papa sagt immer, sie flirtet mit dem Tod, damit er ihr wohlgesinnt bleibt.«

»Ein Bruder, der Grabreden hält. Eine Mutter, die mit dem Sterben liebäugelt ...«

Francesca lächelte. »Klingt recht düster, ich weiß. Dabei sind wir alle ziemlich gern auf diesem Planeten.«

Martha trank den letzten Schluck Grappa und verzog dabei das Gesicht.

»Ich dank dir für diesen Tag«, sagte sie, als sie kurz darauf draußen vor der Tür standen.

Francesca trat von einem Bein aufs andere und suchte nach ihren Zigaretten. »Gibst du mir zum Abschied noch mal Feuer?«, fragte sie.

Martha hielt ihr das Feuerzeug hin und zündete sich dann selbst auch eine an. »Wir sollten Adressen austauschen«, sagte sie. »Vielleicht komme ich ja doch eines Tages nach Bologna.«

Francesca kramte in ihrer Tasche und holte schließlich den Kassenbon eines Supermarkts und einen Bleistift hervor. Sie schrieb ihre Mailadresse und Telefonnummer auf und reichte Martha den Zettel. »Hier. Aber falls du kommst, bring Zeit mit, am besten ein, zwei Monate. Denk dran, was ich dir gesagt habe. In deinem Leben bist jetzt mal du an der Reihe.«

Martha reichte ihr ihre Visitenkarte. »Wir bleiben in Kontakt.«

»Ich glaube, das werden wir.« Francesca küsste sie auf beide Wangen, und dann lief sie davon.

Martha sah ihr nach. Sah, wie die zierliche, dünne Frau schnell um die nächste Ecke bog. Sie blieb noch eine Zeitlang stehen, bevor sie sich umdrehte und langsam die Richtung einschlug, in der ihr Hotel lag. Die Luft fühlte sich lau an; es lag ein Versprechen von Sommer darin.

Als Martha am nächsten Vormittag in ihr Flugzeug nach Hamburg stieg und mit der Bordkarte in der Hand ihren Platz suchte, tauchte das Bild von Francesca wieder vor ihr auf. Genau genommen hatte es sie seit gestern Abend nicht mehr losgelassen. Diese Frau war für einen Nachmittag in ihr Leben gefallen und hatte sich darin umgesehen. Und Martha hatte bereitwillig Türen geöffnet. Hatte seit langem erstmals wieder Fragen zugelassen. Fragen, deren Antworten sie sonst auswich. Weil sie sich die Antworten nicht geben wollte. Antworten, die so etwas wie Ruhestörung im Untertitel führten.

War das bereits alles? Was kommt noch? Bin ich glücklich?

Sie zurrte ihren Sicherheitsgurt fest. Und sie wusste, dass sie darauf nur ein müdes Schulterzucken im Ärmel hatte. War Glück nicht den Psychoseiten der Zeitschriften vorbehalten, für die sie normalerweise ihre Artikel schrieb? Ein dankbares Thema, aber für den Hausgebrauch ungeeignet?

»Es gibt den freien Willen«, hörte sie Francesca sagen. Ihrer war irgendwann verlorengegangen, und sie hatte sich eingeredet, das sei nun mal so. Die Suche nach Selbstverwirklichung kann man sich vielleicht im Alter von Lina noch leisten, aber mit fast fünfzig? Da hat man doch die Reiseflughöhe erreicht und darf sich nicht mehr ernsthaft fragen, ob man beim Einchecken den falschen Flieger erwischt hat. Und dann stellt diese Francesca ein paar Fragen, und plötzlich fangen bei diesem ach so sicher scheinenden Flug die Warnleuchten zu blinken an. ›Meine Damen und Herren, wir haben Turbulenzen, der Pilot kann sich das zwar auch nicht erklären, aber halten Sie schon mal die Sauerstoffmasken bereit …‹

Martha schüttelte den Kopf und verstaute Lesebrille und Buch in dem kleinen Fach vor sich, hinter der Spucktüte. Und während sie das tat, zog der Himmel draußen graue Wolken auf und verhängte das Blau der letzten Tage.

3

Sie hatte Tage damit zugebracht, die Liste der Leute zusammenzustellen, die sie zu ihrem Geburtstag einladen wollte. Manche hatte sie wieder gestrichen, andere hinzugefügt, und bei denen, die sie gestrichen hatte, hatte sie das schlechte Gewissen gleich mit ausradiert. Es gab sie, diese Menschen, die ein Stück weit mit ihr gegangen und dann am Wegesrand liegen geblieben waren, um den Daumen rauszuhalten für den Nächsten, der vorbeikommt. Sie wollte nicht aus lauter Sentimentalität das Strandgut ihrer Vergangenheit einsammeln. Und während sie die Namen auf der Gästeliste sortierte, fragte sie sich immer wieder, was eigentlich ihre Gegenwart ausmachte. Die Antwort auf diese Frage hielt sich bedeckt. Manchmal konnte selbst das eigene Ich gnädig sein.

Es sollte eine nicht zu große Feier werden. Und sie sollte zu Hause stattfinden. Keine festlich gedeckten Tische mit Platzkarten in irgendeinem dieser derzeit so angesehenen Landgasthöfe. Schließlich hatte sie die Einladungen rausgeschickt; es waren schlichte Karten, ohne Anspielungen auf das halbe Jahrhundert Leben, das nun hinter ihr lag. Diese Fünf, die da eine Null unterhakte, konnte sie nicht einfach mit einem lässigen Achselzucken auf die Tanzfläche der nächsten Jahrzehnte schicken.

Stattdessen lenkte sie sich ab. Beauftragte den ortsansässigen Feinkosthändler damit, sich um das Essen zu kümmern – Lachs mit Sahnemeerrettich und Roastbeef mit Remoulade und eingelegtes Gemüse, das sich Antipasti nannte. Sie kannte sein Sortiment und ratterte die Bestellung herunter wie auswendig gelernte Vokabeln. Gemeinsam mit Lina besorgte sie Grauburgunder und Merlot. Und zum Anstoßen Crémant; der war besser als dieser banale Prosecco, den es sonst überall gab.

Sie erledigte alles rechtzeitig; das tat sie mit sämtlichen Dingen so. Sie schob nichts auf; selbst ihre Artikel lieferte sie meist vor dem vereinbarten Termin ab. Es gab Kollegen, die sie damit aufzogen, aber das quittierte sie mit einem Lächeln. Schreiben sei Disziplin, behauptete sie. Sie hielt nichts von Journalisten, die ihre Kreativität hätschelten wie einen chinesischen Palasthund.

Nachdem sie ihrer Mutter bei den Vorbereitungen geholfen hatte, war Lina für drei Wochen zu Freunden nach Schottland gefahren. Sie hatte ihr versprochen, pünktlich an dem großen Tag wieder zurück zu sein. Martha brachte sie zum Flughafen und schaute ihr zu, als sie ihren kleinen blauen Koffer beim Check-in auf die Waage legte. Lina reiste immer mit leichtem Gepäck. Ihre langen dunklen Locken hatte sie im Nacken zusammengezwirbelt und mit einer Hornspange hochgesteckt. Sie trug Jeans und ein schwarzes, eng anliegendes Shirt, und irgendetwas erinnerte Martha an eine andere Frau, als sie ihrer Tochter nachsah, die sich mit schnellem Schritt und ihrer Bordkarte zum Gate begab.

Sollte sie Francesca zu ihrem Geburtstag einladen? Die Frage nahm sie mit in die Parkgarage, wo ihr alter Lancia stand. Sie hatte ihr seit dem Tag in Triest einmal gemailt und sich bedankt für den schönen Tag am Meer.

Francescas Antwort war knapp ausgefallen. »Hey, über Höflichkeitsfloskeln sind wir doch längst hinaus«, hatte sie geschrieben. Und: »Pass auf dich auf.« An dem Abend war Martha mit Freunden ins Kino gegangen, und Francescas »Pass auf dich auf« begleitete den Film wie ein ständig wiederkehrender Untertitel. Das war im Juni gewesen. Ihr Geburtstag fiel auf den neunten September.

Der Anruf war am sechsten September gekommen. Manchmal kommen Anrufe aus dem Hinterhalt. Zugriff nennt man so was bei der Polizei, eine Art Stürmung des Lebens mit vollem Waffeneinsatz, ohne dass die betreffende Person weiß, wie ihr geschieht.

Martha hatte am Schreibtisch gesessen und ein Interview redigiert, als das Telefon klingelte. Sie ließ sich ungern bei der Arbeit stören und überlegte schon, den Anrufbeantworter einzuschalten. Doch dann nahm sie den Hörer ab. Das »Hallo«, das sie hineinbellte, klang unwillig.

Ihre Ärztin war dran, und sie meldete sich mit einem Satz, der sich hinter Marthas Stirn einfräste und dort wie in einer Endlosschleife zur ständigen Wiederholung ansetzte. »Der Befund ist leider wieder positiv.«

Sie wusste, was das bedeutete. Vor einem guten Jahr hatte es angefangen, diese Sache, wie sie es nannte. Angefangen mit einem harmlos aussehenden Muttermal. Sie hatte nicht lang gezögert damals und einer Operation zugestimmt. Als die Ärzte etwas von Metastasen in den Lymphgefäßen sagten, verdrängte sie wild wuchernde Ängste mit Pragmatismus. Dieser Pragmatismus hatte bereits so oft in ihrem Leben geholfen. Jetzt sollte er gefälligst beweisen, dass er mit Panikattacken fertig wurde.

»Dann schneiden Sie eben alles heraus«, hatte sie den Ärzten geantwortet und dabei das Zittern in ihrer Stimme zurückgepfiffen. Sie hatten getan, was sie von ihnen verlangt hatte. Und sie waren in Deckung gegangen bei Marthas anschließenden Fragen nach Überlebenschancen. Hatten sich versteckt hinter Computerausdrucken, auf denen Innenansichten von Marthas Körper neben Zahlenkolonnen zu sehen waren. Werte nannten sie das, und Martha fand dieses Wort fast zynisch angesichts dessen, was sie zu verkünden hatten. Dreißig Prozent – die Zahl hatte sie endlich einem jungen Assistenzarzt abgerungen, und damit war sie wieder in ihren Alltag entlassen worden.

Sie erzählte niemandem, was mit ihr los war. Den Klinikaufenthalt schraubte sie zur Lappalie herunter. Nur einmal, als eine Chefredakteurin von ihr eine Brustkrebsgeschichte wollte, lehnte sie ab. Redete sich heraus mit anderen Aufträgen, die ihr keine Zeit ließen.

Einmal im Vierteljahr musste sie fortan zu Kontrolluntersuchungen. Dreimal war es gutgegangen; sie bekam dieses erlösende »Alles in Ordnung« stets per Telefon verabreicht; das letzte Mal hatte sie es vor ihrer Reise nach Triest gehört, und sie hatte die dreißig Prozent Hoffnung mit in die Stadt am Meer genommen und dort ein fast trotziges Mit-mir-nicht ins Wasser geworfen.

Nein, sie wollte gar nicht den großen Deal mit dem Leben, nicht das große Glück. Sie wollte nur so weitermachen wie bisher, wollte ihre gewohnten Bahnen ziehen – bis Francesca sie auf der Mole ansprach. Bis diese kleine dünne Frau diese gottverdammten Fragen stellte, dabei das Pik-Ass aus Marthas Kartenhaus zog und es ihr, den

Einsturz in Kauf nehmend, vor die Füße legte. Martha hatte seitdem nicht aufgehört, sich angesichts dieser Trumpfkarte zu fragen, ob sie wohl bisher mit zu niedrigem Einsatz gespielt hatte. Ist ja noch alles drin, hatte sie sich beruhigt – und erst mal ihre Geburtstagsfeier geplant.

»Was heißt das?«, stammelte sie nun in den Telefonhörer, obwohl sie genau wusste, was das hieß.

Die Ärztin räusperte sich, und Martha hörte diesem Räuspern an, dass es vorbereiten wollte, was sich Worten nur allzu gern feige widersetzte. Die Frau, die am anderen Ende der Leitung den Befund in der Hand hielt, versuchte, das Mitleid aus ihrer Stimme herauszuhalten, doch es gelang ihr nicht ganz. Da war ein leichtes Vibrieren, das Bedauern, Unsicherheit, Tröstenwollen zu einem tonnenschweren Paket verschnürte.

»Kommen Sie am besten gleich her«, sagte sie. Und das hatte diese vielbeschäftigte Ärztin mit ihrem randvollen Terminkalender noch nie gesagt. Bislang hatte Martha immer warten müssen, mindestens vier, fünf Tage. Anscheinend duldete das hier keinen Aufschub.

Zwei Stunden später saß sie in der onkologischen Abteilung der Universitätsklinik. Sie hatte sich Jeans angezogen, einen alten braunen Wollpulli und eine dicke beige Strickjacke; sie fröstelte, obwohl da draußen schönster Spätsommer war, mit einem strahlend blauen Himmel.

Das Büro der Ärztin war ihr von früheren Besuchen vertraut. Es hing stets ein leichter Parfumduft darin, etwas mit Zitrusfrüchten. Ansonsten regierte Sachlichkeit, die jemand mit weiblichen Akzenten versehen hatte. Ein Resopalschreibtisch, auf dem peinliche Ordnung herrschte –

Kalender, Tastatur, Monitor, Lampe mit Schwenkarm, daneben ein Foto von zwei Mädchen, sechs und zehn Jahre, schätzte Martha; sie lachten in die Kamera, eine der beiden zeigte eine Zahnlücke.

Ein Regal mit Fachbüchern, ein paar Steinen und Muscheln und einer Kinderzeichnung mit zwei Menschen, die nur aus Köpfen, Armen und Beinen bestanden und die sich unter einer großen gelben Sonne an den Händen hielten. Ein gerahmter Kunstdruck an der Wand gegenüber, irgendwas von Miró, bunt, heiter, verspielt. Darunter zwei blaue Sessel mit Chrombeinen und ein Glastisch, auf dem immer eine weiße Porzellanvase mit Blumen stand. Heute waren gelbe Rosen darin, deren Köpfe bereits nach unten hingen, bevor sie sich richtig geöffnet hatten.

Marthas Blick hielt sich an den leicht welken Rosenblättern fest, während sie zu verstehen versuchte, was die Frau auf der anderen Seite des Schreibtisches ihr gerade erklärte.

Neue Metastasen in den Lymphgefäßen, in der Leber, in der Lunge. Keine günstige Prognose. Lebensverlängernde Maßnahmen. Zytostatika. Chemotherapie. Intravenös. Zyklen. Klinikaufenthalt. Worte wie Schläge. Martha merkte, dass sie sich duckte, um ihnen zu entgehen.

»Frau Schneider?«

Sie zuckte zusammen, und ihr Blick verließ die Rosenblätter. »Ja?«

»Was meinen Sie?«

»Entschuldigen Sie, ich war gerade ... Meinen, wozu?«

»Zur Chemotherapie.«

»Hat das denn ... überhaupt noch einen Sinn?«

Die Ärztin lehnte sich zurück, und die Rückenlehne ihres Stuhls wippte ein wenig. »Ich sagte Ihnen ja schon, dass kaum Hoffnung besteht. Natürlich gibt es immer wieder Fälle von Spontanheilungen, aber ...«

»... das sind Märchen, glauben Sie?«

»Was soll ich sagen? Ich bin Schulmedizinerin. Ich kenne die Studien, die Fakten, die Zahlen.«

»Wird's mir sehr schlechtgehen? Ich meine, mit dieser Chemo?«

»Wir versuchen heute, die Nebenwirkungen so gut es geht ...« Sie räusperte sich.

»Seien Sie ehrlich«, unterbrach Martha sie. »Wird's mir sehr schlechtgehen?«

Die Frau ihr gegenüber nickte.

»Haarausfall, Übelkeit, Schwäche ... das ganze Programm?«

Erneutes Nicken.

»Um danach doch zu ...?« Sie schluckte. Das Wort wollte einfach nicht raus, blieb ihr im Hals stecken.

»Frau Schneider, Sie wissen ...«

»Wir müssen uns hier nichts vormachen.« Marthas Stimme klang schrill wie ein Verstärker, den irgendwer übersteuerte. »Was Sie versuchen, mir zu erklären, ist Folgendes: Ich kann diese ganze Prozedur auf mich nehmen, es mir richtig schlechtgehen lassen und auf ein Wunder hoffen, das wahrscheinlich nie eintreten wird. Ich kann aber auch mit den Haaren auf meinem Kopf noch ein bisschen weiterleben, ebenfalls auf ein Wunder hoffen und vielleicht etwas früher ... nun ja, sterben ...« Jetzt war es draußen, das Wort, reingespuckt in die Welt, um dort seine Spuren auszulegen. Sie würde mit diesem Wort leben müssen.

»Was soll ich Ihnen sagen? Sie haben mich immer um meine ehrliche Meinung gebeten.«

»Das tue ich auch jetzt.«

»Ich muss Ihnen als Oberärztin hier all diese Behandlungen vorschlagen.«

»Sie schlagen mir so eine Art Tod auf Raten vor, oder?«

Die Frau ihr gegenüber atmete hörbar ein und wieder aus. Dabei verschränkte sie die Finger ineinander und widmete ihren Daumen mehr Aufmerksamkeit als nötig. Als könnten die ihr die Antwort geben, nach der sie gerade händeringend suchte.

»Sind das Ihre Kinder?«, fragte Martha plötzlich und zeigte auf das Foto auf dem Schreibtisch.

Die Ärztin sah sie verwirrt an. Sie war hübsch. Eine hübsche Frau Ende dreißig, mit blassem Sommersprossengesicht und kurz geschnittenen blonden Haaren. »Ja«, stammelte sie. »Ja, das sind meine Töchter.«

»Wie heißen sie?«

»Marie und Constanze.«

»Nette Mädchen.«

»Ja, aber ziemlich frech für ihr Alter.«

Martha lächelte. »Ist kein Nachteil. Ich meine fürs Selbstbewusstsein.«

»Davon haben die zwei mehr als genug.« Ihre Gesichtszüge entspannten sich. Die Sommersprossen sahen fast fröhlich aus.

»Können Sie das eigentlich immer alles hierlassen?«, fragte Martha leise. »Diese ständigen Befunde und Todesurteile? Kann man das abends ausziehen wie seinen weißen Kittel und an den Haken hinter der Tür hängen? Wie ist es, nach Hause zu kommen und seinen Kindern Pfannkuchen zu machen und Gutenachtgeschichten vorzulesen, nachdem man gerade einem Menschen gesagt hat, dass er bald sterben muss?«

Die Frau sah sie an, und Martha hatte das Gefühl, sie würde sie in diesem Moment zum ersten Mal richtig wahrnehmen. »Es ist schwer«, sagte sie. Mehr sagte sie nicht.

Martha stand auf. »Darf ich mir die Sache mit der Chemo ein paar Tage überlegen?«

»Ja, ja, natürlich.«

»Ich ... ich bin mir nicht so sicher, ob ... ob ich das wirklich will.«

»Verstehe.« Die Ärztin erhob sich ebenfalls.

»Hab ich ...«, Martha biss sich auf die Unterlippe, »hab ich überhaupt noch den Hauch einer Chance?«

»Wollen Sie wissen, was ich an Ihrer Stelle täte?«

»Und wollen *Sie* damit andeuten, dass wir jetzt gerade mal das Arzt-Patienten-Gespräch verlassen?«

Die Frau lächelte. Das Lächeln stand ihr gut, fand Martha. »Na ja, man könnte das so sehen ...«

»Und?«

»Es bleiben Ihnen noch ein paar Monate.«

»Wie viele?«

»Vielleicht vier, sechs ... mit viel Glück wird's ein Jahr.«

»Nicht gerade der Jackpot.« Martha lachte. Sie hatte das immer getan – bei Katastrophen, die andere in die Schockstarre trieben, hatte sie immer gelacht. Auch damals, als sie erfahren hatte, dass ihr Mann sie betrog, hatte sie gelacht. Ein Lachen, mit dem seine Tränen kollidierten. Warum fiel ihr das ausgerechnet jetzt ein?

»Mit den entsprechenden Schmerzmitteln könnte es Ihnen, sagen wir mal, den Umständen entsprechend relativ gutgehen«, unterbrach die Ärztin ihre Gedanken.

»Bis zum Schluss?«

»Ja. Sie würden schwächer werden, das schon, aber ...«

»... keine Kotzerei, keine Appetitlosigkeit, keine ständige Müdigkeit?«

»Nein. Dafür aber einige Monate weniger Leben.«

»Leben?«

Die Frau sah kurz auf das Foto mit ihren beiden Töchtern und dann auf den Befund vor sich, auf diese Zahlen, die ein *open end* gerade mal ins Reich der Illusionen gescheucht hatten. »Wissen Sie, Frau Schneider, es gibt zwei Arten von Patienten. Die einen wollen alle nur denkbaren Therapien, um noch ein paar Monate, Wochen, Tage mehr zu gewinnen. Selbst wenn der Preis dafür ein hoher ist.«

»Und die anderen?«

»Tun das, was noch zu tun ist.«

»Die berühmte Weltreise?«

»Das ist doch nur ein Synonym. Jeder hat seine eigene Weltreise im Kopf. Es gibt Leute, die gehen in ihren Garten, weil sie den Rosen noch einmal beim Aufblühen zusehen wollen.«

Martha streckte ihr die Hand entgegen. Die Ärztin ergriff sie und hielt sie einen Moment länger fest als sonst. »Ich denke, Sie wissen, was zu tun ist«, sagte sie.

»Danke.«

»Wofür?«

»Sie haben mir gerade geholfen.«

»Na ja, ich bin Ihre Ärztin.«

»Vielleicht waren Sie heute mehr als das. Ich melde mich in den nächsten Tagen bei Ihnen.« Den letzten Satz nahm sie bereits mit auf den Weg zur Tür. Sie warf ihn über die Schulter, bevor sie in den Klinikflur hinaustrat.

Was sie an diesem Nachmittag und an dem darauffolgenden Abend und an den beiden Tagen vor ihrem Geburtstag noch getan hatte, erschien ihr im Nachhinein, als hätte irgendein inneres Abwehrsystem eine dichte Nebelbank davorgeschoben.

Sie hatte viel Kaffee getrunken und viele Zigaretten geraucht. Sie hatte versucht, das Interview fertig zu redigieren, und das erste Mal in ihrem Berufsleben einen Abgabetermin nicht eingehalten. Sie hatte ihr Handy aus- und ihren Anrufbeantworter eingeschaltet. Und sie war an den Strand gefahren. Dorthin, wo sich das Meer Winter für Winter mehr von der Steilküste holte. So eine Art nimmersattes Nagen. Sie hatte vor dieser zerklüfteten Wand gestanden, an dessen Abbruchkante ein paar Bäume und Büsche ihre Wurzeln in die Erde krallten, als würden sie wissen, dass ein einziger Sturm ihr Schicksal besiegeln könnte. Nächstes Jahr wären sie vielleicht nicht mehr da. Wie ich, dachte Martha und wartete auf Tränen, die nicht kommen wollten. Sie gab dem Wind die Schuld daran, der hier mit salzig-schneidendem Atem sofort alles verblies.

Stundenlang hatte sie dort an dem Strand auf einem Stein gesessen und auf das graue Wasser gesehen, dessen Schaumkronen Kommas zwischen ihre Gedanken setzten. Eine Aneinanderreihung von Bilderwellen, die da in ihr abliefen und keinen Punkt fanden, an dem sie stranden konnten.

Hätte sie später jemand gefragt, was ihr so alles durch den Kopf geflutet war, sie hätte darauf keine Antwort geben können. Sie wusste nur, dass sie sich einen kalten Po geholt hatte auf diesem Stein und dass sie fror, als sie irgendwann wieder in ihr Auto stieg. So sehr fror, dass ihre

Zähne aufeinanderschlugen und sich erst im geduldigen Gebläse der Heizung wieder beruhigten.

Das ungeduldige Blinken des Anrufbeantworters zu Hause hatte sie ignoriert. Sie war früh zu Bett gegangen, um dann doch nicht zu schlafen. Stattdessen hatte sie dagelegen und Lebenszeit errechnet. Monate, Wochen, Tage, Stunden, Minuten ... Bei neun Monaten kam sie auf knapp vierhunderttausend Minuten, und sie knipste die Nachttischlampe an, weil sie plötzlich keine davon versäumen wollte.

4

An Marthas Geburtstag kommt Lina zurück. Und während sie gemeinsam den Tisch decken und den Wein kalt stellen und die Platten anrichten, erzählt ihre Tochter von Schottland.

Martha hört zu und nickt und stellt Fragen. Sie hat ihren inneren Autopiloten eingeschaltet, der sie davon abhält, die vorgegebene Route zu verlassen. Sie wird diesen Tag durchstehen und Glückwünsche entgegennehmen. Die Leute können schließlich nicht wissen, dass sie mit Sätzen wie »Auf die nächsten fünfzig Jahre!« bei ihr allenfalls jenes vertraute, den Katastrophen vorbehaltene Lachen auslösen würden.

Irgendwann werden die roten Rosen geliefert, und fast wütend stellt Martha den Strauß in einen Putzeimer.

Hans hat nie das richtige Maß gefunden; seine Gefühle ihr gegenüber hat er stets überzeichnet und ihr damit vor vielen, vielen Jahren die Ehe nahezu aufgenötigt. In einer Mischung aus Erstaunen und Gutgläubigkeit ergab sie sich damals diesem emotionalen Flächenbombardement und hielt das für die große Liebe. Ihr sonst so nüchtern analysierender Verstand schaltete mal eben alle Warnsysteme ab und versuchte später verzweifelt, die Sicherungskopien ihres Lebens wiederherzustellen. Zu dem Zeitpunkt hatte er nicht nur eine, sondern bereits mehrere Frauen gehabt. Er war der Typ Mann, der seine Affären brauchte wie andere ihr Lametta an Weihnachten. Ein bisschen Glitzern, ein bisschen Illusion, ein bisschen Tand. Als sie sich schließlich von ihm trennte, wirkte sein Weinen fast echt. Aber nur fast, Martha wusste, dass diese Tränen zum großen Teil ihm selbst galten – der Herzensbrecher durfte nicht mehr alle Bühnen bespielen, und das tat ihm selbst am allermeisten leid.

Und nun diese Rosen ... Martha spürt Linas Blicke, als sie die Blumen neben die Spüle stellt. Sie hat immer versucht, ihre Tochter aus allem herauszuhalten. Um doch irgendwann vor dieser Aufgabe zu kapitulieren. Lina hat sich Marthas Zorn übergezogen wie eine kugelsichere Weste, an der die Annäherungsversuche ihres Vaters fortan abgeprallt sind. Sie hat Hans die Schuld dafür gegeben, dass das Vater-Mutter-Kind-Märchen zerplatzt war wie die Seifenblasen, die sie als kleines Mädchen so gern in den Himmel hatte fliegen lassen.

Jetzt lenkt Martha das Gespräch sofort auf anderes Terrain, fragt nach Eiswürfeln und Sektkühlern und schickt Lina ins Wohnzimmer, um die Kerzenleuchter zu holen.

Als später die Gäste kommen und ihre Geschenke und Küsse und Komplimente abgeben, nimmt Martha alles mit einem Lächeln entgegen. Sie hat sich dieses Lächeln verordnet wie ein narkotisierendes Medikament und denkt dabei an die Chemotherapie, die ihre Ärztin ihr hatte verordnen wollen.

Es läuft alles gut, es gibt Ansprachen und Wein, und es wird viel gelacht. Bis ihre alte Freundin Ingrid diesen Satz sagt.

»Carpe diem ist eine Einstellung, die sich heute niemand mehr leisten kann.«

Es ist, als hätte ihr jemand ohne Vorwarnung einen Stromstoß verpasst. Und ihr Lächeln macht sich davon und lässt sie plötzlich ohne Betäubung dastehen. Das erste Mal seit drei Tagen realisiert sie, was wirklich los ist. Sie sieht sich selbst an diesem Tisch sitzen, an dem es sich ihre Freunde gutgehen lassen: eine Frau mit vom Wein geröteten Wangen, in deren Inneren etwas frisst, ein gieriges Ungeheuer, das alles daransetzt, damit sie ihren nächsten Geburtstag nicht mehr wird erleben können.

Und da kommt Ingrid ihr mit diesem billigen Satz, der den paar hunderttausend Minuten Leben, die ihr bleiben, das Recht abspricht, mit beiden Händen zuzulangen, nach allem zu greifen, was die Tage ihr anbieten.

Marthas leises »Wie meinst du das?« ist so etwas wie ein Spiel auf Zeit, und als alle am Tisch zu ihr sehen und Ingrid noch versucht, mit einem »Ach, ich meine ja nur … Wer kann denn schon tun, was ihm gefällt?« die Situation zu retten, schlägt Martha zu.

Feiglinge nennt sie die Menschen, die jetzt die Gläser abstellen und betreten auf die Tischdecke mit den Brotkrümeln blicken – und meint damit in erster Linie sich selbst. Weiß sie doch nur zu gut um die Furcht, die sie bislang davon abgehalten hat, einfach mal die Spur zu wechseln.

Ja, sie hat ihn stets gewollt, den Vollkaskoschutz gegen das Leben. Die Prämien waren ein sicheres Einkommen, ein sicherer Gefühlshaushalt, ein sicheres Netz halbwegs guter Freunde. Nur einmal, damals, als die Sache mit Hans passierte, spürte sie sich selbst. Es machte ihr Angst, was da in ihr zum Großbrand ansetzen wollte, und sie brachte gegen Liebe und später gegen Wut und Verzweiflung ihre Feuerlöscher in Stellung und hielt drauf auf die Emotionen, bis nichts mehr lodern konnte und letztlich alles verglühte.

»Sie sind erstaunlich gefasst«, sagte ihr Anwalt zu ihr, als sie sich vor dem Gerichtsgebäude die Hand gaben. Und sie verbuchte das als Punktsieg für sich. Verriegelte die Tür zu ihrem Herzen, warf den Schlüssel in hohem Bogen weg und nahm ihr Tagesgeschäft wieder auf. Da gab es ihre Tochter, ihren kranken Vater, ihre Artikel. Und es gab die Hypothek, die noch immer auf dem Reihenhaus liegt, diesem Haus in der spießigen Kleinstadt an der Ostsee. Diesem Haus, in das Hans und sie zogen, als Lina zwei Jahre alt war – damit das Kind spielen konnte in dem grünen, von Koniferen umsäumten Quadrat, das sich Garten nannte.

»Carpe diem ist immer eine Option.« Damit trotzt Martha jetzt vor ihren versammelten Freunden geradezu auf. Stellt zur Disposition, was ihr bislang die Illusion von Sicherheit geboten hat. Wie ein in die Jahre gekommener Akrobat, der in seiner letzten Vorstellung noch mal alles geben will und vor dem finalen Salto das Netz einziehen lässt. Flieg oder stirb.

Pflichten und Verantwortung fegt sie mit einem einzigen Handstreich vom Tisch und spürt gleichzeitig ungläubiges Erstaunen und unbändige Erleichterung. Die Irritation, die sie auslöst, registriert sie kaum, und erst als Lina nach ihrer Hand greift, zuckt sie zusammen.

Die Blicke ihrer Tochter holen sie zurück in das, was sie sich bis jetzt als ihr Leben verkauft hat. Als sie sich die Haare aus der Stirn streicht, weiß sie, dass sie genau dieses Leben wird verlassen müssen.

Ihr »Entschuldigt, bitte« klingt halbherzig. Ihr »Bin gleich wieder da« ist bereits Lüge, als die Worte noch im Raum hängen.

Sie läuft nach oben in ihr Schlafzimmer, reißt die Türen des Kleiderschranks auf, holt ihre alte braune Reisetasche heraus und wirft ungeordnet Hosen, Kleider, Blusen, Pullover, Slips, Strümpfe, Nachthemden, Röcke hinein. Sie faltet nichts ordentlich, wie sie es sonst immer tut; es ist vielmehr ein Knüllen und Stopfen, bis nichts mehr hineinpasst und der Reißverschluss nur noch mit Mühe zugeht.

In ihrer Handtasche sind Geld und Pass und das Notizbuch mit den wichtigsten Telefonnummern. Ihr Handy legt sie auf den Nachttisch. Sie wird sich ein neues besorgen. Im Badezimmer greift sie nach dem Nötigsten. Creme, Bürste, Zahnputzzeug. Unten im Flur steckt sie drei Paar Schuhe in eine Plastiktüte. Die Tasche mit ihrem Laptop hängt sie sich über die Schulter, bevor sie die Haustür öffnet und mit einem entschiedenen Ruck hinter sich schließt.

In der Garage verstaut sie das wenige Gepäck im Kofferraum des Lancia. Dann setzt sie sich hinter das Steuer, lässt den Motor an und schaltet in den Rückwärtsgang. Das rote Schlauchboot an der Wand wird kurz von dem Abblendlicht beleuchtet. Warum hab ich es eigentlich nie entsorgt?, denkt Martha.

Dann gibt sie Gas.

5

Es ist fünf Uhr morgens, als es klingelt. Lina sitzt im Wohnzimmer. Sie springt aus dem Sessel hoch, um ihrem Vater die Tür zu öffnen.

Hans sieht müde aus. Er ist blass und unrasiert, seine mittlerweile grauen Haare hängen ihm in die Stirn und zeigen, dass er vergessen hat, sich zu kämmen. Sein Trenchcoat weist Sitzfalten auf. Die braune Cordhose beult sich an den Knien aus, die blauen Schuhe passen nicht zum Braun der Hose. Er legt normalerweise Wert auf solche Sachen, das weiß Lina, und es will sich schon ein Lächeln in ihr Gesicht setzen, doch sie pfeift es schnell wieder zurück.

»Magst du einen Kaffee?«, begrüßt sie ihren Vater. Ihre Stimme klingt kühl.

Er nickt und wirft seinen Mantel auf den alten Korbstuhl, der neben der Garderobe steht. Es waren mal vier Stühle, und sie standen um den Esstisch, als Lina noch klein war. Drei gingen irgendwann kaputt; nur dieser hat durchgehalten.

Hans bedenkt den Stuhl mit leicht abfälligem Blick, einem Blick, dem er Kopfschütteln zugibt.

In der Küche setzt Lina Wasser auf. Sie holt die große geblümte Kaffeekanne aus dem Regal, stellt den Porzellanfilter darauf, legt eine Filtertüte ein und gibt ein paar gehäufte Löffel aus einer Blechdose hinein.

»Trinkt ihr immer noch diesen scheußlichen Filterkaffee?« Er setzt sich an den Küchentisch.

Als Antwort knallt sie zwei Becher, Löffel, eine Zuckerdose und eine Tüte Milch aus dem Kühlschrank auf den Tisch.

»Deine Mutter ist also einfach so verschwunden?«, hält er mit versöhnlichem Tonfall dagegen.

Lina gießt Wasser in den Filter und wartet darauf, dass es langsam durchtropft. »Ja, plötzlich war sie weg. Ich hab den Gästen gesagt, ihr sei nicht wohl gewesen und sie habe sich hingelegt. Die meisten haben's geglaubt.«

»Hat es irgendetwas gegeben, das …?« Sein Blick bleibt an den roten Rosen hängen, die in dem Putzeimer aufblühen.

Lina fängt den Blick auf und setzt einen abgeschlagenen Deckel auf die Kanne. Einen Deckel, dessen Knauf bei irgendeinem vergangenen Frühstück zu Bruch gegangen ist. »Ich kleb ihn wieder zusammen«, sagte Hans damals, und wie so oft ist es bei dem Versprechen geblieben. Er ist jemand, der seine Vorsätze nahezu täglich schreddert.

»Was hast du dir eigentlich dabei gedacht, diese Blumen zu schicken?« Lina gießt ihnen beiden Kaffee ein.

»Na ja, zum Fünfzigsten …«

»Ausgerechnet rote Rosen«, unterbricht sie ihn.

»Ich dachte …«

»Manchmal solltest du das ein bisschen mehr tun. Denken, meine ich.«

»Lina, das ist jetzt elf Jahre her, seit deine Mutter und ich uns getrennt haben.«

»Du meinst, seit du sie verlassen hast.«

»Sie wollte, dass ich gehe.«

»Du hast sie betrogen.«

»Das war ... ach, Scheiße noch mal, ich hatte meine Gründe. Aber du willst mir doch nicht erzählen, dass sie meinetwegen heute hier abgehauen ist.«

Lina pustet in ihre Tasse und nimmt einen kleinen Schluck. Sie schüttelt den Kopf. Sie sagt nichts.

»Hast du sie auf ihrem Handy erreicht?«, wechselt er das Thema.

»Sie hat's hiergelassen.«

Er sieht sie ungläubig an. »Du willst damit sagen, sie ist *ohne* ihr Telefon losgefahren?«

Sie nickt.

»Martha hat niemals ohne ihr Handy auch nur einen Schritt getan.«

»Ich weiß.«

»Was hat sie denn mitgenommen?«

»Nur das Nötigste, soweit ich das sehen konnte. In ihrem Kleiderschrank sind ein paar leere Bügel. Im Bad fehlen vier, fünf Sachen, und, ja, ihren Laptop hat sie dabei.«

»Kein Zettel? Keine Notiz?«

Sie schüttelt den Kopf.

Er schiebt die Kaffeetasse auf dem Tisch hin und her. »Vielleicht ist sie bei einer ihrer Freundinnen.«

»Die waren alle hier.«

»Ist wirklich nichts vorgefallen gestern Abend?«

»Na ja, es gab eine kleine Auseinandersetzung zwischen Ingrid und Mama.«

»Um was ging es?«

»Um Carpe diem.«

»Carpe diem?«

»Ingrid meinte, das könnte sich heute keiner mehr leisten. Und da ist Mama ausgerastet.«

»Aber deshalb verlässt man doch nicht Hals über Kopf seine eigene Geburtstagsfeier. Und deine Mutter tut so was schon gar nicht.« Er klingt ungehalten.

Lina beugt sich vor und schlägt mit der rechten Faust auf den Tisch. Die Bewegung gerät heftiger als beabsichtigt. »Ich weiß auch nicht mehr, Papa. Ich weiß nur, dass sie nach diesem Streit fast fluchtartig das Zimmer verlassen hat und nicht wiedergekommen ist. Ich weiß, dass sie nun seit etwas mehr als vier Stunden weg ist. Ich weiß, dass seitdem kein Anruf von ihr kam. Und ich weiß nicht, was ich jetzt tun soll, verdammt noch mal.«

»Wir warten ab, Lina.« Er greift nach ihrer Faust. »Mehr können wir im Moment nicht tun. Für eine Vermisstenanzeige ist es zu früh. Und außerdem wäre das ein bisschen albern. Deine Mutter ist eine erwachsene Frau, die weiß, was sie tut. Na ja, meistens jedenfalls …«

Sie sieht hoch. »Was willst du damit sagen?«

»Ach nichts.« Er nimmt seine Hand von ihr, steht auf und räumt die Tassen in die Spüle. »Du vergisst, dass ich mal mit Martha verheiratet war.«

Lina trägt die Kaffeekanne hinterher. »Ich verstehe dich nicht.«

»Woher auch? Du bist unsere Tochter. Und Kinder müssen nicht alles wissen, was zwischen ihren Eltern passiert.« Er fährt sich mit der linken Hand durch die Haare, als könnte er so zumindest etwas Ordnung auf seinem Kopf machen.

Lina nimmt den Deckel der Kaffeekanne in die Hand und hält ihn unter den Wasserhahn. »Du wolltest den Knauf damals wieder ankleben, erinnerst du dich?«

Sein Nicken kommt zeitverzögert. »Ich war nie besonders gut, wenn es darum ging, Dinge zu kitten.«

Sie dreht sich ruckartig zu ihm um. »Das Schlimme ist nur, dass du damit kokettierst.«

»Ach, Lina.«

Sie greift nach einem Küchenhandtuch. Schweigend.

»Meinst du nicht, du solltest deinen Groll gegen mich langsam mal begraben?«, hält er dagegen. »Ich gebe ja zu, dass ich vieles falsch gemacht habe, aber wer ist schon ohne Fehler? Denkst du, mir geht es immer gut?«

»O Gott, Papa, das ist jetzt ziemlich platt. Und selbstmitleidig.«

Sein resignierter Blick prallt an ihrer Wut ab. »Hast du eigentlich wenigstens ein bisschen geschlafen?«, fragt er leise.

»Schlafen kann man das nicht nennen. Ich bin vorhin auf dem Sofa kurz eingenickt.«

»Dann sollten wir uns beide etwas hinlegen. Nachher sehen wir dann weiter.«

»Musst du nicht arbeiten?«

Er schüttelt den Kopf. »Ich hab denen im Büro gemailt, dass ich heute nicht komme.«

»Wie geht's dir dort so?«

»Willst du das wirklich wissen?«

»Sonst würde ich nicht fragen.«

»Nicht besonders. Die Auftragslage war schon mal besser. Irgendwie scheinen die Leute beim Häuserbauen kein Geld mehr in die Hand nehmen zu wollen.«

Lina kennt das. Diese fortwährende Klage, dass es mit seinem Architekturbüro nicht mehr gut läuft. Früher hatte Hans einige Großkunden, aber die sprangen im Laufe der Jahre ab. Jetzt sind ihm und seinen beiden Kollegen nur ein paar Privatleute geblieben. Ein Schachern um Aufträge hat begonnen, hochfliegende Träume haben irgendwann zum Sinkflug angesetzt.

»Da werden deine Freundinnen ja nicht begeistert sein«, entgegnet sie. »Keine tollen Reisen mehr. Keine teuren Restaurants. Keine …«

»Es gibt keine Freundinnen, Lina«, unterbricht er sie. »Nicht mal eine. Da ist niemand in meinem Leben.«

»Soll ich nun vielleicht Mitleid haben?«

»Das erwarte ich nicht.«

»Na ja, wenigstens ein Fortschritt.«

Er beißt sich auf die Unterlippe. »Du kannst mir nicht vorwerfen, dass ich nicht oft genug versucht hätte, mit dir zu reden.«

»Ja, ja, diese Papa-ist-doch-eigentlich-ganz-nett-Gespräche. Es ging dir immer nur darum, dich in ein möglichst gutes Licht zu setzen. Damit dein Bild von dir nur keine Schrammen bekam. Mama und ich waren dir doch im Grunde völlig egal.«

»Das stimmt nicht«, hält er matt dagegen.

»Das gefällt dir nur nicht«, kontert sie.

»Wird das hier jetzt eine Generalabrechnung?«

»Nein, dafür bin ich zu müde.«

»Na, zumindest in diesem Punkt sind wir uns einig.« Er wendet sich zur Tür. »Aber vielleicht sollten wir doch noch mal …, ich meine … irgendwann Frieden schließen.«

Sie wirft das Küchenhandtuch auf einen der Stühle. »Du verstehst es nach wie vor, in den ungünstigsten Situationen die ganz großen Themen aufzumachen.«

Er legt die Handflächen aneinander und reibt sie leise hin und her. Eine Geste, die bei ihm schon immer signalisiert hat, dass ihm die Worte ausgehen. »Okay, Lina. Ich leg mich mal auf die Couch«, sagt er jetzt.

Als sie eine Viertelstunde später in ihrem Bett liegt, hört sie unten die Toilettenspülung, sieben leise Schritte, das Schließen der Wohnzimmertür. Dann ist alles still. Eine Stille, die in ihre Gedanken kriecht und dort binnen Sekunden jeden Kubikmillimeter in Beschlag nimmt. Eine Stille, die Bilder mit sich bringt. Leise, watteweiche Bilder, die sich die Schwerelosigkeit vor dem Einschlafen zunutze machen, um vorbeizusegeln. Eine Windjammerparade von Bildern.

Lina als Fünfjährige, an Weihnachten, auf dem Schoß des Vaters. Lina, Martha, Hans am Frühstückstisch, mit Selbstauslöser aufgenommen, drei Menschen, die erwartungsvoll ins Objektiv der Kamera schauen. Lina mit ihrer Mutter bei der Einschulung aufs Gymnasium; da hatte sich ihr Vater bereits aus dem Bild geschlichen. Es war die Zeit, in der Martha seine Affären zugetragen wurden, von Freunden, die sich wohlmeinend nannten. Martha achtete immer darauf, dass Lina in ihrem Zimmer war, wenn sie mit Hans stritt. Aber die Worte fanden ihren Weg durch Wände und Türen. Und auch die Blicke, die zwischen den Eltern hin und her liefen, entgingen der Tochter nicht. Sie sah die Ohnmacht ihrer Mutter darin, und damals begann sie, ihren Vater für das zu verachten, was er in Marthas Gesicht hinterließ. Ihre Züge verhärteten sich. Sie weinte so gut wie nie, und Lina weiß noch heute, dass sie das als zehnjähriges Mädchen nicht verstand. Wenn einem etwas weh tat, dann weinte man doch, und irgendwann war es auch wieder gut. Aber hier wurde nichts wieder gut. Ihr Vater packte an einem Wochenende vor elf Jahren seine Sachen; da war Lina bei den Großeltern, und als sie wiederkam, war er weg. Und ihre Mutter biss die Zähne zusammen und kochte ihr Kakao und spielte mit ihr Mensch-ärgere-dich-nicht und fuhr sie zum Schlittschuhlaufen und ins Kino und ins Freibad. Alles sollte sein wie immer, und nichts war mehr wie immer.

Jetzt dreht sich Lina auf die Seite und zieht die Bettdecke über die Ohren. Wieder dieses Gefühl. Dieses Gefühl von damals: Nichts ist wie immer.

Das Klingeln des Telefons vernimmt sie nur von fern. Sie hört ihren Vater reden, und mit einem Blick auf den Wecker vergewissert sie sich, dass es bereits nach zehn Uhr ist. Sie hat fast fünf Stunden geschlafen; sie wundert sich selber darüber.

Kurz darauf klopft es an ihrer Zimmertür.

»Was ist?« Sie kommt einfach nicht ohne diesen unwirschen Unterton aus.

»Bist du schon wach?«

»Das hörst du doch.«

»Wir müssen reden, Lina.«

Mit einem Satz ist sie aus dem Bett, greift sich ihren Bademantel, der auf einem Sessel liegt, zieht ihn über, schlüpft in ein Paar Wollsocken und streicht sich einige Haarsträhnen aus der Stirn.

Sie reißt die Tür auf. Ihr Vater steht direkt vor ihr. Er hält das Telefon noch in der Hand.

»Ist was passiert?«, fragt sie und merkt, wie ihre Stimme taumelt.

»Da hat eben eine Ärztin aus der Uniklinik in Kiel angerufen.«

»Ich verstehe nicht ...«

»Martha ... deine Mutter ... sie hat wieder ...«

»Neue Metastasen?« Mit der Frage kollabiert die Stimme endgültig.

Er nickt. »Sie hat dir nichts davon erzählt?«

»Nein, nein, kein Wort.« Sie versucht, sich zu erinnern, die letzten Tage zurückzuholen. »Als ich aus Schottland zurückkam, war sie wie immer. Na ja, etwas stiller vielleicht ... Aber ich hab das auf ihren fünfzigsten Geburtstag geschoben. An solchen Tagen sind ja die meisten Menschen ein wenig nachdenklich ...«

»Sie war letzte Woche bei einer dieser Kontrolluntersuchungen.«

»Ja, das wusste ich, aber da sie nichts gesagt hat, dachte ich ... Nun, bei den letzten Malen ist schließlich auch immer alles gutgegangen.«

»Die Ärztin hat gefragt, wer ich bin.«

»Und was hast du gesagt?«

»Ich sei Marthas Mann. Irgendwie stimmt das ja auch. Oder es hat zumindest mal gestimmt. Na ja, und sonst hätte diese Frau wahrscheinlich gar nichts rausgerückt.«

Lina nickt und sieht über seine Schulter hinweg aus dem kleinen Flurfenster, das in den Garten hinausgeht. Ein Hibiskus verblüht da draußen gerade, wirft seine violettblauen Blüten ab.

»Martha wollte sich noch überlegen, ob sie einer Chemotherapie zustimmt«, sagt Hans leise.

»Chemotherapie? Was heißt das?«

»Es geht um ein paar Monate. Ein paar Monate mehr oder weniger.« Er schluckt. »Deine Mutter hat nicht mehr lange ...«

Lina sieht ihn ungläubig an. »Herrgott noch mal«, sagt sie schließlich laut, »hör endlich auf mit deiner Scheißdramatik. Sag mir jetzt klipp und klar, was los ist.«

Er dreht sich von ihr weg. »Sie wird sterben, Lina.«

Sie spürt, wie Tränen hochdrängen, doch sie blinzelt sie weg. »Gibt es denn ... gibt es denn kein Mittel, das ...?«

»Nein, nur Chemo. Lebensverlängernde Maßnahmen nennt man das.«

Er stützt sich auf dem Treppengeländer ab. Sie blickt auf seinen Rücken, der nicht mehr so gerade ist wie früher.

»Was hast du dieser Ärztin gesagt?«, fragt sie seinen Rücken.

»Die Wahrheit. Dass Martha verschwunden ist und wir zwei nicht wissen, wohin.«

»Und?«

Er räuspert sich. »Es ist eigenartig, aber sie schien das irgendwie zu verstehen.«

»Wie meinst du das?«

»Na ja, sinngemäß hat sie gesagt, deine Mutter würde schon wissen, was zu tun ist. Sie hat mich nur gebeten, ihr Bescheid zu geben, falls Martha sich bei uns meldet. Wegen der Medikation. Sie sagte etwas von starken Schmerzmitteln.«

Lina zupft an dem Ärmel ihres Bademantels, als würden dort in dem hellblauen Frottee irgendwelche Antworten auf die vielen Fragen stecken. Das Bild ihrer Mutter taucht vor ihr auf, gestern Abend, in ihrem schwarzen Kleid mit Spitze. Schön hatte sie ausgesehen und stark, und sie hatte viel gelacht, bis Ingrid diesen Satz sagte.

»Was machen wir nun, Papa?«

Er dreht sich um. »Wir warten, bis Martha anruft. Sie wird es tun. Vielleicht nicht heute oder morgen, aber irgendwann wird sie sich rühren. Du bist ihre Tochter, Lina. Sie liebt dich. Sie wird dich nicht einfach so ohne Nachricht lassen. Bis dahin ...«

Sie sieht auf ihre Füße, die in den dicken Wollsocken stecken. Socken, die Martha ihr irgendwann mitgebracht hat. Jetzt fährt sie mit der Fußspitze am Rand des Teppichs entlang. Hin und her. »Ja?«, fragt sie schließlich. »Was tun wir bis dahin?«

»Wir sind einfach füreinander da.«

Ihr Nicken kommt zeitverzögert. Lange sagt sie nichts mehr. Steht nur da, ungefähr zwei Meter von ihm entfernt, und sucht nach Haltepunkten in diesem Flur, der ihr so vertraut ist. Lässt ihren Blick die Treppe hinunter- und wieder hinauflaufen, vorbei an den Fotos. Den Fotos aus fünf Jahrzehnten, von denen viele Familienfotos sind.

Irgendwann fragt sie ihren Vater, ob sie noch einen Kaffee kochen soll. Einen starken Kaffee.

Sie spürt so was wie Dankbarkeit in seinem Blick. Ein zu großes Wort, findet sie, aber ihr fällt gerade kein besseres ein.

6

Sie ist bis fünf Uhr morgens gefahren. Ohne Pause. Sie ist viel zu schnell gefahren. Als wollte sie in möglichst kurzer Zeit möglichst viele Kilometer zwischen Vergangenheit und Zukunft legen.

Fragmente ihrer Geburtstagsfeier werfen sich auf der nahezu leeren Autobahn vor ihren Wagen, und sie schaltet das Fernlicht ein, um die Versatzstücke ihres bisherigen Lebens auszuleuchten.

Da ist das Haus, ihr Zuhause, das über die Jahre immer ein bisschen schäbiger geworden ist. Sie hat keine Lust verspürt, neue Möbel zu kaufen oder neue Bilder aufzuhängen. Sie ist sitzen geblieben in den Sesseln von früher, die inzwischen durchhängen und kaum noch Halt bieten und deren Farben sich im Lauf der Zeit immer mehr verschlissen haben. Sie hat ihre Dinge erledigt in diesem Zuhause, und manchmal ist ihr Blick an den Fotos im Flur hängengeblieben. Bilder, die ihr Leben auffädeln. Meist hat sie schnell wieder weggesehen, weil sie es nicht mag, wenn sich ihre Gedanken auf Abwege begeben.

Da ist Lina. Ihre Tochter, die sich langsam löst aus dem Mutter-Kind-Zweisamkeitskokon. So ist das eben, redet Martha sich bereits seit längerem ein. Und trotzdem fällt ihr dieser Abschied auf Raten nicht leicht. Gestern, als Lina von Schottland schwärmte, wusste sie plötzlich: Es wird gar keine langsame Abnabelung mehr geben. Kein vorsichtiges Durchtrennen dieser Nabelschnur, die länger hält als die, die man nach der Geburt mit einem entschiedenen Schnitt in zwei Leben teilt. Martha hat auf den fließenden Übergang gehofft: Irgendwann wäre da ein Mann in Linas Leben, vielleicht sogar ein Kind ... Doch das alles ist nun nicht mehr möglich. Sie würde noch nicht mal den Uni-Abschluss ihrer Tochter erleben, geschweige denn Enkel. Diese Krankheit, die jetzt in ihrem Körper die Regieanweisungen gibt, nimmt keine Rücksicht auf Pläne. Erteilt der Zukunft eine rigorose Absage. Widerspruch zwecklos.

Da ist ihr Vater, der natürlich ihren Geburtstag vergessen hat, weil er in einem Dämmerzustand lebt, in dem die Koordinaten nur noch hier und jetzt heißen. Einem Dämmerzustand, in dem das Wissen, dass er eine Tochter hat, keinen Platz mehr findet. Jede Woche besucht sie ihn im Heim. Seit drei Jahren schon. Im Sommer sitzt sie mit ihm in der Grünanlage hinter dem schmucklosen Neubau auf einer Bank; im Winter sehen sie aus dem Aufenthaltsraum durch große Fenster auf Bäume, die sich vom Laub befreit haben. Dass auf die Scheiben schwarze Vögel aus Papier geklebt sind, hat Martha immer etwas beunruhigt. Schwarze Vögel, die über den Köpfen der alten Leute kreisen, die sich hier zu den Mahlzeiten einfinden und die selbst kaum mehr essen als ein Spatz. An guten Tagen nimmt Marthas Vater ihre Hand und hält sie fest, und sie meint, in seinen Augen so etwas wie Erkennen auszumachen. Ihr Name ist ihm im vorletzten Herbst entfallen, und wenn sie ihn Papa nennt, bekommt sie manchmal ein Lächeln. Meistens bekommt sie allerdings nur einen verständnislosen Blick. Und sie beschließt, nicht weiter zu beharren auf Erinnerungen, die nicht mehr seine sind. Sie glaubt, dass es ihm guttut, wenn sie ihn in den Arm nimmt; das muss genügen. Wenn er noch etwas durchhält – und die Ärzte meinen, das werde er, sein Herz sei stark –, dann ist sie nun wohl vor ihm dran mit dem Sterben. Er wird es nicht mal mehr mitbekommen, wenn sie geht.

Schließlich sind da noch Freunde. Und Kollegen. Drei wissen von ihrer Krankheit, Ingrid ist eine davon. Doch niemand weiß von dem, was ihr seit drei Tagen Lebenszeit raubt. Sie wird diese Menschen, die Jahre ihres Lebens mit ihr geteilt haben, lange nicht sehen. Die meisten wird sie vielleicht sogar niemals mehr sehen.

Sie wird die Aufträge, die sie bis letzte Woche angenommen hat, ins Leere laufen lassen. Die Artikel werden von ihr nicht mehr geschrieben werden. Sie will keine Interviews mehr führen, niemanden mehr nach seinem Leben befragen. Sie will ihr eigenes, ihr restliches Leben führen und sich den Fragen stellen, auf die sie bisher keine Antworten gefunden hat.

Vor München fährt sie auf den Parkplatz einer Raststätte, stellt den Motor ab und fällt augenblicklich in einen Schlaf, der kurz ist und ihr wirre Träume hinwirft. Solche, die nur skizzieren und nichts zu Ende bringen. Halbwachzustände, die sich nicht über die Grenze trauen.

Als sie nach etwa zwei Stunden wieder aufwacht, reibt sie sich die Augen. Neben ihr stehen Lkws und Wohnwagen. Ein Grünstreifen, ein paar Büsche, einige Mülleimer. Etwa hundert Meter weiter streuen die Lichter der Tankstelle etwas Neon in den Morgen.

Sie greift nach ihrer Handtasche, zieht den Zündschlüssel ab und steigt aus. Ihre Glieder fühlen sich steif an, sie streckt sich, registriert Verspannungen in Schultern, Armen, Beinen.

Der Kaffee, den man ihr im Tankstellen-Shop hinstellt, schmeckt nach billigem Pulver. Doch er ist wenigstens heiß. Sie reißt die Verpackung von der Kondensmilch ab, dabei spritzt etwas von dem Zeug auf ihre Jacke. Sie wischt mit der Hand darüber, dann rührt sie die restliche Milch mit dem Plastikpaddel, das ihr die Frau hinter der Theke neben den Pappbecher gelegt hat, in das, was sich hier Kaffee nennt.

Während sie trinkt, sieht sie auf Plüschtiere, die als Maskottchen verkauft werden. Sie sieht auf Plastikfeuerzeuge in verschiedenen Farben. Und sie sieht auf ein großes Regal mit Zeitschriften. In einem Heft ist sogar ein Artikel von ihr, sie hat ihn im letzten Monat geschrieben. Ein Porträt über eine Tänzerin, die nach einem Unfall nicht mehr in ihrem Beruf arbeiten kann und die nun ein Buch schreibt. Eine dieser Krise-als-Chance-Storys, von denen sie schon so unsäglich viele verfasst hat. Geschichten, die Mut machen sollen. Und während Martha den letzten Schluck der mittlerweile lauwarmen Brühe trinkt, addiert sie mal schnell die Chancen, die ihr noch bleiben. Bei der Summe, die diese Kopfrechenaufgabe unter dem Strich ergibt, verzieht sie das Gesicht, und die Frau, der sie einen Fünfeuroschein hinlegt, fragt fast entschuldigend: »War der Kaffee so schlecht?«

Martha muss unwillkürlich lachen. »Nein, schon okay.«

Die Frau zählt ihr das Wechselgeld hin. »Ich weiß, das Zeug kann man nicht trinken. Und teuer ist es auch noch.«

»Na, es wärmt wenigstens.« Sie wirft dreißig Cent in ein kleines grünes Sparschwein.

»Danke Ihnen. Wohin geht's denn heute noch?« Sie ist höchstens Anfang dreißig, und sie hat freundliche braune Augen, die Martha neugierig ansehen.

»Nach Italien.«

»Urlaub?«

Martha beißt sich kurz auf die Unterlippe. »Ein bisschen länger als Urlaub«, sagt sie dann.

»Wie lange?«

»Ein paar Monate.«

»Sie Glückliche.«

Sie spürt, wie sofort alles in ihr auf Abwehr umschalten will. Doch dann wird ihr plötzlich klar, was diese Frau an dieser Tankstellenkasse, die den Leuten tagaus, tagein schlechten Kaffee auf den Tresen stellt, eigentlich meint. Ja, verdammt noch mal, es ist ein Glück, nach Italien zu fahren. Sie wird neue Gleichungen aufstellen müssen. Gleichungen, die auf der Haben-Seite noch etwas zu verbuchen haben.

Sie fühlt ein Lächeln in sich, als sie ihre Tasche nimmt, der Frau zunickt und hinaus in den Morgen tritt. Der Himmel ist grau, es nieselt leicht, aber das alles stört sie auf einmal nicht mehr.

Gut zwei Stunden später fährt sie über den Brenner, vorbei an den alten Zollstationen und Grenzkontrollhäuschen, in denen einen niemand mehr nach dem Reisepass fragt.

Die Wolken reißen auf und zeigen erstes Blau. An der Mautstation zieht Martha ein *biglietto*, dann gibt sie Gas, darauf achtend, die in Italien geltende Geschwindigkeitsbeschränkung nicht zu überschreiten. Sie passiert diverse Tunnel, *gallerie* heißen die hier, dazwischen legt sie ihren Blick auf Bergspitzen und die Burgen, die dort oben thronen.

Bei Trento trinkt sie wieder einen Kaffee. Einen Kaffee, den der Mann an der Bar aus einer großen Espressomaschine herauslaufen lässt. Er schäumt Milch auf und gibt sie dazu. Der erste Schluck schmeckt, wie das Leben schmecken soll, und Martha begreift ein zweites Mal, warum die Frau an der Münchener Raststätte sie heute Morgen glücklich genannt hat.

Sie tankt ihren Lancia voll, dann fährt sie zurück auf die *autostrada*. Sie lässt Namen wie Bolzano und Lago di Garda auf großen grünen Schildern an sich vorbeifliegen. Sie passiert riesige Apfelplantagen und Weinanbaugebiete. Die Blätter an Bäumen und Weinstöcken stellen zögerlich auf Herbstfarben um und lassen sich ansonsten von der Sonne bescheinen. Auf der Höhe von Verona vermeldet die Temperaturanzeige in Marthas Auto bereits über 25 Grad, und sie ist froh, dass sie letzte Nacht in dieser kühlen norddeutschen Kleinstadt, die ihr fast ein Leben lang Heimat gewesen ist, ein paar Sommersachen eingepackt hat.

Sie will jetzt nur noch weiter. Will weiter ohne Pause. Will an diesen Ort, von dem Francesca ihr an dem Frühsommertag in Triest erzählt hat. Irgendwann taucht der Name zum ersten Mal auf den grünen Schildern auf. Bologna. Wenig mehr als hundert Kilometer. Die gerade mal zwei Stunden Schlaf, die Martha sich in München gegönnt hat, fordern Fortsetzung, doch sie will sich jetzt nicht hinlegen. Ankommen – das ist es, wonach es sie drängt. Das duldet keinen Aufschub.

Es ist heiß, doch es gibt keine Klimaanlage in ihrem Auto. Also kurbelt sie die Scheiben herunter und lässt den Fahrtwind herein. Sie trägt noch immer das schwarze Kleid mit der Spitze, das sie für ihre Geburtstagsfeier ausgesucht hat. Mittlerweile klebt der Stoff an ihrem Körper, und sie riecht den leichten Schweißgeruch, der sich unter ihren Achseln gebildet hat.

Sie nimmt die Ausfahrt *centro*. Dahin will sie schließlich. Ins Zentrum eines neuen Lebens.

Es geht durch Industriegebiete, vorbei an Autohäusern, Möbeldiscountern, Elektrogroßhändlern. Es wird gehupt, wenn sie die Spur nicht schnell genug wechselt, mehr und ungeduldiger, als sie das von Deutschland gewohnt ist. Einmal zuckt sie nur mit den Schultern, weil sie nicht weiß, in welche Richtung sie soll – schließlich hat sie weder Navi noch Stadtplan dabei. Der Mann, der sie schließlich links überholt, schüttelt erst den Kopf, dann lächelt er. In dem Moment spürt sie, dass man ihr in diesem Land nichts übelnehmen wird. Es scheint ein Spiel mit Emotionen zu sein, selbst auf den Straßen, man reizt alles aus, und dann macht man sich mit einem Augenzwinkern davon.

Irgendwann taucht ein Stadttor auf. Die Häuser links und rechts werden älter, die Straßen werden enger, die Menschen werden mehr.

An einer Hinweistafel sucht Martha sich ein Hotel aus. Sie greift einfach einen Namen unter vielen heraus. Sie kennt hier nichts und niemanden, also überlässt sie dem Zufall die Wahl.

Das Gebäude, vor dem sie ungefähr zehn Minuten später steht, ist eines, das seine besten Tage hinter sich hat. Von der Fassade bröckelt der Putz, ein Buchstabe der Neon-Leuchtschrift über dem Eingang hat sich gelöst und hängt nach unten. Rechts neben dem Haus befindet sich ein Kino, vor dem eine Gruppe junger Leute sich die Vorankündigungen in den Glaskästen ansieht und laut debattiert.

Martha parkt ihr Auto im Halteverbot, stellt den Motor ab, steigt aus und überquert die Straße. Eine Drehtür führt ins Innere des Hotels. Das Licht in der mächtigen Eingangshalle ist schummrig; ein älterer Mann mit Glatze eilt aus einem Hinterzimmer an die Rezeption und begrüßt Martha mit einem breiten »*Buon giorno*«.

Sie fragt in gebrochenem Italienisch, ob sie Englisch reden könne, und als der Mann nickt, atmet sie erleichtert auf.

Sie suche ein Zimmer, erklärt sie, möglichst günstig, für ein, zwei Nächte.

Sie erhält ein erneutes Nicken zur Antwort. Dann wendet er sich seinem Computer zu und tippt etwas ein. Er sagt, dass gerade eine Messe vorbei sei und er ihr deshalb ein gutes Angebot machen könne. Wie zum Beweis greift er hinter sich in ein Regal mit vielen Schlüsseln und nimmt einen davon heraus. »Fünfzig Euro die Nacht, mit Frühstücksbüfett, okay?«

Martha willigt ein und unterschreibt schnell das Formular, das ihr der Mann mit einem Lächeln über den Tresen schiebt.

Zehn Minuten später lässt sie sich in einem schmalen dunklen Zimmer aufs Bett fallen. Die Tagesdecke riecht abgestanden, wie die Luft in dem Raum. Aber das ist ihr egal. Sie schließt die Augen, und innerhalb von Sekunden fällt sie in einen tiefen Schlaf.

Als sie aufwacht, dämmert es bereits hinter den Jalousien. Ihr Blick irrt orientierungslos umher und bleibt schließlich an der Reisetasche hängen, die unausgepackt vor der Tür zum Badezimmer steht.

Martha erhebt sich, und dabei streicht sie die Falten in ihrem Kleid glatt, als könnte sie so wenigstens ein bisschen Ordnung schaffen. Ordnung in einer Welt, die von heute auf morgen Kurs aufs Chaos genommen hat.

Ihre Sachen sind schnell ausgepackt. Sie hängt ein paar Dinge im Schrank auf, verteilt Creme, Bodylotion, Make-up, Zahnbürste, Zahnpasta, Kamm auf der Konsole unter dem Spiegel im Bad, legt Lesebrille und Notizbuch auf den Nachttisch.

Sie bleibt etwas länger unter der Dusche als gewöhnlich, lässt heißes Wasser über ihren Körper laufen. Diesen Körper, der sich nun als ihr Gegner aufspielt. Jetzt verwöhnt sie ihn mit Seife, als wollte sie ihn versöhnlicher stimmen. Sie streicht mit den Händen über Bauch und Brüste, fährt über den Po, der sich noch immer fest anfühlt. Unter den Achseln und an den Beinen wachsen Härchen nach, und sie beschließt, in den nächsten Tagen irgendwo hier in der Stadt einen Termin zur Depilation zu vereinbaren. Sie lächelt bei dem Gedanken, derlei Pläne zu machen. Pläne, die ihre Vektoren nach außen richten. Dorthin, wo es keine Krankheit gibt.

Als sie mit einem Handtuch um die Hüfte aus dem Badezimmer kommt, fällt ihr Blick auf ihren Laptop, den sie auf dem kleinen Tisch unter dem Fenster abgestellt hat. Sie setzt sich auf den Stuhl davor, fährt den Computer hoch und loggt sich kurz darauf ins Internet ein. In ihrem Mailaccount findet sie eine Nachricht von Lina.

»Liebe Mama, mache mir große Sorgen um dich. Papa ist hier bei mir, und seit heute Morgen wissen wir von deiner Ärztin, was los ist. Bitte, bitte gib mir Bescheid, wo du bist. Deine Lina.«

Sie schluckt, als sie die drei Sätze liest. Die Worte ihrer Tochter holen etwas zurück, das gerade versucht, sich davonzuschleichen. Sie spürt das vertraute Verantwortungsgefühl in sich hochkriechen. Für den Bruchteil einer Sekunde will sie auf »Antworten« drücken, doch dann fährt sie schnell mit dem Cursor auf das Symbol für »Logout«.

Später, sagt sie sich. Ich schreib ihr später, sie soll sich nicht beunruhigen. Und außerdem ist Hans bei ihr, er kann sich kümmern. Kann tun, was Martha all die Jahre getan hat, während er ... Sie führt den Gedanken nicht zu Ende. Keine kleingeistige Aufrechnerei.

Stattdessen holt sie ein Kleid aus dem Schrank und zieht es an. Ein Sommerkleid aus blauer Waschseide. Der Spiegel, der sich hinter der Tür befindet, wirft ihr Bild zurück, und es gefällt ihr, was sie sieht.

Ein paar Stunden will sie in dieser neuen Stadt ganz für sich sein. Will ankommen, eintauchen, durchatmen. Will vorerst niemandem erklären, wo sie ist. Niemandem Rechenschaft abgeben.

»In deinem Leben bist jetzt mal du an der Reihe«, hat ihr Francesca damals beim Abschied in Triest gesagt.

Ja, verdammt, denkt sie nun, während sie ihre Haare kämmt und mit einem Gummi im Nacken zusammenbindet. Keine vierundzwanzig Stunden ist es her, seit sie zusammen mit Lina den Tisch für ihre Geburtstagsfeier gedeckt und die Rosen von Hans in den Eimer gestellt hat. Nein, sie ist keine schlechte Mutter, wenn sie noch einige Stunden für sich bleibt. Erst mal ihren Standort bestimmt, bevor sie ihn anderen preisgibt.

Sie trägt Parfum auf. Dann nimmt sie ihre Handtasche und verlässt das Zimmer. Die Tür klemmt ein wenig, als Martha sie hinter sich zuzieht.

Draußen begrüßt sie das Leben. Es ist kurz nach sieben Uhr, und es ist warm wie im Hochsommer. Die Leute sind auf den Straßen und Plätzen, ein einziges Flanieren und

Parlieren, so scheint es Martha. Sie lässt sich mittreiben, gibt sich dem Menschenstrom hin, der sie mal hierhin, mal dorthin trägt. Die Woge einer schönen, fremden Sprache umgibt sie, spült Laute an ihre Ohren, die sich nach großer Oper anhören.

Ja, sie wird Francesca anrufen, und sie wird bei ihr in der Schule Italienisch lernen. Sie wird Vokabeln und unregelmäßige Verben und Zeitformen lernen. Ich habe gelebt. Ich lebe. Ich werde leben – und wenn auch nur für ein paar Monate. Sie wird den Indikativ zu ihrer Daseinsform machen; den Konjunktiv mit seinen ewigen Vorbehalten wird sie entsorgen. Was soll sie noch mit diesem ständigen *hätte, könnte, wäre, müsste*? Sie braucht diese Worte nicht mehr, Worte, die bereits prophylaktisch den integrierten Airbag auslösen, um dem Leichtsinn schon vorab die Lust am Kick zu nehmen, ihn die Knautschzone erst gar nicht ausreizen zu lassen.

Martha fühlt sich leicht mit diesen neuen Gedanken im Kopf. Leicht wie lange nicht mehr.

Als sie die Piazza Maggiore betritt, bleibt sie einen Moment vor einem großen Brunnen stehen. Ein riesiger Neptun mit Dreizack sieht auf sie herab, umgeben von wasserspeienden Nymphen. Von der Hauptstraße hört man, wie Motorroller und Autos und Busse zwei hoch in den Himmel ragenden schiefen Türmen mit Vollgas entgegenbrausen.

Tauben trippeln über das Pflaster, immer wieder aufgescheucht von Kindern, die sich einen Spaß daraus machen, die Vögel zum Fliegen zu animieren. Junge Leute sitzen rings um den Brunnen, spielen Gitarre, lesen, rauchen, reden.

Und dann öffnet sich der Platz hin zur großen Bühne. Rechts der Glockenturm, der gerade zur achten Stunde schlägt, links Palazzi und Geschäfte unter Arkaden, vis-à-vis die große Kirche, von der Martha später erfährt, dass sie San Petronio heißt, gegenüber Cafés, in denen man den Abend mit einem Aperitif eintrinkt.

Auf der Piazza Familien mit Kinderwagen, Touristen mit Kameras, Liebespaare mit Augen nur füreinander. Viele sitzen auf der breiten Treppe vor dem Kirchenportal, so viele, dass Plätze fast rar sind. Es scheint die Zeit für Küsse, in denen bereits Lust auf die Nacht liegt. Eine Band, die gerade ihre Instrumente aufgebaut hat, liefert den passenden Soundtrack. Die vier Leute versuchen sich an alten Pink-Floyd-Titeln, und als Martha sich neben ein Pärchen auf eine der Treppenstufen setzt, beginnen die Musiker mit *The Wall*. Irgendwie scheint das, was da aus den Lautsprechern kommt, die Menschen auf dem Platz zu verbinden. Einige summen mit, andere bewegen sich im Takt der Musik, und es gibt nicht wenige, die einfach in den blauen Abendhimmel sehen, als stünden da oben irgendwelche Antworten auf die mehr oder weniger entscheidenden Fragen des Lebens. Oder vielleicht auch nur ein paar federleichte Spätsommer-Illusionen.

Martha stützt ihre Ellbogen auf die Knie, legt ihr Kinn in die Hände und holt tief Luft. Eine Taube landet zu ihren Füßen und pickt etwas auf, das sie wohl für Brotkrümel hält, dabei wackelt sie fast übertrieben mit dem Kopf. Martha lächelt, und der Mann neben ihr, der seine Freundin im Arm hält, fängt ihr Lächeln auf und wirft ihr seines zurück. Ein kleines Tauschgeschäft, nur dazu da, für einen Moment die Seele zu wärmen.

Sie ist allein in dieser Stadt, sitzt unter fremden Leuten auf einem fremden Platz irgendwo im Süden, Hunderte Kilometer entfernt von dem Ort, der bislang ihr Zuhause gewesen ist, und merkt auf einmal, dass sich etwas in ihr zu regen beginnt. Etwas, das mit traumwandlerischer Sicherheit in Winkel ihres Innersten kriecht, die sie bis dahin kaum gekannt hat.

Sie steht auf und schlendert in eine Seitengasse rechts von der Kirche. Ihr Blick wandert erst an der Backsteinfassade hoch, bevor er langsam die Richtung ändert und sich gegenüber in einer Bar niederlässt. Bequeme Stühle aus dunklem Korbgeflecht stehen dort unter großen hellen Sonnenschirmen. Vor dem Eingang sind zwei mit Eiswürfeln gefüllte Fässer aufgestellt, in denen Weißwein- und Spumante-Flaschen gekühlt werden, daneben Bänke und kleinere Tische, auf denen Kerzen flackern, die man in Gläsern vor dem leichten Wind schützt, der von der Piazza herüberweht.

»Signora?«

Ein Kellner steht vor ihr. Er trägt ein dunkelviolettes Hemd und eine schwarze Schürze. »Posso aiutare?«

Sie zuckt mit den Schultern.

»Do you speak English?« Er sieht sie aufmunternd an.

Sie nickt dankbar.

»You want to sit down?« Sein Englisch klingt italienisch.

Auf ihr erneutes Nicken hin dreht er sich um und steuert einen der kleinen Tische an, wischt kurz mit einer Serviette, die er aus seiner Schürze zieht, über die blanke Oberfläche und schiebt Martha den Stuhl so hin, dass sie sich setzen kann.

Kurz darauf kommt er mit einer Karte zurück, aber sie sieht gar nicht hinein, sondern bittet ihn, ihr einfach ein Glas Rotwein zu bringen. Als er mit einem großen Glas und einer Flasche Morellino di Scansano erscheint und ihr das Etikett hinhält, lächelt sie. Ja, der sei okay.

»You know this wine?«

»Si«, entgegnet sie, und er scheint sich zu freuen über dieses kleine italienische Wort aus ihrem Mund.

Er schenkt ihr ein wenig ein, sie probiert, nickt und lässt sich das Glas füllen.

»You want something from our buffet?« Er zeigt nach drinnen, wo Leute mit Tellern an einem Tisch stehen und sich bedienen. »It's all free«, ergänzt er.

»Grazie«, erwidert sie und holt sich ein Lächeln ab. »Do you have an ashtray?«

Er runzelt die Stirn.

Sie holt Zigaretten und Feuerzeug heraus.

»Ah, capisco.« Er bringt einen Aschenbecher von der Bar und stellt ihn vor ihr auf den Tisch. »Un portacenere«, erklärt er.

»Porta …?«

»… cenere!«

»Difficult word.«

»Where do you come from?«

»From Germany.«

»Ah, Germania. Bellissima.« Sein Nicken ist anerkennend. »Salute«, meint er dann, als sie ihr Glas hebt.

»Grazie«, sagt sie wieder, und sie freut sich darauf, bald mehr sagen zu können als nur das.

Sie zündet sich eine Zigarette an, bläst den Rauch langsam aus und lehnt sich zurück. Die Finger ihrer anderen Hand spielen mit dem Stiel des Weinglases.

Es kommen immer mehr Menschen in die Bar; alle werden herzlich begrüßt und an die noch verbliebenen freien Tische gesetzt. Stühle werden verschoben, Gläser aufgetragen, Flaschen entkorkt. Bald ist Martha umgeben von Gesprächen, die sie nicht versteht. Es wird viel gelacht, viel gestikuliert, viel posiert. Die Frauen tragen teure Handtaschen und tiefe Dekolletés, die Männer große Uhren und schwarze Haare an den Unterarmen.

Der Flirt scheint hier Stammgast zu sein; er geht von Tisch zu Tisch, nur die wenigen, an denen Touristen sitzen, ignoriert er. Dort wird mehr geschwiegen als geredet. Es sind meist Paare mittleren Alters, die sich nahezu stumm gegenübersitzen, bis auf ein paar spärliche Sätze, die sie zwischendrin fallenlassen.

Ob sie den Zimmerschlüssel eingesteckt habe, will ein Deutscher nebenan von seiner Frau wissen. Sie sagt ja, wühlt in einer braunen Kunstledertasche und sagt noch mal ja. Ungefähr zehn Minuten später erklärt sie, es sei schön hier. Er brummt Zustimmung und fragt dann, wie lange sie noch bleiben wolle. Sie trinkt hastig ihren Wein aus. Wenig später zahlen sie. Als sie gehen, läuft sie etwa einen halben Meter hinter ihm her.

Martha muss an ihre Urlaube mit Hans denken. An die letzten, die sie gemeinsam machten. Die, in denen bereits eine Ahnung von Ende mitgefahren war. Auch sie schwiegen am Schluss. Suchten sich nicht mehr mit Blicken. Tauschten Notwendigkeiten aus und ließen die wirklich wichtigen Dinge ungesagt. Er ging manchmal spätabends noch kurz vor die Tür, raus aus dem Hotel, auf die Straße, immer mit irgendeiner Ausrede und seinem Telefon dabei. Sie wusste, dass er dann mit einer anderen Frau redete. Vermutlich in fünf Minuten mehr redete als den ganzen Tag mit ihr, mit Martha, die sich oben im Badezimmer abschminkte und ihr Gesicht im Spiegel betrachtete. Ende dreißig war sie damals, und sie war hübsch. Aber sie war auch traurig, und dieses Traurigsein zog ihre Mundwinkel nach unten wie ein bleiernes Gewicht. Im Alltag versuchte sie, dagegen anzulächeln, aber in solchen Hotelspiegel-Momenten sah sie, was dieses Gewicht anzurichten imstande war. Wenn Hans zurückkam, lag sie meist schon im Bett, im Pyjama, die Decke bis unters Kinn gezogen. Sie hielt die Augen geschlossen. Er sollte denken, sie schlafe bereits, und er nahm das stets dankbar an.

Jetzt schüttelt sie den Kopf, als sie dem deutschen Paar nachblickt, und etwas in ihr atmet auf.

Der Wein schmeckt ihr. Sie bestellt sich ein zweites Glas, und dann steht sie auf und holt sich vom Büfett drinnen Brot, in dicke Würfel geschnittene Mortadella, Parmigiano, eingelegte Bohnen, Paprika und Zucchini. Sie merkt, wie hungrig sie ist. Sie hat seit gestern Abend nichts mehr gegessen. Seit ihrer Geburtstagsfeier mit all den Platten vom Feinkosthändler.

Als sie später zahlt, schenkt ihr der Kellner einen Schluck gratis nach. Wie lange sie in Bologna bleibe, fragt er.

Oh, das wisse sie noch nicht, antwortet sie. Vielleicht einige Monate.

Er pfeift durch die Zähne. »Bene«, meint er dann. »You come here again?«

»Sure«, antwortet sie. Es fühlt sich fast ein wenig nach Verabredung an. Und es fühlt sich gut an.

Sie nickt ihm zu, als sie ihre Tasche nimmt und aufsteht.

Es ist kurz nach elf, und die Straßen und Plätze sind noch voller Menschen. Der Neptun badet im Licht der Piazza und wirft von seinem Brunnen aus einen großen Schatten an die gegenüberliegende Wand des Rathauses. Darunter spielt ein Junge auf einer Querflöte. Er spielt nicht schlecht. Martha wirft ihm einen Euro in seinen mit rotem Samt gefütterten Instrumentenkoffer. Und dann beschleunigt sie ihren Schritt und läuft zurück in ihr Hotel.

Noch in dieser Nacht schreibt sie eine kurze Mail an Lina. Sie solle sich keine Sorgen machen. Es gehe ihr gut. Sie sei für einige Zeit in Italien. Und sie werde nicht so bald zurückkommen. Aber sie werde sich bald wieder melden. Sie schickt noch einen dicken Kuss. Dann drückt sie auf »Senden«.

Nachdem sie Laptop und Nachttischlampe ausgeschaltet hat, liegt sie lange mit offenen Augen da. Sieht an die Zimmerdecke, auf die das durch die Jalousien hereinfallende Licht ein gestreiftes Muster wirft. Unten auf der Straße lacht jemand sehr laut, kurz darauf hört sie, wie ein Motorrad gestartet wurde. Es nimmt das Lachen mit.

Ihre Gedanken geben jetzt Ruhe. Nichts stört mehr. Seit Tagen findet sie endlich so etwas wie Frieden.

7

»Pronto?« Die Stimme verliert sich in lauten Hintergrundgeräuschen.
»Francesca?«
»Chi parla?«
»Ich bin's. Martha.«
Sie hört Leute durcheinanderreden, dann das Schlagen einer Tür. Es wird leiser. »Martha?«
»Ja.«
»Triest?«
Sie lacht. »Ja.«
»Wo bist du?«
»Ich bin in Bologna. In einem Hotel.«
»Was tust du hier?«
»Das weiß ich auch noch nicht so genau.«
»Wann bist du angekommen?«
»Gestern Nachmittag.«
»Und wie lange bleibst du?«
»Auch das weiß ich noch nicht.«
»Hey, du weißt ziemlich wenig.«
»Na ja, ich würde gern Italienisch lernen.«
»Das lässt sich einrichten, denke ich.«
»Können wir uns sehen, Francesca?«
»Natürlich. Ich bin …«, sie überlegt einen Moment,

»... noch etwa zwei Stunden hier beschäftigt. Am besten, du kommst her, wenn mein Unterricht vorbei ist.«

»Wo ist die Schule?«

»In der Via Castiglione 4.«

»Im Zentrum?«

»Hier ist alles im Zentrum. Ja, Martha, nicht weit von der Piazza Maggiore.«

»Ich freu mich.«

»Ich mich auch. Mein Gott, das ist eine echte Überraschung. Ich hätte nie gedacht, dass du ...«

»War auch 'ne Spontanentscheidung.«

»Du erzählst mir alles, okay?«

»Okay.«

»A dopo, ciao!«

Sie hängt auf, ohne eine Antwort abzuwarten.

Martha steht auf und stellt das Telefon zurück auf den Nachttisch. Sie wird sich gleich da draußen irgendwo ein Handy und eine italienische Prepaid-Karte kaufen. Und dann wird sie nur den Leuten ihre Nummer geben, mit denen sie wirklich reden will. Viele würden das nicht sein.

Sie zieht noch mal das blaue Kleid von gestern Abend an. In ihren Mail-Postordner schaut sie nicht. Wahrscheinlich hat Lina ihr zurückgeschrieben, aber das kann sie später immer noch lesen.

Auf das Frühstücksbüfett im Hotel verzichtet sie. Es drängt sie hinaus. Hinaus in die Stadt.

Der Verkehr auf der Hauptstraße, die sie nach ein paar Gassen erreicht, ist ohrenbetäubend. Die Menschen, die unter den großen Arkaden aneinander vorbeilaufen, scheinen ausnahmslos in Eile zu sein. Männer und Frauen hasten durch den Morgen. Schnell wird an einem Kiosk eine

Tageszeitung gekauft oder irgendeinem Bekannten kurz die Hand geschüttelt.

Das Café, das Martha schließlich entdeckt, heißt *Gamberini*. Draußen hat man ein paar Tische hinter einer Glaswand aufgestellt. Die meisten davon sind um diese Tageszeit unbesetzt. Drinnen dagegen drängen sich die Leute.

Martha schiebt sich hinein, zwischen die Menschen, die eine Tasse in der einen, ein Kuchenstück oder Sandwich in der anderen Hand haltend, schnell ein Frühstück zu sich nehmen. Mit einiger Mühe ergattert sie einen Platz vor dem grün marmorierten Tresen, zwischen einer älteren Dame, die gerade Zucker in ihren Espresso rührt, und einem Mann in tadellosem Anzug, der irgendetwas in sein Handy spricht und dabei in großen Schlucken das Wasser trinkt, das in kleinen Gläsern zum Kaffee serviert wird.

»Un cappuccino, per favore«, stammelt sie, als der Kellner hinter der Bar sie fragend ansieht.

Er ruft ihre Bestellung einem Kollegen zu, der eine riesige Espressomaschine bedient – Kaffee in die Siebbehälter gibt, das Pulver andrückt, die Behälter einhakt und mit viel Dampf die heiße Flüssigkeit in die Tassen laufen lässt, dazwischen Milch aufschäumt und zugibt. Es ist eine Choreographie, die die beiden Männer in weißen Hemden und schwarzen Westen hier aufführen. Tellerchen auf den Tresen, Löffel darauf, Wassergläser daneben, schließlich die dampfenden Tassen. Im Sekundentakt. Die von den Gästen aufgegebenen Bestellungen wirken dabei wie ein unermüdlich schlagendes Metronom.

Martha zeigt auf das Gebäck.

Der Kellner sieht sie fragend an. »Un croissant?«

Sie nickt. »Si, si.«

»Con crema o con cioccolata?«

Sie runzelt die Stirn.

Ein winziges Lächeln, nur einen Moment sichtbar. »With cream or with chocolate?«

»Cream, please.«

Das Hörnchen ist warm und kross, außen mit Puderzucker bestäubt und innen mit einer weichen Vanillemasse gefüllt. Der Cappuccino dazu ist stark und heiß. Kaum etwas hat Martha seit langem so gut geschmeckt. Sie leckt sich zum Schluss kurz mit der Zunge die Milch- und Zuckerreste von den Lippen. Dann stellt sie sich an der Kasse in die Schlange und zahlt ihr erstes Frühstück.

Die Piazza Maggiore wirkt geschäftig. Nichts mehr ist zu spüren von dem Müßiggang vor nicht einmal zwölf Stunden. Ein Straßenreinigungsfahrzeug lässt seine Besen übers Pflaster rotieren.

Martha holt sich in der Touristeninformation einen Stadtplan und sucht darauf die Via Castiglione. Erleichtert stellt sie fest, dass die Adresse nur ein paar Straßen entfernt liegt.

Sie steckt den Plan in ihre Tasche und wendet sich nach links. Von dort führen kleine Gassen ab. Sie entscheidet sich für eine davon und ist plötzlich mitten in einer engen Marktstraße. Links und rechts Läden, in deren Auslagen Schinken und Salamis hängen und ständig frische Pasta nachgelegt wird. Obst- und Gemüsestände, die anbieten, was die Jahreszeit hergibt. Fischläden, in denen Rotbarben und Doraden und Kraken und Venusmuscheln und Tintenfische in großen Styroporkartons auf Käufer warten. Man muss aus einem kleinen Apparat eine Nummer ziehen, um irgendwann von einem der Männer, die weiße Gummischürzen und blaue Gummihandschuhe tragen, aufgerufen zu werden. Nichts geht leise vonstatten. Die Fische werden am Schwanz gepackt und hochgehalten und begutachtet, und wortreich wird kommentiert, was da in mehreren Lagen Einwickelpapier verschwindet. Die Verkäufer haben halb gerauchte Zigaretten in den Mundwinkel geklemmt, und während sie die Ware aussuchen, fällt manchmal etwas Asche in das Eis, das alles kühl hält.

Martha hat plötzlich Lust zu kochen. Das erste Mal seit Jahren hat sie wieder Lust zu kochen. Nicht nur was schnell Aufgewärmtes, um sich und Lina den Magen zu füllen, sondern diese Fische hier. Mit Tomaten, Knoblauch, Olivenöl, Kräutern. Wann hat sie zum letzten Mal am Herd gestanden und Musik gehört und einfach nur Spaß gehabt an dem, was sie tat? Es muss zu einer Zeit gewesen sein, als Hans noch seine Arme von hinten um sie gelegt und in die Töpfe hineingerochen und ihr gesagt hatte, was für einen sagenhaften Hunger er habe. Ja, es hatte sie gegeben, diese Zeit, in der Hunger ihr Leben bestimmte und in der sie nicht satt wurden, weil alles, was sie sich gaben, leicht war und Aromen lieferte, die Appetit machten auf mehr. Dass die Dinge irgendwann schal schmeckten, bemerkte Martha anfangs kaum. Und als sie es bemerkte, war es zu spät.

Jetzt sieht sie auf ihre Uhr. Sie muss sich beeilen, um pünktlich in der Schule zu sein.

Mit dem Stadtplan in der Hand orientiert sie sich in den Gassen, bis sie irgendwann in einer etwas breiteren Straße steht. Sie sucht die von Francesca angegebene Hausnummer. Ein alter Palazzo. Ein Gebäude wie eine Festung.

Links neben einer schweren Holztür ein Schild aus Messing mit vielen Namen darauf. Ganz oben rechts findet Martha das Kulturinstitut. Sie drückt auf den Klingelknopf daneben und erhält ein kurzes Surren zur Antwort. Sie muss sich mit ihrem ganzen Körpergewicht gegen die Tür stemmen.

Drinnen ist es dunkel. So dunkel, dass sich die Augen erst daran gewöhnen müssen. Martha geht auf eine breite Steintreppe zu, die in den ersten Stock führt. Langsam steigt sie die Stufen hinauf. Dabei registriert sie ein kleines, rasselndes Keuchen, das aus ihrem Brustkorb kriecht und ein paar Schweißperlen mitbringt, die sich auf Stirn und Nasenflügel setzen.

Sie bleibt stehen, hält sich mit der rechten Hand am Geländer fest und wischt sich mit der linken über das Gesicht. Zwei, drei Minuten holt sie tief Luft, dann setzt sie ihren Weg nach oben fort. Dort zeigt ein kleines Schild, dass sie richtig ist. Auch hier drückt sie einen Klingelknopf, und auch diesmal antwortet ihr ein Surren. Es ist ein Gitter, das sich daraufhin öffnet.

Drinnen empfängt sie Stimmengewirr. Es muss gerade Pause sein. Frauen und Männer unterschiedlichen Alters stehen herum, halten weiße Plastikbecher mit Kaffee oder Wasser in der Hand und reden durcheinander. Martha schnappt englische und italienische Wortfetzen auf. Von irgendwoher dringen auch ein paar deutsche Sätze zu ihr.

Der Flur ist eng und verwinkelt, von allen Seiten führen Türen in Unterrichtsräume, die mit altem Mobiliar spärlich eingerichtet sind. Holztische, Stühle aus Stahlrohr, die Lehnen mit stark verblichenem roten Stoff überzogen, eine Tafel mit Schwamm und Kreide, ein paar Bilder an Wänden, die lang nicht mehr gestrichen worden sind. Leitungen über Putz, hier und da blättert die Farbe ab.

Neben einem Kaffeeautomaten, der die weißen Plastikbecher auswirft, führt eine steile Wendeltreppe ein Stockwerk höher. Die schmalen, ausgetretenen Holzstufen parieren jeden Schritt mit leichtem Knarzen. Oben auf der Empore stehen ein paar alte Polstersessel, dahinter einige Computer, die jetzt alle besetzt sind. Die meisten der Leute schreiben Mails. Links von der Treppe hat jemand mit der Hand auf ein Schild »Segretariato« geschrieben; Martha klopft vorsichtig an die halb geöffnete Tür und sieht hinein.

Eine junge Frau mit kurz geschnittenen schwarzen Haaren winkt sie zu sich. Sie trägt violett lackierte Fingernägel, und sie lacht.

»Prego.« Sie macht eine ausladende Handbewegung und deutet auf einen Stuhl vor ihrem Schreibtisch, auf dem diverse Bücher, Aktenordner, Papiere und Stifte durcheinanderliegen.

Martha fragt, ob sie Englisch reden dürfe.

»Si, si.« Die Frau nickt. »I'm Ornella.«

Sie wolle einen Kurs hier machen, erklärte Martha.

Ornella zieht ein Formular von irgendwoher heraus, und mit ihren violetten Nägeln zeigt sie, wo Name, Anschrift, Geburtsdatum eingetragen werden müssen. Ob Martha schon Grundkenntnisse habe, fragt sie.

Die schüttelt den Kopf, nimmt sich einen Kugelschreiber und beginnt, ihre Angaben in den dafür vorgesehenen Kästchen zu machen.

»Es gibt trotzdem einen kleinen mündlichen Einstufungstest, und dann weisen wir Sie einer unserer Klassen zu. Wollen Sie einen Intensivkurs machen?«

»Was heißt das?«

»Grammatik und Konversation. Jeden Tag vormittags vier Stunden Unterricht. Am Nachmittag fallen dann noch mal etwa zwei Stunden Hausaufgaben an.«

»Ehrgeiziges Programm.«

»Na ja, Sie wollen ja schließlich was lernen, oder? Wie lange bleiben Sie?«

»Ach ... das weiß ich noch nicht so genau.«

»Kein Problem. Dann zahlen Sie erst mal für zwei oder drei Wochen. Verlängern können Sie jederzeit.«

»Ich zahle für vier Wochen.«

»Also doch etwas länger. Sehr gut. Wo wohnen Sie denn in Bologna? Kennen Sie jemanden?«

»Ja, ich bin hier gleich mit ihr verabredet.« Martha sieht auf die Uhr.

»Hier? Wer ist es denn?«

»Francesca.«

»Warum haben Sie das nicht gleich gesagt? Sie kennen Francesca? Woher denn?«

»Wir haben uns vor ein paar Monaten in Triest getroffen. Sie hat mir von dieser Schule hier erzählt, und, tja, da bin ich.«

»Wann sind Sie angekommen?«

»Gestern. Ich bin erst mal in ein Hotel gegangen.«

»Ach, Francesca kennt halb Bologna. Sie werden was zum Wohnen finden.«

Martha schiebt das Formular über den Tisch zurück und bezahlt die Gebühr für den nächsten Monat. »Wo finde ich Francesca jetzt?«

»Moment.« Ornella greift zum Telefonhörer – es ist noch ein altmodischer, der an einer Schnur hängt, die sich heillos um sich selbst gewickelt hat. Sie wählt eine Nummer und sagt schnell etwas in den Hörer, dann legt sie auf. »Sie kommt gleich«, erklärt sie. »Sie können hier so lange warten. Wollen Sie einen Kaffee?«

»Nein danke, ich hatte vorhin schon.«

Ornella grinst. »Sie sind in Italien …«, sie sieht auf das Formular, »… Martha. Da trinkt man rund um die Uhr Kaffee.«

Drei Minuten später geht die Tür auf. Martha sieht hoch. Sieht diese dünne Frau, die wie damals in Triest Jeans und dunkles T-Shirt trägt. Die langen Haare hat sie im Nacken lose zusammengebunden, was ihr Gesicht noch schmaler wirken lässt. Die braunen Augen lachen, der Mund lächelt. »Ciao.« Sie nimmt Marthas Hand und hält sie für einen Moment fest. Ihr Händedruck ist fest. »Schön, dich zu sehen.«

Martha nickt.

»Wie ich sehe, hast du ja bereits schwerwiegende Entscheidungen getroffen …« Sie zeigt auf das ausgefüllte Formular.

»Ein Monat.« Ornella nimmt das Blatt Papier und steht auf. »Ich lass euch zwei mal allein.«

Francesca zieht sich einen Stuhl heran und setzt sich neben Martha. »Soll ich ehrlich sein?«, fragt sie.

»Nur zu.«

»Ich hätte nicht gedacht, dass du hier mal auftauchst. Und dann noch so spontan …«

»Hätte ich auch nicht.« Sie schluckt gegen die Tränen an, die plötzlich hochdrängen.

Francesca nimmt wieder Marthas Hand. »Was ist los?«

Drei Worte. Drei Worte und ein Fragezeichen dahinter. Und wieder ist es da, dieses Triester Gefühl. Als würde da irgendein geheimer Schleusenwärter seinen Job verdammt ernst nehmen und mit einem beherzten Ruck seit langem eingerostete Hebel betätigen, um damit alles dem großen Fluss preiszugeben.

»Ich bin krank.« Ebenfalls drei Worte. Martha merkt, dass sie bereits weint, während sie diese Worte in den Raum stellt.

»Wie krank?«

»Ziemlich krank. Na ja ...« Sie räuspert sich. »... mir bleiben noch ein paar Monate.«

Francesca öffnet den Mund und schließt ihn gleich wieder. »Was ist es für eine Krankheit?«, fragt sie schließlich.

»Krebs. Ein Melanom, das nun Metastasen gestreut hat. Überall. Tja, es gibt kaum einen Fleck in meinem Körper, der verschont geblieben ist. Das Ding hat ganze Arbeit geleistet, könnte man sagen.«

»Seit wann weißt du es?«

»Ach, das mit dem Hautkrebs geht schon länger. Damals haben sie viel herausgeschnitten und mir noch so was wie Hoffnung gemacht. Aber letzte Woche ...« Sie sucht in ihrer Handtasche nach einem Taschentuch und findet keins. Francesca sieht auf Ornellas Schreibtisch eine Packung Kleenex, zieht drei heraus und reicht sie Martha.

Die schneuzt kräftig hinein, bevor sie weiterredet. »Letzte Woche habe ich den neuen Befund bekommen. Mein Todesurteil.«

»Kann man nichts mehr tun? Ich meine, Operationen oder irgendwelche Therapien?«

»Klar, sie haben mir Chemo vorgeschlagen, aber ...«, sie zögert, »... ich will nicht den spärlichen Rest meines Lebens in irgendwelchen Krankenhäusern am Tropf verbringen.«

»Um ein paar Wochen Halbherzigkeit herauszuholen. Ich verstehe.«

Martha sieht sie dankbar an, während sie die Kleenex in ihrer Hand zusammenknüllt. »Ich hab vorgestern noch meinen Geburtstag gefeiert«, erklärt sie. »Und dann hab ich Hals über Kopf das Fest verlassen, mich in mein Auto gesetzt und bin einfach losgefahren. Ich habe keinen Plan, Francesca, ich war noch nie so orientierungslos. Ich weiß nur, dass es mir, seit ich hier bin, wieder bessergeht, dass ich für Momente vergessen kann, dass ich Italienisch lernen und in dieser Stadt bleiben will und dass ... ach, was weiß ich.«

»Hey, Martha, du hast so was wie die letzte Reiseetappe vor dir. Da brauchst du keinen Fahrplan mehr.«

Martha blickt kurz aus dem Fenster, als könnte sie da draußen etwas Himmel erwischen. Aber sie sieht nur auf eine alte Hauswand, deren Rotbraun von einer Sonne aus dem Off angestrahlt wird. »Vielleicht bin ich deshalb hierhergekommen«, sagt sie leise. »Zu dir.«

Francesca nickt. »Wir werden eine Wohnung für dich finden müssen«, wechselt sie das Thema. Sie überlegt. »Eine Freundin von Michele ist vor paar Tagen nach Vancouver geflogen, weil sie dort irgendein Forschungsobjekt ... egal, ihr Appartement steht leer, glaube ich. Sie wollte es nicht an fremde Leute vermieten, aber wenn wir ihr sagen, dass ich dich gut kenne, dürfte das kein Problem sein. Am besten, ich ruf Michele nachher gleich mal an.«

»Ist das Appartement hübsch?«

»Es ist klein, es liegt mitten in der Stadt, und es ist bezahlbar. Nichts Besonderes, aber immerhin mit einem Balkon, von dem man auf die Dächer schauen kann.« Sie steht auf. »Hast du schon Pläne fürs Mittagessen?«

Martha schüttelt den Kopf, sieht sich nach einem Papierkorb um und wirft das Kleenex-Knäuel hinein.

»Okay, dann lade ich dich jetzt ein.« Sie steht auf. »Essen rettet jede Lebenslage.«

»Guter Satz.«

»Ist nicht von mir. Michele sagt das immer, und ich finde, er hat recht.«

8

Sie braucht etwas Zeit, um die Hausnummer zu finden. Genau genommen gibt es keine Nummer an diesem Haus. Sie geht ein Stück zu weit, steht vor einem Copyshop mit der Nummer 38. Sie läuft ein paar Schritte zurück.

36 B, hat Francesca beim Mittagessen gesagt, nachdem sie ihren Bruder angerufen hat, und sie hat die Zahl auf den Kassenbon eines Supermarkts geschrieben. Wie vor ein paar Monaten in Triest. Als hätte sie eine unendliche Anzahl an Kassenbons in ihrem Portemonnaie, das braun und etwas ramponiert aussieht.

Martha steht vor einer dunklen Toreinfahrt. Ein Mann auf einer Vespa schießt heraus; mit der linken Hand klappt er das Visier seines Helms herunter, während er mit der rechten ungeduldig den Gashebel hochdreht. Erschrocken springt sie zur Seite. Der Mann hebt die Helmhand und winkt ihr zu.

Sie sammelt sich von irgendwoher ein Lächeln zusammen, doch es gerät dünn.

Sie fühlt sich auf einmal fremd in dieser Stadt. Was will ich hier?, fragt sie sich, während sie durch die Einfahrt geht und nach Klingelschildern Ausschau hält.

Ein Hinterhof tut sich auf; durch ein blaues Himmelsquadrat fällt etwas Licht herein. Einige Blumenkübel mit

Oleanderbüschen, verrostete Konservendosen, in die irgendjemand blassrosa Geranien und Petunien gepflanzt hat, ein Olivenbaum, der seine wenigen Blätter fast trotzig festhält, ein alter Vogelkäfig, dessen Türchen weit offen steht, als wollte er neue Insassen einladen hereinzukommen, Rasen und Unkraut zwischen porösem Mauerwerk, ein Ball, den Kinder beim Spielen vergessen haben, ein Karton, in dem ein kleines Kissen liegt, wahrscheinlich, um es streunenden Katzen bequem zu machen.

Zwei Türen gehen auf den Hof hinaus. An der einen stehen sieben Namen; der von Michele ist nicht darunter. Martha wendet sich der anderen zu, die einen Spaltbreit offen steht.

Sie klopft, und als niemand antwortet, drückt sie vorsichtig dagegen.

Ihre Augen müssen sich erst an das schummrige Licht drinnen gewöhnen. Sie erkennt eine Kommode, auf der ein paar Bücher und Schlüssel liegen, und einen Stuhl mit einer dunkelblauen Strickjacke über der Lehne. Die Wände des Flurs sind weiß gekalkt, der Boden besteht aus groben Dielenbrettern, in einer Ecke stapeln sich ein paar Zeitungen, zwei leere Weinflaschen stehen daneben.

»Ist da jemand?«, versucht sie ein Rufen. Es wird eher ein Flüstern.

Niemand antwortet.

Durch eine Tür am Ende des Korridors hört sie Musik. Irgendein alter Stones-Song. *Out of Time* ... Ja, sie erinnert sich wieder, es ist eines dieser Lieder, die sie durch ihre Jugend begleitet haben und die irgendwann in den Keller gewandert sind, weil man keinen Plattenspieler mehr hatte und weil das Leben einen in eine andere Zeit katapultierte. Sie hat sich gefügt, wie sie das immer mit allem getan hat. Sie nickte die Gegebenheiten ab und ließ das Nachdenken darüber einfach sein. Manchmal sind sie gekommen, die Träume von einst, und setzten sich nach dem zweiten Glas Rotwein zu ihr aufs Sofa. Na, kannst du dich noch an uns erinnern?, schienen sie zu fragen, und sie zuckte bedauernd mit den Schultern. Nach dem dritten Glas traten ihre Träume den Rückzug an, als sei hier nichts mehr zu holen.

Nun folgt sie dem, was ein junger Mick Jagger zum Besten gibt, und klopft an die Tür am Ende des Korridors, die einen Spaltbreit offen steht.

»Si?«

Sie zuckt zusammen, sieht dann aber hinein. Ein riesiger Raum mit hohen Fenstern an der rechten Seite, durch deren Scheiben die Nachmittagssonne eine Überdosis Licht schickt. An den Wänden unzählige Schwarzweißfotos in Großformat, Tänzer sind darauf abgebildet und Zirkuswagen und Clowns und Menschen, die mit Kegeln jonglieren. Es gibt auch Bilder von alten Autos und Schildern und andere, auf denen leere Straßenzüge zu sehen sind.

Auch hier drinnen wieder der Bretterboden, wie an Deck eines alten Schiffs. Zwei mit rotem Samt überzogene Sofas stehen gegenüber der Fensterfront, davor ein flacher runder Tisch mit ein paar halb heruntergebrannten Kerzen. Daneben eine große Stehlampe mit goldgelbem Schirm, die darauf zu warten scheint, dass die Sonne draußen irgendwann ihren Dienst quittiert und sich für ein paar Stunden zurückzieht. Weiter hinten gibt es eine Küchenzeile. Herd, Spüle, einige Schränke und Holzregale.

Mitten im Zimmer liegt ein Mann, eine schmale Matte unter sich. Er liegt auf dem Rücken, die Beine hinter dem Kopf auf dem Boden, die Hände am Rücken fest verschränkt. Er liegt nahezu bewegungslos da, nur kleine regelmäßige Wellen scheinen durch seinen Körper zu fließen.

Martha tritt von einem Fuß auf den anderen; sie fühlt sich unbehaglich. Wie eine Fremde, die das Fenster zu einer Welt aufstößt, die nicht ihre ist. Sie lässt ihren Blick durch den Raum laufen, hängt ihn hier und da kurz auf, als wollte sie ihm Aufschub gewähren, um ihn am Ende doch wieder auf den Mann am Boden zu werfen.

Der entfaltet langsam seine Hände, legt sie flach neben den Po und holt die Beine über den Kopf zurück. Er ruht kurz auf dem Rücken aus, bevor er mit einer schnellen Drehung zum Sitzen und gleich darauf zum Stehen kommt. Er ist barfuß, trägt eine hellgraue weite Baumwollhose und ein weißes, etwas ausgeleiertes T-Shirt, das muskulöse Oberarme ahnen lässt. Martha ertappt sich dabei, wie sie auf diese Arme sieht.

»Hallo. Du musst Martha sein ...« Er streckt ihr seine Hand entgegen, und während sie den festen Druck registriert, denkt sie, dass sein Deutsch auch diese leicht österreichische Färbung hat, die sie bereits von Francesca kennt.

»Ja.«

Er sieht sie neugierig an. Er hat blaue Augen. Ein Blau, das ohne Zwischentöne auskommt. Ein unverfälschtes Blau. Da ist kein verbindliches Lächeln, das ihr Brücken baut. Nur diese unverhohlene Neugier im Blick.

Sie rettet sich, indem sie Neugier zurücksendet, die dunklen, leicht strähnigen Locken taxiert, die er mit einem

Gummiband im Nacken zusammengebunden hat. Die Bartstoppeln, die eine gewisse Nachlässigkeit bei der Rasur verraten. Die Hände, die er vor der Brust verschränkt und leicht massiert. Er ist etwas kleiner als sie.

»Francesca hat mir von dir erzählt.« Er überspringt einfach irgendwelche Höflichkeiten, hält sich mit förmlicher Anrede gar nicht erst auf.

Sie spürt eine leichte Irritation und spielt das unvermittelte Du trotzdem oder vielleicht gerade deshalb sofort zurück. Wie einen Ball, der beim Tennis dort übers Netz geht, wo man es am wenigsten erwartet und den man deshalb mit Entschlossenheit pariert. »Was hat sie dir denn erzählt?«

»Sie meinte, dass ihr in Triest einen sehr intensiven Tag hattet.«

»Stimmt, ja ...« Sie merkt, dass sie nicht weiß, wohin mit ihren Händen. Die Rechte hält den Schultergriff ihrer Handtasche umklammert, während die Linke sich in den kaum vorhandenen Falten ihres Kleides zu schaffen macht, als müsste sie dort Ordnung schaffen.

Er geht zu den Fenstern und öffnet eines. Danach wendet er sich Richtung Küche. »Kaffee?«

Sie nickt.

Er holt eine dieser kleinen Handmaschinen aus einem Regal, schraubt sie auf, lässt Wasser in den unteren Behälter laufen, gibt Kaffee in den Einsatz und dreht alles wieder zu. Er zündet den Gasherd an, achtet darauf, dass die Flamme nicht zu groß ist, und setzt das Gerät auf das Gitter.

Sie beobachtet jeden seiner Handgriffe. Dieses sezierende, journalistische Interesse, das sie ihm und sich hier vortäuscht, ist letztlich nichts als Ablenkung von etwas, das sich fremd anfühlt. Etwas, das sie nicht zulassen will.

Er greift nach zwei kleinen braunen Tassen, stellt sie auf Unterteller, legt Löffel und Papiertütchen mit Zucker daneben.

Sie sagen beide nichts, während das Wasser in der Maschine leise zu brodeln beginnt.

Als der Kaffee fertig ist, verteilt Michele ihn auf die beiden Tassen und schiebt Martha eine über den Tisch, der die Küche vom Wohnraum trennt. Ein Laptop steht dort, daneben liegen zwei Bleistifte, ein stark abgenutzter Radiergummi und viele eng bedruckte Blätter mit handschriftlichen Korrekturen.

Martha reißt das Zuckertütchen auf und rührt den Inhalt in ihren Espresso. »Was war das da eben?« Sie deutet auf die Matte am Boden.

Er lacht. Das erste Mal in den gut zehn Minuten, die sie nun hier ist, lacht er. Ein Lachen, das kurz aufblitzt und von einem amüsierten Zucken der Mundwinkel begleitet wird. »Das war der Pflug.«

»Aha.«

»Ein Asana, das ich ganz besonders gern mag.«

»Asana?«

Er trinkt einen Schluck Kaffee. »Du kennst dich nicht aus mit Yoga, hab ich recht?«

Sie spürt, dass sie rot wird. Sie schüttelt den Kopf und kommt sich wie ein Schulmädchen vor.

»Eine ungewöhnliche Frau.«

»Wie meinst du das?« Sie sieht aus dem Fenster, obwohl es da draußen eigentlich nichts zu sehen gibt. Als wollten ihre Augen aus diesem Raum flüchten.

»Na ja, die meisten Frauen haben irgendwann zumindest mal den nach unten sehenden Hund ausprobiert. Jede Sekretärin macht heutzutage Yoga.«

»Ich bin keine Sekretärin.« Sie beißt sich auf die Unterlippe.

»Ich weiß, ich weiß. Francesca hat mir erzählt, dass du als Journalistin arbeitest.«

»Was hat sie dir denn noch alles erzählt?« Ihr Tonfall gerät schärfer, als sie beabsichtigt hat.

»Keine Angst. Meine Schwester achtet darauf, was sie sagt.«

»Entschuldige. Ich wollte nicht …« Sie sieht auf ihre Hände, die nun dankbar mit der Kaffeetasse beschäftigt sind.

»Wann bist du in Bologna angekommen?«, wechselt er das Thema.

»Gestern. Gestern gegen späten Nachmittag.«

»Bleibst du länger?«

»Ich weiß nicht … wahrscheinlich … ja …« Sie stockt. Was soll sie auch sagen? Dass sie keinen Plan hat für das, was ihr noch an Zukunft bleibt?

Er sieht sie an, holt sich ihren Blick, der sich zunächst widersetzt, mit Beharrlichkeit ab.

Sie rutscht auf ihrem Stuhl nach vorn.

»Hals-über-Kopf-Aktion also?« Jetzt lächelt er, und sie spürt, dass sich dieses Lächeln seinen Weg bahnt, zu einem Ort in ihr, den sie seit langem nicht mehr aufgesucht hat. Es schlägt sich durch das Unterholz ihrer Seele. Und erstaunt registriert sie, wie es in ihr ankommt und sich dort ausbreitet. Noch erstaunter ist sie, dass sie es annimmt.

»Ja, so könnte man sagen.« Sie versucht ebenfalls ein Lächeln, das sie jedoch sofort wieder zurückholt, damit es nur nichts anrichten kann da draußen.

Er lehnt sich zurück und verschränkt seine Hände am Hinterkopf.

»Sind manchmal die besten Entscheidungen im Leben.«

»Du meinst ... die, die man aus dem Bauch heraus trifft?« Sie tut sich noch immer schwer mit dem Du.

»Ja. Je älter man wird, desto vehementer und unnachgiebiger wird der Zensor hier oben.« Er tippt sich an die Stirn. »Die Leute überlassen ihm irgendwann die Regie, weil ihnen die Phantasie ausgeht.«

»Oder der Mut.«

Er sieht sie überrascht an. »Genau.«

Ihre Neugier kommt so schnell wie ihre Frage. »Und was ist mit dir?«

»Ich lass mir von dem Kerl nicht gern reinreden. Klappt halbwegs, na ja, meistens jedenfalls ...« Jetzt grinst er.

Martha denkt plötzlich an Francesca und daran, was sie ihr in Triest über ihren Bruder erzählt hat. Er versuche, im großen Spiel mitzumischen, und hole sich dabei nicht selten blaue Flecken. Aber er gebe nicht auf.

»Willst du hier in Bologna arbeiten?«, unterbricht er ihre Gedanken.

»Zunächst mal hab ich vor, Italienisch zu lernen.«

»Bei meiner Schwester?«

»Ja, ich hab mich heute zum Unterricht angemeldet. Für einen Monat zunächst.«

»Du arbeitest selbständig, oder?«

»Ja, ich schreibe für verschiedene Magazine.«

»Ist doch wunderbar. Das gibt einem ein Gefühl von Freiheit. Eigentlich kein Problem, sich ein paar Monate auszuklinken und den Job von hier aus zu machen.«

Sie nickt, und ihr wird auf einmal klar, dass er recht hat. Sie ist zu überstürzt losgefahren, um sich über solche Dinge Gedanken zu machen. Sie merkt, dass sie überhaupt sämtliche Gedanken kurzfristig abgeschaltet hat. Sie hätten nur gestört bei dem, was sie getan hat. Jetzt melden sie sich zurück, einer nach dem anderen. Als würde das Wachkoma, in das sie sich versetzt hat, in diesem Moment nachlassen. Als würden die Monitore wieder so etwas wie normale Herzfrequenz anzeigen. Als würde sie zurückgeholt in ihr Restleben. Sie spürt, wie ihr heiß und kalt wird, beides gleichzeitig. Und sie spürt noch etwas: einen Wundschmerz, der sich nicht mehr leugnen lässt. Es nutzt nichts, die Augen zu schließen. Sie muss weitermachen. So lange weitermachen, bis …

»Hey, alles in Ordnung?« Er runzelt die Stirn.

»Ja … nein … danke, schon okay.« Sie greift nach ihrer Tasche, die sie neben dem Stuhl abgestellt hat. »Wann kann ich mir die Wohnung ansehen?«

Er reagiert sofort. »Giulia ist heute Morgen nach Kanada geflogen. Wenn du magst, gehen wir schnell rüber.«

»Gehen?«

Er lacht. »Das Appartement liegt zwei Straßen weiter. Hier in Bologna ist alles sehr nah beieinander, das wirst du schon noch sehen.«

Er steht auf und schnappt sich sein Handy vom Tisch. Er tippt schnell eine Nummer ein. »Einen Moment noch.«

Sie nickt und geht zu den Fenstern, die auf einen anderen Hinterhof hinausgehen als den, durch den sie gekommen ist. Einer, in dem große Bäume stehen.

Er folgt ihrem Blick. »Ginkgos«, erklärt er. »Das sind Ginkgobäume.«

Sie lächelt. Jetzt ist ihr Lächeln frei, als hätte es Ausgang bekommen. Ohne irgendwelche Auflagen. Ein Lächeln ohne Bewährung.

Sein Blick fällt direkt in ihren. »Das steht dir«, sagt er.

»Was?«

»Dein Lächeln.« Er holt Luft und widmet sich seinem Telefon. Sie hört zu, obwohl sie nichts versteht von dem, was sie hört. Da ist nur ein Name, der immer wieder fällt – Maria. Micheles Stimme klingt ungehalten. Irgendwann sagt er abrupt »Ciao«, drückt das Gespräch weg und steckt das Handy in die Hosentasche.

Martha sieht unverwandt aus dem Fenster. Der Himmel sendet Blau in den Raum. Der Mann hinter ihr seufzt.

Einige Momente sagt keiner von ihnen etwas. Bis sie sich räuspert. »Schwierigkeiten?«

Er tritt neben sie, teilt sich mit ihr das Himmelsblau, das sich da draußen so verschwenderisch gibt. »Ich will das alles nicht mehr«, sagt er leise.

Und ihr scheint es in diesem Moment das Selbstverständlichste, nach seiner Hand zu greifen. Sie hat so etwas noch nie getan. Er ist schließlich ein fremder Mann. Aber plötzlich klopfen sie bei ihr an, die verbleibenden Sekunden, die sie in einer ihrer letzten durchwachten Nächte zu Hause zusammenaddiert hat. Diese Sekunden, die von Stunde zu Stunde zusammenschmelzen wie Butter in der Sonne, verlangen nach Aufmerksamkeit. Und während Marthas Finger Nähe suchen, scheint ihr die Verschwendung von Zeit auf einmal absurd. Von diesem Augenblick an will sie nichts mehr auf den Kompost ihres Lebens werfen in der Hoffnung, die Dinge würden sich dort schon recyceln. Diese Rechnung ist nicht aufgegangen; letztlich ist nur verschimmelt, worauf sie Hoffnung gesetzt hat.

Micheles Hand fühlt sich dünn an. Dünn und kühl und ein wenig verschwitzt. Seine Finger bewegen sich zunächst etwas unschlüssig hin und her, als müssten sie ihre Position erst noch suchen. Sekunden später finden sie und willigen ein.

Sie bleiben einfach so stehen, Hand in Hand. Eine Minute fließt in die nächste; es gibt keine Eile mehr. Die Zeit scheint ausgehebelt, als hätte man seinen Wecker etwas zurückgestellt, um das Klingeln, das einen in den Tag hineinwirft, noch ein wenig hinauszuzögern.

Sie bewegen ihre Finger nicht, lassen nur geschehen, was sich verbinden will. Sie sehen in das Geäst des Ginkgobaums, als würde sich dort in den Zweigen ein Weg auftun. Doch die herzförmigen Blätter bleiben ihnen eine Antwort schuldig. Sie taumeln nur nachlässig im Wind.

Die Stones sind bei *Take It Or Leave It* angekommen, und Martha streift der Gedanke, dass sie schon lange nicht mehr gedacht hat, ein Songtitel würde zu ihrer augenblicklichen Stimmung passen.

Es ist Michele, der irgendwann den Druck seiner Hand verstärkt, um kurz danach unvermittelt loszulassen.

»Gehen wir?«

Sie sucht mit den Augen den Platz, wo sie ihre Tasche abgelegt hat. Ihr Blick strauchelt ein wenig. Dann wendet sie sich langsam zum Tisch, dreht sich zu ihm um und nickt.

Es ist wirklich nicht weit. Michele passiert mit ihr drei Querstraßen und biegt dann nach links. Sie laufen durch schmale dunkle Arkaden. Vorbei an graffitibemalten Jalousien, die um diese Nachmittagszeit nicht preisgeben wollen, was für Läden sich dahinter verbergen. Vorbei an einem alten Theater, das hinter schmutzigen Scheiben sein Programm anzeigt; ob eines, das bereits gelaufen ist, oder eines, das noch kommen soll, kann Martha nicht erkennen. Ihr Italienisch reicht für solche Details noch nicht aus.

Als Michele einen Schlüssel aus seiner Hosentasche holt, verlangsamt sie synchron mit ihm ihren Schritt. Er bleibt vor einer großen Holztür stehen, auf der ein Messingtürklopfer in Form eines Löwenkopfs angebracht ist.

Der Hausflur ist dunkel; Martha tritt ein und sieht sich unwillkürlich nach einem Lichtschalter um. Michele greift an ihr vorbei und drückt auf einen Knopf an der Wand. Die Lampen, die jetzt leicht flackernd ihre Glühbirnen anwerfen, leuchten das Treppenhaus nur spärlich aus. Schmiedeeisernes Geländer, mattgrün lackierte Wand, Holztreppen.

»Es ist ganz oben«, erklärt Michele. »Im vierten Stock.«
»Kein Aufzug?«
Er lacht. »Nein.«

Sie bleibt hinter ihm zurück. Im dritten Stock bekommt sie leichte Atemnot, schnappt nach der verbrauchten Luft in diesem Treppenhaus.

Er tut, als würde er nichts bemerken, verlangsamt aber seinen Schritt. Oben schließt er eine von zwei Wohnungstüren auf und lässt Martha eintreten.

Das Appartement ist klein. Ein Schlafzimmer, in dem außer einem Bett, einem Nachttisch und einem Kleiderschrank nichts steht. Ein Wohnraum, der von einem großen hellgrauen Sofa dominiert wird, auf dem viele bunte Kissen verstreut liegen. Ein flacher runder Tisch davor, ein

Korb mit diversen Zeitschriften. Es gibt noch ein Bücherregal, das keinen Zentimeter Platz für Neuzugänge mehr lässt. Die Bücher stehen dicht an dicht, viele sind quer hineingelegt. Vor dem Fenster befindet sich ein Schreibtisch, der an ein altes Schulpult erinnert, mit nichts außer ein paar Stiften und einem Abreißblock darauf. Von da aus sieht man auf eine Terrasse, auf der mehrere Blumenkübel, ein Holztisch und zwei Stühle wie zufällig hingestellt scheinen.

Martha sieht sich suchend nach einer Tür um.

Michele fängt ihren Blick auf. »Hier«, sagt er und geht voraus.

Sie folgt ihm in eine Küche und weiß sofort: Dies würde ihr Lieblingsraum werden. Über dem Gasherd eine Leiste mit Schneebesen, Pfannenwendern und Sieben. Regale mit Gewürzen und Geschirr. Säuberlich aufgeräumte Töpfe und Pfannen neben dem Ofen, ein großer Kühlschrank, der wie auf ein geheimes Zeichen hin laut zu brummen beginnt. In der Mitte ein runder Kacheltisch mit grünem Mosaik, an dem drei in verschiedenen Grüntönen lackierte Stühle stehen.

Von der Küche aus betritt man die Dachterrasse. Die Tür klemmt etwas, und Michele hilft Martha, sie zu öffnen. Diesmal berühren sich ihre Hände nur kurz; als sie es bemerken, lassen sie sofort los und legen ein Lächeln dazwischen.

Draußen wachsen Rosen, Rosmarin, Lorbeer, Lavendel, Oleander. Martha wendet sich Richtung Brüstung. Sie sieht Ziegeldächer in warmen Rottönen, Kirchtürme, die wie Ausrufezeichen Akzente setzen, Terrassen, Balkone, hier und da Wäscheleinen.

»Es ist wunderschön«, stammelt Martha.

»Ja, der Blick hat was«, entgegnet Michele. »Giulia lebt im Sommer auf dieser Terrasse. Wir haben hier schon an vielen Abenden viele Flaschen geleert.«

»Eine gute Freundin also?« Sie versucht, ihre Stimme beiläufig klingen zu lassen.

»Ja.« Er pustet sich eine Haarsträhne aus der Stirn. »Eine meiner besten.«

»Bleibt sie lange in ... wo war sie gleich?«

»Sie ist in Kanada. Vancouver. Vor April kommt sie sicher nicht zurück. Sie hat dort an der Universität ein Projekt laufen.«

»Was macht sie?«

»Sie ist Ethnologin. Beschäftigt sich mit den Ureinwohnern dieser Welt. Aktuell mit denen, die wir als Kinder als Indianer bezeichnet haben. Da drinnen gibt's jede Menge Literatur dazu, falls es dich interessiert.«

Sie winkt ab. »Nicht wirklich.«

»Wenn Giulia in Fahrt ist, hält sie einem stundenlang Vorträge über alte Stammesriten und Legenden und Medizinmänner.«

»Medizinmänner?«

»Ja. Die können manchmal mehr als unsere Ärzte, meint Giulia. Und ich glaube, sie hat nicht ganz unrecht.«

Martha nickt und schweigt.

Einige Minuten stehen sie nur nebeneinander, ohne etwas zu sagen. Sie ziehen die Momente in die Länge wie einen Gummi, dessen Reißfestigkeit sie prüfen wollen.

Hier passiert gerade etwas, denkt Martha. Und sie weiß nicht, ob sie das gut finden oder besser die Flucht ergreifen soll. Sie will das Für und Wider ihrer Gedanken gerade auf ihre innere Waagschale werfen, als Michele sie mit einer Frage unterbricht.

»Magst du einen Wein?«

»Jetzt? Es ist erst vier.«

Er lacht. »Gute Zeit für einen ersten Schluck. Ihr Deutschen seid immer ein bisschen zu streng.«

»Nein, ich dachte nur ...«

»Hey, keine Ausreden.« Er geht zurück in die Küche, öffnet den Kühlschrank und holt eine Flasche Weißwein heraus. »Ich mag Giulia schon deswegen, weil sie immer etwas zu trinken kalt gestellt hat. Selbst wenn sie für ein paar Monate wegfährt. Sie weiß, dass ich herkomme, und legt etwas für mich hinein.«

»Weiß sie auch, dass ich in ihre Wohnung ziehen werde?«

»Ich hab ihr vorhin eine SMS geschickt und geschrieben, du seist eine gute Freundin von Francesca. Mehr musste ich nicht sagen. Außerdem freut sie sich, dass die Räume nicht leer stehen. Sie mag das Leben.« Er entkorkt die Flasche, holt zwei Gläser aus einem Schrank, gießt ein und reicht ihr eins.

Als sie anstoßen, verhaken sich ihre Blicke ineinander wie Kletten, die sich Kinder gegenseitig auf ihre Pullis werfen und die sich nur schwer wieder lösen lassen.

Der Wein schmeckt fruchtig und schäumt leicht. Martha trinkt schnell einen zweiten und dritten Schluck, ohne Michele dabei aus den Augen zu lassen.

»Und du? Magst du das Leben?« Die Worte sind einfach so aus ihr herausgekommen. Martha, die solche Fragen sonst nicht mal denkt, sie kurzhält wie junge spielwütige Hunde, fühlt, dass sie rot wird.

Er streicht ihr über die Wange. Eine Berührung, die im Bruchteil einer Sekunde Gänsehaut bis in die Nackenwurzeln auslöst.« »Könnte es sein, dass *du* dir diese Frage gerade stellst?«

Jetzt sieht sie zu Boden. Ein schwarz-weiß gefliester Küchenboden. »Wie meinst du das?«

»Ist das so schwer zu verstehen?«

»Wird das hier ein Katz-und-Maus-Spiel?«

»Wer ist die Katze und wer die Maus?«

»Okay«, sie lacht ihre Verlegenheit weg. »Mir fällt keine Frage mehr ein.«

»Wie wär's mit einer Antwort?«

Sie wendet sich zur Terrassentür, die noch immer offen steht, lehnt sich gegen den Rahmen und trinkt einen weiteren Schluck Wein.

»Es klingt vielleicht eigenartig, aber bis vor ein paar Tagen habe ich mir keine Gedanken darüber gemacht, ob ich das Leben mag«, sagt sie leise.

»Hat sich seitdem etwas verändert?«

»Ja«, sie holt Luft. »Alles. Es hat sich alles verändert.«

Er nickt. »Gab's einen Auslöser?«

»Ja.«

»Manchmal ist es ein Haarriss, der ein Erdbeben verursacht und einen urplötzlich mit so was wie Erkenntnis kollidieren lässt.«

»Woher weißt du …?«

Er tritt hinter sie, und sie spürt seinen Atem in ihrem Nacken. »Tja, nennen wir's mal ganz profan Erfahrung.«

»Diese Maria vorhin … Ist sie …?«

Er lacht. »Du willst wissen, ob sie meine Freundin ist? Ja, aber in diesem Fall haben wir Erdbeben und Erkenntnis bereits hinter uns.«

Jetzt lacht sie auch.

Er wird wieder ernst. »Ich würde gern sagen, das sei eine lange Geschichte. Aber das wäre gelogen. Es ist eine kurze.«

»Das heißt Trennung?«

»Ich versuche es, ja.«

»Und sie?«

»Denkt in anderen Kategorien. Sie will besitzen und ist eifersüchtig auf alle, die sich mir nähern. Sogar auf meine Schwester.«

Martha sieht sich suchend nach einem Platz um, wo sie ihr leeres Glas abstellen kann. Er nimmt es ihr ab und legt es zusammen mit seinem in ein großes Porzellanwaschbecken, in das ein Wasserhahn beharrlich hineintropft.

»Irgendwie komisch ...«, sagt sie.

»Was?«

»Mit Francesca habe ich auch am ersten Tag bereits über ... na ja ... so private Dinge geredet.«

»Ist wohl eine Familienkrankheit. Ich sehe meine Schwester übrigens heute Abend. Ein Freund von uns liest aus seinem neuen Buch, in der Aula der alten Universität.«

»Auf Italienisch?«

»Klar. Du kannst dich an den Klang der Sprache gewöhnen. Und ansonsten genießt du einfach den Raum und die Atmosphäre. Die Aula ist einer der schönsten Orte dieser Stadt. Danach gehen wir alle noch etwas trinken. Du lernst ein paar Leute kennen – und nebenbei Bolognas Nachtleben.«

»Klingt gut.«

»Wir treffen uns an der Piazza Galvani im Café *Zanarini* um halb acht. Auf einen ersten Schluck, bevor's losgeht.«

»Was für ein Buch hat er geschrieben, dein Freund?«
»Eins über das Suchen und Finden.«
»Aha.«
»Recht philosophisch das Ganze, sehr klug in der Argumentation.«
»Du musst mir das Wichtigste übersetzen.«
»Das tu ich gern.« Er geht ins Wohnzimmer. »Also dann, sehen wir uns um halb acht?«
Ihr Nicken begleitet ihn zur Tür.

Als er weg ist, bleibt sie noch eine Weile in dem kleinen Flur stehen. Sie spricht seinen Namen aus. Michele. Erst leise, dann lauter. Sie mag, was sie hört.

9

Es stehen noch Strandkörbe im Sand. Ein paar vereinzelte, die anderen haben bereits wieder ihr Winterquartier bezogen. Die Ostsee spielt heute stürmisch auf, das Meer trägt Grau und dicke Schaumkronen; es riecht nach Algen und Salz und Schlick. Der Wind rüttelt an den Takelagen der Boote, die im Hafen nebenan vor Anker liegen. Er rüttelt auch an Linas Gedanken, denen sie hier am Strand Auslauf verordnet hat.

Hans hat sich angeboten, seine Tochter zu begleiten, als sie sagte, sie müsse raus, an die frische Luft.

Nun läuft er neben ihr, dort, wo die Wellen nach den Füßen der Spaziergänger greifen, versucht, Schritt zu halten mit ihr, was ihm sichtlich Mühe macht. Sein Atem ist schwergängig wie ein alter Motor, der seine besten Tage hinter sich hat und nun bei der kleinsten Anstrengung ins Stottern gerät.

Linas Blick ist starr auf das Wasser gerichtet, als wären dort Antworten zu finden. Antworten auf Fragen, die ständig wiederkehren, als würde irgendetwas in ihr ohne Unterlass die Repeat-Taste drücken.

Hans stellt sich die gleichen Fragen, das weiß sie. Und obwohl sie wenig miteinander reden, ihr Vater und sie, als könnte ein überflüssiges Wort ein gerade gefundenes, noch instabiles Gleichgewicht zum Kippen bringen, ist sie fast froh, ihn hier neben sich schnaufen zu hören.

»Liebe Mama, mache mir große Sorgen um dich.« Das hat sie ihrer Mutter vorgestern Morgen geschrieben – und ein inständiges *»Bitte, bitte gib mir Bescheid, wo du bist«* nachgeschoben.

Und dann hat sie gewartet. Zusammen mit Hans hat sie unzählige Kannen Kaffee gekocht; zu zweit haben sie in der Küche, die einmal die Familienküche war, Handy und Laptop im Blick behalten.

Am Nachmittag klingelte das Telefon, und Lina stürzte hin. Doch es war nur Marthas Ärztin, die sie beruhigen wollte, um ihr gleichzeitig noch einmal einzuschärfen, sie sollte ihrer Mutter ausrichten, sich mit ihr in Verbindung zu setzen. Es könnten sehr bald Luftnot und Schmerzen auftreten, und es sei wichtig, die richtige Medikation zu verordnen. Martha brauche einen Arzt, der wisse, was getan werden müsse. Die Frau hatte eine kühle und zugleich warme Stimme.

Ob es denn überhaupt keine Rettung gebe, fragte Lina leise in der Hoffnung, die Antwort möge die hämmernde Angst ein paar Dezibel herunterschrauben. Da war der fast kindliche Wunsch, die Person am anderen Ende der Leitung könnte dieser quälenden Situation in der Küche alle Schwere nehmen, wie eine Fee, die nur ein paar Zaubersprüche aufsagen muss, damit alles wieder gut wird. Doch Lina erhielt nur ein Nein. Ein nacktes Nein. Vier Buchstaben, die bei aller Vorsicht, mit der sie hervorgebracht wurden, keine Gnade kannten.

Die Mail war in der Nacht gekommen.

Lina und ihr Vater hatten irgendwann den Fernseher eingeschaltet, um das Störfeuer ihrer Gedanken einzudämmen. Sie sahen sich einen »Tatort« an und hielten bis zu einer Kultursendung kurz vor Mitternacht durch.

Ob er einen Schnaps wolle, fragte Lina Hans gegen elf Uhr. Er nickte, und sie schenkte beiden ein Glas Marillenbrand ein, randvoll. Der Alkohol brannte in der Kehle. Er ummantelte ihre gespannten Nerven ein wenig, legte Betäubung in jede Faser, brachte zum Innehalten, was da so unbarmherzig pochte.

Ein kurzes Klingeln im Laptop signalisierte, dass eine Mail eingegangen war. Lina sah die Adresse ihrer Mutter und merkte, dass ihre Hand zitterte, als sie die Nachricht öffnete.

»Martha?« Hans sah von seinem Sessel hoch, die Müdigkeit einer durchwachten Nacht im Blick.

Lina nickte.

»Und? Was schreibt sie?«

»Sie ist in Italien.«

»Wo?«

»Das sagt sie nicht. Nur, dass sie länger bleiben will.«

»Verdammt noch mal.« Er trank das Glas Marillenbrand in einem Zug leer und sah sich im selben Moment suchend nach der Flasche um.

Lina atmete geräuschvoll aus und goss ihm nach. »Ich solle mir keine Sorgen machen, schreibt sie.«

»Deine Mutter hatte schon immer diesen Hang zum ...«

»Zu was?«, unterbrach sie ihn scharf.

»... zum Märtyrertum.«

Ihr Blick machte kurzen Prozess mit seiner Erklärung, zerhäckselte seine Worte geradezu.

Er kippte den Schnaps in einem Zug hinunter. »Ach, vergiss es.«

»Mama ist krank.« Sie spürte, wie Tränen hochkamen. Sie blinzelte entschieden dagegen an.

»Ich weiß.« Seine Stimme klang nüchtern. Sie klang nicht nach den drei Gläsern Schnaps, die er inzwischen intus hatte.

Lina fuhr mit der Maus die Mail ihrer Mutter ab, als hätte sich dort zwischen den Buchstaben noch irgendetwas versteckt, das sie übersehen hatte, etwas, das mehr offenbarte als diese knappe Mitteilung. Aber es blieb bei den vier Sätzen.

»Wie's ihr wohl geht?«, fragte sie leise mehr sich selbst als ihren Vater.

Er zuckte mit den Schultern und sah sich nach der Fernbedienung um. Es wurden gerade die Spätnachrichten angekündigt. Die Moderatorin, die kurz darauf das Bild einnahm, wirkte wach und aufgeräumt. Sie konnte noch Luft holen für die erste Meldung, da schnitt ihr Hans bereits mit der Off-Taste das ungesagte Wort ab.

»Du schreibst deiner Mutter jetzt sofort zurück und fragst sie nach ihrem genauen Aufenthaltsort. Wir brauchen eine Adresse und eine Telefonnummer, unter der wir sie erreichen können. Sie kann nicht erwarten, dass wir herumsitzen und auf irgendwelche Mails warten.« In seinem Ton schwang nun etwas anderes mit. Er war nie energisch gewesen. Das beherzte Durchgreifen hatte er anderen überlassen. Doch hier, in diesem alten Wohnzimmer, vollführte seine Stimme plötzlich eine Kehrtwende.

Lina sah ihn an. Erstaunt. Dann griff sie wortlos zur Maus, klickte das Symbol für »Neue Nachricht« an und tippte schnell ein paar Sätze ein. Sie benutzte sechsmal das Wort »bitte«.

»Bitte sag uns, wo du bist. Bitte nenn uns deine Adresse. Bitte setz dich mit deiner Ärztin in Verbindung. Bitte geh dort ganz bald zu einem Arzt. Bitte pass auf dich auf. Bitte bleib nicht zu lange fort.«

Ihr fiel auf, dass sie dieses Wort bereits in ihrer ersten Mail an Martha oft gebraucht hatte, häufiger, als es sonst ihre Art war. Ohne sich zu korrigieren, drückte sie auf »Senden«.

Sie warteten eine gute Stunde auf Antwort. Doch das Mail-Postfach vermeldete »Keine neue Nachrichten«.

»Lass uns schlafen gehen.« Es war Hans, der irgendwann aufstand. Er streckte Lina die Hand hin.

Sie zuckte zusammen, doch dann ließ sie sich von ihm hochziehen. Seine Hand fühlte sich kühl an, kühl und faltig. Fast erschreckte sie das. Wie lange hatte sie diese Hand nicht mehr angefasst? Früher hatte er damit kugelbäuchige Kastanienmännchen gebaut und gerissene Glasperlenketten wieder aufgefädelt und ausgerenkte Puppenarme repariert, und Lina hatte ihn dafür bewundert. »Du himmelst deinen Vater an«, wurde Martha nicht müde zu wiederholen, und eine leichte Bitterkeit verirrte sich in ihren Tonfall, während sie das sagte. Erst später begriff Lina, dass sie ihrer Mutter immer nur den zweiten Platz eingeräumt hatte, die Silbermedaille in der Olympiade ihrer Kindheit. Gold war dem Vater vorbehalten, bis er sich dann eines Tages selbst vom Siegertreppchen stürzte und in Kauf nahm, dass der Applaus der Tochter jäh abbrach.

Jetzt ließ sie die faltig gewordene Hand für einige Momente in ihrer ausruhen, als müsste sie die schmalen Finger mit Wärme aufladen, um sie dann abrupt wieder loszulassen.

»Ja, versuchen wir zu schlafen«, entgegnete sie kühl.

Es war schon die zweite Nacht, die sie mit ihrem Vater unter einem Dach verbrachte.

Über dem Meer sind jetzt Regenwolken aufgezogen. Sie ballen sich zusammen und nehmen dem letzten Blau binnen Minuten jede Chance.

Lina zieht ihren Anorak fester um sich. Sie macht keine Anstalten umzukehren, obwohl Hans seinen Schritt mit dem stärker werdenden Wind verlangsamt.

Als die ersten Tropfen fallen, läuft er gut fünf Meter hinter ihr. Der Abstand zwischen ihnen wird von Minute zu Minute größer. Ihr Vater will zurück, das spürt sie, aber da ist etwas in ihr, das weiterdrängt. Sie hält ihr Gesicht dem Regen entgegen, lässt abspülen, was sie heute früh notdürftig an Schminke aufgetragen hat. Rouge und Wimperntusche bilden nun bunte Rinnsale, die Maskerade macht sich davon. Auch tief in ihr drinnen löst sich etwas, registriert Lina erstaunt und erleichtert zugleich. Dieser feste Kloß, der seit nunmehr zwei Tagen wie eine eiserne Kugel in ihren Eingeweiden sitzt und ihr Angst macht, Angst in allen Schattierungen, beginnt zu schmelzen. Und während der Regen stärker wird, fühlt sie auf einmal, wie er die Angst dabei mitnimmt.

Unwillkürlich holt sie Luft. Ihre Lungen füllen sich, dehnen sich, weiten sich. Über dem Meer rollt Donner heran, leise, mit einem Unterton, der Größeres verheißt.

Als der erste Blitz über dem aufgewühlten Wasser aufleuchtet, dreht sich Lina zu ihrem Vater um.

Hans sieht sie an, sieht seine Tochter an, die dasteht in ihrem alten blauen Anorak und sich die nassen Haarsträhnen aus dem Gesicht streicht. In ein paar Schritten ist er bei ihr. Als er sie in den Arm nimmt, gibt sie ihren Widerstand auf. Es sind nur ein paar Momente, aber das erste Mal seit über elf Jahren lässt sie zu, wonach sich das kleine Mädchen in ihr so oft gesehnt hat. Es ist ein heimliches Sehnen gewesen, dem sie keine Chance gegeben hat. Sie hat sich den Schmerz der Mutter zu eigen gemacht und dem Vater fortan jeden Zugang verwehrt.

Wahrscheinlich ist es der Regen, denkt sie, der ihr da über die Wangen läuft. Und im selben Moment weiß sie, dass Regen niemals so heiß sein kann wie Tränen.

»Ist ungewöhnlich für die Jahreszeit, so ein Gewitter«, sagt sie und löst sich aus der Umarmung.

Hans nickt. »Früher hast du immer große Angst davor gehabt.«

»Und du bist zu mir ins Kinderzimmer gekommen und hast mir was von Spannungen erzählt, die sich da oben entladen.«

»Das hat dich zumindest beruhigt und abgelenkt, bis das Theater vorbei war.«

»Und heute?«

»Na ja«, er stößt mit der Spitze seines Gummistiefels gegen einen Stein und kickt ihn Richtung Wasser, »ich fürchte mal, das alles geht nicht so schnell vorbei wie dieses Gewitter hier.«

»Meinst du, sie kommt zurück?«

Der Stein wird von einer Welle geholt, hin und her gewirbelt und an anderer Stelle wieder abgelegt.

»Ich weiß es nicht. Deine Mutter war immer sehr pflichtbewusst. Ja, geradezu pflichtversessen, hin bis zur Selbstaufgabe …«

»Hat dich das gestört?«

»Gestört?« Er holt tief Luft. »Genervt hat mich das. Verrückt gemacht. Man konnte sich nur schäbig fühlen neben ihr.«

»Du hast nie darüber gesprochen.«

»Du hast mich nie danach gefragt.«

»Bist du deshalb fremdgegangen?«

»Es wäre zu einfach, wenn ich jetzt ja sage. Martha ...«, wieder sucht sich sein Fuß einen Stein, »... Martha hat mir meine Unzulänglichkeit täglich vorgehalten. Jahrelang habe ich versucht, es ihr recht zu machen, aber kein Mensch auf dieser Welt kann es ihr recht machen. Sie ist streng mit sich und streng mit anderen.«

»Wollen Männer denn immer nur Bestätigung?«

»Mein Gott, ja. Und nein. Diese Gleichung ist zu simpel. Ich glaube, jeder Mensch möchte um seiner selbst willen geliebt werden. Deine Mutter hat den Finger in die Wunden gelegt, statt sie zu verbinden und heilen zu lassen.«

»Und du? Du hast nichts Besseres zu tun gehabt, als schnell die Flucht zu ergreifen.«

»Das war keine Flucht. Das war Selbstschutz.«

»Sie hat dich geliebt.«

»Ich sie auch.«

»Ach ja?«

»Ja, verdammt noch mal. Aber sie wollte irgendwann einen Hans lieben, der ich nicht sein konnte. Vielleicht auch nicht sein wollte, so genau weiß man das ja nie.«

»Und dann hast du eben bei den anderen Frauen gefunden, was du bei ihr vermisst hast.« Sie schaut vor sich in den nassen Sand.

»Sieh mich an, Lina. Ich bin allein. Nein, nein, man findet nicht so leicht. Mittlerweile glaube ich, ich habe mich selbst irgendwann verloren.«

»Ach, Papa, das alte Selbstmitleid ...« Noch vor zwei Tagen hätte dieser Satz aus ihrem Mund das Geräusch einer Ohrfeige gehabt. Jetzt klingt er eine Spur nachsichtiger.

»Hast *du* einen Freund?«

Sie presst die Lippen aufeinander, um sie dann mit einem kurzen Knall aufspringen zu lassen. »Warum willst du das wissen?«

»Na ja, sagen wir mal, aus Interesse.«

»Nein. Zurzeit nicht.«

»Gab's da jemanden?«

»Keine schöne Geschichte.«

Er nickt.

Sie erwartet, dass er jetzt nachfragt, aber er belässt es bei dem Nicken.

Eine Zeitlang sagen beide nichts. Sie verständigen sich wortlos, umzukehren und den Weg zurück anzutreten, während sich Himmel und Meer immer wütender geben. Es donnert und blitzt in schnellem Wechsel, auch der Regen hat seine Taktzahl erhöht.

Als plötzlich Linas Handy klingelt, suchen sie Schutz in einem Strandkorb. Hans klappt die weiß-blaue Sonnenmarkise herunter, die augenblicklich vor dem Wolkenbruch kapituliert.

Sie setzen sich dicht nebeneinander auf die kleine Bank, auf der gerade mal zwei Erwachsene Platz finden.

Früher, da kuschelten sie sich manchmal zu dritt in einen Strandkorb. Martha und Hans nahmen Lina in die Mitte. Es roch nach Sonnenöl und warmer Haut. Auf dem ausklappbaren Tischchen stand immer eine gelbe Plastikbox, in die Martha belegte Brote und Gurkenstückchen und hart gekochte Eier gepackt hatte. Wenn Lina bibbernd aus dem Wasser kam, rubbelte die Mutter sie mit einem großen Frotteetuch trocken. Ein hellblaues Frotteetuch, auf dem sich bunte Delphine, Seesterne und Muscheln tummelten und das immer ein bisschen sandig war. Danach gab es etwas zu essen, und genau dieser Geschmack von Sommer ist es, der Lina jetzt erwischt. Erwischt wie ein Streifschuss, bevor sie in Deckung gehen kann. Erwischt, während sie mit ihrem Vater auf den kalten nassen Plastikpolstern sitzt und mit klammen Fingern das Handy aus der Tasche ihres Anoraks holt.

Sie sieht aufs Display. Eine lange, ihr unbekannte Nummer. Sie drückt auf das Symbol mit dem grünen Telefonhörer.

»Hallo?«

»Lina?«

»Ja?«

»Ich bin's.«

»Mami, endlich! Wo bist du?«

»In Bologna.«

»Was tust du da? Wieso bist du einfach …?«

»Mir geht es gut, Lina. Du musst dir keine Sorgen machen.«

»Das tu ich aber. Du verlässt ohne ein Wort deine Geburtstagsparty, und dann kriegen wir einen Anruf von deiner Ärztin, die uns sagt, dass …« Sie schluckt das Ende des Satzes hinunter. Als wollte sie die Tatsachen einfach nicht in die Welt lassen.

»Ich weiß. Und ich kann dir das jetzt auch nicht erklären. Ich weiß nur, dass ich eine Weile hierbleiben werde.«

»Soll ich kommen?«

»Nein. Jedenfalls nicht sofort. Schau, ich muss über vieles nachdenken. Ich brauche Abstand. Und Zeit für mich.«

»Was tust du denn da unten?«

»Italienisch lernen.«

Lina holt tief Luft. »Mami, du bist krank.« Krank – ein Wort, das Rücksicht nimmt. Das nicht die ganze Wahrheit beim Namen nennt. Das ausspart, worum es wirklich geht.

»Deshalb bin ich hier.«

»Und deine Arbeit?«

»Die werden andere machen.«

»Die Ärztin hat gesagt, du sollst sie anrufen.«

»Das hab ich gerade getan.«

»Musst du denn nicht in die Klinik? Ich meine, es gibt doch Möglichkeiten. Chemotherapie ... was weiß ich ...«

»Lina, hör zu. Ich will das alles nicht. Damit würde es mir schlechtgehen, sehr schlecht sogar. Das wäre der Preis für ein paar Monate mehr Leben. Aber es wäre ein verdammt mieses Leben.«

»Ja, aber ...«

»Kein Aber. Du hast jetzt meine Telefonnummer. Wir können jederzeit miteinander reden. Und das werden wir auch, das verspreche ich dir. Vielleicht kannst du sogar irgendwann hierherkommen, aber jetzt ist es noch zu früh dafür, glaub mir.«

»Gehst du dort zu einem Arzt?«

»Natürlich. Aber ich gehe in kein Krankenhaus.«

Lina wischt sich mit dem Ärmel ihres Anoraks über das Gesicht. »Wo wohnst du? In einem Hotel?«

»Nein, in einer hübschen kleinen Wohnung mit einer wunderbaren Dachterrasse.«

»Wie hast du die so schnell gefunden?«

»Ich hab eine Freundin hier. Die hat mir geholfen.«

»Du hast mir nie von ihr erzählt.«

Martha lacht. Ein Lachen, das Lina nicht von ihrer Mutter kennt. Ein Lachen, das klingt, als hätte man ihm nach langer Gefangenschaft Freigang gewährt. »Hey, erzählst du mir immer, was bei dir los ist?«

»Nein, aber ... das hier ist alles so neu für mich. Diese ganze Situation. Ich mach mir Scheißsorgen seit gestern, und du klingst, als würdest du mal kurz aus einem Urlaub anrufen, um mir mitzuteilen, dass das Wetter super ist. Mami, ich hab wirklich Angst um dich.«

»Die hab ich auch. Und deshalb versuche ich, dagegen anzuleben. Ich will dieser Angst nicht das Steuer überlassen, verstehst du?«

Lina nickt in den Hörer hinein. Sie sagt nichts.

Das Rauschen in der Leitung frisst die Sekunden, die vergehen. Sekunden, in denen beide den Schlagabtausch von Informationen und Gefühlen einzuordnen versuchen.

»Ist jemand bei dir?«, fragt Martha schließlich.

»Ja, Papa. Er sitzt neben mir.«

»Wo seid ihr?«

»In einem Strandkorb. Wir haben ein Gewitter hier. Es regnet.«

»Kommt ihr klar?«

»Warum willst du das wissen?«

»Na ja, du und Hans ...«

»Das ist unsere Sache.«

»Lina, bitte.«

»Schon okay. Mach dir um uns keine Sorgen.«

»An welchem Strand seid ihr?«

»An unserem. Wir sind die Einzigen hier.«

»Wie sieht die Ostsee aus?«

»Ziemlich aufgewühlt.«

»Passt ja irgendwie.«

Jetzt lacht Lina. Kurz nur, aber so, dass ihre Mutter es hören kann.

»Gut«, sagt Martha. »Sehr gut sogar, wenn uns das nicht ausgeht.«

»Was?«

»Das Lachen.«

»Du meinst Galgenhumor.«

»Gar kein schlechtes Wort. Wahrscheinlich ist den Leuten angesichts des Galgens noch mal der ganze volle Wahnwitz aufgegangen.«

»Mami ...«

»Komm, Lina. Wir schaffen das schon. Ruf an, wann immer dir danach ist. Ich bin da, nur etwas weiter weg.«

Sie nickt und sagt wieder nichts.

»Und grüß Hans von mir. Sag ihm bitte auch, die Rosen waren etwas überdimensioniert.«

»Das hab ich schon.«

»Ich weiß, dass ich mich auf dich verlassen kann. Ciao.«

»Tschüss.«

Lina drückt das Gespräch weg. Und dann lässt sie ihren Blick über den Strand laufen. Der Regen hat kleine Löcher in den Sand gestanzt. Ein Kugelhagel aus Tropfen, der da seine Spuren hinterlassen hat.

Neben sich spürt sie die Wärme ihres Vaters. Hans schweigt, und sie ist froh, dass er jetzt keine Fragen stellt.

10

Linas Stimme klingt noch nach, hinterlässt Schmauchspuren, während Martha ihre Reisetasche auspackt und die wenigen Sachen, die sie gerade aus dem Hotel in diese kleine Wohnung gebracht hat, in Giulias Kleiderschrank hängt.

Sie hat die Angst in der Stimme ihrer Tochter gehört, und für einen Moment hat sich ihr Herz zusammengezogen. Und natürlich hat sie sich gefragt, ob die Entscheidung, hierherzufahren, die richtige gewesen ist. Sie kennt ihn nur zu gut, den Mechanismus in sich, der verlässlich schlechtes Gewissen und Schuldgefühle anzeigt, sobald sie beginnt, an sich zu denken. Sie hat kein sonderlich großes Talent darin, ihre Bedürfnisse in den Mittelpunkt zu stellen, vielleicht hat sie sogar Angst davor – und deshalb hat sie ihn sich implantiert, diesen Mechanismus, und ihn fortan mit Selbstlosigkeit geölt und mit Lebenslügen geschmiert.

Sie tritt hinaus auf die Dachterrasse, die nun fürs Erste ihre sein soll, und spürt augenblicklich, wie sich ihr Herzmuskel wieder beruhigt.

Heute Nachmittag hat sie ihre Ärztin angerufen, gleich nachdem sie in dem Laden der italienischen Telefongesellschaft ein neues Handy gekauft hat. Von der Sekretärin der onkologischen Abteilung wurde sie sofort weiterverbunden.

Es wurde ein Gespräch wie unter guten Bekannten. Martha sah die junge Frau mit den Sommersprossen vor sich, wie sie dort in ihrem Büro an ihrem aufgeräumten Schreibtisch saß, das Foto mit den beiden Töchtern vis-à-vis. Sie sah die weiße Porzellanvase, in der jede Woche andere Blumen steckten. Mal Amaryllis, mal Tulpen, mal Pfingstrosen, mal Löwenmäulchen. Sie blühten durch alle Jahreszeiten hindurch, als wollten sie einen Kontrapunkt bieten zu dem, was in diesem Raum gesagt wurde, zu den Befunden, die kurzen Prozess mit dem Leben machten. Die gelben Rosen, die dort im September standen, als Martha hörte, was sie niemals hören wollte, hatten die Köpfe gesenkt.

Wie es ihr gehe, fragte die Ärztin jetzt am Telefon.

Gut, erwiderte Martha. Sogar besser als gut.

Das könne sich bald ändern.

Klar, sie wisse das, aber bis dahin wolle sie ihre Gedanken umlenken. Weg von der Krankheit, die ihr nach dem Leben trachte.

Die Ärztin notierte sich Marthas Nummer und versprach, sich nach einem Kollegen in Bologna zu erkundigen, um mit ihm dann das weitere Vorgehen zu besprechen.

»Halten Sie mich für verrückt?«, fragte Martha am Ende.

»Was heißt das schon? Eigentlich nur, dass man die Dinge an einen anderen Platz stellt und alle anderen meinen, da stimmt was nicht, da habe jemand was ver-rückt.«

»Interessante Sichtweise.«

»Klar, Frau Schneider, dass Ihre Familie, Ihre Freunde, Ihre Kollegen sich Sorgen machen. Aber *Sie* haben eine

Entscheidung getroffen. Nennen Sie es verrückt, wie auch immer. Es ist *Ihr* Leben.«

»Wird das Ende schwer sein?«

Es entstand eine kurze Pause. Eine Pause, aus der Martha die Suche nach den richtigen Worten heraushörte. »Man kann heute viel machen«, sagte die Ärztin schließlich.

Martha schluckte. Und in ihr breitete sich so etwas wie eine Ahnung aus. Eine leise Angst, die anklopfte. »Ach, noch etwas …«

»Ja?«

»Nennen Sie mich doch Martha.«

Sie hörte die Frau am anderen Ende der Leitung lächeln. Man könne das hören, wenn jemand lächelt, hatte sie oft zu Kollegen gesagt, wenn es um Interviews am Telefon gegangen war. Manche hatten das für übertrieben gehalten, hatten sie deshalb belächelt.

»Okay, Martha. Ich wünsche Ihnen eine gute Zeit dort in Italien. Muss schön sein jetzt im Frühherbst.«

»Hier fühlt sich alles noch nach Sommer an.«

»Umso besser.«

Und dann kam Lina. Das schwierigere Gespräch. Die Tochter, die fast zweitausend Kilometer entfernt mit ihrem Vater bei Regen in einem Strandkorb saß und die Welt nicht mehr verstand. Sie hatten sogar ein wenig gelacht, Lina und sie, aber die Verzweiflung hatte mitgelacht.

Nachdem Martha aufgelegt hatte, blieb sie noch eine Zeitlang sitzen auf dem Sofa, zwischen Giulias bunten Kissen. Morgen werde ich Blumen kaufen, dachte sie, während sie auf den flachen Tisch vor sich sah. Nur keine gelben Rosen …

Diesen Gedanken hat sie mitgenommen in das Schlafzimmer, wo sie nun vor dem Kleiderschrank steht und überlegt, was sie heute Abend anziehen soll.

Sie sieht auf die Uhr. Eine Stunde noch bis halb acht.

Sie wählt Jeans und eine hellblaue Bluse, dazu eine graue Strickjacke, die sie sich über die Schultern hängt. Das Haar bürstet sie kräftig durch. Es ist kräftig, ihr Haar, dunkelblond und immer noch glänzend. Normalerweise bindet sie es im Nacken zusammen oder dreht es am Hinterkopf hoch. Heute beschließt sie, es offen zu tragen. Nein, denkt sie jetzt, hier, vor einem Spiegel, der an den Rändern etwas blind ist – sie wird nicht demnächst morgens Büschel für Büschel vom Kissen sammeln und irgendwann Tuch oder Turban tragen, die unvermeidliche Kopfbedeckung der Menschen, die sich dieses Gift injizieren lassen, um der Krake in sich die Fangarme zu stutzen, und dabei die zunehmende Schwäche billigend in Kauf nehmen.

Sie trägt Mascara auf. Und Rouge. Und Lippenstift. Sie weiß, dass sie gefallen will. Das erste Mal seit Jahren will sie wieder einem Mann gefallen.

Draußen ist es mild. Eine Luft wie Seide, die sich mit den Abgasen der Motorräder parfümiert. Die Arkaden, durch die Martha läuft, lassen ein paar letzte Sonnenstrahlen durch. Sie dosieren das Licht sparsam, werfen es wie Scheinwerfer auf den Boden, der unterschiedlichste Mosaiken zeigt. Ein Wechsel an Mosaiken, vor jedem Hauseingang formieren sich neue Muster in Beige-, Braun- und Terrakottatönen, hier und da abgeschlagen durch die unzähligen Schritte unzähliger Menschen, die ihre Spuren auf dem Pflaster hinterlassen haben.

Ladenbesitzer beginnen, das, was sie vor ihren Schaufenstern in die Arkadengänge gestellt haben, hineinzuräumen. Übrig gebliebene Orangen, Salatköpfe, Auberginen. Einige lassen sogar schon die Rolläden herunter; andere zünden sich eine Zigarette an und tauschen ein paar Sätze mit dem Nachbarn. Eine Blumenhändlerin trägt einen Arm voller Rosen in ihr Geschäft. Ihre Blicke kreuzen sich, nehmen Kontakt auf. Martha schüttelt unwillkürlich den Kopf, weil es gelbe Rosen sind, und die Frau, die nicht weiß, warum sie den Kopf schüttelt, nimmt eine Blume aus dem Bund und reicht sie ihr. Die Rose ist stark und kräftig, und sie hat ihre Blätter bereits ein wenig entfaltet.

Ausgerechnet, denkt Martha. Aber sie murmelt ein schnelles »*Grazie*« und nimmt mit, was sie bis vor wenigen Augenblicken mit größtmöglichem Unglück assoziiert hat. Manchmal gefällt sich das Leben darin, Zufälle zu konstruieren.

Als sie eine Grünfläche mit Bänken und Springbrunnen erreicht, schnappt sie nach Luft. Sie ist zügig gelaufen, um nicht zu spät zu kommen; zwischendrin hat sie immer wieder auf den Stadtplan gesehen und dabei die Namen der Straßen, durch die sie gekommen ist, abgeglichen. Nun bleiben ihr noch fünf Minuten. Das Café, das Michele ihr genannt hat, liegt schräg gegenüber.

Sie lässt sich auf eine Bank fallen und versucht, ihre Atmung zu beruhigen. Die Schweißtröpfchen, die sich auf der Stirn gebildet haben, wischt sie entschieden weg. Ihr ist schwindlig. Das gibt sich gleich wieder, redet sie sich ein und konzentriert sich auf das, was sie sieht: einen kleinen Jungen, der einen großen Hund an der Leine hält.

Labrador, denkt Martha. So einen hatte Lina auch haben wollen, als sie neun Jahre alt wurde, und Hans hatte der

Tochter bereits seine Zustimmung gegeben. Warum nicht, wenn die Kleine das möchte? Die Verantwortung, hatte Martha dagegengehalten und sich durchgesetzt wie immer bei solchen Dingen. Es gab Tränen am Geburtstag und Geschenke, die Lina nicht wollte. Sie rannte in ihr Zimmer, knallte die Tür hinter sich zu und warf sich heulend aufs Bett. Die Eltern stritten in der Küche, bis die Geburtstagskerzen heruntergebrannt waren und das Wachs auf den Schokoladenkuchen tropfte. Noch am selben Tag fuhr Martha in die Tierhandlung am Ort und kaufte einen Hamster. Der Nager lebte genau zehn Tage, dann übernahm ihn die Katze des Nachbarn.

Der Junge krault den Labrador hinter den Ohren, umarmt ihn und drückt ihm einen Kuss in das helle Fell. Er wird mit Schwanzwedeln belohnt. Seine Mutter sitzt auf einer Bank gegenüber. Sie ruft ihrem Sohn etwas zu, das Martha nicht versteht, doch es muss etwas Nettes sein, denn der Junge lacht und schüttelt den Kopf.

Marthas Atem hat zu seinem normalen Rhythmus zurückgefunden. Erleichtert steht sie auf und geht langsam Richtung Café. Der Hund nimmt kurz Witterung mit ihrer Jeans auf, dann widmet er seine Aufmerksamkeit wieder dem Jungen, der nun einen kleinen gelben Ball aus seiner Hosentasche holt und damit Richtung Springbrunnen zielt.

Martha überquert die Straße und wirft wie beiläufig einen Blick in die Schaufensterauslagen einiger Luxusboutiquen. Kaschmirpullover, Daunenjacken und Schals liegen bereits da, und die Preisschilder zeigen, dass der Winter teuer wird, während die Temperaturen draußen noch den Ausverkauf des Sommers betreiben.

Sie sieht ihn sofort. Er steht in einer Gruppe von etwa zehn Leuten am Tresen und erzählt gerade etwas. Seine Hände erzählen dabei mit. Eine Frau neben ihm lacht.

Wie am Nachmittag hat er sein Haar locker zusammengebunden. Baumwollhose und T-Shirt hat er gegen Jeans und weißes Hemd getauscht.

Martha bleibt kurz stehen und sieht durch die großen Scheiben des Cafés, hinter denen Platten und Etageren mit Sandwiches, Oliven und Pasteten aufgebaut sind. Hin und wieder kommt einer der Gäste vorbei und bedient sich. Kellner sind ohne Unterlass damit beschäftigt, wieder aufzufüllen, was zu Ende geht.

Sie zögert einzutreten. Was soll sie sagen? Sie kennt keinen dieser Menschen; sie spricht noch nicht einmal ihre Sprache. Sie hat eingewilligt, auf eine Lesung zu gehen, von der sie kein Wort verstehen würde.

In diesem Augenblick hat Michele sie entdeckt. Er winkt sie herein, und plötzlich spürt sie etwas in ihrem Inneren. Etwas, das da sonst nicht ist. Etwas wie Flügelschlagen.

Er löst sich aus der Gruppe und kommt auf sie zu. Wie selbstverständlich legt er den Arm um ihre Schultern und schiebt sie dorthin, wo die anderen Leute stehen, die sie jetzt neugierig ansehen.

Er sagt ein paar Sätze in die Runde, und sie vernimmt zweimal ihren Namen. Martha. Noch nie hat ihr Name so weich geklungen.

»Schön, dass du da bist.«

Erleichtert hört sie die deutschen Worte. »Ja«, gibt sie zurück. »Ich freu mich auch.«

»Magst du etwas trinken?«

»Ja, gern.«

»Spumante?«

Sie nickt.

Michele winkt den Kellner heran, und eine halbe Minute später steht ein Glas vor ihr. »Mein zweites heute schon«, sagt sie und nimmt einen kleinen Schluck.

»Und sicher nicht dein letztes.«

Sie winkt ab. »Ich vertrage nicht viel.«

»Du bist in Italien, Martha.«

»Das heißt …«

»Das heißt, du vergisst jetzt einfach mal deine deutschen Prinzipien.«

»Ich habe keine Prinzipien.«

Er lacht.

Sie lacht auch. Und sie merkt, dass die Leute um sie herum aus dem Bild rücken. Es kommt ihr vor, als würden die Ränder ihrer Wahrnehmung unscharf. Da gibt es nur noch sie und ihn. Wie selbstverständlich nehmen sie beide wieder auf, was sie am Nachmittag begonnen haben. Einem Karussell gleich, das sich in Bewegung setzt und von Minute zu Minute an Fahrt gewinnt. Plötzlich ist da keine Schwere mehr, sondern nur noch freier Flug.

Kurz fragt sich Martha noch, was mit ihr passiert, aber dann will sie es gar nicht mehr wissen. Sie will nur noch sein. Jetzt, in diesem Augenblick sein. Diesem unverdünnten Augenblick, den keine Vergangenheit, keine Zukunft verwässern kann.

Ihre Blicke berühren sich. Ihre Hände tun es nicht. Noch nicht. Sie wollen warten. Es gibt dieses süße Warten auf etwas, von dem man weiß, dass es unweigerlich kommt. Man zögert hinaus, und jeder Moment trägt bereits den Geschmack von Vorfreude in sich.

Gegen neun Uhr verlassen sie das Café. Francesca ist inzwischen angekommen. Sie fragt Martha nach der Schule und dem Appartement, während sie zusammen ein paar Schritte gehen. Sie fragt auch nach Streichhölzern.

Martha gibt Auskunft und Feuer. Fast mechanisch tut sie das, und irgendwann scheint Francesca zu merken, dass sie sich in einem Raum befindet, der nur von Martha und Michele besetzt wird. Ein Raum, in dem kein Platz mehr ist für eine weitere Person. Ein Raum, der sich mit Andeutungen füllt, die mit Ich und Du spielen und hinter sich leise die Tür ins Schloss fallen lassen.

Francesca gibt ihrem Bruder einen Klaps auf den Po, so einen schwesterlichen Klaps, der es einfach nur gut meint. Martha schenkt sie ein Augenzwinkern, bevor sie sich unter die Leute in der Gruppe mischt.

Das alte Universitätsgebäude liegt gleich neben dem Café. Unter Arkaden öffnet sich ein Tor hin zu einem Innenhof. An den Wänden hängen unzählige Familienwappen von unzähligen Professoren, die hier vor Jahrhunderten gelehrt haben. Eine blütenumrankte verwitterte Inschrift, fast ein kleines Fresko, weist darauf hin, dass man nicht mit Fahrrädern in den Hof fahren solle. »*Vietato introdurre biciclette*«.

Auch Verbote können schön sein, fährt es Martha durch den Kopf, und plötzlich denkt sie an die Verbote zu Hause in Deutschland.

»Patienten haben keinen Zutritt.« Ihr Blick traf auf das weiße Schild mit roter Schrift an einer Eisenpforte neben dem Haupteingang zur Onkologie, als sie vor gerade mal einer Woche dort stand und suchte. Irgendetwas suchte, an dem sich ihre Ängste festhalten könnten. Und ihr sprangen diese roten Buchstaben ins Auge, die den kranken

Menschen untersagten, hier einzutreten. Martha sah durch die Gitterstäbe in ein von Mauern umgebenes Stück Grün, in dem zwei Bäume begannen, ihr Laub auf einen Rasen abzuwerfen, um den sich lange niemand mehr gekümmert hatte. Unkraut wucherte dort, an einigen Stellen war das Gras welk und gelb geworden. In einer schattigen Ecke stand eine Bank, und Martha fragte sich, ob es wohl jemals ein Sonnenstrahl dorthin schaffte.

Jetzt schüttelt sie den Kopf, während sie ihre Erinnerungen wieder einsammelt, damit sie keinen Schaden anrichten können an diesem Abend. Sie fängt sie rasch ein mit einem engmaschigen Netz, das den Beifang der störenden Gedanken aussondert.

In dem Hof der alten Uni stehen Terrakottakübel mit Pflanzen, links und rechts führen breite Treppen in den ersten Stock, wo die Säulen von unten sich fortsetzen, eine zweite Runde bilden, wie ein Kreuzgang, nur hinter großen frisch geputzten Glasfenstern.

»Magst du den Anatomiesaal ansehen, bevor wir zur Lesung gehen?« Michele zeigt nach oben.

Sie zuckt zusammen. »Anatomiesaal?« Das Wort wirft Schatten auf ihr Gesicht.

Er lacht ihr Erschrecken weg. »Ja, eine Touristenattraktion, aber um diese Zeit wird niemand mehr dort sein. Wenn wir Glück haben, ist nicht abgesperrt.« Er nimmt ihre Hand und zieht sie zur linken Treppe.

Oben angekommen, zeigt er auf eine große Tür. »Da ist die alte Bibliothek. Ich gehe oft hierhin, wenn ich in Ruhe arbeiten will. Ich mag den kleinen Saal mit den grünen Leselampen und die konzentrierte Stille dort. Man spürt förmlich, wie alle um einen herum denken.«

»Du schreibst Romane, hat Francesca erzählt.«

»Na ja, um ehrlich zu sein, schreibe ich Romananfänge.«

»Warum kommst du nie zum Ende?«

Er kratzt sich am Kopf; ein paar Haarsträhnen lösen sich aus dem Gummi im Nacken. »Ich weiß nicht. Vielleicht, weil ich Anfänge spannender finde. Vielleicht auch, weil ich kein Talent für das Finale habe. Schluss machen liegt mir nicht.«

»Manchmal kommt man nicht daran vorbei.«

»Du meinst, das Leben fordert das hin und wieder ein?«

Sie nickt.

»Ach«, fährt er fort, »irgendwie glaube ich, dass in jedem Beginn eine Fortsetzung liegt. Dass die Dinge nie enden. Dass sie ihre Form wechseln, okay, aber sich stets neu erfinden. Wie die Acht; ich liebe diese Zahl. Egal, an welcher Stelle du dich in die Kurve legst, es gibt immer noch eine Runde.«

Sie sieht durch die Glastür zur Bibliothek, auf einen jetzt unbesetzten Empfangstisch mit Schlüsseln dahinter, fein säuberlich aufgehängt in vielen kleinen Fächern. »Wäre schön, wenn's so wäre«, sagt sie leise.

Er steht neben ihr, lässt seinen Blick neben ihrem durch den langen Gang zum Lesesaal laufen. »Es ist so, Martha«, entgegnet er.

»Nie an ein Buch gedacht?«, wechselt sie das Thema. »Ich meine, ein fertiges, eines mit Anfang *und* Ende?«

Er grinst, und sie findet, dass ihn das jünger aussehen lässt. »Ich denke ständig daran. Dieser Freund, der da gleich liest, der hat's wirklich drauf. Er schreibt ein Buch nach dem anderen. Alltagsphilosophie, aber die Leute reißen ihm das aus den Händen. Schon verrückt, die sind süchtig danach, dass ihnen jemand ihr Leben erklärt.«

»Vielleicht, weil sie's selbst oft nicht begreifen.«

»Klar, wir sind alle auf der Suche nach Antworten. Deshalb suchen wir uns ja auch Gurus.«

»Ich hab's nicht so mit Gurus.«

»Sieht dir ähnlich.«

»Wie meinst du das?«

»Verrate ich dir später.«

»Später?«

»Man muss die Spannung aufrechterhalten. Das ist Dramaturgie.«

»Dafür, dass du nur Anfänge schreibst, hast du ein gutes Gespür für den perfekten Plot.«

»Hey, das gefällt mir.«

»Was gefällt dir?«

»Du kannst frech sein.«

Sie dreht sich zu ihm. »Dieser Autor? Ist er ein guter Freund von dir?«

»Mein ältester – und bester. Wir sind zusammen in die Schule gegangen, in Triest. Hier in Bologna haben wir dann studiert. Wir haben fast alles geteilt«, wieder dieses Grinsen. »Auch die Frauen.«

Sie lacht. »So genau will ich das gar nicht wissen.«

»Warum nicht? Du bist Journalistin. Und Journalisten sind neugierig.«

»Schreibst du auf Deutsch oder Italienisch?« Sie schlägt Haken, das weiß sie. Es ist wie Fangen-Spielen; als kleines Mädchen war sie gut darin gewesen, nie hatte jemand sie gekriegt, aber sie behielt die Lage stets im Blick, wusste genau, wie sie jemanden zur Strecke bringen konnte.

»Auf Deutsch«, erwidert er. »Die Romane schreibe ich in der Sprache meiner Mutter. Ich finde, dieses Wort hat etwas Anrührendes – Muttersprache.«

»Über welche Themen schreibst du?«

»Beobachtungen. Ich sehe mir das Leben draußen an und schaue, was das in mir und mit mir anstellt.«

»Darf ich ...«, sie zögert, »... darf ich mal reinlesen?«

»Na ja, ich zeig's nicht so gern her. Aber du kennst dich immerhin aus mit Texten.«

»Ach nein«, winkt sie ab. »Die journalistische Form hat nicht viel mit der literarischen zu tun.«

»Sehe ich anders. Gute Zeitungsleute denken punktgenau. Das ist pure Konzentration auf das Wesentliche.«

»Nicht alle sind Kandidaten für den Pulitzerpreis.«

Er legt ihr den Arm um die Schultern. Er tut das ganz selbstverständlich. Und sie merkt, wie sich ihr Herz augenblicklich mit Gänsehaut überzieht. Eine Bö, die sich darauf versteht, die Kapillaren zum Zittern zu bringen. Ganz kurz nur, aber lang genug, um zu begreifen, dass dieser alles bestimmende, alles beherrschende Muskel in ihr nur eines will: leben.

Ihre Schulter erwidert den leichten Druck von Micheles Hand. Und er legt nach, als wolle er ihr Anlehnungsbedürfnis austarieren. Ein Spiel um Millimeter. Landnahme auf dem schmalen Grat zwischen Vorsicht und Wagnis.

Sie gehen ein paar Schritte und bleiben vor einer schweren Tür stehen. Michele stemmt sich dagegen.

»Wir haben Glück«, sagt er und schiebt Martha sachte in einen Hörsaal. »Es ist noch offen.«

Ihre Augen tasten sich vor, müssen sich erst an das schummrige Dunkel gewöhnen. Wände und Decke sind holzvertäfelt wie die Stuhlreihen auf der linken Seite, die leicht ansteigen, um den Blick auf das Wesentliche lenken zu können: ein Seziertisch, mit einer Platte aus weißem Porzellan.

»Sie haben den Raum nach dem Krieg rekonstruiert«, erklärt Michele und setzt sich in die oberste Reihe.

Martha nimmt neben ihm Platz. Sie lässt etwas Abstand.

»Normalerweise schieben sich hier reihenweise Reisegruppen durch«, fährt er fort. »Man hat diesen Ort selten ganz für sich allein.«

Es ist warm, trotzdem fröstelt Martha. Michele zieht sie näher zu sich heran. »Weißt du, dass früher Barbiere die Leichen sezierten, nicht Ärzte? Die Mediziner analysierten nur noch, was die Bartstutzer für sie präpariert hatten.«

»Du hast wohl eine Vorliebe fürs Morbide?«

»Nein, ich liebe das Leben. Aber der Tod gehört eben dazu.«

Sie spürt, dass ihr Atem knapp wird. »Francesca hat mir von euren Begräbnissen berichtet, damals in Triest«, bringt sie schließlich hervor. Jedes Wort ist eine Herausforderung, als hätte ihre Luftröhre beschlossen, dicht zu machen, um nichts und niemanden mehr durch zu lassen.

Sein Lachen nimmt den ganzen Saal ein. Ein Lachen wie hundertfach multipliziert. »Sie hat dir davon erzählt?«

Sie nickt.

»Ich hab das geliebt, Martha. Mein Gott, wie ich das geliebt habe. Und Francesca ist eine tolle Schwester gewesen, damals schon. Sie war so ernsthaft bei der Sache, wenn es galt, die Leute zu bestatten. Wir hatten wunderbare Beerdigungen – mit wunderbarem Pathos und wunderbarem Hefezopf ...«

»... und du hast wunderbare Grabreden gehalten.« Sie hustet.

Er klopft ihr auf den Rücken. »Hast du dich verschluckt?«

»Nein, nein, schon okay. Weiter. Los, erzähl mir von deinen Grabreden.«

»O ja, darin war ich ganz groß. Ich mochte die Geschichten. Die Geschichten, die hinter den Personen standen. Das Leben hab ich einfach ausgeschmückt, es mit Girlanden versehen. Je bunter, desto besser. Der Fischhändlerin dichtete ich einen Liebhaber an, weil ich ein paar Mal beobachtet hatte, dass sie mit einem Mann im Laden flirtete. Einer, der immer Barben kaufte. So kleine Rotbarben, die man gleich im Dutzend mitnimmt. Einmal steckte er der Fischhändlerin sogar einen Umschlag zu, und ich sah auch, dass er ihre Hand kurz festhielt, als sie ihm das Wechselgeld hineinzählte. Sie hieß Luna wie der Mond, und sie war eine von unseren Lieblingstoten. Francesca und ich dachten diesem Mann natürlich eine tragende Rolle in unserer Geschichte zu.«

Martha lächelt ihn an, und sie versteckt eine Frage in ihrem Lächeln. Das hat sie gut drauf, gelernt in zahllosen Interviews. Mit einem Zucken um die Mundwinkel kann sie Menschen dazu bringen, mehr von sich preiszugeben.

»Ja, wir konstruierten einen Mord aus Eifersucht. Und ich erzählte in meiner Rede etwas von großer Leidenschaft.«

»Was weiß ein kleiner Junge von Leidenschaft?«

»Mehr, als du denkst.«

»Woher?«

»Mama war, ach, was sag ich, sie *ist* eine leidenschaftliche Frau. Lieben, lachen, leiden – auf dieser Klaviatur bringt sie es zur wahren Meisterschaft. Halbe Sachen hasst sie. Wenn Emotionen, dann richtig.«

»Francesca hat gemeint, dein Vater mag sie sehr.«

»Er himmelt sie an. Aber er hat's nie leicht mit ihr gehabt.«

»Hat sie ihn betrogen?«

»Ich glaube, ja. Ich erinnere mich, dass es manchmal ziemlich knisterte bei uns zu Hause. Da wurden sie laut, beide. Da knallten die Türen. Da hieß es ›Nicht vor den Kindern!‹ Meine Mutter war wie eine Katze, die gern herumstreunte, um ihre Krallen zu schärfen.«

»Aber sie kam immer wieder zurück?«

»O ja. Und dann rollte sie sich ein und schnurrte, und die Familie atmete auf.«

»Und heute? Ist sie ruhiger geworden?«

»Nicht wirklich. Sie redet pausenlos davon, dass bald ihre letzte Stunde schlagen wird, aber bevor sie da landet«, er zeigte auf den Seziertisch, »will sie's immer wieder wissen. Hat Francesca dir erzählt, dass sie unbedingt in Wien unter die Erde will?«

»Sie sagte so was, ja.«

»Wahrscheinlich mischt Mama noch nachts den Zentralfriedhof auf.«

Martha lacht und wundert sich im selben Augenblick darüber, dass sie bei diesem Thema lachen kann. Fast befreit sie dieses Lachen von dem, was ihr die Brust zuschnürt. Zumindest für Momente.

»Ihr habt ja sogar einen kleinen Friedhof dort in Triest, im Vorgarten, meinte Francesca. Einen, von dem keiner außer euch beiden weiß«, sagt sie schließlich.

»Mein Gott, Kinderspiele. Aber die schweißen zusammen. Diese Geheimnisse nimmt man mit ins Leben. Ja, Francesca und ich haben nie jemandem ein Sterbenswort davon verraten. Sie muss dich sehr gern haben, wenn sie dir das anvertraut hat.«

»Wir hatten einen besonderen Tag damals. Wenn ich ehrlich bin, hatte ich noch nie so schnell so eine Vertrautheit mit jemandem, den ich gar nicht kannte.«

Er sieht sie an. Seine Augen wollen ihre abholen. Keine Ausweichmanöver, scheinen sie zu sagen.

Sie willigt ein, reicht ihm einen Blick, hält seinen für Sekunden fest, um dann abrupt nach unten zu schauen, auf den Porzellantisch, dessen weiße glatte Fläche zu ihnen heraufleuchtet.

»Sie haben hier Menschen auseinandergenommen«, sagt Michele irgendwann leise. »Vor Hunderten von Jahren haben sie hier Leute seziert, Barbiere, die tagsüber Haare schnitten, schnitten Körper auf, um hineinzusehen. Um zu verstehen, wie wir funktionieren.«

Sie räuspert sich. »Kann man das jemals verstehen?«

Sie nehmen Marthas Frage mit in die Große Aula, wo sich bereits gut hundert Leute eingefunden haben. Es ist warm in dem Saal, und in die Wärme, die den Geruch von alter Bibliothek trägt, mischen sich die spitzen Noten von frischem Parfum und Aftershave. Vorn ist ein Podium aufgebaut, darauf ein Tisch mit Mikrophon, eine Flasche Wasser, ein Glas.

Martha sieht sich um. Bücher stehen an den Wänden, uralte Bände, dicht an dicht, in Schränken hinter grobmaschigen Gittertüren. Sie geht näher heran, bückt sich, um die Fachrichtungen zu entziffern. Nautik, Physik, Mineralogie, Astrologie, Chemie, Botanik.

Michele hockt sich neben sie auf den Boden. Er lächelt, und sie merkt bereits jetzt, dass dieses Lächeln mit einem Stoff versehen ist, der süchtig macht. Wie eine Droge, von der man gleich alle Bestände aufkaufen will aus Angst, am nächsten Tag könnte nichts mehr da sein.

Martha gerät etwas aus dem Gleichgewicht. Sie richtet sich langsam auf, versucht, sich wieder zu finden, sich aufzuspüren. Doch die Frau, die Abwehr zum Prinzip erhoben hat, ist plötzlich nicht mehr zu fassen. Vor was soll sie sich schließlich noch in Acht nehmen? Die Vorbehalte, die sie wie einen Schutzschild vor sich hergetragen hat, damit das Leben nur ja nicht dazwischenkommt und emotionale Schieflagen provoziert – diese Vorbehalte kapitulieren angesichts dessen, was sie vor ein paar Tagen von ihrer Ärztin erfahren hat. Kapitulieren vor der mickrigen Anzahl noch verbleibender Minuten. Martha schwindelt bei dem Gedanken.

Und dann lächelt sie zurück. Ein Lächeln, das an Strahlen kaum zu überbieten ist. Was hat sie denn noch zu verlieren?

Sie weiß nicht, auf was sie sich gerade einlässt, aber sie weiß, dass sie nun keine Fragen mehr stellen wird. Es bleibt keine Zeit mehr für irgendwelche Fragen. Noch während sie das denkt, drängen sich bereits Antworten auf. Und staunend registriert sie, dass das Leben sich darin gefällt, Antworten zu geben, wenn man es nur lässt.

Die Lesung wird ein Erfolg. Der Mann auf dem Podium trägt Jeans und weißes Hemd und Schuhe, die teuer aussehen. Und obwohl Martha nur dem Klang seiner Stimme folgen kann, spürt sie, wie er das Publikum für sich einnimmt. Hin und wieder beugt sich Michele zu ihr und fasst mit ein paar erklärenden Worten zusammen, worum es geht.

Es gibt viel Applaus am Ende und sogar noch eine Zugabe. Danach werden Fragen gestellt. Der Autor antwortet in Stakkato-Sätzen, die wie kleine Salven in den Saal krachen. Seine Hände übernehmen die Interpunktion, setzen Kommas, Ausrufezeichen, Punkte. Sein Blick geht oft zu Michele, und Martha registriert, dass da zwei Männer auf Freundschaftsfrequenz funken.

Hans hatte so etwas nie. Hatte nie einen wirklich guten Freund, lehnte es ab, mit einem anderen Mann die Untiefen des Lebens auszuloten. Da war kein Regulativ, kein blindes Verstehen, kein Kräftemessen. Hans zog es vor, sich in die Arme von Frauen zu legen und sich alle Selbstzweifel wegstreicheln zu lassen. Martha bezeichnete das immer als Schwäche, und er duckte sich. Hielt ihr Unnachgiebigkeit vor, während er Deckung suchte. Und Wärme, die er in fremden Betten fand.

Cercare e trovare, suchen und finden, sind denn auch die ersten Worte auf Italienisch, die Martha heute lernt. Das Thema des Buches. Sie nimmt den Band, der in großen Stapeln auf einem Tisch am Eingang ausliegt, in die Hand, und die beiden Worte stehen dort wie eine stumme Aufforderung. Als wollten sie die Route festlegen, auf der sie von nun an unterwegs sein würde.

»Möchtest du eine Widmung?« Der Autor steht ganz plötzlich neben ihr, zusammen mit Michele. Er redet sie auf Deutsch an.

»Sie sprechen meine Sprache?«

»Hab ich studiert. Unter anderem. Ich bin übrigens Silvio.« Er streckt ihr die Hand hin, und sie spürt den festen Druck von Fingern, die zu wissen scheinen, was sie wollen.

»Ich heiße Martha.«

»Das sagte mir mein Freund bereits.« Er legt kurz den Arm um Michele. Irgendwie rührt Martha dieser Schulterschluss zwischen den beiden Männern.

Er greift nach dem Buch, das sie in der Hand hält, und holt einen Kugelschreiber aus seiner Hosentasche. Er schreibt zwei Sätze in das Buch und gibt es ihr zurück.

Sie blättert. »Sie haben etwas auf Italienisch geschrieben. Ich spreche noch nicht ...«

»Zwei Dinge«, unterbricht er sie. »Erstens: Wir sollten uns nicht mit dem Sie aufhalten ...«

Sie errötet, ganz leicht nur, aber so, dass sie es merkt.

»... und zweitens. Du siehst so aus, als würdest du in spätestens zwei Wochen ein bisschen italienischen Small Talk lässig aus dem Ärmel schütteln.«

»Wieso?« Sie spielt auf Zeit mit der Frage, will wieder Land gewinnen.

»In der Schule gab es immer die Mädchen, die ihre Hausaufgaben brav am Nachmittag erledigten«, fährt er fort. »Sie hatten meist eine schöne Schrift und schrieben nie über den Rand, und natürlich machten sie wenig Fehler. Und dann gab es die, die am nächsten Morgen im Bus schnell ein paar vermeintliche Lösungen in ihre Hefte kritzelten. Die pokerten hoch, und nicht selten verloren sie das Spiel.«

»Was wollen Sie ... was willst du damit sagen?«

»Du gehörst zur ersten Kategorie.«

Wieder diese Röte, die ihr über die Wangen kriecht und dort nun sichtbare Spuren auslegt.

Er wendet sich zu Michele und sagt etwas auf Italienisch. Der Freund antwortet und legt wie nebenbei seinen Arm um Marthas Schulter.

»Ich freu mich, dass du heute zu meiner Lesung gekommen bist«, wendet sich Silvio wieder ihr zu. »Es passiert einem nicht oft, dass Leute zuhören und nicht verstehen, was man zu sagen hat.«

»Michele hat ein bisschen übersetzt.«

»Wie lange bleibst du in Italien?« Er hat auf Plauderton umgeschaltet.

»Einige Zeit.«

»Du musst nicht irgendwann zurück nach Deutschland?«

»Müssen?« Sie bewegt das Wort ein wenig im Mund wie ein Bonbon, das zu groß ist und ein paar scharfe Kanten hat. »Nein, ich muss nicht. Ich muss eigentlich gar nichts mehr.«

Jetzt sieht er sie direkt an, sucht die Gerade, die kürzeste Verbindung zwischen zwei Augenpaaren. »Das klingt nun wiederum gar nicht mehr nach Musterschülerin.«

»Irgendwann legt man seine Rollen ab.«

»Und seine Masken. Meist gibt es dafür einen Grund, aber ich war wohl schon indiskret genug.« Er grinst. »Trotzdem, ich bin mir ziemlich sicher, dass du schnell unsere Sprache lernst.«

»Das hoffe ich. Ich mag den Klang.«

»Ja, ja, die Melodie. Die mögen alle Ausländer. *L'opera grande.*« Er sieht zu Michele. »Was habt ihr zwei heute noch vor?« Er spricht jetzt Deutsch.

Es ist dieses »ihr zwei«, das sich in Martha festsetzt und ein Echo entstehen lässt, das hundertfach nachklingt und Micheles Antwort übertönt. Sie kann sich nicht erinnern, wann es zum letzten Mal auf sie zutraf. Es muss Jahre her sein. Jahre, in denen sich das Ich zurückhielt, ängstlich jedes Wir vermied, als sei die Zweisamkeit ein Feld voller Tretminen. Irgendwann hat Martha jede Bewegung aufgegeben. Weil sie sich nicht verletzen wollte. Weil sie den Schmerz ahnte. Weil sie meinte zu wissen, dass so etwas wie Liebe niemals ein Happy End vorsah. Und jetzt plötzlich nimmt sie das »ihr zwei« an. Legt sogar beide Hände darum, damit es sich nicht einfach so wieder davonmachen kann.

Sie schüttelt sich, ganz kurz nur, wie man sich schüttelt, um sicherzugehen, dass man nicht träumt. Als sie zu Michele hinübersieht, weiß sie, dass er für sie beide entschieden hat. »Wir kommen noch auf einen Schluck mit.«

Sie packt das Buch mit der Widmung in ihre Handtasche. Micheles »wir« legt sie als Lesezeichen hinein.

11

Es wird ein lebhafter Abend. Es bleibt nicht bei einem Schluck, und irgendwann beginnt Martha die Wirkung des Alkohols zu spüren. Es ist guter Wein. Rotwein aus Montalcino. Silvio hat zunächst Rosso bestellt, später Brunello. Das Geräusch von Korken, die aus Flaschen gezogen werden, liefert die Begleitmusik für den Abend.

Francesca hat sich nach der Lesung schnell verabschiedet. Sie müsse noch Arbeiten korrigieren; man sehe sich morgen, in der Schule. Sie lachte, während sie von Michele zu Martha sah. Dann stieg sie auf ein hellblaues verbeultes Fahrrad, das sie vor dem Café neben der alten Uni abgestellt hatte, und fuhr davon. Sie trat kräftig in die Pedale, und als sie etwa zwanzig Meter entfernt war, drehte sie sich noch einmal um und winkte.

Ungefähr zehn Leute sitzen nun an zwei Tischen, die von den Kellnern rasch zusammengeschoben wurden, als die kleine Gruppe eingetroffen ist. Unter Arkaden stehen die Tische; wie vieles in dieser Stadt spielt der Hauptfilm auch hier unter Arkaden. Der Gastraum des Restaurants ist nahezu leer, die Straße durch Säulen abgetrennt. Drinnen und Draußen haben nur eine Nebenrolle, die Handlung findet in einer Art Zwischenraum statt, beschützt durch das leicht gewölbte Rund, das die Decke bildet. Laternen hängen dort, die zu dieser Stunde ihr Licht anwerfen.

Man kennt sich, man kennt den Wirt, der eine überdimensionale rote Brille trägt und seine Gäste hinter dicken Gläsern neugierig ansieht. Es gibt Küsschen, *baci* sagen sie dazu, und es gibt Rosen für die Frauen. Wieder Rosen, denkt Martha. Diesmal rosa Rosen, die in Vasen gesteckt werden, damit man sie später mit nach Hause nehmen kann.

Platten mit Mortadella, Salami, Schinken und Mozzarella werden ungefragt aufgetragen, dazu ofenwarmes Brot, das innen weich ist und außen eine hellbraune Kruste hat, die nach Olivenöl und Rosmarin schmeckt. Es folgen Pasta mit Trüffeln und später Kalbsbraten mit geschmorten Zucchini und Ofenkartoffeln.

Martha isst und trinkt, und hin und wieder lacht sie zurück, wenn jemand am Tisch sie anlacht. Sie redet nicht viel. Manchmal stellt man ihr eine Frage auf Englisch, dann antwortet sie, aber die meiste Zeit hört sie einfach nur zu, lässt die Gespräche an sich vorbeifließen.

Silvio gibt den Wortführer, und sie beobachtet, dass er sich auch hier Beifall abholen will wie vorhin bei seiner Lesung. Es ist die Eitelkeit von Menschen, die am Applaus geschnuppert haben, die wissen, wie sich Hofknickse anfühlen.

Als zum Kaffee Grappa eingeschenkt wird, hält sie die Hand über ihr Glas und schüttelt den Kopf.

»Ich vertrag nicht so viel«, sagt sie zu Michele, der neben ihr sitzt, und als müsste sie sich entschuldigen, versieht sie ihren Satz mit einem Schulterzucken.

»Ach, ich lass es heute auch«, entgegnet er und macht dem Kellner ein Zeichen, während seine andere Hand unter dem

Tisch wie zufällig ihr Knie findet. Die Wärme seiner Finger braucht ein paar Sekunden, um ihr Ziel zu erreichen. Und es ist nicht nur der Stoff von Marthas Jeans, der hier noch so etwas wie eine Restbarriere bildet. »Ist wohl besser, sich zumindest nicht ganz den Verstand umnebeln zu lassen.«

Sie sieht ihn fragend an.

»Ich vermute mal, dass du noch mit zu mir kommst.«

Er legt diesen Satz einfach so auf den Tisch neben das leere Grappaglas. Und für einen Moment muss sie an einen anderen Satz denken, der sie vor zwei Tagen von einem anderen Tisch hat aufstehen lassen. Der sie dazu gebracht hat, ihre Tasche zu packen, sich in ihr Auto zu setzen und loszufahren.

»Wie meinst du das?«, will sie fragen, doch sie weiß, wie er das meint. Deshalb schweigt sie. Ein Schweigen, das sich von irgendwoher ein kleines Nicken borgt.

Seine Hand auf ihrem Knie verstärkt kurz den Druck, dann rückt er mit dem Stuhl ein wenig nach hinten.

»Gehen wir?«

Sie taumelt ein bisschen und schreibt das den vier Gläsern Rotwein zu, die sie getrunken hat. Weniger als die anderen am Tisch, aber mehr, als sie gewohnt ist.

Der Wirt mit der roten Brille breitet die Arme aus und kommt auf sie zu. Martha drückt er Küsse auf beide Wangen, *baci*, während er ihr die rosa Rose reicht. Michele schüttelt er lange die Hand. Dabei redet er ohne Unterlass, ein wahres Wortgewitter, in dem öfter von *donne* die Rede ist.

»Er hat was von Frauen gesagt, oder?«, fragt sie, als sie einige Minuten später in Micheles Hinterhof stehen.

Er lacht. »Dein Italienischunterricht fängt erst morgen an. Aber du hörst jetzt schon die wesentlichen Dinge.«

»Ging's um mich?«

»Er hat von Frauen allgemein gesprochen, von denen, mit denen ich schon bei ihm war.«

Sie zieht die Augenbrauen hoch.

»Und er hat gesagt, dass du hübsch bist. Wie Silvio vorhin übrigens auch.«

»Ihr habt über mich geredet, Silvio und du?«

»Was denkst du? Wir sind Männer. Und wir sind Freunde.«

»Ich …« Sie sieht ihm zu, wie er aus seiner Hosentasche einen Schlüssel hervorzieht. »… ich bin mir nicht sicher, ob ich ihn mag.«

Er steckt den Schlüssel ins Schloss, dreht einmal um, stößt die Tür auf, tritt vor ihr in den Hausflur, um das Licht anzuschalten.

»Da wärst du nicht die Erste«, erwidert er.

»Ach.« Sie merkt im selben Moment, dass das schärfer herausgekommen ist, als sie beabsichtigt hat.

Er schüttelt den Kopf, aber er lächelt nicht, und am liebsten hätte sie die drei Buchstaben wieder zurückgezogen. Aber sie hängen nun mal zwischen ihnen, in diesem Flur, in dem noch immer der Stuhl steht mit der dunkelblauen Strickjacke über der Lehne und in dem sich noch immer die Zeitungen stapeln mit den zwei leeren Weinflaschen daneben.

Alles ist genau so wie heute Nachmittag, und doch ist es anders. Ein klein wenig nur haben sich die Koordinaten verschoben. Gespräche, Blicke, Berührungen. Nicht mehr als ein paar Stunden, aber diese Stunden haben wie nebenbei ein Zeitfenster aufgestoßen, haben die Zukunft ins Visier genommen. Eine Zukunft, von der Martha weiß, dass sie begrenzt ist – und in der sie sich jeden Anflug von Kleinmut fortan versagen will. Kein »Ach« mehr, keine Enge, keine Verzagtheit.

Sie hat ihre Welt lang genug für geordnet gehalten, für übersichtlich, und dabei nicht wahrhaben wollen, dass es genau diese Ordnung und Übersichtlichkeit gewesen sind, die Wände hochgezogen haben. Als Kind hatte sie oft Schuhschachteln hergenommen, um ein Haus für ihre Puppen zu bauen. Sie hatte ein Fenster hineingeschnitten, manchmal sogar eine Tür. Aber es war eine Schachtel geblieben. Als Martha größer wurde und die Puppen auf dem Speicher landeten und ihre Mutter die Schuhschachteln zum Altpapier gab, setzte sie das Spiel fort. Ohne zu merken, dass daraus Ernst wurde. Bitterer Ernst. Sie richtete sich ein in ihrer Schachtel. Die Wände gaben ihr eine Illusion von Sicherheit. Ihre Ängste vor der Welt draußen nannte sie Verantwortung und Disziplin.

Hans wollte sie herausholen, wollte ihr mit seinen verrückten Vorstellungen von Leben und Liebe und Freiheit ein Ticket in die Zukunft lösen. Und sie? Ließ sich ein, genoss für Momente den Flug ohne Fallschirm und bekam im selben Augenblick Panik vor dem, was möglich schien. Setzte alles dran, damit er in ihre Schachtel kam. In diese überschaubare Welt, wo die Möglichkeiten nicht mehr als das Minimum erreichten, manchmal sogar weniger. Sie saßen in ihrem Reihenhaus an der Ostsee, und die Tochter machte in dem koniferenbegrenzten Quadrat ihre ersten Schritte. Weder Martha noch Hans mochten dieses Haus, doch während sie sich einredete, das Leben sei nun mal so, und Lina zeigte, wie man aus Schuhschachteln Puppenhäuser baut, trieb ihn die Enttäuschung in die Arme anderer Frauen.

Michele nimmt sein Kopfschütteln mit in den großen Raum. An die Stelle der Sonne ist jetzt ein halbherziger Mond getreten, der sein fahles Licht durch die großen Scheiben schickt. Draußen bewegen die Ginkgobäume nachlässig ihre Blätter.

»Sie sind in sich selbst getrennt, hat Goethe mal über die Blätter geschrieben«, nimmt Michele Marthas Blick auf. »Fühlst du nicht, dass ich eins und doppelt bin ...«

»Die berühmten zwei Seiten?«

Michele überlegt und sieht sich um. Er findet Streichhölzer auf dem Tisch und zündet die Kerzen an. Die Stehlampe mit dem goldgelben Schirm lässt er ausgeschaltet. »Ich glaube, er hat eher an Liebende gedacht. Es heißt an anderer Stelle noch: Sind es zwei, die sich erlesen, dass man sie als eines kennt.«

Sie sagt nichts.

»Ich hab mich gefreut, als ich hier einzog und die Bäume in meinem Hinterhof sah. Ein paar Blätter habe ich gepresst, dann auf Seidenpapier gelegt und in einen Bilderrahmen gesteckt. Ich mag dieses alte Gedicht.«

»Wie lang wohnst du schon hier?«

»Ein gutes Jahr.«

»Seit der Trennung von deiner Frau?«

»Francesca hat dir davon erzählt?«

»Sie hat's angedeutet. Und dass du deinen Sohn sehr liebst, hat sie gesagt.«

Er setzt sich auf das Sofa und hält ihr beide Hände entgegen. »Komm zu mir, Martha.«

Ihr Herz macht Ausfallschritte. Erstaunt registriert sie, dass sie beginnt, ihn zu genießen, den Tanz, der da in ihrem Inneren anhebt. Als sie sich neben Michele fallen lässt, atmet sie hörbar aus. Den leichten Husten, der aufkommen will, schluckt sie schnell weg.

Er lehnt sich zurück, verschränkt die Hände am Hinterkopf und spielt mit dem Gummiband, das seine Haare nur noch lose zusammenhält.

»Diese zwei, die eins sind ... Glaubst du daran?«, fragt sie leise, Weichzeichner in der Stimme.

»Natürlich.« Die Antwort kommt schnell. Wie sein Lächeln. »Hey, was wären wir ohne diesen Glauben?«

»Aber ...«

»Darf ich dich mal etwas fragen?«

»Das tust du doch schon den ganzen Tag.«

»Aber dies ist eine sehr persönliche Frage.«

»Nur zu.«

»Wovor hast du Angst?«

Sie zuckt zusammen. Verschränkt ihre Finger. Bildet Fingerknoten, so dass die Knöchel weiß hervortreten.

»Du atmest sehr flach, Martha.«

Sie sieht ihn an. Ein Blick, der den Notausgang sucht.

»Schließ die Augen.«

Ihr wird schwindlig von der Schwärze, die sie überfällt.

»Jetzt lehn dich zurück. Lass dich einfach in die Kissen fallen. Hol tief Luft. Pump sie richtig rein in deinen Bauch. Lass ihn groß und rund werden. Schick die Luft hoch in die Lungen, in jede einzelne Rippe, bis zu den Schultern ...«

Sie tut, was er sagt. Sie fragt nicht, warum, sie befolgt seine Anweisungen. Das Denken blendet sie aus.

»... und nun raus damit. Raus mit allem. Weg mit der Luft. Weg mit dem ganzen Mist. Los, trau dich.«

Der Seufzer kommt von allein, gleicht einem Stöhnen, und im selben Moment will sie ihn schon wieder zurückholen, weil er ihr so unpassend erscheint, aber er ist draußen, läuft im Raum herum, als hätte ihn jemand freigelassen.

Michele lacht. »Noch mal, komm. Das geht besser.«

»Was wird das hier?« Sie schnappt nach Luft.

»Grundkurs in Yoga.«

»Du gibst Unterricht, oder?«

»Aha, die Journalistin rettet sich in das, was sie kann. Sie stellt Fragen.«

»Vielleicht rettet sich hier jeder von uns gerade in das, was er kann.«

»Guter Gedanke.«

»Du hattest übrigens recht eben.«

»Womit?«

Sie schließt die Augen, atmet wieder tief ein und mit einem erneuten Seufzer aus. »Mit der Angst«, sagt sie dann.

»Ich weiß. Ich spüre so was.«

»Wie das?«

»Weil ich es von mir selbst kenne.«

Für Momente sagt keiner von ihnen etwas. Eine Kerze auf dem Tisch wird unruhig.

»Ich hab viel Schiss gehabt in meinem Leben«, fährt er schließlich fort. »Vor Frauen, vor der Verantwortung, vor irgendwelchen Pflichten, die ich meinte erfüllen zu müssen. Mein Gott, wie oft hab ich Anlauf genommen und dann gekniffen.«

»Nie was zu Ende gebracht?«

»Wenn du so willst, nein. Mein ganzes Dasein ist eine einzige Aneinanderreihung von Anfängen. Ich bin großartig, wenn's um Prologe geht.«

»Na ja, Sonnenaufgang ist schließlich auch schöner als Sonnenuntergang.«

»Sag das nicht. Ich hab mein erstes Mädchen geküsst, als die Sonne sich ins Meer verabschiedete. Hoffnungsloser Romantiker, damals schon.«

»Wie alt warst du?«

»Sechzehn. Sie hieß Laura und ging eigentlich mit einem Jungen aus der Klasse über mir. Tja, wenn man's genau nimmt, kam selbst dieser erste Kuss über den ersten Akt nicht hinaus. Die Sonne sank ins Meer, und am nächsten Tag sank sie wieder in seine Arme.«

»Tut weh, der erste Liebeskummer.«

»Nicht nur der erste.«

Sie bückt sich, um die Riemchen ihrer Sandalen zu öffnen, und zieht ihre Füße dann zu sich aufs Sofa. Die Knie hat sie angewinkelt, den Kopf legt sie darauf ab. Ihre Augen suchen seine Augen und stellen dann auf scharf. »Hattest du oft Liebeskummer?«

»Ich bin Experte auf dem Gebiet. Gäbe es einen Nobelpreis in dieser Disziplin, ich hätte beste Chancen, nominiert zu werden.«

»Woran liegt's?«

»Ich war immer sehr eifersüchtig. Manchmal war ich schon eifersüchtig, bevor überhaupt ein Grund vorlag. Und um nicht verletzt zu werden, bin ich fremdgegangen. Habe im Grunde das getan, wovor ich selbst am meisten Panik hatte. Am Ende waren meist beide Frauen futsch. Die, die ich liebte und unbedingt halten wollte. Und die, mit der ich eine Affäre hatte, sowieso. Affären haben immer einen schalen Beigeschmack.«

»Ist das so?«

»Ja. Es kribbelt nur am Anfang, aber irgendwann kapiert man, dass es kein echtes Gefühl ist. Es ist nur das Sonderangebot eines Gefühls. Man greift zu, kauft es und merkt meist ziemlich schnell, dass es nach zwei, drei Wäschen die Farbe verliert und ausfranst und einläuft.«

»Du scheinst dich auszukennen.«

»Du nicht?«

Sie schüttelt den Kopf. »Na ja, mit Liebeskummer schon. Mit Affären weniger.«

»Hast du einen Mann?«
»Ich hatte einen.«
»Wo ist er hin?«
»Er hatte Affären.«
»Verstehe. Und? Hat er gefunden, was er gesucht hat?«
»Ich hab's nicht weiter verfolgt.«

»Wie lange ist das her? Ich meine, seit wann seid ihr getrennt?«

»Die Scheidung war vor elf Jahren.«
»Und seitdem?«

Sie fährt mit dem Zeigefinger der rechten Hand langsam knieabwärts, als könnte ihr die Bewegung beim Nachdenken helfen. »Ich habe unsere Tochter aufgezogen und gearbeitet und mich um meinen kranken Vater gekümmert.«

»Männer?«
»Gab's keine.«

»Niemanden?« Seine Überraschung ist echt. Sie merkt es daran, dass sein Mund ein klein wenig offen bleibt. Ihr fällt erst jetzt auf, dass er sehr breite Lippen hat, fast ein wenig zu groß für sein sonst eher schmales Gesicht.

»Nein. Ich hatte … nun ja, ich hatte anderes zu tun.«
»Liebe ist doch kein Zeitvertreib.«

»Aber sie hält einen von wesentlichen Dingen ab. Sie raubt einem den Verstand. Man kann nicht mehr klar denken, nicht mehr arbeiten, nicht mehr …«

Sein Mund unterbricht sie, macht Schluss mit dem, was sie an Erklärungen auffährt.

Sie spürt Lippen, die sich auf die Suche nach ihren begeben. Sie tun das langsam, als würden sie Fühler ausstrecken. Das Letzte, was Martha sieht, bevor sie die Augen schließt, sind Micheles Lider, die ein wenig flackern. Vielleicht ist es auch nur das Kerzenlicht, denkt sie, bevor sie nichts mehr denkt. Hineingleitet in einen Raum, zu dem Gedanken keinen Zutritt haben.

Ihre Lippen beginnen vorsichtig mitzuspielen, heben hier, an diesem zweiten Tag in dieser fremden Stadt, ungläubig wieder auf, was sie vor vielen Jahren mit Endgültigkeitsanspruch in die Vergangenheit verabschiedet haben.

Die Minuten ziehen sich zurück in die Bedeutungslosigkeit, während Micheles Zungenspitze Marthas Zähne findet, einen nach dem anderen, um sich irgendwann ihre Zunge zu holen, in Zeitlupe, als wolle sie das Jetzt in seiner Fülle erfahren, jeden Winkel davon auslecken. Als sie sich erstmals schmecken, merkt Martha, wie viel Durst sie eigentlich gehabt hat. Mit ein paar Tropfen hat sie sich gerade mal am Leben gehalten. Und auf einmal will sie nur noch trinken. Ihre Zunge gibt zurück, was sie bekommt, fährt über seine, unter seine, neben seine, offenbart Neugier, Übermut, Entdeckerlust, kundschaftet ganze Landschaften in ihm aus und überlässt ihm im Gegenzug ihre.

Wie von selbst wird heftiger, was zögerlich begonnen hat, und als sie für Momente voneinander ablassen, lachen sie, als würde sie selbst überraschen, was da gerade mit ihnen passiert.

Immer noch lachend bringen sie ihre Hände ins Spiel, fassen an und streicheln und fühlen. Sie rollen vom Sofa herunter, während ihre Finger zunächst Nacken erspüren, winzigste Härchen dort aufstellen und wechselseitig Zittern auslösen. Sie helfen einander dabei, sich auszuziehen. Jeans, Bluse, Shirt werden zu Knäueln auf dem Boden. Kleiderinseln, die vorerst niemand mehr ansteuern will. Die Unterwäsche behalten sie noch an. Da ist es wieder, dieses Dehnen, dieses Weiten des Augenblicks, um ja nichts von dem zu verschenken, was die Gegenwart zum Fest werden lässt.

Martha sieht Micheles flachen Bauch, auf dem sich ein paar Muskelstränge abzeichnen, und dann ihren, der sich in den letzten Jahren sanft gerundet hat. Für Momente meldet sich ihr Verstand, um ihr vorzuhalten, dass sie zu nachlässig mit sich gewesen ist. Doch dann spürt sie Micheles Blick, und sofort treten die halbherzigen Bedenken den Rückzug an. Seine Augen nehmen jeden Millimeter ihres Körpers in Besitz, und sie tun das mit einer Intensität, die nur ein Ziel kennt – Martha wissen zu lassen, dass sie schön ist.

Sie sagen nichts. Kein Wort hat hier mehr Platz, in diesem Zimmer, das nur von ein paar Kerzen erleuchtet ist, denen der Halbmond von draußen seine Zugaben macht. Sie wissen, dass sie alles wollen. Keine halben Sachen. Und dieses Wissen gibt ihnen Zeit, hebt Eile auf, lässt Momente zu Ewigkeiten werden.

Es dauert fast eine Stunde, bis er ihr den BH-Träger löst, da schmerzen ihre Brüste bereits. Ein Schmerz, der jeden einzelnen Nerv mit Hochspannung versieht. Sie gibt Laute von sich, unbekannte Laute, Laute, die sie von sich nicht kennt. Ihm scheint das zu gefallen, denn seine Finger werden übermütiger, lassen sich auf immer neue Wagnisse ein, spielen sich frei.

Irgendwann fährt sie mit der Hand unter seinen Slip, fühlt einen festen Hintern, umkreist die Pobacken, begibt sich kurz in Zwischenräume, bis sie den Weg nach vorn antritt und dort spürt, was sie selbst will. Kein Warten mehr. Nun ist es eine Sache von Sekunden, dann sind sie beide völlig nackt.

Martha lehnt sich zurück, stützt die Ellbogen auf den Boden, während sie ihre Beine um Michele legt und ihn dann in sich hineintauchen lässt. Sie verstehen sich. Lassen los. Freier Fall. Ohne Sicherheitsnetz. Marthas erster Orgasmus ist fast augenblicklich da. Danach lassen sie sich Zeit, geben sich Raum. Spüren den Wellen nach, die sie in sich auslösen, kleinen und großen. Manchmal öffnen sie die Augen, um sich anzulächeln, als wollten sie sich vergewissern, dass sie noch da sind, beieinander, ineinander. Als Martha zum zweiten Mal kommt, haben sie bereits die Unendlichkeit erreicht; und dann gibt er ihr, was er bis dahin zurückgehalten hat. Gibt alles her. Und holt sich im selben Moment alles ab.

Sie bleiben liegen, ohne sich voneinander zu lösen. Einige Minuten liegen sie einfach so da, spüren nach, fühlen, wie der Schweiß, der sich auf ihren Körpern gebildet hat, langsam verdampft.

Es ist Michele, der sich irgendwann aufrichtet und Martha das Haar aus der Stirn streicht. »Magst du bei mir schlafen heute Nacht?«

Sie nickt.

Er steht auf, reicht ihr die Hand und zieht sie langsam hoch. Erst jetzt merkt sie, was der harte Boden mit ihrem Rücken gemacht hat. Sie streckt sich und verzieht dabei das Gesicht.

»Keine Übung?«, fragt er lachend.

Sie lacht zurück. »Woher auch?«

»Wenn du magst, zeige ich dir in den nächsten Wochen ein paar Asanas.«

In den nächsten Wochen ... Die vier Worte sind wie nebenbei gefallen, doch sie holen Martha augenblicklich zurück. Plötzlich steht wieder da, was sie in den letzten Stunden einfach vergessen hat. Die nächsten Wochen. Sie hustet.

»Was ist los, Martha?« Er greift nach einer Wolldecke, die auf dem Sofa liegt, und legt sie ihr um die Schultern.

»Nichts. Es ist nichts.« Sie weiß, wie halbherzig das klingt. Aber die Wahrheit, ihre Wahrheit, hat hier nichts verloren.

Michele führt sie zu einer Tür hinter der Küche, öffnet sie und drückt drinnen auf einen Lichtschalter. Eine Lampe geht an. Eine Wandlampe mit blauem Schirm.

Es steht nur ein Bett in dem Raum. Ein großes Bett mit vielen blauen Kissen darauf. Am Kopfende ein Foto. Menschen in leichter Unschärfe. Spaziergänger, die auf den Betrachter zukommen, schlendernd, plaudernd. Es ist ein schönes Foto. Eines, das Lust macht, sich treiben zu lassen.

»Gefällt mir.« Martha zeigt auf das Bild.

»Hat ein Freund gemacht.« Er schlägt die Decke zurück und lässt sie darunterschlüpfen.

Die Bettwäsche riecht ganz leicht nach Parfum. Einem Parfum, das eher Frauen benutzen. Sie weiß auch nicht, warum sie das plötzlich zum Lächeln bringt.

Er lächelt zurück. Dann geht er noch einmal hinaus, um die Kerzen auszupusten, eine Flasche Wasser und zwei Gläser zu holen.

Sie schläft gut in dieser Nacht. Es schläft sich gut in seinen Armen.

12

Der Klassenraum ist klein und eng. Ein winziges Fenster an der Stirnseite lässt Licht herein. Davor eine alte Tafel. An den Wänden gerahmte Fotos, Stadtansichten. Die Tische sind in Hufeisenform aufgestellt.

Zwölf Leute finden sich nach und nach ein, legen Taschen, Hefte, Stifte ab. Martha hört Schwedisch, Englisch, Französisch. Es sind junge Frauen und Männer zwischen zwanzig und dreißig Jahren, schätzt sie. Sie ist dieser Klasse nach einem Einstufungstest zugeteilt worden. Anfängerkurs. Ohne Grundkenntnisse.

Ein Mädchen setzt sich neben sie. Sie ist blass und blond und trägt ein paar Sommersprossen im Gesicht. »Hey«, sagt sie und stellt sich als Lina vor. Was für ein Zufall, denkt Martha, streckt ihr die Hand entgegen und nennt ihren eigenen Namen.

Lina plappert sofort los. Sie kommt aus Stockholm, hat sich für vier Monate in Bologna an der Uni eingeschrieben. Sie absolviert ein Auslandssemester. Wirtschaftswissenschaften.

Ein Junge mischt sich ein. Howard aus London. Er will wissen, wo Martha wohnt. Derzeit lebt er bei einer alten Frau zur Untermiete, aber er sucht etwas anderes. Was Günstiges, möglichst zentral.

Im Nu ist Martha im Gespräch. Obwohl sie sich noch fremd fühlt. Fremd und etwas unsicher mit ihren fünfzig Jahren, zwischen all den jungen Menschen, die gerade mal Anlauf nehmen im Leben. In diesem Klassenzimmer, das sie an ihre Schulzeit vor fast vierzig Jahren erinnert. Kein Computer, kein Flipchart, kein DVD-Player. Selbst der Geruch ist gestrig. Es ist der Geruch nach Kreide und feuchtem Schwamm.

Irgendwann betritt ein älterer Mann den Raum. Er trägt Jeans, einen roten Pulli und Turnschuhe. Die grauen Haare sind noch voll und hängen ihm ein wenig wirr in die Stirn. Martha schätzt ihn auf Mitte, Ende sechzig, und kurz streift sie so etwas wie Erleichterung.

Ihm scheint es ähnlich zu gehen. Er zwinkert Martha zu. Es ist nett, das Zwinkern, und sie antwortet mit einem Lächeln.

Für ein Gespräch finden sie keine Zeit mehr, denn nun kommt die Lehrerin. Eine Kollegin von Francesca, zuständig für Grammatik. Sie heißt Ornella, ist klein und hat einen großen Mund, der strahlend weiße Zähne zeigt, wenn sie lacht. Sie lacht gern und hält sich nicht mit englischer Vorrede auf. Stattdessen lässt sie einen italienischen Wortschwall auf die Schüler niedergehen wie einen warmen, heftigen Sommerregen. Ihre gute Laune wirkt ansteckend, und es dauert keine fünf Minuten, bis auch der Letzte im Raum seine anfängliche Schüchternheit abgelegt hat.

Es folgen Vorstellungsrunden, erste Vokabeln und kleine Übungen, in denen einfache Sätze um ein fehlendes Wort ergänzt werden müssen. Alle werden der Reihe nach aufgerufen, und Martha ertappt sich dabei, dass sie wie früher schnell auszählt, mit welcher Aufgabe sie dran sein wird, um nicht ins Stottern zu geraten. Vor ewigen Zeiten verinnerlichte Mechanismen, die wie auf Knopfdruck reaktiviert werden.

Sie muss lachen, und sie sieht, dass der ältere Mann ihr gegenüber ebenfalls lacht. Er kommt aus New Hampshire, erzählt er, heißt Robert, und er tut sich noch schwer mit der italienischen Aussprache. Martha ist ein bisschen stolz, dass sie das besser hinbekommt.

Und während sie sich ihre Worte zurechtlegt, denkt sie an das, was dieser Silvio ihr gestern Abend über Musterschülerinnen erzählt hat. Sie weiß, dass er recht hat. Schon immer hat sie alles perfekt machen wollen, hat sich selbst den kleinsten Fehler vorgeworfen, hat nicht aufgegeben, sondern über ihren Büchern und Heften gesessen, während die anderen Kinder draußen die Welt entdeckten und sich Beulen holten.

Sie hat stets die Lorbeeren eingesammelt, und es sind nicht wenige gewesen, die sie aus der Schule heimtrug und der Mutter apportierte. Der Frau, der sie zeit ihres Lebens meinte beweisen zu müssen, dass sie eine Daseinsberechtigung hatte. Die keinen Hehl daraus machte, dass sie eigentlich nie Kinder hatte bekommen wollen. Die der Tochter den Unfall, wie sie Marthas Geburt nannte, ständig vorhielt. Das Mädchen versuchte, die entstandenen Unfallschäden wieder wettzumachen, indem sie brav war und ordentlich und leise. Nie vergaß sie, die Schuhe auszuziehen, bevor sie die Wohnung der Eltern betrat; bereits im Treppenhaus tat sie das, um sich auf Strumpfsocken hineinzuschleichen. Die Mutter hatte oft Migräne, und wenn es ein Geräusch gab, das Marthas Kindheit begleitete, dann waren es Seufzer. Pflichtschuldig parierte die Tochter diese Seufzer mit Wohlverhalten, doch sosehr sie sich auch anstrengte, es gab allenfalls müde Duldung, meist gab es jedoch Klagen. Ihre Mutter hatte Gesang studieren wollen, doch stattdessen war sie schwanger geworden, und je größer ihr Bauch wurde, desto kleiner wurden die Träume von der Karriere. Das Geschrei des Babys ließ sie vollends verstummen. Sie litt und ließ keine Gelegenheit aus, Mann und Tochter ihren Vorwurf spüren zu lassen. Wie einen Haufen Steine packte sie den beiden ihre verpassten Chancen in den Rucksack, und das Mädchen ging unter diesem Gewicht in die Knie.

Marthas Vater hatte es irgendwann aufgegeben, sich um seine Frau zu bemühen. Er verließ morgens früh das Haus und kam abends immer später heim. Dann gab es böse Worte und aufgewärmte Bratkartoffeln, die nach altem Fett schmeckten. Die Mutter hatte keinen Ehrgeiz, eine gute Köchin zu sein, im Gegenteil, sie genoss es fast, dem Gemüse, dem Fleisch, dem Fisch so etwas wie liebevolle Zuwendung vorzuenthalten. Sie tat, was getan werden musste, und sie tat es mit eisiger Verachtung. Nur manchmal, wenn sie sich unbeobachtet fühlte, begann sie zu singen. In diesen Momenten entspannte sich nicht nur ihr Gesicht, sondern ihr ganzer Körper, und für Minuten sah sie glücklich aus. Und Martha sah das Glück durch einen kleinen Spalt in der Küchentür.

Den Rest der Zeit stritten die Eltern, ganze Nächte stritten sie, während die Tochter im Bett lag und sich die Ohren zuhielt. An Sonntagen holte der Vater das Mädchen manchmal nach dem Frühstück aus dem Kinderzimmer. Sie fuhren zu zweit in seinem Auto an die Ostsee. Sie gingen spazieren oder baden, und Martha durfte reden, so viel sie wollte, und Fragen stellen. Sie hatte einen unendlichen Vorrat an Fragen, und er wurde nicht müde zu antworten und ihr die Welt zu erklären. Warum der Wind so wütend werden kann. Wie Tausendfüßler beim Laufen nicht den Überblick verlieren. Weshalb Schmetterlinge manchmal minutenlang in der offenen Hand sitzen und sich ein anderes Mal gar nicht erst niederlassen. Martha durfte sich beim Vater ankuscheln. Diese Sonntage rochen nach Tabak und irischem Rasierwasser, und sie waren die Sternstunden ihrer Kindheit.

Als die Mutter einen Knoten in ihrer Brust fand, war die Tochter Ende zwanzig. Es ging schnell. Der Krebs machte binnen Monaten kurzen Prozess. Der Vater trauerte einige Monate, dann nahm er sein Leben wieder auf. Ein Leben ohne seine Frau. Wenn die Tochter ihn besuchte, spürte sie eine Leichtigkeit bei ihm, die er in den Jahren seiner Ehe nur selten gezeigt hatte. Außer an den unbeschwerten Sonntagen, den Ostseesonntagen zu zweit. Damals fragte sie sich, warum zwei Menschen zusammenbleiben, die zusammen nicht glücklich sein können. Musste erst der Tod kommen, um klare Verhältnisse zu schaffen? Damals, da war sie noch glücklich mit Hans, doch sie legte dieses Glück bereits an die Kette. Erst später begriff sie, dass es mit der Liebe so ist wie mit einem Schmetterling in der offenen Hand. Er fliegt davon, wenn ihm danach ist. Will man ihn festhalten, zerdrückt man ihm die Flügel, und vorbei ist es mit der Kunst zu fliegen.

Die Demenz ihres Vaters begann, während Lina sich auf das Abitur vorbereitete. Erst verlegte er Dinge, dann Gedanken. Zwischendurch hatte er hellsichtige Momente, in denen er Martha bat, für ihn zu sorgen. Er ahnte, was mit ihm geschah, daher setzte er mit der ihm verbleibenden Kraft alles daran, seine Sachen zu regeln, wie er das nannte. Martha sah ihm mit einer Mischung aus Ungläubigkeit und Angst zu. Angst, ihn für immer zu verlieren. Kurz bevor sie ihn ins Heim brachte, verlebten sie noch einmal einen Sonntag. Sie fuhren zusammen ans Meer wie früher. Sie spürten, was sie verband. Und sie wussten, dass sie die Leinen loslassen mussten. Wie die Segelboote, die sich da draußen auf dem Wasser dem Wind aussetzten. Der Vater sagte dem Leben zu Lebzeiten adieu. Er machte sich davon mit leichtem Gepäck und hinterließ der Tochter die Erinnerung. Es war einer seiner letzten klaren Augenblicke.

Als Martha ihn vier Wochen später besuchte, begrüßte er sie lächelnd und fragte, wer sie sei. Sie saß bei ihm in seinem neuen, praktisch eingerichteten Ein-Zimmer-Appartement, doch er befand sich bereits an einem anderen Ort. Er aß die Himbeeren, die sie ihm mitgebracht hatte, und bedankte sich überschwenglich. Himbeeren waren immer seine Lieblingsfrüchte gewesen.

Klaglos nahm sie fortan die Aufgabe an, sich um ihren Vater zu kümmern. Er war das geworden, was man einen Pflegefall nennt. Sie selbst hat dieses Wort niemals benutzt. Sie hat dem alten Mann auf leise, aufopferungsvolle Weise gedankt, immer um Bestnoten bemüht.

Ja, Silvios Bemerkung gestern ist eine Punktlandung gewesen. Präzise hat er dieses »Musterschülerin« hineingesetzt in ihren Lebensbaukasten und damit ein kleines Beben ausgelöst, die Steinchen durcheinandergewürfelt.

Jetzt schüttelt sie den Kopf. Es liegt Nachsicht darin, Nachsicht mit sich selbst. Dann liest sie der Grammatiklehrerin den italienischen Satz vor, mit dem sie an der Reihe ist. Sie macht alles richtig, und sie wird gelobt für ihre Aussprache.

Martha lehnt sich zurück, verschränkt die Hände hinter dem Kopf und atmet tief ein, um die Luft gleich wieder herauszulassen. Und wieder laufen ihre Gedanken davon. Diesmal sammeln sie die letzte Nacht ein, damit nur ja nichts verlorengeht. Ginkgobäume, halber Mond, Kerzenlicht, Micheles Körper, seine Haut, sein Geruch, seine Stimme, die sie in den Schlaf begleitete.

Am Morgen wurde sie in seinen Armen wach, und im ersten Moment meinte sie zu träumen. Sein Kuss auf ihre Stirn holte sie in die Gegenwart; sanft tat er das, und sie glitt wie auf watteweichen Wolken in diesen Tag und hätte ihr Leben am liebsten auf Zeitlupe gestellt. Nichts wollte sie sich entgehen lassen. Keine Sekunde des Glücks, das sie jetzt, in dieser Sekunde empfand, an das verschenken, was sich Zukunft nennt.

Später machte Michele ihnen Milchkaffee. Es gab trockenes Brot dazu, und er entschuldigte sich, dass er keine Butter, sondern nur Honig im Haus hatte. Er sei eben nicht auf Übernachtungsbesuch von Frauen eingestellt. Sie dachte an den Geruch von Parfum in den Kissen seines Betts und erklärte, sie habe sowieso keinen Hunger. Während sie Kaffee tranken, redeten sie darüber, dass Frischverliebte ihren inneren Sender sofort auf das ausrichten, was kommt, dass sie beginnen, Pläne zu machen, und mit diesen Plänen die Gegenwart in der Bedeutungslosigkeit versenken.

»Wir begehen diesen Fehler nicht«, sagte er.

»Einverstanden«, entgegnete sie leise und schob ihre Tasse auf dem Tisch langsam hin und her. Sie kostete es aus, das karge Frühstück. Nach Jahren saß sie wieder morgens bei einem Mann. Sie hatte vergessen, wie sehr Blicke wärmen können. Als würden unzählige Heizdrähte in ihrem Inneren auf einmal in Betrieb gesetzt und jeden Winkel des Körpers zum Glühen bringen.

»Na ja«, erwiderte er lachend. »Auch das ist typisch für zwei Menschen, die sich gerade erst in die Arme gefallen sind.«

»Du meinst, dass sie glauben, alles besser zu machen?«

»Genau. Was die Liebe betrifft ...«

»Hey«, unterbrach sie ihn, »ein ziemlich großes Wort nach der ersten Nacht.«

Er schlug die Augen nieder und biss sich auf die Unterlippe. Eine Kleine-Jungen-Geste, die Unschuld vorgab. Dann sah er hoch. »Du spürst es doch auch, oder?«

Ihr Atem setzte kurz aus, vielleicht war es auch ihr Herz. Sie nickte in den Stillstand hinein.

»Als du gestern hier durch diese Tür getreten bist, wusste ich, dass da etwas seinen Anfang nahm.«

»Da wusstest du mehr als ich«, entgegnete sie.

»Martha?« Er ließ sich Zeit, ihren Namen auszusprechen, setzte ganz vorsichtig das Fragezeichen am Ende der letzten Silbe. »Wovor hast du Angst?«

Sie sah auf ihre Hände, auf denen sich in den letzten Jahren ein paar Altersflecken gebildet haben. »Zu verlieren«, sagte sie schließlich.

Er stand auf, ging um den Tisch herum, stellte sich vor ihren Stuhl und zog sie zu sich hoch. Seinen Kopf legte er in ihrer Schulterbeuge ab. Der Kopf passte dort gut hinein, als hätte dieser Ort nur darauf gewartet, ihm ein Nest zu sein.

Sie fühlte seinen warmen Atem an ihrem Hals. Und sie fühlte noch etwas – Tränen, die ihr plötzlich über die Wangen liefen.

»Denk nicht ans Verlieren«, flüsterte er. »Wir haben doch gerade erst gewonnen.«

Sie zog die Nase hoch, geräuschvoller, als sie beabsichtigt hatte.

Er sah auf. Seine Küsse plazierte er auf ihren nassen Wangen. Kleine Küsse, die erst Schluss machten, nachdem sie das letzte Salz von ihrer Haut aufgenommen hatten.

»Keine Angst, Martha«, sagte er. »Wir leben einfach in diesem Augenblick. Genießen, kosten aus, trinken. Es ist mehr als genug da. Verschwenden wir unsere Gedanken nicht daran, was morgen sein wird.«

Sie gab ihm einen Kuss zurück, auf die Nasenspitze. »Ja, lass uns genau das tun, Michele. Carpe diem.«

»Einer meiner Lieblingssätze.«

Jetzt lächelte sie. »Hab ich mir fast gedacht.«

Kurz darauf nahm sie ihre Tasche und ging.

»Wir sehen uns«, gab er ihr mit auf den Weg.

Sie trug seinen Satz hinaus in den Hinterhof, wo jetzt auf dem Kissen in dem Karton wirklich eine Katze lag und Martha träge zublinzelte. Sie trug seinen Satz weiter in die morgendlichen Straßen. Die Stadt gefiel sich darin, Lärm zu machen, und Martha genoss diesen Mehrklang aus Stimmen, knatternden Motorrädern, durchstartenden Autos, anfahrenden Bussen. Dazwischen setzten Ambulanzwagen Spitzmarken. In jedem Land klingen die anders, dachte Martha, während sie Richtung Schule lief. Diese Sirenen, die einen jaulend und heulend daran erinnern, dass es manchmal ganz schnell gehen muss im Leben.

In der Pause kommt Robert an ihren Tisch, der Mann im roten Pullover, und sie freut sich darüber, weil sie eine gewisse Nähe zu ihm spürt, fast so etwas wie Seelenverwandtschaft.

Er sei mit seiner Frau hier, erzählt er Martha. »Sie ist ein ziemliches Sprachgenie. Sie kann Norwegisch und Japanisch, und ihr Italienisch ist auch schon ganz passabel. Ich dagegen …«, er zeigt auf die fotokopierten Grammatikblätter, die neben Marthas Wörterbuch liegen, »… steh auf Kriegsfuß mit dem Zeug.«

»Wie lange bleiben Sie hier in der Schule?«

»Ach, so genau wissen wir das noch nicht. Ein paar Wochen. Danach fahren wir zu Verwandten ins Friaul.«

»Sie sind also länger in Italien?«

»Ja, ein gutes halbes Jahr.«

»Arbeiten Sie nicht mehr?«

»Doch, doch. Ich zumindest. Ich hatte mal eine Professur an der Uni, jetzt bin ich selbständig.«

»Als was?«

»Ich helfe Paaren, die Probleme haben.«

»Psychologe?«

»Ja. An der Uni hab ich wissenschaftlich gearbeitet. Jetzt im Alter sammle ich mehr praktische Erfahrungen. Genug theoretisiert.«

»Erzählen Sie mir bei Gelegenheit mehr davon, wenn Sie mögen?«

»Gern. Doch im Prinzip ist es immer dasselbe. Seitdem es Männer und Frauen gibt, glauben sie, der jeweils andere sei für ihr Glück zuständig. Das ist die Falle, in der so viele landen. Denn niemand, wirklich niemand kriegt diesen Job lebenslang hin.«

»Klingt ziemlich desillusionierend.«

»O nein, ist es gar nicht.«

»Es gibt also Hoffnung?«

»Klar. Sobald die Leute begreifen, dass sie sich erst mal in sich selbst verlieben müssen, bevor sie einen anderen Menschen lieben können, läuft's besser. Es geht immer darum, bei sich zu sein, unabhängig. Nur freie Menschen können wirklich lieben. Alles andere ist emotionaler Vampirismus.«

»Ich merke, Sie kennen sich wirklich aus.«

»Ist mein Job. Aber entschuldigen Sie, ich hab so einen Hang zum Dozieren. Meine Frau sagt auch immer, ich sei unverbesserlich.«

»Ach, das stört mich überhaupt nicht. Ich höre ganz gern zu.«

»Was machen Sie? Ich meine beruflich.«

»Ich bin Journalistin, aber derzeit, nun ja … derzeit pausiere ich.«

»Wie ich. Es tut gut, mal einen Schnitt zu machen, rauszugehen, den Horizont zu weiten …«

»… und eine Sprache zu lernen.«

»Erinnern Sie mich nicht daran. Vermute, das hier wird noch 'ne ziemliche Plackerei für mich. Ich kann wunderbar reden, aber nur in meiner Sprache. Gott sei Dank komme ich damit in der Welt ganz gut zurecht.« Er grinst. »Wie lange bleiben Sie in Bologna?«

»Weiß noch nicht. Mal sehen.«

»Sehr gut. Die meisten Menschen sind heutzutage viel zu verplant. Dabei hat es durchaus was, die Dinge hin und wieder einfach auf sich zukommen zu lassen und zu schauen, was passiert.«

Sie denkt an Michele, und sie nickt. Sein »Wir sehen uns« klingt noch immer in ihr nach, und sie spürt, wie dieser Satz bereits jetzt, zwei Stunden später, Sehnsucht freisetzt. Ja, sie will schauen, was passiert, aber sie will auch, dass es möglichst bald passiert.

»Hätten Sie Lust, mit mir und meiner Frau mal einen Kaffee zu trinken? Oder einen Wein?«, fragt Robert.

»Sehr gern. Ihre Vorträge interessieren mich.« Sie lacht. Er lacht auch, und sie schreiben sich gegenseitig ihre Telefonnummern in ihre Schulhefte, die noch neu aussehen.

Als sie nach Unterrichtsschluss um kurz nach eins die große Treppe in dem alten Palazzo herunterläuft, nimmt sie erste Vokabeln und Redewendungen und Hausaufgaben mit. Die Telefonnummer eines sympathischen Mannes. Die Neugier auf seine Frau. Und eine ihr völlig fremde Leichtigkeit, die Lust auf das Leben macht. Sie springt die drei letzten Stufen hinunter und stemmt sich unten gegen die schwere Holztür.

»Hallo.«

Sie landet geradewegs in Micheles Armen.

»Ich hab's nicht ausgehalten, Martha. Die Sehnsucht war schon da, als du die Tür hinter dir zumachtest.«

Sie hält ihn fest, ganz fest, und lässt im selben Moment los, was in ihr fast reflexhaft auf die Bremse treten will. »Es tut so gut, dich zu sehen«, stammelt sie.

Als sie sich küssen, rückt alles um sie herum weit weg. Selbst der Verkehr wird zu einem fernen Rauschen. Sie stehen vor dem Schultor, selbstvergessen wie zwei Teenager, die gerade die Liebe entdeckt haben. Minutenlang stehen sie so da, finden in einer Mischung aus Staunen und Erleichterung wieder, wovon sie bereits letzte Nacht nicht genug bekommen konnten.

Es ist Martha, die sich irgendwann lachend frei macht. »Ich hatte vor, einkaufen zu gehen«, sagt sie. »Ich brauche Brot und Butter und Obst und Gemüse und Honig und Käse und Eier und … ach, ich brauche einfach alles. Ich will meinen Kühlschrank füllen. Ich will kochen.«

Er nimmt sie an die Hand. »Ich weiß, wo die richtigen Läden sind. Und außerdem ist ein Dolmetscher beim Einkaufen von Vorteil, was meinst du?«

»Klar, so weit reicht mein Italienisch noch nicht.«

»Ich mag es, wenn eine Frau abhängig von mir ist.«

Sie boxt ihn in die Seite. »Das geht ja früh los, mein Lieber.«

»*Caro mio*, heißt das.«

»Was?«

»Mein Lieber.«

»Der Unterricht ist vorbei.«

»Er fängt erst jetzt richtig an.«

Zwei Straßenecken weiter sind sie bei den Ständen und Läden, die Martha bereits am Vortag gesehen hat. Ist es wirklich erst gestern gewesen, als sie sich von ihrem Hotel in die Schule aufmachte, um Francesca zu treffen? Ein paar Stunden, in denen ihr Leben mal eben Kopfstand gemacht hat. Nichts scheint mehr Gültigkeit zu haben; binnen eines einzigen Tages hat sie einen Großteil ihrer Prinzipien mit einem Achselzucken entwertet. Als sei ihr plötzlich klargeworden, dass dieses Ticket, das sie irgendwann erworben hat, nichts weiter ist als ein verdammtes Himmelfahrtskommando.

Nun schlendert sie mit Michele von Auslage zu Auslage, lässt sich einpacken, worauf sie Appetit hat. Bei allem nennt er ihr das italienische Wort, und irgendwann schwirrt ihr der Kopf von den vielen neuen Vokabeln. Verkäufer und Verkäuferinnen reden auf sie ein, gestikulieren, stellen ihr Fragen, und sie zuckt immer nur mit den Schultern, während Michele übersetzt: Woher sie komme? Wie lange sie schon in Bologna sei? Ob sie den Peccorino oder Prosciutto oder die hausgemachten Tortellini schon probiert habe? Sie nickt, schüttelt den Kopf, nimmt die Hände zu Hilfe. Sie bekommt hier ein Bund Basilikum, dort eine Feige geschenkt, und sie verschenkt zum Dank ihr am Vormittag gelerntes »*Grazie mille*«. Sie verschenkt es mit einem Lächeln, und sie ist verschwenderisch damit, weil sie ihren Dank am liebsten tausendfach in die Welt entlassen würde.

»Magst du noch ein Eis, so eins auf die Schnelle?«, fragt Michele, als sie mit Tüten beladen den Heimweg antreten.

»O ja.« Sie strahlt ihn an. Sie kann sich kaum erinnern, wann sie das letzte Mal Eis gegessen hat.

Er bleibt stehen und sieht sie an. »Du bist eine sehr schöne Frau, Martha.«

Dein Verdienst, Michele, denkt sie. »Danke«, sagt sie leise.

»Ich zeig dir jetzt die beste Gelateria der Stadt«, erklärt er, nimmt die Tüten in die rechte Hand und legt den linken Arm um ihre Schulter.

Der Laden wirkt unspektakulär. Ein kleines Geschäft unter Arkaden, davor zwei grüne Bänke, auf denen ein paar Leute sitzen und mit bunten Plastikspateln Eis aus Waffelbechern löffeln. Ein Mädchen mit dunklen, kurz geschnittenen Haaren schleckt voller Hingabe an einem viel zu großen Schokoladeneis. Um ihren Mund hat die Schokolade Spuren hinterlassen, und das Eis tropft ihr über die Hand in den Ärmel ihres hellblauen Kleides. Mutter und Vater sehen der Kleinen zu. Keiner wischt hektisch an der Tochter herum oder mahnt sie aufzupassen.

»*La Sorbetteria Castiglione*« steht über einem Schaufenster, in dem zahllose Zeitungsartikel und Urkunden hängen. Drinnen ist es kühl. An der violett gestrichenen Wand über einer langen, mit weißem Leder bezogenen Bank weitere Diplome. Martha liest die Namen der Eissorten, die ausgezeichnet wurden: *Emma, Karin, Edoardo, Ludovico* ...

»Ich möchte Emma«, sagt sie.

»Du weißt doch noch gar nicht, was drin ist«, erwidert Michele.

»Ich mag den Namen. Als meine Tochter geboren wurde, wollte ich sie Emma nennen. Das hat so etwas Rundes, Nettes, Pragmatisches. Mein Mann war dagegen.«

»Hast du immer getan, was dein Mann wollte?«

Sie überlegt. »Nein, eigentlich nicht«, sagt sie schließlich. »Meist hat er sich nach mir gerichtet, bis er ... Ach, lassen wir das. Erzähl mir lieber, was sich hinter dieser Emma hier verbirgt.«

Er sieht auf die große Tafel über dem Verkaufstresen. »Ricotta, Sahne, karamellisierte Feigen, Traubenmost.«

»Klingt großartig.«

Michele bestellt zwei Portionen. Das Eis wird nicht zu Kugeln geformt, sondern mit großen Schabern in die Waffeln gestrichen.

Martha probiert. »Mein Gott, ist das gut«, sagt sie und leckt etwas schneller.

Er sieht ihr zu, während er das Wechselgeld in die Hosentasche steckt. »Du hast gerade einen ähnlichen Gesichtsausdruck wie die Kleine da draußen.« Er lacht. »Die mit der Schokolade.«

»Willst du damit sagen, dass ich mich hier selig bekleckere?« Sie wischt sich über den Mund.

»Ich will damit sagen, dass du glücklich aussiehst.«

»Na ja«, ihre Zungenspitze fährt den Rand der Waffel ab, »damit könntest du recht haben. Aber das liegt nicht nur am Eis.«

»Ich weiß.«

Sätze wie Luftballons. Leicht, schwerelos, gefüllt mit nichts anderem als der Zuversicht, dass alles gut ist, wie es ist. Dass man genau richtig ist in diesem Moment.

Sie bleibt vor einem weißen Plastikhocker stehen, auf dem das Modell einer Hochzeitstorte thront. In drei Stufen, über unzählige, aus einer Spritztüte feinsäuberlich gesetzte Rosetten, geht es nach oben, dorthin, wo das Brautpaar sich in einer Tüllblüte in den Armen hält.

»Süß, nicht?« Michele stellt sich neben Martha.

»Erinnert mich an unsere Torte damals«, erwidert sie. »Sie war etwas kleiner als die hier, mit irrsinnig viel Zucker drin und einer dicken Schicht Marzipan drauf. Das Pärchen war aus Plastik, und ich hab's viele Jahre aufgehoben, bis es irgendwann verschwand.« Und plötzlich muss sie an den Brautstrauß denken. Ihren Brautstrauß. Kürzlich, als sie im Keller nach einer Glühbirne suchte, fiel ihr der Strauß in die Hand. Spinnweben hingen an dem Seidenpapier, in das sie ihn vor über zwanzig Jahren gewickelt hatte, bevor sie mit Hans nach Griechenland in die Flitterwochen gefahren war. Sie sah hinein, sah die ehemals weißen Rosen, deren Blätter braun geworden waren und bei der kleinsten Berührung knisterten, sah das grüne Satinband, mit dem die Stiele umwickelt waren, sah den dünnen Kranz aus Zweigen, an denen mal Efeu gehangen hatte. Sie stand lange dort im Keller. Sie überlegte sogar kurz, den Strauß einfach mit nach oben zu nehmen und in die Tonne mit Bioabfällen vor dem Haus zu werfen. Dann legte sie ihn vorsichtig wieder zurück ins Regal. Nur die Glühbirne nahm sie mit.

»War's eine schöne Hochzeit?«, fragt Michele.

Sie nickt. »Ja. Damals war ich … auch glücklich.« Sie versieht das »auch« mit leichtem Nachdruck. Dann beißt sie in ihre Waffel. Sie hat noch ein paar Krümel im Mund, als sie Michele einen Kuss gibt. Ein paar Krümel, die nach *Emma* schmecken.

Sie haben es nicht weit, bis sie in Marthas Appartement sind. Die Geschäfte lassen gerade ihre Läden herunter. Es beginnt die Zeit der Restaurants und Trattorien. Es riecht nach Essen in den Arkaden. Die Menschen machen Pause, setzen sich an die Tische, reden mit ihrem Gegenüber oder mit ihrem Telefonino.

Als sie vor der Holztür mit dem Löwenkopf stehen, sucht Martha in ihrer Tasche nach dem Schlüssel. Sie tut sich schwer mit dem Aufsperren, das Schloss klemmt etwas.

»Nicht leicht, hier reinzukommen«, sagt sie und stemmt sich gegen die Tür, die ächzend nachgibt.

»Meint Giulia auch immer«, entgegnet Michele. »Die Wohnung ist günstig, aber dafür kümmert sich der Vermieter um nichts. Er lässt den Dingen seinen Lauf.«

Sie antwortet nicht, sondern holt tief Luft, bevor sie langsam beginnt, die Treppen hochzusteigen. Sie ist erleichtert, dass es heute bessergeht. Die schwere Atemnot bleibt aus.

Oben angekommen, räumen sie gemeinsam die Sachen in die Küche.

»Hunger?«, fragt sie ihn.

Er nickt.

»Ich mach uns den Fisch, einverstanden?« Sie wartet seine Antwort gar nicht erst ab, sondern holt die Dorade, die sie gekauft haben, aus dem Einwickelpapier. »Gibt's hier irgendwo eine Schere?«

Er zieht drei Schubladen auf und reicht ihr schließlich ein etwas verbogenes Teil.

Sie entfernt erst die Flossen, dann schneidet sie dem Fisch den Bauch auf und holt die Eingeweide heraus. Wie lange hat sie das nicht mehr gemacht? In den letzten Jahren hat es für sie und Lina nur Vorgefertigtes aus dem Supermarkt gegeben. Oder ein Brot, schnell im Stehen geschmiert.

»Da draußen auf der Terrasse hab ich irgendwo Lorbeer und Rosmarin gesehen«, sagt sie und streicht sich mit dem Ärmel eine Strähne aus dem Gesicht.

Michele öffnet die Tür und kommt kurz darauf mit vier Blättern und zwei Stengeln zurück. »Reicht das?«

»Ja, ja, ist mehr als genug.« Sie halbiert den Lorbeer in der Mitte und steckt die Hälften zusammen mit dem Rosmarinzweig in den Bauch der Dorade. »Schneide du schon mal die Tomaten«, sie zeigt auf eine Schale, »und Zwiebeln und Knoblauch kannst du fein hacken.«

Er sucht sich Brett und Messer und beginnt zu schneiden. Er arbeitet schnell und präzise. »Kochst du öfter?«, fragt er, während er den Knoblauch erst in dünne Scheiben und dann in Stückchen häckselt.

Sie schüttelt den Kopf. »Früher, mit meinem Mann, ja, da haben wir gern in der Küche gestanden. Hans mochte gutes Essen. Aber seitdem ich mit meiner Tochter allein lebe, hab ich irgendwie keine Lust mehr.«

»Wie heißt deine Tochter eigentlich?«

»Lina.«

»Und was macht sie?«

»Sie ist gerade mit der Schule fertig und überlegt, ins Ausland zu gehen.«

»Soll sie tun. Kinder müssen raus in die Welt.« Er legt das Messer ab und stellt ihr das Brett hin. Dann umfasst er sie von hinten, nimmt ihre Haare hoch und gibt ihr einen

Kuss in den Nacken. Es ist eher der Hauch eines Kusses, einer, der mit kleinstmöglicher Berührung Beben auslöst.

»... schon allein deshalb, weil die Mütter dann wieder zu haben sind«, ergänzt er und dreht sie zu sich um. Sie weiß nicht, wohin mit ihren Händen, an denen noch ein paar der Schuppen kleben, die sie kurz zuvor von der Dorade geschrubbt hat.

»Ich hab Lust auf dich, Martha.«

Dass sie das auch hat, muss sie gar nicht mehr sagen. Er spürt, wie sie unter seiner Umarmung nachgibt, und hebt sie auf das Spülbecken.

Doch nicht hier, will sie noch einwenden, aber da hat er bereits unter ihr Kleid gegriffen, um ihr den Slip auszuziehen. Sie öffnet den Knopf seiner Jeans, findet den Reißverschluss. Sie tut das schnell, ohne Zeit zu verlieren. Dies ist das Gegenteil von letzter Nacht. Sie wollen beide. Jetzt. Sofort. Kein Abwarten, kein Zögern, kein Innehalten.

Martha hört, wie ihr Atem schneller geht, hört, wie Micheles sich ihrem anschließt, spürt seine Finger in sich, spürt, wie diese Finger augenblicklich nass werden.

Nun rutscht sie von der Spüle herunter, kehrt ihm den Rücken zu und beugt sich vor.

Er versteht, was sie will, lacht, streicht über ihre Pobacken und greift dann ihre Hüften. Sie sieht auf den Wasserhahn vor sich, sieht ein kleines »c« und ein kleines »f« auf den Porzellangriffen, bevor sie die Augen schließt und die Beine weit spreizt und fast erstaunt ist über die Wucht und gleichzeitig die Leichtigkeit, mit der er in sie eindringt. Und wie selbstverständlich lässt sie ihr Bewusstsein los, gibt sich nur noch Micheles Bewegungen hin, fühlt, wie sie kommt, und spürt wenig später, wie sich seine Wärme in ihr Raum sucht und binnen Sekunden alles flutet.

Sie bleiben noch einige Momente so stehen. Dann löst er sich von ihr, dreht sie zu sich um und nimmt ihr Gesicht in beide Hände. »Kann man nach einem Tag schon zu einer Frau sagen, dass man sie liebt?« Seine Stimme klingt belegt. Er räuspert sich.

Sie sieht ihm direkt in die Augen. Geht schwimmen in seinem tiefen Blau. Und plötzlich tauchen sie wieder auf, kommen zurück, die Tage, die Stunden, die Minuten, die sich aus den warmen Gewässern der Gegenwart in die Untiefen der Zukunft begeben. Sie bringen die Angst mit. Die Angst, dass alles vorbei sein wird, bevor es überhaupt wachsen kann.

Vor diesem Hintergrund erscheint Micheles Frage auf einmal in einem völlig neuen Licht. Daher muss die Liebe keine Rücksicht nehmen, darf sich nicht aufhalten mit irgendwelchen Fahrplänen, kann ungebremst ihrer ureigensten Natur folgen. Alles andere wäre Vergeudung. Verschwendung von Zeit, die sie nicht mehr hat.

Vor ein paar Jahren hatte Martha mal ein Interview mit einem alten Fotografen geführt, und er sagte irgendwann, man müsse jeden Tag leben, als ob es der letzte wäre. Sie überlegte damals noch, ob sie diesen Satz herausstreichen sollte aus ihrem Text, weil er ihr zu trivial erschienen war, zu abgedroschen. Ein Satz mit Gebrauchsspuren.

Hier in dieser Küche wird ihr klar, dass sie gerade dabei ist, jenen Satz erst jetzt wirklich zu begreifen, die ganze Flügelspanne seiner Aussage wahrzunehmen. Sie ersetzt »leben« durch »lieben«, und dann streicht sie Michele über den Kopf, bahnt sich mit ihren Fingern einen Weg durch sein dichtes Haar.

»Natürlich«, sagt sie. »Natürlich kann man das. Es wäre sogar dumm, Zeit zu verlieren.«

Er sieht sie erstaunt an. »Aber wir haben alle Zeit der Welt, Martha.«

»Wie kannst du dir da so sicher sein?«

»Na ja, wir können noch so viel tun, so viel erleben, so viel ...«

Sie legt ihm die Hand auf den Mund. »Nicht weiterreden. Bitte.«

»Aber ...«

»Lass die Abers los. Wir brauchen sie nicht mehr.«

Er schweigt, und sie weiß, dass er sie nicht versteht. Nicht verstehen kann, weil er keine Ahnung hat, was da in ihrem Körper los ist.

Sie lächelt, lächelt tapfer aufkommende Ängste weg – und seine Fragen, die er nun stumm formuliert.

»Ich liebe dich auch, Michele«, sagt sie schließlich, und als er sie fest an sich drückt, spürt sie, dass sie beide wieder im Jetzt ankommen. Fürs Erste, denkt sie, aber das genügt ihr in diesem Moment.

Aus den Augenwinkeln fällt ihr Blick auf den Fisch, der in einer Kasserolle liegt, neben den Tomaten, der Zwiebel und dem Knoblauch.

»Hol den Wein aus dem Kühlschrank«, sagt sie. »Ich habe Durst.«

13

»Papa?« Lina klopft an die Tür zu Marthas Büro. Dort, wo die alte Couch steht, auf der hin und wieder Gäste übernachten. Dort, wo nun ihr Vater schläft.

»Papa, bist du wach?« Sie öffnet die Tür einen Spaltbreit.

Hans liegt auf dem Bauch, den rechten Arm neben dem Kopf. Sein Atem geht unruhig. Das Bettzeug ist zerwühlt.

Lina sieht auf ihre Uhr. Zwanzig vor elf. Ihr Vater ist immer ein Frühaufsteher gewesen. Dass er um diese Zeit noch im Bett liegt, überrascht sie.

Zögernd betritt sie den Raum. Ihr Blick irrt umher, versucht, im Halbdunkel des Zimmers die Dinge zu orten. Auf Marthas Schreibtisch liegen Kugelschreiber, Bleistifte, Büroklammern, Radiergummi, Notizblöcke, Fotokopien mit dem Stempel des Verlags, für den sie hauptsächlich arbeitet, ihr Diktiergerät, ein Netzkabel, zwei USB-Sticks. Über der Stuhllehne hängt ein großes Tuch, so eines, das man sich über die Schultern legt, wenn einem kalt ist. Alles wirkt, als sei sie nur mal kurz aufgestanden, um gleich wiederzukommen.

Wann würde ihre Mutter wiederkommen? Würde sie überhaupt wiederkommen?

Lina presst die Lippen aufeinander. Eben hat sie auf der italienischen Handynummer, die Martha ihr gegeben hat, angerufen. Ein Mann meldete sich. »Pronto?«, fragte er.

Lina entschuldigte sich und stammelte, dass sie wohl falsch verbunden sei.

»Nein, nein«, erwiderte er auf Deutsch. »Warten Sie. Wer spricht denn da?«

»Lina Schneider. Ich wollte ...«

»Sie wollen Martha sprechen? Sie kann im Moment nicht. Sie wäscht sich gerade die Haare.«

Lina schluckte. Versuchte, ihre Irritation wegzuschlucken. »Wer sind Sie?«

»Entschuldigen Sie, mein Name ist Michele. Ich bin ein Freund Ihrer Mutter.«

»Ein Freund?« Sie wiederholte nur, was sie hörte, nicht imstande, den Sinn zu erfassen.

»Ja.« Er lachte.

»Aber meine Mutter hat doch keinen Freund in Italien.« Sie wusste nicht mehr weiter.

Er half ihr. »Nun ja, das ist jetzt vielleicht eine etwas ungewöhnliche Situation für Sie. Für mich übrigens auch. Aber wissen Sie, Martha und ich haben uns vor einigen Tagen kennengelernt. Sie ist eine Freundin meiner Schwester und ...«

Linas Gedanken rasten davon. Keinen einzigen davon konnte sie noch aufhalten. Was tat ihre Mutter da? Wer war dieser Mann? Was sollte das alles? Sie wusch sich gerade die Haare ... Verschwindet man einfach so ins Badezimmer und wäscht sich die Haare, wenn ein Bekannter zu Besuch kommt? Nein, Freund ... Er hatte Freund gesagt. Was bedeutete das? Mama hatte keinen Freund. Sie hatte Krebs, und sie war vor diesem Krebs davongelaufen. Kopflos davongelaufen. Hatte sich noch nicht mal mehr von ihren Geburtstagsgästen verabschiedet, sondern war einfach weggefahren. Hatte sie, Lina, allein gelassen, um irgendwo in Italien ... ja, was eigentlich?

»Hallo? Sind Sie noch dran?«

»Ja«, beeilte sie sich zu sagen. »Ja, ich bin noch da. Entschuldigen Sie, das ist alles etwas ...«

»Eigenartig?«

Sie nickte.

Er lachte wieder. Diesmal klang sein Lachen, als ob er ihre Verwirrung sehen könnte. Es klang nett. »Ich sage Martha, dass sie zurückrufen soll, einverstanden?«

»Okay.« Sie legte auf, ohne sich zu verabschieden.

Eine Zeitlang hielt sie das Telefon noch in der Hand, bevor sie es in die Ladestation zurückstellte. Es antwortete ihr mit einem melodischen hellen Ton, bevor es begann, seine Batterie wieder aufzufüllen. Im selben Moment fragte Lina sich, wer eigentlich dafür zuständig war, *ihre* Speicher zu füllen. Sie fühlte sich auf einmal unendlich leer. Und unendlich allein.

Und nun steht sie hier, sieht vom Schreibtisch ihrer Mutter auf ihren schlafenden Vater.

»Papa?« Ihre Stimme ist jetzt lauter.

Hans zuckt zusammen. Seine Hand tastet nach etwas, das er nicht finden kann. Dann schlägt er die Augen auf und dreht sich auf den Rücken. »Lina?«

»Ja. Wer sonst?«

»Wie spät ist es?«

»Es geht auf elf Uhr.«

»Oh, mein Gott.« Er setzt sich auf. »Ist was passiert?«

»Nein. Ich dachte nur, es ist Zeit zum Aufstehen.«

»Bist du schon lange wach?«

Sie nickt. Sie steht noch immer an der Tür. Als wollte sie sich den Rückzug offen halten.

»Komm mal her.« Er klopft auf das Bett.

Sie tritt langsam näher, setzt sich ans Fußende.

»Du guckst so komisch. Was ist los?«

»Schon okay.« Sie sieht nach unten. Dorthin, wo ihre Mutter irgendwann mal einen alten Teppich gelegt hat. Kein besonders schönes Teil. Nur zweckmäßig. Wie das meiste in Marthas Leben zweckmäßig gewesen ist.

»Du hast vorhin telefoniert, oder?«

»Ich dachte, du hast geschlafen.«

Er lächelt. »Na ja, ich bin gleich wieder weggenickt.«

Sie legt ihre Hände in den Schoß, verschränkt die Finger ineinander. »Ich hab versucht, Mama anzurufen.«

»Und?«

»Da war ein Mann am Telefon.«

»Was für ein Mann?«

»Michele heißt er. Er sagte, er ist ein Freund von Mama.«

Hans runzelt die Stirn. »Hat deine Mutter mal irgendwas von diesem Michele erzählt?«

»Nein, Papa. Ich kenne den Typen nicht.«

»Wie war er denn?«

»Freundlich. Nett. Mama würde sich gerade die Haare waschen, hat er gemeint. Ach, Scheiße, ich weiß nicht …«

»Das ist doch nichts Ungewöhnliches. Ich meine, dass deine Mutter bei einem Mann ist.«

»Versuch jetzt nicht, das Ganze runterzuspielen. Du weißt selbst, wie Mama ist. Sie hat niemals auch nur irgendjemanden angeguckt.«

»Na ja, Zeit wird's.«

»Sag mal, spinnst du?« Sie will aufstehen, doch er hält sie zurück.

»Lina, jetzt sei mal vernünftig.«

»Vernünftig? Bist du noch bei Trost? Ich bin wahrscheinlich die Einzige, die hier vernünftig ist.«

Er lässt sie los.

Sie bleibt sitzen. »Meine Mutter haut einfach ab. Wir erfahren, dass sie bald sterben wird. Sie macht mit irgendwelchen Männern rum und lässt uns hier im Ungewissen. Und du sagst, das sei alles völlig normal.«

»Das sag ich gar nicht. Ich beginne nur langsam zu verstehen.«

»Na, wenigstens einer, der hier begreift, was los ist.«

»Verdammt noch mal, hör mit diesem kindischen Getue auf.«

Lina zuckt zusammen. Ihre Augen füllen sich mit Tränen. Sie versucht, dagegen anzublinzeln. Vergeblich. Irgendwann schluchzt sie laut auf und beginnt zu weinen.

Hans sieht sich um. Greift nach einer Serviette, die er neben ein Glas Wasser gelegt hat, und hält sie der Tochter hin.

Sie zögert kurz, doch dann nimmt sie die Serviette und schneuzt kräftig hinein.

»Lina, bitte.« Er räuspert sich. »Entschuldige, ich hab's nicht so gemeint. Ich finde nur, du darfst nicht zu streng sein mit deiner Mutter.«

Sie zieht die Nase hoch. »Aber sie war's doch, die immer streng gewesen ist. Sie ist immer streng gewesen mit mir. Und auch mit dir übrigens. Hast du das schon vergessen? Und jetzt macht sie sich einfach so aus dem Staub und lässt einen hier sitzen.« Sie wischt sich über ihre Augen.

»Ich glaube, hier geht es nicht um uns. Nicht um dich und nicht um mich. Martha tut etwas, das sie in ihrem Leben bislang nie getan hat.«

»Was willst du damit sagen?«

»Sie denkt an sich. Sie pfeift endlich mal auf die ganze gottverdammte Pflichterfüllung.«

»Das sagst ausgerechnet du. Es ist ihr schließlich nichts anderes übriggeblieben, als ihre Pflicht zu erfüllen. Du hast dich ja schließlich aus dem Staub gemacht damals.« Sie sieht ihn jetzt wütend an.

»Lass diese Geschichte mal außen vor. Ich bin an vielem schuld, aber nicht an allem. Dass Martha so ist, wie sie ist, liegt wirklich nicht an mir.«

»Aber was sie jetzt tut, ist nicht fair.«

»Mensch, Lina. Das hat doch nichts mit Fairness zu tun. Wie's aussieht, hat sie nicht mehr lang zu leben.« Er schüttelt den Kopf. »Du bist kein kleines Mädchen mehr, das seine Mama braucht«, setzt er nach. »Du bist eine erwachsene Frau.«

»Was soll ich denn tun? Einfach abwarten?«

»Lernen loszulassen. Und versuchen, auf deinen eigenen Füßen zu stehen. Außerdem ...« Er kratzt sich am Hinterkopf.

»Ja?«

»Ich bin auch noch da.«

Sie sieht ihm direkt in die Augen. »Fällt mir schwer zu glauben.«

»Ich weiß schon. Ich war nie eine verlässliche Größe. Ich war der Papa, der die Familie im Stich gelassen hat.«

»Oh, mal wieder einer deiner hellsichtigen Momente. Gratuliere! Im Übrigen ...«

»Das mit dem Sarkasmus musst du noch üben«, schneidet er ihr das Wort ab.

»Sag mal, was bildest du dir eigentlich ein? Du tauchst hier nach zig Jahren auf und machst einen auf fürsorglichen Vater und verständnisvollen Ex-Mann. Erwartest du, dass ich dir dankbar um den Hals falle?«

»Du hast mir auch nie eine Chance gegeben.«

»Was meinst du damit?«

»Ich habe mich zwar von deiner Mutter getrennt, aber nicht von dir.«

»Und warum bist du dann nicht öfter da gewesen? Hast dich um mich gekümmert?«

»Ich hab's versucht.«

»Ach, sag bloß …«

»Ich hab versucht, an den Tagen, die mir Martha zugebilligt hat, diesen beschissenen Besuchstagen, wenigstens etwas von der alten Nähe wiederherzustellen. Aber du hast mir nur die kalte Schulter gezeigt. Du warst es doch, die nichts mehr von mir wissen wollte.«

Lina lässt die Serviette sinken. Ihr Blick wandert zum Fenster, vor dem eine hellblaue Jalousie hängt, die Staub zwischen den Lamellen angesetzt hat. Dahinter sieht man die Tanne, die im Vorgarten steht. Ein dichter, dunkelgrüner Nadelbaum, der kein Licht durchlässt.

Und plötzlich sind sie wieder da. Die Nachmittage, an denen das achtjährige Mädchen vor der Tür des Vaters stand, mit einem kleinen gelb geblümten Rucksack auf dem Rücken. Martha hatte Hausschuhe, Zopfgummis und Socken zum Wechseln, eine Bürste und ihre Lieblingspuppe hineingepackt. Lina hielt jedes Mal inne, dort vor dieser Tür, den Zeigefinger bereits auf dem Klingelknopf, das Läuten hinauszögernd. Die Mutter kam nie mit hinauf, sondern brachte sie immer nur bis vor das Haus, in das der Vater gezogen war. Ein modernes Haus, eines, in dem mehrere Parteien wohnten, Singles und junge Paare. Ein Haus in Hamburg, eine gute Autostunde entfernt von der Kleinstadt, in der Martha und Lina nun allein lebten.

Während die Mutter an diesen Nachmittagen irgendwo Kaffee trinken oder spazieren oder Bekannte besuchen ging, saß die Tochter bei Hans auf dem Sofa und rutschte von einer Pobacke auf die andere. Der Vater schlug vor, ins Kino zu gehen oder Eis zu essen oder die Enten im Park zu füttern. Er hatte altes Brot gesammelt in einem Stoffbeutel, weil er wusste, dass Lina es liebte, den Tieren die Krumen hinzuwerfen. Manchmal willigte sie ein, aber meist blieb sie einfach sitzen, zog ihre Hausschuhe an, holte die Puppe aus dem Rucksack und begann zu spielen.

Hans kochte ihr Kakao, in den er extra viel Schokolade und Zucker rührte, so viel, wie sie bei Martha nie bekam. Lina weiß noch, dass sich etwas in ihr darüber freute, aber sie zeigte es ihrem Vater nicht. Sie fragte ihn auch nicht, warum er nicht wieder in sein altes Leben zurückkam, obwohl sie das gern getan hätte. Aber Martha hatte ihr gesagt, Papa habe sie beide nicht mehr so lieb wie früher, und da gebe es eine andere Frau, mit der er nun zusammen sei. Lina hatte die Frau nur dreimal gesehen, und sie traute sich nicht, ihrer Mutter zu verraten, dass diese Karin nett war. Das Buch, das sie von Karin geschenkt bekommen hatte, las sie heimlich, und als ihre Mutter es entdeckte und fragte, woher sie es habe, wurde sie rot und erzählte, eine Freundin habe es ihr geliehen. Irgendwann hörte sie Martha am Telefon mit Hans reden, laut reden. Danach sah sie Karin nie wieder. Insgeheim bedauerte sie das. Aber das sagte sie ihrem Vater nicht.

An den Besuchsnachmittagen redete sie mehr mit ihrer Puppe als mit ihm, und wenn es drei Stunden später klingelte, sprang sie auf, warf ihre Sachen in den Rucksack und rannte zur Tür. Hans brachte sie oft hinunter vors Haus, wo Martha mit laufendem Motor im Auto auf sie wartete. Er strich seiner Tochter über den Kopf, und manchmal versuchte er auch, sie in den Arm zu nehmen.

Dann machte sie sich ganz steif, weil sie ihrer Mutter nicht weh tun wollte. Dass sie ihrem Vater weh tat, begriff sie damals nicht.

Jetzt lässt Lina ihre Gedanken in den dichten Nadeln der alten dunklen Tanne zurück. Ihr Blick sucht den Vater.

»Es tut mir leid, Papa«, sagt sie leise.

»Was?«

»Das war nicht okay. Ich meine diese Besuchstage.«

»Du warst ein Kind damals. Ein verunsichertes Kind.« Er holt tief Luft. »Und irgendwie bist du das immer noch.«

»Was heißt das?« Ihre Stimme wird wieder härter.

»Na ja, die Trotzphase dauert an, würde ich sagen.«

»Verstehst du denn nicht? Ich wollte Mama nicht verletzen.«

»Klar. Und jetzt bockst du herum, weil eben diese Mama dich allein lässt. Weil sie sich einen Teufel darum schert, was hier los ist. Weil sie einfach tut, was ihr gefällt.«

»Das scheint dir ja fast zu gefallen.«

»Du meinst, dass deine heilige Mutter ein paar Schrammen bekommt?«

»Rede nicht so von ihr.«

»Ich sage, was ich will, ob's dir nun passt oder nicht. Du musst ja nicht gleich mit wehenden Fahnen von deiner Mutter zu mir überlaufen. Das verlange ich doch gar nicht von dir.«

»Das wird dir auch nicht gelingen.«

»Ich möchte nur, dass du begreifst, dass die Dinge oft nicht so sind, wie sie scheinen.«

Sie schweigt eine Weile. Nur ihre Kiefer bewegen sich, während sie ihre Backenzähne übereinanderschiebt.

»Bist *du* Mama eigentlich böse gewesen damals?«, fragt sie dann.

Er lacht, und das Lachen klingt bitter. »Hey, ich hatte in diesem Leben nicht mehr damit gerechnet, dass du mir mal so eine Frage stellst. Ja, Lina, ich war deiner Mutter böse. Ich war wütend. Um ehrlich zu sein, wusste ich nicht, wohin mit meiner Wut. Nachdem das mit uns nicht mehr ging, hat sie mir das weggenommen, was mir am wertvollsten war: dich.«

»Und was war mit Karin?«

»Ach, Karin war eine wunderbare Frau. Gut, ich hatte in den letzten Jahren meiner Ehe einige Affären. Deine Mutter war wie ein Fels in der Brandung, aber ein Fels ist hart, und man kann sich ganz schön an ihm stoßen. Also bin ich ausgewichen. Hab mich von anderen in den Arm nehmen lassen. Doch Karin hat mehr getan als das.«

»Warum seid ihr nicht zusammengeblieben?«

»Weil sie es irgendwann nicht mehr ausgehalten hat mit mir. Weil ihr mein Selbstmitleid zu viel geworden ist. Weil ich damals nicht kapiert habe, dass eine Frau nicht nur aus einer Schulter besteht, an der man sich ausweinen kann.« Er schüttelt den Kopf. »Sie hat dich übrigens sehr gemocht.«

»Ich sie auch.«

»Wirklich?«

»Sie hat mir dieses Buch geschenkt. Ich fand's toll, und als Mama wissen wollte, von wem es sei …«

»… hast du ihr erzählt, du hättest es dir von einer Freundin ausgeliehen, ich weiß. Aber sie hat dir nicht geglaubt, Lina, und mir hat sie die Hölle heißgemacht und damit gedroht, die Besuche zu streichen, wenn Karin dich noch einmal trifft, geschweige denn dir irgendwelche Geschenke macht.«

Sie erwidert nichts. Tief drinnen spürt sie, dass er die Wahrheit sagt, aber sie wirkt nach, die über all die Jahre gewachsene Loyalität ihrer Mutter gegenüber. Sie kann diese Loyalität nicht einfach so abwerfen, sie zum Schleuderpreis hergeben.

Sie atmet geräuschvoll aus. »Wir haben über all das nie geredet, Papa«, sagt sie schließlich.

»Manche Dinge müssen eben ein bisschen ... nun ja, abhängen, bevor man sich an sie herantraut.«

Sie nickt. »Ich mach uns mal Frühstück.«

Sie steht auf und geht zur Tür, und sie lächelt dabei. Aber sie hat ihm bereits den Rücken zugewandt, so dass er ihr Lächeln nicht sehen kann.

Am Küchentisch reden sie weiter. Sie reden jetzt über Belangloses. Über alte Nachbarn, die noch immer hier in der Straße wohnen. Über deren Kinder, die inzwischen das Haus verlassen haben. Über Scheidungen und Todesfälle. Über ein paar neue Läden, die unten in der Fußgängerzone aufgemacht, und ein paar alte, die inzwischen geschlossen haben. Sie lassen das Gespräch dahinlaufen, passen auf, dass es sich nicht in unwegsames Gelände verirrt. Eine stillschweigende Übereinkunft, die heißen Eisen vorerst nicht mehr anzurühren.

Es ist Hans, der irgendwann sagt: »Gib mir mal die Nummer deiner Mutter.«

Lina greift nach ihrer Handtasche und holt ihr Handy heraus.

Er steht auf und nimmt das Telefon von der Ladestation, setzt sich wieder und tippt die Zahlen ein, die sie ihm vorliest. Er tippt schnell.

»Ich bin's, Martha«, sagt er kurz darauf.

Linas Blick beobachtet ihn, als könnte sie in seinen Augen lesen, was die Mutter am anderen Ende der Leitung erwidert. Doch die Augen zeigen nur ab und an ein winziges Flackern, während Hans mit der freien Hand Kreise auf dem Küchentisch zieht. »Wie geht es dir?«

Er hat nicht auf »Laut« gestellt. Lina hört also lediglich das, was ihr Vater sagt. »Nein, nein, ausnahmsweise nicht. Die Frage ist ehrlich gemeint.«

…

»Hast du Schmerzen?«

…

»Warst du schon bei einem Arzt da unten?«

…

»Aber du hast eine Adresse, oder?«

…

»Und wenn er sagt, dass du in ein Krankenhaus musst?«

…

»Verstehe. Ja, doch, ich kann das verstehen. Vielleicht verstehe ich mehr, als du glaubst.«

Dann sagt er eine Weile nichts mehr. Lässt die Hand für Momente still liegen, bevor er sie langsam wieder in Bewegung setzt.

»Tja, manchmal schlägt das Leben merkwürdige Haken«, meint er nach einiger Zeit, und Lina spürt, dass auch ihre Mutter geschwiegen hat. »Aber sieh es mal so … vielleicht … ach, was rede ich, Martha? Mir tut das alles verdammt leid.«

…

»Mach das«, sagt er schließlich.

…

»Ja, ja, ich bin noch immer da. Hier, in eurem Haus.«

…

»Lina?« Er sieht auf und nickt seiner Tochter zu. »Ja, ich geb sie dir. Und bitte, Martha, tu mir einen Gefallen. Nimm diesmal alles mit.«

...

»Darüber reden wir ein anderes Mal, okay? Ich reich dich jetzt mal weiter. Also dann, tschüss.«

Er hält das Telefon noch eine Weile in der Hand, als wollte er das Gewicht dessen abschätzen, was gerade gesagt worden ist. Dann gibt er es seiner Tochter.

Sie räuspert sich, bevor sie in den Hörer spricht. »Hallo.«

»Lina, du hast vorhin angerufen. Michele hat es mir ausgerichtet. Er meinte, du seist etwas durcheinander gewesen. Es tut mir leid, mein Schatz, aber ...«

»Wer ist dieser Mann, Mama?«

»Er ist mein Freund.«

»Seit wann?«

»Seit zwei Wochen. Er ist der Bruder einer Freundin. Und er ist ein wunderbarer Mann. Du würdest ihn mögen. Er unterrichtet Yoga, und er ...«

»Mama, bist du noch bei Trost?«, unterbricht Lina sie.

Martha sagt einen Moment nichts. »Ja«, entgegnet sie schließlich leise. »Ich bin zwar krank, aber mein Verstand funktioniert einwandfrei. Und ich bitte dich einfach nur zu akzeptieren, dass sich ein paar Dinge in meinem Leben geändert haben. Das erwarte ich von dir.«

»Aber ...«

»Du bist kein kleines Kind mehr«, unterbricht ihre Mutter sie. Und Lina muss daran denken, dass Hans ihr vorhin dasselbe gesagt hat. »Ich hab mich verliebt, ja. Das ist ganz einfach, und es ist gut, wie es ist. Vielleicht ein etwas ungünstiger Zeitpunkt, das gebe ich zu, aber ich hab da nicht mehr so viele Möglichkeiten, ich meine, was das Timing betrifft.«

»Entschuldige.« Es kommt kleinlaut heraus, dieses Wort.

»Schon gut.« Sie hustet. »Lina, ich hab da noch eine Bitte.«

»Ja?«

»Könntest du mir ein paar Sachen einpacken und hier runterschicken? Am besten per Bahn. Du müsstest dich mal erkundigen, wie das geht. Dein Vater kann dir ja dabei helfen.«

»Was für Sachen?«

»Ich mach dir eine Liste und schick sie dir per Mail.«

»Das heißt, du meinst es ernst? Du willst wirklich länger bleiben?«

»Ja.«

»Und wann kann ich dich besuchen? Kann ich dich überhaupt besuchen, oder willst du das auch nicht?«

»Warum sollte ich das nicht wollen? Ich freu mich, dir hier alles zu zeigen. Du fehlst mir sehr, Lina.«

Die Tochter schluckt. »Wann bekomme ich diese Liste?«, fragt sie schnell.

»In den nächsten Tagen.«

»Okay.«

»Dicken Kuss. Und pass auf dich auf, versprochen?«

»Ja.«

Lina legt auf. Dann trinkt sie den letzten Schluck Kaffee. Er ist inzwischen kalt geworden.

Hans holt Luft und lässt sie mit einem Pfeifen wieder heraus. »Alles klar?«, fragt er.

»Nicht unbedingt, aber das ist jetzt auch schon egal. Sie will, dass ich ihr ein paar Kisten packe und runterschicke.«

»Ich kann dir helfen.«

Sie nimmt den Löffel, der auf dem Unterteller neben der Tasse liegt, und lässt ihn geräuschvoll wieder fallen. »Wenn du unbedingt willst.«

Er übergeht ihre Bemerkung. »Hat sie dir gesagt, wie lange sie dort unten bleiben will?«

»Nein, Papa, hat sie nicht. Aber wenn du mich fragst, hört sie sich nicht so an, als ob sie beabsichtigt wiederzukommen.«

»Klar, was soll sie denn hier noch? Sich das Mitleid aller Freunde abholen? Einen letzten Winter in diesem Kaff verbringen? Nee, Lina ... Und außerdem hat sie sich verliebt, deine Mutter.«

»*Das* hat sie dir auch erzählt?«

»Ja, und ihre Stimme klang dabei ... Wie soll ich sagen? Ein bisschen wie damals, als wir uns kennenlernten.«

Sie sieht ihn an. Sie kennt die Geschichte.

Er lächelt plötzlich, und dann erzählt er, was Lina bereits weiß. Erzählt von dieser Zugfahrt. Köln–Hamburg. Martha kam von einem Interview, das in die Hose gegangen war. Hans hatte gerade einen seiner ersten großen Aufträge an Land gezogen. Es war ein Spätzug, der letzte, der an diesem Abend ging. Sie saßen sich gegenüber in einem dieser Sechser-Abteile und fuhren hinein in die Nacht. Erst schweigend, aber irgendwann berichtete sie ihm von dem blöden Typen, der sich erst um eine Stunde verspätet und sie dann im Interview einfach ins Leere hat laufen lassen. Hans war gut drauf in dieser Nacht, und er konnte Martha aufmuntern.

»Als wir frühmorgens in Hamburg ankamen«, sagt er, während er noch immer lächelt, »hatte ihre Stimme einen anderen Klang. Und ich hatte eine Freundin.«

»Ihr seid an der Alster spazieren gegangen, oder?«

»Ja, bis es hell wurde. Wie das eben so ist, wenn einem jemand ins Leben fällt und man von einer auf die andere Sekunde meint, nicht mehr ohne ihn existieren zu können. Gott, war ich verliebt.«

»Sie auch.«

»Sie war eine wunderschöne Frau, deine Mutter. Sie hat sich nur über die Jahre ein anderes Gesicht zugelegt und einen anderen Ton. Sie wurde kantiger, schroffer, unzugänglicher, jedes Jahr ein wenig mehr, ohne dass ich irgendetwas tun konnte. Und eben am Telefon war es plötzlich wieder da, das Mädchen aus dem Zug.«

»Warum hast du ihr das nie gesagt? Warum hast du ihr nicht geholfen, das Leben leichter zu nehmen? Warum hast du ihre Strenge nicht einfach öfter mal weggelacht? Du hast doch Humor. Wo war er, dein Humor?«

»Ach, Lina, du ahnst nicht, wie oft ich's versucht habe.«

»Aber wie es aussieht, warst du ja nicht besonders erfolgreich.«

»Ich war auch ungeduldig. Ich wollte immer mit dem Kopf durch die Wand, mich dabei aber nicht sonderlich anstrengen. Ich hab sehr schnell alles hingeworfen, wenn jemand anders Regeln vorgab, die mir nicht in den Kram passten. Ich wollte ein gutes Leben, ein leichtes Leben und keinen Haufen Probleme. Ich wollte Luftballons im Dauer-Abo. Mit Martha war das nicht zu machen. Und weil ich ein verdammter Idiot war, hab ich mich selbst bemitleidet, statt zu schauen, was wirklich los war.«

»Und hast lieber die Familie verlassen. Nein, keine Sorge, ich fang nicht wieder damit an.« Sie beginnt, das Geschirr zusammenzuräumen. Lautstark. Teller auf Teller. Tasse in Tasse. Besteck daneben.

Er setzt den Deckel vorsichtig auf den Buttertopf und schraubt das Marmeladenglas zu.

»Lina?«

Sie sieht hoch.

»Was hältst du davon, wenn wir zusammen nach Bologna fahren und deine Mutter besuchen?«

Sie lässt die Hände sinken. »Das würdest du tun?« Ihre Stimme ist unsicher. Diese Unsicherheit ist noch immer da und macht Störgeräusche. Noch immer glaubt die Tochter insgeheim, ihr Vater könnte nicht Wort halten.

»Ja. Ich würde dich ungern allein fahren lassen. Und außerdem … es gibt auch für mich noch das eine oder andere zu begreifen in dieser Geschichte.«

Lina steht auf und trägt das Geschirr zur Spüle. Und während sie heißes Wasser über Tassen und Teller laufen lässt, überlegt sie bereits, wie es wäre, nach Italien zu fahren. Allein diese Gedanken setzen in ihr etwas frei, das besser ist als die quälende Untätigkeit der letzten Tage. Die Lähmung, die sie seit Marthas Verschwinden fest im Griff hat, die sie nächtelang an ihre Zimmerdecke starren ließ, unfähig, irgendetwas zu tun, beginnt sich in genau diesem Augenblick aufzulösen.

Sie wird die Kisten für Martha packen. Sie wird Zimmer für Zimmer, Schrank für Schrank, Schublade für Schublade durchgehen. Sie wird Bücher und Fotoalben in die Hand nehmen. Vielleicht wird sie sogar anfangen, ein bisschen zu entrümpeln, das alte Schlauchboot in der Garage endlich vom Haken holen oder überlegen, was sie von ihren Spielsachen noch braucht. Sie wird sicher mehr als nur einmal an ihre Grenzen stoßen. Aber sie wird nicht allein sein.

»Womit fangen wir an?«, fragt sie Hans.

»Wir fragen mal, was es kostet, so einen kleinen Container nach Italien zu schicken.«

Und dann greift er zum Telefon, ruft die Auskunft an und lässt sich mit der Deutschen Bahn verbinden.

14

Sie geht schnell über die Piazza Maggiore. Wirft einen Blick auf Glockenturm, Rathaus, Brunnen, Kathedrale. Da ist kein Staunen mehr über das, was vor dieser Kulisse allabendlich seine Vorstellung gibt. Kein Staunen wie beim ersten Mal vor fünf Wochen. Das Staunen hat inzwischen einem anderen Gefühl Platz gemacht. Dem Gefühl dazuzugehören.

Jetzt, um diese Stunde, haben die Musiker wieder ihre Instrumentenkoffer aufgeklappt, darauf wartend, dass Zuhörer und Passanten ein paar Münzen hineinwerfen.

Martha trägt ein neues Kleid, das sie gestern gekauft hat. Ein schwarz-weißes Kleid mit Stehkragen und kleinen Knöpfen an Ärmeln und Rücken. Fast ein bisschen mädchenhaft, fand sie, als sie damit aus der Umkleidekabine kam. Aber Michele überredete sie, das Kleid zu nehmen. Es mache sie noch hübscher und noch jünger, sagte er, und sie glaubte ihm das nur allzu gern.

Heute hat sie dazu ihre alte schwarze Perlenkette aus einer der Kisten geholt, die in dem Container waren, den Hans und Lina ihr vor einigen Tagen geschickt haben. Kisten, in die ihre Tochter hineingepackt hat, was sie ihr aufgetragen hatte. Schuhe und Kleidung für die kältere Jahreszeit. Einen Schal. Ein Umhängetuch. Lederhandschuhe.

Ein paar Unterlagen von der Krankenversicherung. Ihre Wolldecke, die bereits seit Schultagen jeden Umzug mitgemacht hat. Einige CDs, ohne die sie nicht sein kann – Miles Davis, Leonard Cohen, Chet Baker, Ella Fitzgerald, Santana. Bücher, die sie noch mal lesen will – Calvinos *Unter der Jaguar-Sonne*, Doris Lessings *Das Goldene Notizbuch*, Hemingways *In einem anderen Land*. Bücher, von deren Inhalt sie nur noch eine leise Ahnung hat, von denen sie aber weiß, dass sie sie vor langer Zeit mochte. Sehr mochte. Auch Gedichte von Else Lasker-Schüler und Erich Kästner hat sie sich schicken lassen. Zwei Fotoalben aus der Zeit, als Lina noch ein Kind und Hans noch bei ihnen war. Ihre blaue Teetasse mit Deckel, die ein Kollege aus China mitgebracht hat. Ihr Handy, weil doch ein paar Telefonnummern darin abgespeichert sind, die sie jetzt braucht. Den Schuhkarton, in dem sie alte Briefe aufbewahrt. Und ihren Schmuck.

Die schwarze Perlenkette war ein Geschenk von Hans gewesen zu ihrem dritten Hochzeitstag. Keine echten Perlen, hatte er damals gesagt. Sie hatte gelacht und erklärt, das sei doch egal. Sie trug die Kette in den glücklichen Jahren mit ihm, und er freute sich darüber. Erst nach der Scheidung räumte sie fast alles weg, was sie an ihn erinnerte. Nur die Uhr trug sie weiterhin.

Hans rief Martha an, nachdem der Container verschlossen und bei der Bahn aufgegeben war. »Das mit der Kette hat mich überrascht«, sagte er.

»Ich beginne, die Dinge anders zu sehen«, entgegnete sie.

»Du beginnst nicht gerade früh damit.« Er konnte das Bedauern nicht unterdrücken, vielleicht wollte er das auch gar nicht.

»Ich weiß«, sagte sie.

Dass Lina und er sich vorgenommen hätten, sie gemeinsam zu besuchen, eröffnete er ihr am Schluss.

Sie wollte schon Einwände in Stellung bringen, aber dann spürte sie, dass sich etwas in ihr freute. Und sie ließ diese Freude einfach zu. Pfiff ihre ewigen Abers zurück und entgegnete nur: »Das wäre sehr schön, Hans.«

Sein Erstaunen über ihre Antwort entging ihr nicht, es erreichte sie trotz der Kilometer und Grenzen, die zwischen ihnen lagen.

Das mit der Kette passiert völlig unvermittelt. Es passiert mitten auf der Piazza. Plötzlich reißt die Schnur, und die Perlen fallen zu Boden. Eine nach der anderen. Sie treffen auf das Pflaster und hüpfen und kullern in alle Richtungen davon, rollen den Tauben vor die Füßchen, den Kinderwagen vor die Räder, den Passanten zwischen die Beine. Martha versucht noch, sie aufzufangen, aber vergebens. Sie hört nur dieses sich multiplizierende Klacken der schwarzen Kugeln, die über den Platz springen.

Sie bückt sich, und während sie das tut, kommt ein alter Mann auf sie zu, in der Hand drei Perlen, die er ihr hinhält. Eine Frau mit Hund bringt ihr zwei, ein Junge mit Rastalocken gleich fünf. Die Leute lachen, während sie den Platz absuchen. Sie reden miteinander, und sie nicken Martha aufmunternd zu, die nur dasteht und beide Hände aufhält, in die nun immer mehr Menschen immer mehr Perlen geben. Ein Suchspiel, an dem bald zehn, fünfzehn, zwanzig Frauen und Männer beteiligt sind. Eine wahre Ketten-Reaktion, denkt Martha und bedankt sich bei allen mit »*Grazie mille*« und »*Grazie tanto*«. Und während sie dasteht und den fremden Leuten zusieht, die für sie zu Boden gehen, kommt ihr der Satz ihrer Freundin in den Sinn. Dieser Satz, der sie an ihrem Geburtstag vor vielen Wochen hat aufbrechen lassen.

»Carpe diem ist eine Einstellung, die sich heute niemand mehr leisten kann.«

Martha sieht die Tischrunde wieder vor sich. Sieht die leicht angetrunkenen Freunde, hört deren verwirrtes, hilfloses, abgeschmacktes Gerede von Midlife-Krise. Auf einmal begreift sie, dass allein der Moment an diesem Abend auf dieser Piazza ausreicht, den Satz ihrer Freundin zu entwerten. Der Moment, in dem ihr Menschen Perlen zutragen und sie nichts weiter tun muss, als die Hände aufzuhalten. Allein wegen dieses Moments hat sich die Reise gelohnt.

Sie weiß nicht, ob sie sämtliche Perlen zurückbekommen hat, als sie den Leuten noch mal zuwinkt, um sich dann mit einem *Buona sera* zu verabschieden. Aber das ist auch egal. Was zählt, ist, dass manchmal etwas reißen muss, damit man erfährt, worauf es ankommt.

Sie sieht in den Himmel, der ein dunkleres Blau aufgezogen hat, ein klares tiefes Blau, das in den Abend hineinleuchtet. Es ist kurz vor sieben an diesem Abend im Oktober. Martha ist um halb acht verabredet. Und weil ihr noch etwas Zeit bleibt, setzt sie sich auf die Stufen vor San Petronio, dort, wo sie vor über fünf Wochen an ihrem ersten Abend in der Stadt neben dem jungen Pärchen saß. Damals trug die Luft noch den Duft des Sommers in der Kopfnote.

Jetzt sind die Steintreppen etwas kühler geworden. Aber Liebespärchen sind noch immer dort, auch wenn sie sich bei ihren Küssen einen kalten Po holen. Sie werden hier wohl auch im Winter sitzen, denkt Martha, und sie lächelt bei diesem Gedanken. Lächelt, weil sie weiß, was die jungen Leute spüren, hat sie doch selbst die Liebe gefunden in den letzten Wochen. Hat keine Verrücktheit ausgelassen. Hat Nächte zum Tag gemacht und Tage zur Nacht. Ist mit Michele stundenlang durch Arkaden gestreift, um die Form der Bögen, die Deckenmalereien, das Lichtspiel der Laternen zu bestaunen.

Sie hat auf Mauern gesessen und Pizza aus der Hand gegessen und Rotwein aus der Flasche getrunken. Hat zwei Stunden einem Harfenspieler zugehört, der selbstvergessen mittelalterliche Stücke zum Besten gab und der sein Instrument so wunderbar beherrschte, dass Michele ihm zum Dank sein ganzes Kleingeld schenkte und Martha ihres noch dazulegte.

Sie hat auf der kleinen Brücke gestanden, die über den einzigen oberirdischen Kanal Bolognas führt und den Blick freigibt auf trübes Wasser, bunte Wäscheleinen und schiefe Balkone. Sie hat auf dieser Brücke den wohl längsten Kuss ihres Lebens bekommen. Einen Kuss, der sich darin gefiel, alle Tempi auszuprobieren, der sich von Zugabe zu Zugabe spielte und den Schlussakkord hinauszögerte, als sei dies sein letztes großes Konzert. Hier war es auch, wo Michele ihr zum ersten Mal in seiner Sprache die zwei Worte sagte, für die man in ihrem Land drei braucht – *ti amo*. Und sie nickte nur, nickte gleich mehrmals, als könnte sie damit die Tränen wegnicken, die aus dem Hinterhalt anrollten und auf ihren Wangen Kriechspuren hinterließen. Ich dich auch, sagten Nicken und Tränen.

Sie hat auch ihre ersten Asanas geübt in diesen Wochen, in den Giardini Margherita, wo sie und Michele eines Morgens der Sonne beim Aufgehen zusahen. Auf einer Wiese zeigte er ihr den Hund, die Katze, die Kuh, die Heuschrecke. Er zeigte ihr an dem Morgen nur die Tiere, die beim Yoga mitspielten; erst später kamen sie zum Bogen, zum Pflug, zum Helden. Er brachte Martha bei, wie man mit dem Atem alle Gedanken wegschicken kann. Sie spürte, wie sich ihr Körper dankbar öffnete, wo er bislang verschlossen gewesen war. Seitdem übt sie jeden Tag, mal allein, mal gemeinsam mit Michele, atmet und dehnt sich und blendet für Augenblicke aus, was da in ihrem Inneren zum finalen Sprung ansetzt.

Als sie irgendwann zu der Adresse ging, die ihre Ärztin ihr gegeben hatte, und an der Tür des Onkologen klingelte, kam ihr das fast absurd vor. Natürlich, da war die Luftnot beim Treppensteigen. Da waren seit kurzem neue Schmerzen im Bauch. Und in der Grammatikstunde konnte sie eines Morgens auf einmal für Momente ihre Finger nicht mehr bewegen. Aber sie hatte all diese Klopfzeichen ihres Körpers einfach überhört, weil Kopf und Herz sich frei fühlten wie lange nicht mehr.

Was soll ich hier?, dachte sie, während sie in dem schicken Wartezimmer die italienischen Hochglanzmagazine durchblätterte. Natürlich wusste sie die Antwort, aber eine Stimme in ihr versuchte ihr einzuflüstern, dass möglicherweise alles ein Versehen und es gar nicht so schlimm um sie bestellt sei. Diese Stimme ging eine Allianz mit der Hoffnung ein, und während Martha darauf wartete, aufgerufen zu werden, begann sie sogar an vertauschte Krankenakten zu glauben. So etwas kam schließlich vor; man las immer wieder davon, selbst Neugeborene auf Entbindungsstationen wurden vertauscht, weshalb denn nicht auch ihre Akte?

Der Arzt war Mitte vierzig, groß, schlank, gutaussehend. Er setzte zusammen mit einer schwarzen Hornbrille eine ernste Miene auf, und Marthas Hoffnung atomisierte sich in genau diesem Moment. Sein Aftershave war süß, und das, was er ihr sagte, war bitter. Eigentlich war es nicht viel anderes als das, was sie vor Wochen von ihrer Onkologin gehört hatte; nur klang es heute, hier in dieser Stadt, die ihr bislang als ein einziger, nicht enden wollender Traum erschienen war, wie ein Wecker, der einen mit schrillem Läuten zur Unzeit aus dem Schlaf reißt.

Ob sie mehr Schmerzen habe, wollte er wissen – und sie konnte nur nicken, weil da plötzlich ein Kloß in ihrem Hals steckte, der die Sätze nicht mehr hinausließ.

Andere Symptome?

Sie sah auf ihre Finger, die jetzt taten, als sei nie etwas geschehen, und wieder nickte sie.

Atemnot?

Es ließ sich nicht leugnen. Nichts ließ sich leugnen. Er richtete seine Fragen genau dorthin, wo sie in den letzten Wochen ihre Sinne weggeschaltet hatte. Er leuchtete aus, was sie ins Dunkel gepackt hatte wie überflüssiges Zeug, das man in den Keller räumt, damit es einem nicht mehr im Weg steht.

Plötzlich waren sie zurück, die hässlichen Vokabeln. Sie hatte Italienisch gelernt inzwischen und Worte wie Metastasen und Leberwerte und Leukozyten nicht mehr in den Mund genommen. Jetzt standen sie auf einmal wieder im Raum, und sie waren lauter als die leise Melodie der Sprache, die sie lieben gelernt hatte.

Man müsste eine Computertomographie machen, erklärte der Arzt, am besten ein großes PET-CT, damit man genau sehen könne, wie weit der Befall fortgeschritten sei.

Er werde einen Termin für Martha ausmachen am hiesigen Krankenhaus, und danach werde man das weitere Vorgehen besprechen.

»Meine Kollegin in Deutschland hat mir gesagt, Sie lehnen jegliche Therapie ab?« Es war mehr eine Feststellung als eine Frage.

»Ja«, entgegnete sie. »Ich möchte keine Chemo. Ich möchte auch sonst nichts. Keine Bestrahlung, keine OP mehr. Nichts.«

»Verstehe.«

»Tun Sie das wirklich?«

Er sah sie erstaunt an, und zum ersten Mal in den zehn Minuten, die sie diesem Mann nun gegenübersaß, zeigte er so etwas wie Interesse.

Er legte die Blätter mit ihren Befunden, die er auf dem Tisch vor sich ausgebreitet hatte, sorgfältig wieder zusammen, bevor er alle in eine grüne Klarsichthülle schob. Er ließ sich Zeit damit. Dann blickte er auf und nahm seine Brille ab.

»Ich denke, ja«, sagte er.

Sie nahm ihre Handtasche, die sie neben sich auf dem Boden abgestellt hatte. Sie wollte so schnell wie möglich wieder raus aus dieser Praxis. Weg von diesem Arzt, der ihr Todesurteil in dieser grünen Klarsichthülle hielt. Sie wollte raus auf die Straße. Dorthin, wo Michele, dem sie gesagt hatte, sie müsse zum Zahnarzt, in einem Café auf sie wartete. Dorthin, wo das Leben war. Ihr Leben.

»Machen Sie einen Termin für mich aus«, brachte sie mit gepresster Stimme hervor. »Einen Termin im Krankenhaus.«

»Natürlich. Ich sehe zu, dass Sie noch diese Woche untersucht werden, und dann ...«, er griff nach seiner Brille, setzte sie jedoch nicht wieder auf, »… dann sehen wir weiter.«

Als sie ein paar Tage später wieder bei ihm war, hatte das Krankenhaus bereits die neuen Befunde weitergeleitet. Sie bestätigten nur, was Marthas Ärztin ihr kurz vor ihrem fünfzigsten Geburtstag vorhergesagt hatte. Der Krebs grub sich mit seinen Scheren und Zangen in die entlegensten Winkel ihres Körpers, legte beharrlich neue Tochtergeschwüre aus. Von Schmerztherapie war nun die Rede, von Medikamenten gegen den Druck im Magen, von Infusionen, die sie zweimal wöchentlich in der Praxis bekommen würde und die ihr Immunsystem etwas stabilisieren sollten.

»Das wird Ihnen noch eine Weile eine gewisse Lebensqualität verschaffen«, sagte der Arzt diesmal.

»Was heißt das?«

»Es kann irgendwann sehr schnell gehen.«

»Ich möchte in kein Krankenhaus.«

»Das weiß ich. Ich habe gestern lang mit Ihrer Ärztin zu Hause in Deutschland telefoniert.«

»Und?«

»Falls Sie gar nicht mehr können, müssen Sie in eine Klinik. Ich kenne da eine, da wird man sich gut um Sie kümmern. Die haben eine ausgezeichnete Palliativstation.«

»Sie verstehen mich nicht.«

»Doch, Signora, ich verstehe Sie sogar sehr gut. Aber ich bin Ihr Arzt, und ich muss Ihnen das so sagen. Sie werden irgendwann zu schwach werden, um …« Er beendete den Satz nicht.

Diesmal begleitete er sie zur Tür, und als sie die Klinke drückte, legte er ihr ganz kurz die Hand auf die Schulter.

Eine winzige vertrauliche Geste, die alles zwischen ihnen änderte.

»Ich kann zu Ihnen kommen, wenn…«, sie suchte nach Worten, »… wenn gar nichts mehr geht?«

Er holte tief Luft, als wollte er etwas sagen, doch er ließ die Luft nur geräuschvoll hinaus. Dann nickte er.

Sie lächelte ihn an.

Als er zurücklächelte, wusste sie, dass sie sich, wenn es so weit war, auf ihn würde verlassen können.

Nach diesem Termin traf sie sich nicht mit Michele. Sie trat aus dem Hauseingang auf die Straße, ging ein paar Schritte, holte ihr Handy aus der Tasche und wählte seine Nummer.

Seine Mailbox meldete sich.

Sie könnten sich heute nicht sehen, erklärte sie knapp. Sie müsse mal allein sein.

Fünf Minuten später klingelte ihr Telefon. Sie hob nicht ab, sondern ließ die Melodie ins Leere spielen.

Am Morgen nach dem Frühstück hatte er sie bereits gefragt, was los sei. Sie räumte gerade die Teller und Tassen zusammen und hielt kurz inne, als könnte sie so die rotierenden Gedanken in sich zum Stillstand bringen. Beim Aufwachen hatte sie Micheles Hand auf ihrem Bauch gespürt und sich in genau diesem Moment gewünscht, für immer die Augen zu schließen. Leise abzutreten und wenigstens eine Ahnung von Happy End mitzunehmen. Doch dann rührte er sich, sie spürte seine kleinen Küsse, die sie so liebte, in ihrem Nacken, und sie spürte gleichzeitig eine nie gekannte Traurigkeit, die sie aus dem Bett mit in die Küche nahm und dort auf den Tisch legte. Neben das Weißbrot und den Honig und die frischen Früchte. Sie hatten sich angewöhnt, opulent zu frühstücken.

»Ach, nichts«, entgegnete sie, während die Teller und Tassen in ihrer Hand leise zitterten. Was sollte sie auch sagen? Der Wahrheit die Tür öffnen, damit die zerstören konnte, was Tag für Tag wuchs und sich dieser Wahrheit mehr und mehr widersetzte? Die Liebe, die wie eine Sternschnuppe am Himmel erschienen war, einfach zu Staub zerfallen lassen? Nein, sie wollte den Traum nicht verlassen, der doch gerade erst begonnen hatte. Sie wollte noch eine Runde weiterträumen.

Sie stellte das Geschirr ab und strich Michele die Haare aus der Stirn. Er zog sie zu sich auf den Schoß, fuhr unter ihr Nachthemd und umfasste ihre Hüften. »Wirklich?« Seine Stimme synchronisierte die kleinen Falten, die sich zwischen seine Augenbrauen gesetzt hatten und Zweifel verrieten.

Sie erwiderte nichts. Sie legte den Kopf auf seine Schulter und ließ ihn dort liegen. Zwei, drei Minuten regte sie sich nicht, roch seinen inzwischen so vertrauten Geruch, spürte die Wärme in der kleinen nackten Kuhle, hörte sein Herz bis hier hinauf schlagen.

Als sie auf dem Gehsteig vor der onkologischen Praxis ihr Handy klingeln ließ, wusste sie, dass sich nicht mehr lange würde aufschieben lassen, was sie gerade von dem Arzt erfahren hatte.

Sie gab sich einen Ruck, machte ein paar Besorgungen und ging danach auf direktem Weg in die Schule, die um diese frühe Nachmittagszeit fast ausgestorben wirkte. Nur ein paar Schüler saßen an den Computern und nickten Martha zu.

Sie setzte sich in eines der Klassenzimmer, holte ihr mittlerweile eng beschriebenes Heft heraus, legte das Lehrbuch daneben und begann mit ihren Hausaufgaben. Sie hatte sich es zur Gewohnheit gemacht, hier zu arbeiten, umgeben von dem Geruch nach Tafel und Schwamm und Kreide.

Die Aufgaben fielen ihr leicht. Unregelmäßige Verben in die Vergangenheitsform setzen. *Ich habe gesehen, du hast gesehen, wir haben gesehen. Ich habe gelebt, du hast gelebt, wir haben gelebt.* Martha schrieb die korrekten Kombinationen in ihr Heft. *Ich habe geliebt, du hast geliebt, wir haben geliebt,* schrieb sie dazu, obwohl »lieben« gar nicht zu den unregelmäßigen Verben gehörte. *Ho amato, hai amato, abbiamo amato.* Sie malte Herzen daneben. Herzen, die ineinandergriffen, eine Schnittmenge bildeten. Das letzte Mal hatte sie solche Herzen gemalt, als sie fünfzehn gewesen war.

»Hallo?«

Sie schrak zusammen und verdeckte die Zeichnung schnell mit der linken Hand.

Francesca lachte und zeigte auf das Schulheft. »Es hat euch ganz schön erwischt.«

Martha nahm die Hand wieder weg.

Francesca setzte sich neben sie. »Michele hat mich eben angerufen.«

»Was wollte er?«

»Er fragte, ob ich weiß, wo du bist. Nun ja, jetzt weiß ich es.« Sie krempelte sich die Ärmel ihrer Bluse hoch. Es war warm und stickig im Raum. »Er hat wohl versucht, dich zu erreichen.«

»Ich weiß.«

»Er meinte, du bist heute Morgen so eigenartig gewesen, so anders.«

Martha legte ihren Bleistift, den sie noch immer in

der Hand hielt, auf den Tisch. »Redet ihr zwei viel über mich?«

»Er ist mein Bruder. Wir haben uns immer alles erzählt. Ich hab dir damals in Triest ja bereits …«

»Er weiß nichts, oder?«, unterbrach Martha sie.

Francesca schüttelte den Kopf.

»Ich war heute Morgen beim Arzt. Genau genommen war ich letzte Woche schon da, und Dienstag hatte ich eine Untersuchung im Krankenhaus. Ein großes CT. Vorhin habe ich die Ergebnisse bekommen.«

»Und?«

Sie presste die Lippen aufeinander.

»Martha, bitte. Was hat der Arzt gesagt?«

»Ein paar Wochen noch. Mit Schmerzmitteln und Infusionen. Irgendwann werde ich wohl …« Ihre Stimme starb weg.

»… ins Krankenhaus müssen?«

Martha schüttelte den Kopf. »Nein, das will ich nicht.«

»Aber was wirst du dann tun?«

»Mich verabschieden, Francesca.«

Die Freundin holte tief Luft und ließ sie langsam wieder hinaus.

»Keine Angst, eine Weile bin ich ja noch da«, beeilte sich Martha zu sagen. »Vielleicht schaffe ich es bis Weihnachten, vielleicht sogar bis ins neue Jahr.«

Francescas Augen füllten sich mit Tränen. »Du musst es Michele sagen«, presste sie hervor.

Martha klappte Heft und Buch zu. »Ich weiß. Ich weiß nur nicht, wie. Ich habe mir bereits einige Male vorgenommen, mit ihm zu reden, aber dann … Ich will all das nicht einfach so zerstören, verstehst du?«

»Natürlich, aber andererseits ist es nicht fair.«

»Das Leben ist eben nicht immer fair.«

»Mein Bruder war selten so glücklich. Er macht Pläne, Martha, Zukunftspläne. Er will mit dir Jahre verbringen, nicht bloß Monate.«

»Das würde ich auch gern«, entgegnete Martha leise.

»Wie ist der Arzt? Kommst du mit ihm klar?«, wechselte Francesca das Thema.

Martha folgte ihr. »Zunächst war er sehr sachlich. Fast abweisend. Ein typischer Mediziner eben. Inzwischen sind wir uns einig.«

»Was heißt das?«

»Er wird mir helfen.«

Francesca schwieg. Ihr Blick ging zur Tafel, auf die jemand ein paar Blumen gezeichnet und »*fiori*« danebengeschrieben hatte. »Wie sieht's da drinnen aus?«, fragte sie schließlich und zeigte auf ihr Herz.

»Wenn ich ehrlich bin, ziemlich chaotisch«, erwiderte Martha. »Weißt du, ich habe gerade das Leben gefunden, das echte, pralle Leben, und muss ihm im selben Moment Lebewohl sagen. Carpe diem, rede ich mir ständig ein. Wie ein Mantra bete ich mir das vor: Nutze den Tag. Jeden Morgen, den ich noch wach werden und Michele in die Augen sehen darf. O Gott, Francesca, warum hab ich nicht viel früher damit angefangen?«

»Mit dem Leben?«

»Ja. Ich hab meine Tage und Wochen und Monate und Jahre vertrödelt. Hab mich an die Kandare genommen und mir eingeredet, so ist sie nun mal, unsere Existenz hier auf diesem Planeten. Man kriegt nix geschenkt, also muss man sich eben abmühen und Abstriche machen. Da gab's keine Reichtümer, da gab's immer nur Minus auf dem Konto. Ich ging an meine Ressourcen, plünderte mich regelrecht aus, aber auf der Haben-Seite? Niente. Das reinste Nullsummenspiel. Ich hab einfach nichts eingezahlt, Francesca. Hab mir untersagt, was ich wollte, und meinen ganzen hübschen Wünschen einen sauberen Arschtritt verpasst.«

Jetzt begann auch sie zu weinen. Sie spürte Francescas Hand auf ihren Schultern.

»Hör auf, dir Vorwürfe zu machen, Martha. Man kann doch nicht jeden Tag leben, als ob's der letzte wäre. Das schafft kein Mensch. Es ist normal, dass man nicht immer tut, was man wirklich will, dass man Jahre mit Nichtigkeiten vergeudet, Dinge aufschiebt, weil man glaubt, man hätte noch Unmengen an Zeit.«

Martha sah sie an, sah in blaue Augen, Augen wie die von Michele. Und plötzlich lachte sie, erst leise, dann immer lauter. Ein unkontrolliertes Lachen, das sich Bahn brach und binnen Sekunden alle Tränen mitnahm. »Ist schon verrückt«, prustete sie heraus. »Da meint man, alles richtig zu machen, und fischt doch immer nur Nieten aus der großen Lotterietrommel. Und kaum hält man den Hauptgewinn in den Händen, heißt es, den darfst du aber nicht behalten, den musst du bald wieder abgeben. Scheißspiel, sag ich dir.«

Francesca verstärkte den Druck ihrer Hand. »Sieh es mal so«, sagte sie leise, »du hast ihn wenigstens gezogen, den Hauptgewinn.«

»Na ja, kurz vor Schluss. Ich war schon immer so ein verhindertes Glückskind.«

»Das Glück ist doch nur eine Momentaufnahme.«

Martha sah auf die Herzen, die sie gezeichnet hatte, und nickte. Ihr Lachen machte sich davon, so schnell, wie es gekommen war. »Wenn man's genau nimmt, sind alles nur

Momentaufnahmen«, erwiderte sie. »Unser ganzes Leben ist eine Reihe von Schnappschüssen, auf denen wir mehr oder weniger gut aussehen.«

»Mein Bruder sieht ziemlich gut aus, seitdem es dich in seinem Leben gibt. Und ganz ehrlich, ich habe dich die letzten Wochen beobachtet, auch du bist eine völlig andere Frau als die, die ich im Mai kennengelernt habe. Das mag sich jetzt vielleicht merkwürdig anhören, aber du wirkst entspannter, trotz allem.«

»Bin ich auch. Zumindest war ich das, bis dieser Arzt mir heute Morgen mit diesem Befund kam. Ich will nicht sterben, Francesca. Ich will das, was Michele auch will. Pläne machen. Zukunftspläne.«

»Soll *ich* mit ihm sprechen?«

»Nein, nein. Bitte sag nichts. Kein Wort. Versprich mir das. Das werde ich selbst tun, irgendwann … Und bis dahin werde ich jeden verdammten Moment auskosten.«

»Verstehe.« Sie nahm die Hand von Marthas Schulter und stand auf.

»Danke.«

»Aber vielleicht solltest du ihn wenigstens bald mal zurückrufen. Ich kenne Michele. Er denkt immer gleich sonst was, wenn eine Frau sich nicht rührt.«

Martha lächelte. »Die kleine Schwester, die sich um den großen Bruder sorgt.«

»Dafür hat er früher andere Kinder verhauen, wenn mir jemand zu nahe kam.«

»Michele? Er wirkt immer, als könnte er keiner Fliege was zuleide tun.«

»Ja, ja, der große Yogi, ich weiß. Aber es gibt noch was anderes als *Shanti*.«

»Wie bitte?«

»Das Sanskritwort für Frieden. Hat er's dir noch nicht beigebracht?«

»Nein.«

»Aber doch sicher ein paar Asanas, oder?« Jetzt grinste sie.

Martha spürte, wie erleichtert sie auf einmal war, dass dieses Gespräch die Richtung gewechselt und von einer Minute auf die andere alle Schwere verloren hatte. »Ja«, erwiderte sie. »Und stell dir vor, ich mache nun fast jeden Tag meine Übungen.«

»In Triest meintest du damals, du könntest nicht loslassen. Erinnerst du dich?«

»Ja, da hab ich auch noch gemeint, alles im Griff zu haben. Selbst der Krebs schien eine Randnotiz. Ich hatte mich im Jahr zuvor operieren lassen und glaubte, damit sei die Sache überstanden. Den Tumor rausholen, ein paar Lymphknoten dazu, fertig. Und dabei immer schön in der Spur bleiben.«

Francesca stand auf, legte Martha die Hand in den Nacken und streichelte ihr den Haaransatz. Eine zärtliche Geste. Eine, die Martha früher befremdet hätte. Heute entspannte sie sich, genoss die Berührung der warmen, kräftigen Finger.

»Was wäre denn gewesen, wenn du diese Spur nicht verlassen hättest?«, fragte Francesca.

»Du meinst, wenn die Kontrolluntersuchung im September nichts Auffälliges ergeben hätte?«

»Ja.«

Martha überlegte. »Nun ja«, sagte sie schließlich. »Ich hätte so weitergemacht wie bisher.«

»Du wärst nicht nach Bologna gekommen, stimmt's?«

»Jedenfalls nicht so bald. Vielleicht auch gar nicht. Klar, auf dem Rückflug von Triest hab ich mir kurz mal vorgenommen, ein paar Dinge in meinem Leben zu ändern, aber kaum war ich zu Hause, spulte der Alltag wieder sein gewohntes Programm ab.«

»Ein Programm, das dich nicht unbedingt glücklich gemacht hat.«

»Nein, weiß Gott nicht.«

»Hast du dich manchmal selbst bemitleidet?«

Martha sah sie überrascht an. »Wenn ich's mir genau überlege ... ja, doch ... ja, ich hab mir oft leidgetan. Ich meinte, vom großen Kuchen nur ein paar Krümel abbekommen zu haben.«

»Und jetzt?«

»Jetzt habe ich ein Riesenstück Sahnetorte und muss es ganz schnell aufessen.«

»Aber es schmeckt.«

Martha lachte. »Besser als alles, wovon ich jemals probiert habe.«

Francesca zog die Hand, die noch immer in Marthas Nacken lag, zurück. »Manche Leute bleiben zeit ihres Lebens bei trockenem Zwieback«, sagte sie. »Die wissen gar nicht, wie Torte schmecken kann. Genieß also jeden Bissen.«

Die Steintreppen vor der Kathedrale sind jetzt richtig kalt geworden. Die Freitagabendstimmung auf der Piazza versucht sich darin, den Sommer noch ein wenig aufzuwärmen, aber es liegt bereits Herbst in der Luft.

Martha steht auf und klopft sich etwas Straßenstaub vom Po. Sie greift nach ihrer Tasche, die sie neben sich auf den Stufen abgestellt hat, und hört, wie die Perlen darin hin und her kullern.

Francescas Rat klingt in ihr nach. »Genieß jeden Bissen.« Heute Nachmittag hat sie diesen Satz zu ihr gesagt, und Martha hat noch lang, nachdem die Freundin das Klassenzimmer verlassen hat, dagesessen und auf die Herzen in ihrem Schulheft gesehen.

Während sie nun langsam über den großen Platz geht und Kurs nimmt auf die dunklen Arkaden bei der alten Buchhandlung Nannini, wirft sie einen beiläufigen Blick auf die dort aufgestellten Postkartenständer. Und auf die Antiquariatsfundstücke, die gleich daneben in den Regalen liegen, über die zur Nacht Holzjalousien gezogen werden wie bei altmodischen Rollschreibtischen. Um diese Stunde ist noch viel Betrieb hier. Menschen mit Einkaufstüten, andere bereits mit Abendtäschchen. Familien, Paare, Einzelgänger.

Martha steuert auf die weiter hinten liegende Bar zu, in der von Gas betriebene Heizpilze Wärme verströmen. Darunter sitzen die Leute auf Plexiglasstühlen und Plüschsofas und nehmen ihren ersten Aperitif.

Robert winkt, als er Martha sieht. Er winkt und lacht. Er lacht eigentlich immer, wenn er sie sieht.

Sie sind in den letzten Wochen so etwas wie Freunde geworden, sie und Robert. Oft verabreden sie sich nach der Schule auf einen Kaffee, essen eine Kleinigkeit oder sehen sich gemeinsam die Sehenswürdigkeiten der Stadt an; »Abhaken« nennen sie das fast verschwörerisch und amüsieren sich darüber, wenn sie ihre Reiseführer aus der Tasche holen und sich gegenseitig die Orte zeigen, die sie markiert haben.

Die Kirche Santo Stefano, die eigentlich aus mehreren Kirchen besteht und einen Innenhof hat, den Martha als ihren Lieblingsplatz zum Denken bezeichnet. Hier könne sie sich sortieren, hatte sie Robert erklärt, als sie das erste Mal gemeinsam dort waren. Sie liebe es, ganz allein in dem Kreuzgang auf der Mauer zu sitzen, angelehnt an eine der Säulen, und die Gedanken, die kommen wollten, in den wahlweise blauen oder grauen Himmel aufsteigen zu lassen.

Das Archäologische Museum mit seiner ägyptischen Sammlung, wo sie beide vor Vitrinen mit fein ziseliertem Schmuck standen, Schmuck, der fast modern wirkte und doch vor mehreren tausend Jahren am Handgelenk oder Hals einer Frau gelegen hatte. »Wir sind nur ein Hüsteln im langen Atem der Geschichte, ein Sandkorn in der Wüste der Zeit«, sinnierte Robert, und Martha zog ihn auf, weil er so abgedroschene Metaphern hervorholte. »Mein König der Binsenweisheiten«, sagte sie zu ihm und hakte sich bei ihm unter. Und er drückte ihren Arm fest, eine fast väterliche Geste, die Martha an ihren Vater denken ließ. Ihren Vater, der nicht mal mehr wusste, dass er eine Tochter hatte.

Das Rathaus mit seinem rot-goldenen Prunkzimmer, in dem die Trauungen stattfinden. Robert reichte Martha seine Hand, und sie setzten sich auf die beiden barocken Sessel vor dem üppigst verzierten Tisch und philosophierten über die Ehe. Das taten sie übrigens gern und oft, aber dieser Raum lieferte ihnen eine Bühne, wie geschaffen für solche Betrachtungen. Danach besuchten sie ein Stockwerk höher die Ausstellung mit den Werken von Giorgio Morandi, der in Bologna sein Atelier gehabt hatte. Martha nannte die Bilder Küchen-Aquarelle, weil auf vielen in ewig gleicher Anordnung Milchkannen und anderes Gebrauchsgeschirr zu sehen waren. »Ich hätte gern eins davon für zu Hause«, sagte sie leichthin, bevor ihr einfiel, dass sie kein Zuhause mehr hatte, nur ein geliehenes, hier in dieser Stadt. Und genauso erschien ihr plötzlich ihr ganzes Leben. Wie eine Leihgabe, die sie bald zurück ins Pfandhaus würde tragen müssen. Sie wurde schweigsam, und Robert sah sie fragend an. Doch sie schüttelte seinen Blick ab und versuchte, der Situation mit einer flapsigen Bemerkung die Schwere zu nehmen. Er sagte nichts mehr, überging diese kleine Begebenheit leichtfüßig, und sie begriff in dem Moment, dass Verständnis keine Worte braucht.

Es gibt auch Tage, an denen Roberts Frau Catherine sie begleitet. Eine alte grauhaarige Dame mit mädchenhaftem Kurzhaarschnitt, die sich gern lächelnd zurücknimmt, wenn ihr Mann doziert. »Wir haben einundfünfzig gute Jahre hinter uns«, erklärt Robert gern, nicht ohne auszuholen und diese Jahre Revue passieren zu lassen und sich dabei seiner geliebten Metaphern zu bedienen. Ein Gebirge nennt er seine Ehe. Ein Gebirge mit Höhen und Tiefen, Abgründen und Steilhängen, Geröllfeldern und unwegsamem Gelände, aber auch mit Gipfeln, von denen der Ausblick phantastisch ist, weil man sich über den Wolken wähnt, der Sonne ein Stück weit näher.

Sie gehen oft Hand in Hand, Robert und Catherine, und weil sie über siebzig sind, gehen sie bereits ein wenig gebückt. Nicht selten denkt Martha, dass sie sich genau das wünschte, damals, als sie dieses »In guten wie in schlechten Tagen« vor dem Standesbeamten aufsagte, Hans neben sich, der ihr dasselbe versprach. Sie wollte einen Weggefährten, aber letztlich gab sie das Tempo bei der Bergtour vor, gönnte ihnen beiden keine Rast, hielt den Proviant knapp, bis Hans die Kräfte verließen, er Hunger und Durst bekam und sich umsah, was links und rechts der von ihr vorgegebenen Marschroute zu finden war. Sie hat ihn verloren, ihren Mann, und dabei selbst den Gipfel verfehlt. Robert und Catherine zeigen ihr, was möglich gewesen wäre, und es gibt Tage, da tut es weh, was sie sieht.

Jetzt lacht sie zurück und setzt sich Robert gegenüber an den Tisch, auf dem bereits eine Schale mit Kartoffelchips und eine Platte mit Sandwiches stehen, die hier zum Aperitif serviert werden. Martha greift nach einem Thunfisch-Sandwich und schiebt gleich eins mit Artischocken hinterher.

»Hunger?« Robert grinst und winkt den Kellner heran.

Sie kaut und nickt. »Ich hab heute noch nichts gegessen.«

»Was magst du trinken? Weißwein oder einen Spritz?«

»Wein. Die haben hier einen guten aus Sizilien.«

Robert erklärt dem Kellner in einer Mischung aus Englisch und Italienisch, was er möchte.

Martha lacht. »Hey, so eine einfache Bestellung müsstest du doch nach fünf Wochen Unterricht im Schlaf auf Italienisch runterbeten können.«

»Ach, was soll's! Ich hab ja Catherine, wenn's eng wird. Und außerdem sprechen hier fast alle Englisch.«

»Glück für dich. Bei Deutsch sieht die Lage nicht ganz so gut aus. Ach ja, wo ist Catherine? Wollte sie nicht mitkommen?«

»Sie hat bei einem Vortrag in der Schule eine Literaturprofessorin kennengelernt, und wissbegierig, wie meine Frau nun mal ist, hat sie sich gleich zu einer Veranstaltung an der Uni einladen lassen. Wahrscheinlich, um hinterher wieder bei mir angeben zu können.«

»Na, in diesem Punkt habt ihr ja wohl Gleichstand.«

»Du meinst, ich gehe hausieren mit meinem mageren Wissen?«

»Robert, bitte nicht zu unbescheiden. Ich bin ziemlich dankbar, dass jemand wie du mir die Dinge zwischen Mann und Frau erklärt.«

Der Kellner bringt Martha den Weißwein, und sie hebt ihr Glas und stößt es gegen das von Robert. »Salute.«

»Salute.« Er trinkt einen großen Schluck und stellt sein Glas ab. »Aber mal im Ernst, du wirkst etwas blass, Martha. Macht die Liebe Pause?«

Robert weiß von ihr und Michele. Sie hat ihm von Francescas Bruder erzählt. Sie hat ihm auch von ihrer Ehe erzählt, und sie haben viel über späte, zweite Lieben gesprochen. Einmal waren sie sogar zusammen essen, sie und Michele mit Robert und Catherine und Francesca. Ein Abend, an dem es um Yoga und Meditation und Gurus gegangen war. Hinterher sagte Michele, er finde es wunderbar, wenn ältere Menschen ihre Mitte gefunden hätten. Und er nahm Martha in den Arm und meinte leichthin, wenn sie erst mal die siebzig überschritten hätten, dann würden sie ebenfalls ein schönes Paar abgeben. Sie löste sich aus seiner Umarmung und fuhr ihn an, er solle nicht immer Zukunftspläne machen. Zuerst lachte er noch und meinte, Woody Allen habe mal behauptet, er denke so viel an die Zukunft, weil das der Ort sei, wo er den Rest seines Lebens zubringen werde. Doch sie fand das überhaupt nicht zum Lachen, und danach hatten sie ihren ersten Streit. Sie schliefen getrennt in dieser Nacht. Es war Martha, die ihn am nächsten Morgen um sieben Uhr anrief und um Verzeihung bat.

»Nein«, sagt sie jetzt zu Robert. »Die Liebe tut gut. Es ist nur …« Sie beißt sich auf die Lippen.

»Ist was mit Michele?«

Sie schüttelt den Kopf.

»Man kann über alles reden«, fasst er nach.

»Über das nur schwer, Robert.«

»Ich bin Psychologe.«

»Und ich eine Journalistin, die lieber Fragen stellt als Antworten gibt.«

Er schiebt die Schale mit den Kartoffelchips über den Tisch. Sie greift hinein.

»Wenn man sich selbst die richtigen Fragen stellt, erhält man hin und wieder die erstaunlichsten Antworten«, sagt er.

»Da magst du recht haben. Es gibt bei mir nur ein Problem.«

»Was für ein Problem?«

»Ich weiß die Antwort schon.« Sie fasst den Stiel ihres Glases und dreht ihn zwischen Daumen und Zeigefinger. Sie hat kaum etwas getrunken, während Robert für sich bereits nachbestellt.

Er sieht sie an und sagt nichts.

Sie blickt auf ihr Glas und dann in die Gesichter der Menschen, die um sie herumsitzen und reden und lachen. Sie denkt an die Perlen in ihrer Tasche und an das Erlebnis vorhin auf der Piazza. Und an das, was sie gedacht hat, als sie dort stand und die Hände aufhielt. Dass manchmal etwas reißen muss, damit man erfährt, worauf es ankommt.

»Mein Leben ist gerissen«, sagt sie und sieht den alten Mann über ihr Glas hinweg an. »Und merkwürdigerweise weiß ich erst jetzt, wie viel es mir bedeutet.«

»Nun ja«, nimmt er ihren Faden auf, »etwas, das reißt, lässt sich wieder zusammenfügen. Es bleibt vielleicht ein Knoten, aber so ist das eben. Wir werden unversehrt hineingeworfen in diese Welt und meinen anfangs noch, nichts könne uns passieren. Doch irgendwann kommen die Brüche und Risse. Wir erleben Trennungen und Liebeskummer und Verletzungen, und wir flicken wieder zusammen, was kaputtgegangen ist. Einige werden darüber vielleicht misstrauisch und ängstlich, andere gelassen und weise. Ich würde sagen, das ist Typsache.«

»Ach, Robert.« Sie greift über den Tisch nach seiner Hand und lässt ihre dort einen Moment liegen. »Ich hab wohl immer zur ersten Kategorie gehört, fürchte ich.«

»Es gibt Leute, die haben schon bei ihrer Geburt eine Scheißangst im Bauch. Aber mal ehrlich, Martha, du wirkst nicht wie eine von denen.«

Sie deutet ein Lächeln an, das sie sofort wieder verschwinden lässt.

»Ich kenn dich ja noch nicht lange«, fährt er fort, »aber allein in diesen fünf Wochen hat sich dein Strahlen potenziert. Du bist so glücklich mit Michele und er mit dir. Das spürt jemand wie ich, der tagein, tagaus mit Paaren zu tun hat.«

»Das Glück ist eine Momentaufnahme«, greift sie auf, was sie heute Nachmittag zu Francesca gesagt hat.

»Klar, das Unglück auch«, erwidert Robert. »Wir beschäftigen uns nur mehr mit Letzterem. Und dabei kriegt unsere Sicht auf die Dinge leicht mal einen Silberblick. Das Unglück sehen wir doppelt. Beim Glück halten wir uns die Augen zu. Höchst selten, dass jemand sagt: Hey, das ist schön, hier zu sitzen und Wein zu trinken. Alles passt, mir geht's gut, uns geht's gut. Es fehlt an nichts. Das ist auch die Tragik in vielen Beziehungen. Man kann nicht auskosten, was ist. Da ist immer dieser verdammte Optimierungseifer, der gern mal Händchen hält mit Verlustängsten und dem Drama die Tür scheunentorweit öffnet, damit es hereinspaziert und alles besetzt. Und diese Dramen bleiben Dauergast und fressen einem den Kühlschrank leer, bis nichts mehr übrig bleibt außer Hunger. Hunger nach Glück. Das Fatale an der Sache ist nur, dass die Vorräte weg sind.«

»Manchmal spürt man selbst den Hunger nicht mehr«, ergänzt Martha, während sie eine Haarsträhne um ihren Zeigefinger zwirbelt.

»Du meinst, weil man vergessen hat, wie das Glück schmeckt?«

»Ja. Mein Erinnerungsvermögen war an diesem Punkt ziemlich verkümmert. Ich hab mich von trockenem Brot ernährt, um in deinem hübschen Bild zu bleiben.«

»Aber du hast wieder Appetit bekommen auf anderes, scheint mir.«

Sie nickt. »Ich liebe Michele. Und er liebt mich.«

»Glückwunsch, Martha. Ihr seid zwei kluge, wunderbare Menschen mit einer gehörigen Portion Vergangenheit. Jeder eine Ehe, jeder ein Kind, jeder ein paar Schrammen. Aber wenn ihr's nur halbwegs clever anstellt, habt ihr beste Chancen, diesmal ein paar Fehler weniger zu machen. Es liegt an euch, was ihr in euren Vorratsschrank packt.«

Sie seufzt. »Es ist nur ... ach, shit.«

»Hey, my dear. Was ist los?«

»Das wird nix werden mit großer Vorratshaltung, Robert. In unserem Fall ist es wohl besser, wir essen alles ganz schnell auf.«

»Musst du bald wieder zurück nach Deutschland? Das macht doch nichts, es gibt viele Paare, die über große Entfernungen hinweg ...«

»Aber nicht über die Entfernung, um die es hier geht«, schneidet sie ihm das Wort ab. »Ich werde bald sterben, Robert.«

Und dann redet sie. Sie redet, weil sie plötzlich spürt, dass sie diesem Mann alles sagen kann. Er fragt nicht, er kommentiert nicht, er unterbricht nicht. Er, der sonst so gern redet, lässt nun sie reden. Er hört nur zu. Lange tut er das, denn sie braucht lange, um zu erzählen. Sie legt ihre Geschichte auf diesem Tisch aus, auf dem zwei Gläser stehen, in denen der Wein nun langsam warm wird, weil keiner von ihnen mehr trinkt und die Heizpilze darüber eifrig ihren Dienst tun. Sie spart auch die hässlichen Worte wie Tumor und Metastasen und Morphium nicht aus. Worte, die deplaziert wirken an diesem Ort, wo es laut ist und wo das Lachen von den Nebentischen den fast surrealen Monolog untermalt.

»Nun weißt du alles«, sagt sie, als sie fertig ist.

»Ich danke dir«, erwidert er.

»Wofür?«

»Für dein Vertrauen.«

Er stößt sein Glas an ihres, doch dieses Mal verzichtet er auf das »*Salute*«.

Sie lächelt und macht ihn darauf aufmerksam, und plötzlich müssen beide laut lachen.

»Das ist es, was ich glaube«, erklärt Martha schließlich. »Man verliert seine Unschuld, wenn man um die Endlichkeit weiß.«

»Und deshalb zögerst du, Michele davon zu erzählen?«

»Genau. Wir würden unsere Liebe durch einen Filter sehen.«

»Weißt du, was mir gerade dazu einfällt?«

»Du wirst es mir gleich verraten.«

»Vielleicht ist es das, was manchen Paaren fehlt.«

»Du meinst eine tödliche Krankheit?« Sie kann ihr Erstaunen nicht verbergen.

»Nein, nein, das meine ich nicht. Es ist nur dieser Abschied, der da am Horizont auftaucht und der den Blick auf das Wesentliche freigibt. Die Dinge, mit denen sich Mann und Frau oft das Miteinander schwermachen, spielen auf einmal keine Rolle mehr. Sie werden auf das reduziert, was sie sind – *fucking side notes*.« Er nimmt einen großen Schluck von dem warmen Wein. »Vielleicht solltest du mit ihm reden, Martha.«

»Hat Francesca auch gemeint. Sie sagte was von Fairness.«

»Ach, komm, vergiss die Fairness. Das mag für Wettkämpfe gelten, aber darum geht's hier nicht. Es geht darum, dass ihr zwei euch holt, was euch zusteht. Ohne diese ganzen verdammten Kompromisse. Ohne Umwege und Befindlichkeiten. Du und er – das ist es, was zählt. Worauf wartest du? Warum sitzt du eigentlich noch hier mit einem alten Mann, der ein bisschen zu viel Wein getrunken hat?«

Sie lacht. »Verstehe. Ich hab nur …« Ihr Lachen fliegt fort, während sie nach den richtigen Worten sucht.

»Was hast du?«

»Ich hab gedacht, es würde uns belasten, wenn ich ihm alles sage. Es würde dem, was wir haben, die Leichtigkeit nehmen.«

»Soll ich dir jetzt mit Milan Kundera kommen?«

»Okay. Die Leichtigkeit des Seins ist manchmal unerträglich. Literatur ist doch sonst eher Catherines Spezialgebiet.«

»In einer über fünfzigjährigen Ehe färben gewisse Dinge auf den anderen ab.«

»Trotzdem seid ihr zwei ziemlich eigenständige Menschen.«

»Na ja, wir hatten lang genug Zeit, daran zu arbeiten.«

»War's nicht immer so?«, hakt sie nach. Sie ist fast froh, das Thema in eine andere Richtung zu lenken.

»Ich muss aufpassen. Du hast wieder diesen Reporterinnen-Blick.«

»Was willst du damit sagen?«

»Das hab ich im Unterricht schon bemerkt. Wenn du so schaust, beginnst du, interessante Fragen zu stellen.«

»Also? Wie war das mit dir und Catherine?«

Er lehnt sich zurück, und die Lehne des Plexiglasstuhls gibt dabei ein wenig nach. »Wir haben uns mit zwanzig kennengelernt, an der Uni. Die ersten Jahre hingen wir aneinander wie die Kletten, dann kamen die Kinder, drei, wie du weißt, in ziemlich rascher Folge. Und die Probleme, die kamen auch. Die üblichen – Nähe, Abstand, Erwartungen, Bedürfnisse, und das alles asynchron, wenn du verstehst. Sie wollte Familie, ich wollte mich ausprobieren. Na ja, das tat ich auch, recht intensiv sogar. Und sie? Machte dicht. Totale Abkapselung, ich kam nicht mehr an sie ran. Irgendwann entdeckte sie das freie Spiel da draußen; zu dem Zeitpunkt suchte ich bereits *my sweet home*. Also wieder mal Fehlanzeige. Wieder mal knapp aneinander vorbeigeschrammt.«

»Trotzdem seid ihr zusammengeblieben?«

»Wir haben von Scheidung gesprochen. Mehr als einmal. Aber erst waren die Kinder zu klein, und irgendwann waren wir zu groß. Wir waren eine zu weite Wegstrecke zusammen gegangen, um bye-bye zu sagen. Außerdem entdeckten wir in einem seltenen Moment der Eintracht, dass wir uns immer noch lieben. Da lagen bereits sechsundzwanzig gemeinsame Jahre hinter uns. Von da an ging's bergauf. Als die Kinder aus dem Haus waren, zogen wir in ein kleineres. Darin bekam jeder seinen eigenen Trakt. Na ja, eigenes Schlafzimmer, eigenes Bad. Küche und Wohnraum haben wir gemeinsam. Wir mussten gar nicht beschließen, wesentliche Dinge zusammen zu tun und andere getrennt. Wir taten es einfach. Sie ging wieder an die Uni, hatte ihre Freunde und unternahm Reisen. Ich machte meine Praxis auf, traf mich mit meinen alten Kollegen und schrieb ein paar Bücher. Wir ließen den anderen sein, wie er ist, und freuten uns, dass ein paar Gemeinsamkeiten geblieben sind.«

»Geht das nach so langer Zeit?«

»Und ob. Irgendwann kapierst du, dass es sowieso keinen Sinn macht, einen Menschen ändern zu wollen. Und dass er sich viel mehr entfaltet, wenn du ihn lässt. Und diese Erkenntnis bringt dich der Freiheit ein Stück näher.«

»Das heißt, man kann auch zusammen frei sein.«

»Klar. Die Paare, die bei mir auf der Couch sitzen, stehen noch am Anfang ihrer Karriere. Die drücken mit Gottvertrauen die Abhängigkeitsknöpfe und wundern sich, wenn irgendwann die Sauerstoffmasken runterfallen, weil Druckverlust in der Kabine herrscht.«

Martha grinst und spürt, wie die Schwere des Tages von ihr weicht. »Ich liebe deine Vergleiche, Robert.«

Er lächelt schief zurück. »Berufskrankheit. Aber Sie haben mich zum Interview gebeten, Frau Reporterin.«

Sie trinkt den letzten Schluck Wein und winkt den Kellner heran, der kurz darauf mit der Rechnung kommt.

»Darf ich dich einladen, my dear?« Robert holt sein Portemonnaie heraus, ohne eine Antwort abzuwarten.

Er nimmt Martha in den Arm, als sie aufstehen und durch die mächtigen Arkaden zurück zur Piazza Maggiore schlendern. Das Stimmengewirr der Leute, die hier sitzen und stehen, trinken und Musik hören, ist ohrenbetäubend. Ein großer Flachbildschirm hängt von der Decke und überträgt ein Fußballspiel.

Robert stößt Martha in die Seite. »That's life.«

Sie nickt. »Man kann sich dran gewöhnen.«

»Bei uns zu Hause ist es um diese Zeit total still auf den Straßen. Alle sitzen in ihren Häusern, bis auf ein paar Unverbesserliche mit Jogginganzug und Pulsarmbanduhr, die mit ihrem Hund ein paar Runden drehen.«

»Ist bei uns ähnlich.«

»Dabei ist der Sommer vorbei.« Er schlägt den Kragen seiner Jacke hoch, als sie auf den großen, jetzt fast menschenleeren Platz treten.

»Ich begleite dich noch ein Stück«, beschließt sie.

»Aber das ist nicht deine Richtung«, erwidert er.

»Macht nichts. Ich muss mir ein bisschen die Beine vertreten. Außerdem mag ich diese Stadt bei Nacht.«

An einer Bushaltestelle in der Nähe der Universität bleiben sie stehen. Und während Robert den Fahrplan entziffert, nähern sich ihnen drei junge Leute mit weiß geschminkten Gesichtern und Engelsflügeln. Sie stellen sich als Mitglieder einer Theatergruppe vor und verteilen Handzettel, auf denen zu einer Vorstellung am nächsten Abend in einem alten, stillgelegten Fabrikgelände geladen wird. Robert nimmt einen der Zettel, verbeugt sich und schüttelt den dreien zum Abschied die Hand. »Have a good flight home.«

Einer der Engel lacht. »Okay, we will knockin' on heaven's door.«

Dann verschwinden die Flügelwesen durch die Arkaden in einer der Nebenstraßen. Der herbstliche Dunst, der sich über die Stadt gelegt hat, umfließt sie wie verdünnte Milch. Dann sieht man sie nicht mehr, aber man hört sie noch. Sie lachen.

15

Das Meer liegt still. Eine fast glatte Oberfläche. Hier und da zeigt sich ein Kräuseln, das sich sofort wieder legt, als wären selbst die Wellen zu träge an diesem ungewöhnlich schwülen Spätnachmittag im Oktober. Die Sonne bietet noch mal alles auf, aber sie hat an Höhe verloren, senkt sich bereits den Wintermonaten entgegen. Sie wirft ihre Strahlen aufs Wasser, hinterlässt dort ein quecksilbriges Glitzern. Weit hinten fährt ein Frachtschiff vorbei. Einer dieser Riesenpötte, die zwischen den Kontinenten unterwegs sind. Aus der Entfernung scheint er wie ein Spielzeug, das jemand an der Horizontlinie ausgesetzt hat.

Der Strand ist breit. Weißer Sand, so weit der Blick reicht. Und er reicht weit. Keine Sonnenschirme, keine Liegestühle, keine Ballspieler. Die Familien mit ihren Kühlboxen und Gummitieren und Luftmatratzen haben das Revier geräumt. Das Kreischen der Kinder ist dem der Möwen gewichen. Es sind dicke, fette Möwen mit gelben Schnäbeln, die ihre Pirouetten am Himmel drehen, immer bereit für den Sturzflug hinunter ins Wasser.

Mit den Netzen, über die im Hochsommer unzählige Volleybälle geschlagen werden, spielt jetzt der Wind. Die Holzpfähle, an denen sie festgeknüpft sind, hat irgendwann mal jemand blau und gelb angemalt. Nun blättert die Farbe ab.

Ein paar Klettergerüste stehen im Sand neben Plastikrutschen und einer Schaukel, die leise quietscht. Die Mütter und Väter, die hier im Sommer ihrem Nachwuchs beim Turnen zusahen und in die Hände klatschten, wenn Sohn oder Tochter sich zum ersten Mal allein auf die große Rutsche traute, sie alle sitzen jetzt wieder in ihren Büros in Mailand oder Rom oder Florenz, während die Streifen, die Bikini oder Badehose auf ihren Körpern hinterlassen haben, langsam verblassen. Verblassen wie die Erinnerung an Tage, an denen die Hitze sich mattschwer auf alles legte. An Nächte, in denen die wummernden Bässe aus den Diskotheken dem Zikadengezirpe aus den Tellerpinien nicht den Hauch einer Chance ließen. Auch die Discjockeys sind heimgefahren, und sie haben die Rettungsschwimmer gleich mitgenommen. Die Buden am Strand haben ihre Bretterverschläge mit dicken Vorhängeschlössern versehen; ein paar Tafeln hängen noch draußen, auf denen die Preise für Sandwiches, Pommes und Bier stehen, daneben die Schaubilder diverser bunter Eissorten, die Jahr für Jahr teurer werden.

Martha und Michele sind am frühen Nachmittag angekommen, und die Frau an der Rezeption des kleinen Hotels hat ihnen ein Zimmer mit Meerblick gegeben. Sie tat, als sei das besonders nett, aber das volle Schlüsselbord zeigte, dass derzeit keine anderen Gäste hier wohnten.

Sie zwinkerten sich zu, als sie die enge Treppe hoch in den zweiten Stock stiegen.

Das Zimmer war geräumig und nur mit dem Nötigsten eingerichtet. Holzboden, breites Bett, hellgrüne Tagesdecke, Schrank, Schreibtisch, Stuhl, zwei rote Plüschsessel.

An der Wand ein Ölbild, auf dem ein paar Segelboote eine Regatta versuchen, daneben ein Abreißkalender, der den 25. August anzeigt.

Sie packten schnell ihre Tasche aus und hängten die Sachen, die sie mitgenommen hatten, in den Schrank. Sie hängten sie übereinander, weil nur zwei Drahtbügel da waren. Die anderen Bügel haben die Urlauber mitgenommen. »Ein Wunder, dass der Schrank noch da ist«, bemerkte Michele.

Im Badezimmer stellten sie Micheles Aftershave neben Marthas Parfum, legten seinen Rasierer neben ihre Wimperntusche; den Zahnputzbecher teilten sie sich.

Michele öffnete das Fenster, dessen Hebel etwas quietschte. Er stieß die hölzernen Fensterläden auf, und binnen Sekunden flutete die Sonne den Raum.

Martha trat hinter ihn und legte ihre Hände auf seinen Bauch. Ihre Wange berührte seine, und für Minuten standen sie einfach nur so da und sahen hinaus aufs Meer, das ihre Blicke in die Unendlichkeit mitnahm.

»Da hört nichts auf«, sagte Martha. Sie sagte es leise, und sie sagte es mehr zu sich als zu ihm.

Er hatte es trotzdem gehört. »Es gibt Dinge, die nie aufhören«, erwiderte er.

»Dieses Blau da draußen vertraut sich den Wellen an, fließt über den Horizont hinaus, mitten in den Himmel hinein ...«

» ... und dort gibt es keinen Anfang und kein Ende.«

»Gibt es das überhaupt? Anfang und Ende?«

Er schmiegte seinen Rücken an ihren Bauch. »Nein«, sagte er dann. »Nur die Unendlichkeit ist wirklich.«

Marthas Finger fuhren unter den Stoff seiner Jeans, umkreisten seinen kleinen Bauchnabel und begaben sich schließlich abwärts. Tasteten sich unter Knopf und Reißverschluss hindurch, um dann auch den Slip zu unterwandern.

Er gab nur einen kleinen Laut von sich, kaum hörbar, aber ihr genügte dieser Laut, um zu wissen, dass er wollte, was sie wollte. Und dass sie es sofort wollten.

Es waren nur drei Schritte bis zum Bett. Sie nahmen sich nicht mal mehr Zeit, die hellgrüne Decke herunterzuziehen. Martha behielt ihr Kleid an, Michele sein Hemd. Sie sparten Sekunden und wollten gleichzeitig keine verlieren, weil diese Sekunden ihnen in genau diesem Moment als das Kostbarste erschienen, was es zwischen Himmel und Strand gab. Sie sagten sich, dass sie sich liebten. Sie sagten beide »*Ti amo*«, und sie sagten es wieder und wieder, verabreichten sich eine Überdosis davon, als gäbe es die zwei Worte morgen nicht mehr.

Er holte sich erst ihren Orgasmus und sie sich kurz darauf seinen. Sie tauschten ihre Lust, um schließlich erschöpft, aber mit einem Gefühl von Leere und Fülle zugleich langsam in das karge Hotelzimmer zurückzufinden.

Sie lächelten sich an. Es war ein Lächeln, in das sich Erstaunen schlich. Erstaunen darüber, wie einfach alles sein konnte, wenn man nichts mehr steuerte, sondern losließ und die Liebe dem Autopiloten in sich anvertraute. Das mit dem Autopiloten hatte Martha kürzlich gesagt. Michele hatte sie kopfschüttelnd angesehen und gemeint, früher hätten die Leute es schlicht das Herz genannt. Und dann hatte er gelacht und zugegeben, dass er altmodisch sei in diesen Dingen.

Warum erst jetzt? Die Frage sah Martha aus dem Spiegel an, als sie sich wenig später im Badezimmer die Haare bürstete. Sie zuckte mit den Schultern, drehte sich um und holte das Fläschchen mit den Schmerztabletten aus ihrem Kosmetikbeutel. Sie hatte es gut versteckt unter ein paar Wattepads. Sie nahm eine Tablette heraus, ließ kurz den Hahn laufen, fing etwas kaltes Wasser mit dem Mund auf und schluckte die kleine weiße Pille hinunter. Seit einigen Tagen brauchte sie mehr davon, aber der Arzt hatte ihr gesagt, sie könne sie nach Bedarf nehmen, und das tat sie. Sie wurde etwas schläfrig davon, aber wenn Michele sie auf ihre ständige Müdigkeit ansprach, schob sie das auf die Schwüle, die mit dem Hoch gekommen war, das seit einer Woche über Italien lag und ein bisschen so tat, als sei noch Sommer. Wetterfühligkeit, das erklärte alles, fand Martha. Fürs Erste zumindest.

Warum erst jetzt? Sie hat die Frage mitgenommen an den Strand. Und während sie neben Michele barfuß durch den Sand läuft, folgt die Frage ihnen wie ein aufdringlicher Begleiter.

»Meinst du, dass alles seine Zeit hat im Leben?«, fragt sie plötzlich.

»Wahrscheinlich. Die Dinge kommen irgendwann. Man meint oft, man könnte etwas beschleunigen, wenn man nur an den richtigen Schräubchen dreht, aber das ist wohl eine große Illusion. Wir sind so sehr aufs Machen fixiert und vergessen dabei das Sein.«

»Also glaubst du ans Schicksal?«

»Na ja, ich glaube daran, dass bestimmte Ereignisse unverhandelbar sind. Wir haben unseren Job zu erledigen in diesem Leben. Und irgendwie spüren wir tief drinnen, ob wir grad das Richtige tun oder auf der falschen Spur unterwegs sind.« Er bückt sich und hebt eine Muschel auf, eine weiße mit silbernen Einfärbungen, und legt sie ihr in die Hand. »Schau mal, die ist schön.«

»O ja, sie glänzt noch vom Wasser. Sie wirkt fast wie Perlmutt.«

»Ich schenk sie dir.«

»Danke. Das ist die Art von Geschenken, die ich mag.«

»Keinen Schmuck, keine Handtaschen, keine teuren Parfums?«

Sie lächelt. »Früher, ja, aber mittlerweile ... ach, es klingt so platt, wenn man sagt, dass andere Dinge zählen.«

»War dein Mann großzügig?«

»Hans? Ja, sehr. Vielleicht zu sehr. Geschenke kaschieren auch, wenn du verstehst, was ich meine.«

Er nickt. »Ich bin kein besonders guter Kaschierer. Ich neige eher dazu, Geburtstage zu vergessen.«

»Kommt nicht gut an.«

»Nee, kommt gar nicht gut an. Frauen können da ziemlich nachtragend sein. Carla hat mir noch Jahre später vorgeworfen, dass ich da so nachlässig bin. Komisch, aber an Giovannis Geburtstag hab ich immer gedacht.«

»Vielleicht, weil dein Sohn dir wichtiger war.« Sie denkt an den elfjährigen Jungen, den Michele ihr an einem Sonntag vor zwei Wochen vorgestellt hat. Ein Junge mit den blauen Augen seines Vaters. Ein stiller Junge und trotzdem extrem wach. Er beobachtete Martha lange, während sie zusammen spielten, erst Memory, dann Scrabble. Irgendwann begann er, Fragen zu stellen, direkte, intensive Fragen. Er redete Deutsch mit seinem Vater und mit ihr, ein weiches singendes Deutsch, das die italienische Muttersprache nicht verbergen konnte. Seine Fragen begannen alle mit »W«: Warum? Wieso? Weshalb? Wo? Wer? Wie? Was? Woher? Wohin? Wann? Sie antwortete ihm, erzählte von sich, von ihrem Zuhause und davon, dass sie eine Tochter habe, die Lina heißt. Ihn schien das zu überzeugen, und als er am Abend seinen Rucksack nahm, um zu seiner Mutter zurückzufahren, schenkte er ihr ein Grinsen. So ein schiefes, das nur Jungs hinbekommen. Und sie wusste, dass sie gewonnen hatte. Michele wusste es auch.

»Ja, ich liebe ihn sehr«, erwidert er jetzt. »Und ich hasse diese Besuchswochenenden.«

Martha dreht die Muschel in ihrer Hand, besieht sie von allen Seiten, als befänden sich in den Rillen tiefe Erkenntnisse. »Lina war auch so ein Besuchswochenenden-Kind«, sagt sie.

»Na ja, die alte Scheidungsproblematik eben. Das bleibt nicht aus, wenn die Eltern mit der Liebe kurzen Prozess machen.«

»Puh, mir wird ganz schlecht, wenn ich daran denke. Ich wollte mit diesem Mann nichts mehr zu tun haben, und dann musste ich meine Tochter da abgeben. Und sie hat das gespürt. Sie war noch so klein, aber sie hat genau gecheckt, was Sache war. Ich hab Lina benutzt für meinen verdammten Beziehungskrieg. Mein Gott, ich hab so viel falsch gemacht.«

Er legt den Arm um sie. »Hast du ihr das jemals gesagt?«

Sie schüttelt den Kopf. »Ich beginne erst jetzt zu reden, Michele. Ich meine, wirklich zu reden. Ich beginne überhaupt erst, mir ein paar unbequeme Fragen zu stellen.«

»Nun komm, das klingt schon wieder so mühsam. Sei nicht zu streng mit dir. Wir sind Menschen, Martha, und wir machen Fehler. Das ist kein Drama.«

Sie bleibt stehen und legt den Kopf an seine Schulter. »Du tust mir gut, Michele. Bei dir kann ich einfach sein.«

Er gibt ihr einen Kuss auf den Haaransatz. »Ist schön, dass du das sagst.«

»Du hast vorhin gemeint, man spürt, wenn man auf der falschen Spur unterwegs ist.«

»Ja?«

»Das ist nicht ganz so. Ich bin ziemlich lang auf der Kriechspur dahingerollt. Bis mich das Schicksal auf die Nebenspur gesetzt und mir gezeigt hat, wo das Gaspedal ist.«

»Ich würde eher sagen, das warst du selbst. Wenn wir in uns hineinhorchen, nehmen wir Kontakt mit uns auf. Mir passiert das oft beim Meditieren, und dabei merke ich dann auch, dass die Dinge passieren, wie sie passieren, ohne mein Zutun. Und ich kann ihnen zugucken, was sie so treiben – wie spielenden Kindern.«

»Und was ist mit Fehlentscheidungen?«

»Gibt es nicht. Alles hat seinen Sinn. Manches braucht eben etwas länger als anderes.«

»Du klingst fast schon wie einer deiner Gurus, so abgeklärt.«

Er lacht. »Beleidige meine Gurus nicht. Die sind vielleicht klar, aber nicht abgeklärt. Nein, Martha, es geht um Hellsichtigkeit und um Akzeptanz. Darum, sich nicht ständig in Frage zu stellen. Und ich weiß, wovon ich rede.«

Sie zieht die Augenbrauen hoch.

»Mein Gott, was hatte ich schon für Zweifel und Zusammenbrüche«, erklärt er. »Diese ganzen Frauengeschichten, ein Desaster, wenn man's genau nimmt.«

»Und trotzdem glaubst du noch an die Liebe?«

»Gerade deshalb. Das kann's doch nicht ernsthaft schon gewesen sein, oder. Und …«, er pustet ihr eine Haarsträhne aus der Stirn, »… weil ich so einen Engel wie dich gefunden habe.«

»Das hat noch kein Mann zu mir gesagt.«

»Es hat dich auch noch kein Mann so geliebt wie ich.«

Martha muss plötzlich an die drei Engel denken, die Robert und sie vor einer Woche an der Bushaltestelle in Bologna getroffen haben. Sie erzählt Michele von der Begegnung.

Er hört aufmerksam zu. »Die Szene könnte von Fellini sein«, meint er, als sie fertig ist. »Diese bizarren Gestalten, die durch seine Filme geistern. Der Typ war nicht nur ein Meister des Kinos, sondern auch ein Meister des Castings.«

»Ich hab schon lange keinen Film mehr von ihm gesehen. Früher war ich oft im Kino, aber inzwischen …«

»Er kommt von hier, weißt du das?«

»Woher?«

»Aus Rimini. Er hat dort gelebt, und einige seiner Filme spielen in dieser Gegend. Auch am Strand. Denk nur an *Amarcord*. Der läuft zurzeit wieder in einem kleinen Programmkino dort, hab ich gelesen.«

»Ich hab mich immer gefragt, was dieser Titel bedeutet.«

»Im Dialekt der Emilia-Romagna heißt das ›Ich erinnere mich‹. Wenn du Lust hast, fahren wir heute Abend nach Rimini und gehen ins Kino. Es ist die Spätvorstellung um zehn.«

Sie strahlt ihn an. »O ja, ich hab Riesenlust.«

»Okay. Und du wirst sehen, Rimini ist ein hübscher Ort.«

»Irgendwie hab ich dabei immer an Campingplätze, Bettenburgen und Massenurlauber gedacht.«

»Stimmt ja auch, im Sommer. Aber jetzt zur Nachsaison ist alles anders. Da kommen die Einheimischen wieder raus und treffen sich auf der Piazza. Und die alten Villen und das Grandhotel und die Alleen, die fast bis hinunter ans Wasser führen, versetzen einen in eine Zeit, als Urlaub noch Sommerfrische hieß. Du siehst es ja hier schon – die Karawane ist in die Städte gezogen und hinterlässt uns das Strandgut.«

»Schöne Worte sind das, Sommerfrische und Strandgut. Und Nachsaison ...« Sie kickt mit dem Fuß einen kleinen roten Plastikball mit gelben Sternen weg, den ein Kind im Sand vergessen hat. Die Sterne sind verblasst, und dem Ball ist die Luft ausgegangen. Wie ihrem alten Schlauchboot, weit weg, zu Hause in der Garage, das in diesem Moment kurz durch ihre Gedanken gleitet.

»Ja«, entgegnet Michele, »einer meiner Romanversuche trägt den Arbeitstitel *Nachsaison*.«

»Wieder nur ein Anfang?«

»Etwas mehr als das. Mittlerweile sind es gut hundert Seiten.«

»Um was geht's?«

»Um einen Mann Anfang vierzig, der an den Strand seiner Kindheit und Jugend fährt und dort zufällig das Mädchen wiedertrifft, mit dem er seine ersten Vollmondnächte am Meer verbracht hat.«

»Hört sich romantisch an.«

»Nee, ist es eigentlich gar nicht. Sie ist mollig geworden und hat nervige Kinder, aber noch immer schöne Augen.«

»Und er?«

»Hat eine Ehe und jede Menge verpasster Chancen hinter sich und vertut seine Zeit mit einem Job, den er nie machen wollte. Er ist ein Mann mit einem Nachsaison-Gefühl.«

Sie nickt. Sie versteht genau.

»Und dann kommt da dieses Mädchen daher, und plötzlich sind sie wieder da, die Träume von damals. Die

Farbe ist ein bisschen abgeblättert, sie haben Löcher bekommen, durch die der Wind pfeift. Eine Traumlandschaft wie dieser Strand hier – alles gestrig, aber alles noch da. Na ja, da stehe ich gerade ...«

»Wie soll's denn weitergehen?«

»Er denkt sich irgendwann: Verdammt, man kann mit diesem Zeug noch mal eine neue Saison wagen. Man muss nur den Winter vorbeigehen und den nächsten Sommer kommen lassen. Im Grunde ist es wie beim Atmen.«

Sie sieht ihn erstaunt an.

»Na ja«, erklärt er, »die Nachsaison steht für das Gefühl der Leere, aber die braucht man, um Raum zu schaffen für Energie.«

Marthas Fuß spielt noch immer mit dem roten Ball. »Manchmal gibt's aber auch keine neue Hochsaison im Leben«, sagt sie leise.

»Hey«, er übernimmt den Ball und schießt ihn hinaus aufs Wasser. »Du und ich, wir holen gerade tief Luft für eine weitere Runde. Glaub mir, Martha, da kommt noch einiges. Das Spiel beginnt erst jetzt, richtig Spaß zu machen.«

Sie schweigt und sieht an ihm vorbei aufs Meer, das nun ein paar Wellen mehr schlägt als vor einer halben Stunde noch.

»Wir haben uns gefunden«, setzt Michele nach. »Wir sind nicht mehr ganz unversehrt, okay, aber das kann auch ein Vorteil sein. Was ich vom ersten Augenblick an gespürt habe, ist völlig neu für mich: Ich weiß nach zig Jahrzehnten zum ersten Mal, was ich wirklich will.«

»Was?« Sie schaut ihn an, und Angst schleicht sich in ihren Blick.

Er lacht sie an. »Ich will dich nicht mehr loslassen. Das mit dir und mir bleibt keiner meiner ewigen Anfänge. Das schreiben wir weiter. Wir heben Anfang und Ende auf, machen aus unserem Leben einen großen Ozean und geben den Himmel noch dazu. Das unendliche Blau eben ...«

Martha schluckt hinunter, was sie sagen wollte. Wie einen schweren, unverdaulichen Bissen.

Francesca fällt ihr ein. Und Robert. Die Appelle, mit Michele zu reden. Ja, sie hatte sich das fest vorgenommen an diesem Wochenende. Noch im Auto auf der Fahrt hierher hatte sie neben ihm gesessen, seine Hände auf dem Lenkrad angeschaut und insgeheim Sätze formuliert. Doch wie würden ihre Sätze aussehen? Ich bin krank, todkrank. Ich werde nicht mehr lang leben. Wir haben keine Zukunft. Was uns bleibt, ist eine Ansammlung von Augenblicken, die von Stunde zu Stunde weniger werden, die verdampfen wie Wassertropfen in der Sonne. Sollte sie mit solchen Sätzen wirklich alles zunichtemachen? Die Magie dessen, was ist, auf dem Altar der Ehrlichkeit opfern? Die letzten Momente, die ihnen blieben, mit der Wahrheit erschlagen? Wollte sie Sorge und Angst in seinen Augen lesen, diesen Augen, die sie so liebte, wenn er sie morgens aufschlug und ihr damit sagte, dass allein ihre Gegenwart für ihn ein Wunder ist?

Nein, nein, nein. Nichts wird sie sagen. Nicht an diesem Wochenende. Sie wird sich satt trinken an den gemeinsamen Stunden und keiner dieser Stunden das Gift verabreichen, das alles vorzeitig zum Sterben brächte.

»Ja, wir schreiben weiter an unserer Geschichte«, sagt sie laut.

Und während sie das sagt, tanzt der kleine rote Ball draußen auf dem Wasser, das der aufkommende Wind nun zu Wellen formt. Es macht nichts, dass ihm beizeiten die Luft ausgegangen ist; er schwimmt unverdrossen oben.

Am Abend fahren sie nach Rimini. Sie nehmen die kleine Straße an der Küste. Links das Meer und immer wieder Orte, die nur einen Zweck zu kennen scheinen: den Badegästen von Juni bis September die Zutaten für möglichst laute und heiße Wochen zu bieten. Jetzt liegen sie verlassen da, die Hotels aus billigem Waschbeton, deren ehemals weiße Farbe bereits das Grau des Winterhimmels vorwegnimmt und die Namen tragen, in denen die Worte *mare* und *sole* und *lido* vorkommen. Sie haben die Läden dichtgemacht, nur hier und da steht noch ein Sonnenschirm auf einer Terrasse, als hätte ihn der Sommer dort vergessen.

Es ist halb neun, als Martha und Michele Rimini erreichen. Der Oktobertag hat sich verausgabt, hat all seine Restwärme verbraucht; der Abend bringt Kühle und frühe Dunkelheit.

Das Kino liegt in einer der Altstadtgassen. An der Hauswand hängen ein paar Schaukästen mit dem aktuellen Programm und der Vorschau auf die nächsten Wochen. Die Plakate, die Fotos einzelner Filmszenen, die Zeitungsausschnitte mit Kritiken hat jemand mit Heftzwecken dort befestigt. Es sieht aus, als habe er das in größter Eile getan; alles wirkt schief und irgendwie beiläufig. Das Spätprogramm hat einen eigenen Kasten; eine Hommage an Federico Fellini hinter blinden Scheiben. Die Bilder dort scheinen lange nicht ausgewechselt worden zu sein; die Schwarzweißaufnahmen haben den typischen Sepia-Ton angenommen, den Technicolorfarben ist ihre Intensität abhandengekommen. Daneben sind die Filmtitel aufgelistet – *La strada, La dolce vita, Roma, Otto e mezzo, Il casanova, Giulietta degli spiriti, L'amore in città, La città delle donne, La voce della luna, Amarcord* …

Martha liest laut vor, deklamiert die berühmten Titel, spielt mit der Melodie der italienischen Sprache, die sie inzwischen so liebt.

Michele lächelt. »Du hörst dich süß an.«

»Italienisch mit deutschem Sound, oder?«

»Nein, nein, du hast Talent. Wenn ich überlege, wie du vor ein paar Wochen angefangen hast ... In einigen Monaten wirst du fließend sprechen können.«

Sie nickt ein bisschen zu heftig. Als ließen sich die Gedanken, die augenblicklich hochdrängen, allein durch die Bewegung des Kopfes abschütteln. »Lass uns die Karten holen, ja?«

Michele kauft bei dem Mädchen, das an der Kasse sitzt, zwei Biglietti. Ein junges Ding mit schwarzgefärbten Haaren und gepiercten Nasenflügeln und Ohrsteckern in Form glitzernder Totenköpfe. Sie grinst ihn an und zwinkert ihm zu, während sie die Karten von einer rosa Rolle abreißt und mit dem Wechselgeld in das Ausgabefach legt, das sich mit einem kleinen Hebel um die halbe Achse dreht. Sie flirtet ganz offensichtlich mit ihm, und er grinst zurück, und irgendwie versetzt das Martha einen Stich. Einen Nadelstich, kaum wahrnehmbar und trotzdem präzise. Er wird wieder Frauen haben, durchfährt es sie. Nach mir werden andere in seinem Bett liegen und morgens mit ihm frühstücken. Er wird sie küssen und streicheln und mit ihnen lachen. Vielleicht wird er ihnen sogar von einer Frau erzählen, die er sehr geliebt hat und die gestorben ist. Von Martha, mit der er an einem warmen Wochenende Ende Oktober in Rimini glücklich gewesen ist, kurz bevor der Winter kam und alle Wärme aus dem Leben fegte.

In einer Bar um die Ecke trinken sie noch einen Rotwein, bevor die Vorstellung beginnt.

»Kennst du diesen Film, in dem ein kleiner Junge immer bei dem Vorführer im Kino sitzt, ganze Nachmittage lang?«, fragt Martha.

»Du meinst *Cinema paradiso*?« Michele lacht. »Und ob ich den kenne. Ich liebe den Film. Wegen der strengen Padres im Publikum muss der Alte aus sämtlichen Filmen die Kussszenen rausschneiden ...«

»... tja, und irgendwann ist er blind, und das Kino ist verschwunden, weil keine Leute mehr gekommen sind ...«

»... und nachdem er gestorben ist, kehrt der kleine Junge von damals, der jetzt ein erwachsener Mann ist, in das Dorf zurück. Und sein alter Freund hat ihm eine Filmspule in einer dieser Blechbüchsen hinterlassen ...«

»... mit den schönsten Kussszenen.«

»Ich hab den Film bestimmt vier, fünf Mal gesehen und hab jedes Mal geheult.«

»Du weinst im Kino?«

»Du etwa nicht?«

Sie schüttelt den Kopf. »Das ist mir zu öffentlich.«

Er zieht die Augenbrauen hoch. »Erstaunlich. Eine Frau, die bei traurigen Filmen nicht weint.«

»Doch, doch«, beeilt sie sich zu sagen, »zu Hause schon, wenn ich allein bin. Aber nicht im Beisein fremder Leute. Ich hab das früh geübt, weißt du. Meine Mutter hat mir immer eingetrichtert, mich zu beherrschen.«

»Du hast noch nie von ihr geredet. Immer nur von deinem Vater. Lebt sie noch?«

»Nein. Sie ist vor zig Jahren gestorben. Wir hatten ein ziemlich angespanntes Verhältnis.«

»Schon eigenartig.«

»Was?«

»Diese Dinge lassen uns nie los.«

»Welche Dinge meinst du?«

Er leert sein Glas Wein in einem Schluck und macht dem Mann hinter dem Tresen ein Handzeichen, dass er zahlen will. »Das mit den Eltern, meine ich. Die packen uns einiges in den Rucksack, und wir schleppen den ganzen Krempel unser Leben lang mit uns herum. Hast du mal eine Therapie gemacht?«

»Ich hab's versucht, nach der Trennung von Hans, aber das war nichts für mich. Dieses ewige Gerede.«

»Wir reden doch auch.«

»Mit dir ist das etwas anderes.« Sie schiebt ihr halb ausgetrunkenes Glas von sich weg. »Mit dir ist alles anders«, setzt sie nach.

Er lächelt. »Das ist gut.«

»Das ist besser als gut. Das ist das Beste, was mir in meinem Leben passiert ist.« Sie merkt, dass sich ihre Augen plötzlich mit Tränen füllen. Und sie lässt sie laufen, die Tränen.

»Hey, du weinst? Wir sind in der Öffentlichkeit, Martha.«

Sie sieht ihn an, und die Konturen seines Gesichts verschwimmen etwas. »Ist doch egal«, sagt sie. »Ich bin glücklich. Jetzt in diesem Moment in dieser Bar hier bin ich der glücklichste Mensch überhaupt.«

Der Mann, der mit der Rechnung kommen will, sieht erst Martha, dann Michele an und dreht ihnen dann den Rücken zu.

»Versprich mir eines, Michele.«

»Alles.«

»Halt diesen Moment fest. Pack ihn irgendwohin, wo du immer Zugriff auf ihn hast. Erinnere dich daran, wenn es dir irgendwann nicht gutgehen sollte. Erinnere dich daran, dass du mich glücklich gemacht hast.«

»Aber warum sollte es mir in absehbarer Zeit nicht gutgehen? Wir werden zusammenbleiben, wir werden ...«

Sie nickt und wischt sich mit dem Handrücken übers Gesicht. »Ja, das werden wir«, unterbricht sie ihn. »Egal, was auch passiert. In diesem und jedem anderen Leben. Sieh mich nicht so komisch an. Zahl diesem Mann lieber seine Rechnung.« Sie winkt den Kellner heran. »Und frag ihn gleich, ob er uns noch eine Flasche einpackt. Für nachher im Hotel.«

»Du trinkst doch sonst nicht so spät am Abend.«

»Heute ist alles ein bisschen anders«, erwidert sie, und ihre Stimme klingt plötzlich fröhlich. Wie ein Vogel, den man nach langer Gefangenschaft in den Himmel wirft und der dabei feststellt, dass er noch fliegen kann.

Das Kino ist halb besetzt. Die mit rotem Kunstsamt bezogenen Sitze sind durchgesessen und quietschen, wenn man sich bewegt. Es gibt keine Werbung, keine Vorschau. Der Film beginnt sofort.

Martha und Michele halten sich die ganzen zwei Stunden an den Händen. Sie lassen keine Sekunde los. Manchmal lachen sie. Sie merken, dass sie an denselben Stellen lachen.

Sie lachen noch im Auto, als sie gegen Mitternacht zurückfahren. Lachen über die verrückte Prostituierte Volpina, die allen Männern am Strand den Kopf verdreht. Die dicke Tabakhändlerin, die dem armen Schuljungen Titta mit ihren Riesenbrüsten die Luft und wenig später die Unschuld nimmt. Am meisten lachen sie über den gutmütigen Onkel Teo, der in einer psychiatrischen Anstalt lebt und bei einem Familienausflug auf einen Baum klettert und sich weigert, wieder herunterzukommen. Er sitzt dort oben und brüllt stundenlang einen einzigen Satz: »*Voglio una donna!*« Ich will eine Frau!

»Klar«, prustet Michele, »der Typ ist im absoluten Notstand. Jahraus, jahrein nur unter Männern. Unter anderen Irren. Logisch, dass man da durchdreht und endlich mal wieder zum Schuss kommen will.«

Martha kichert. »Und ausgerechnet eine kleinwüchsige Nonne holt ihn wieder runter.«

»Tja, gleich doppelte Autorität – Frau und Kirche. Der arme Kerl. Das war's dann wohl.«

Martha kurbelt das Seitenfenster herunter und lässt den nächtlichen Fahrtwind ins Auto. »Ein wunderbarer Film«, ruft sie, »und eine wunderbare Nacht.«

Michele lenkt mit der linken Hand und legt den rechten Arm um Martha. »Den da oben hab ich uns auch noch bestellt.« Er macht mit dem Kopf eine Bewegung Richtung Meer, wo ein dicker Mond mit den Wellen spielt.

»Zwei Tage braucht er noch, schätze ich«, entgegnet Martha, »dann ist er voll und rund.«

»Wir nehmen ihn auch so, oder?«

»Du meinst, mit einer leichten Delle. Den Mann kann man jedenfalls schon erkennen.«

»Der Mann im Mond, der in Asien ein Hase ist.«

»Ein Hase?«

»Ja, ich hab's in Indonesien gesehen. Auf der anderen Seite der Erde steht unser Mann auf dem Kopf und macht einen auf Häschen.«

»Eine Asana?«

Michele grinst. »Meines Wissens gibt's keine Yoga-Übung mit dem Namen »Hase«. Aber vielleicht will uns der Typ da oben die ultimative Stellung zeigen.«

»Wann warst du in Indonesien?«

»Ach, während meines Studiums. Mit Silvio.«

»Aha.«

»Was heißt das?«

»Zwei Männer allein in Asien …«

»Na ja, es gab zwei, drei Strandbekanntschaften.«

»So nennt ihr das also.«

»So haben wir das genannt, ja. Wir hatten unseren Spaß, die Mädchen auch. Aber die meiste Zeit haben Silvio und ich über die großen Religionen philosophiert. Wir waren im Morgengrauen in Borobudur …«

»Wo?«

Er sieht sie überrascht an. »Geographie und Geschichte und Religion? Null Punkte.«

»Erwischt, Herr Lehrer. Gibt's jetzt Strafarbeit?«

»Ja, die Höchststrafe.«

»Und die wäre?«

»Du wirst dazu verdonnert, mit mir die Welt zu bereisen.«

Sie sieht auf das Meer und den Mond. »Wo ist der Wein, Michele?«

Er lacht. »Auf dem Rücksitz.«

»Hast du einen Korkenzieher dabei?«

»Brauchen wir nicht. Die Flasche hat einen Schraubverschluss.«

»Dieses neumodische Zeug ist irgendwie auch praktisch«, erwidert sie und greift hinter sich. »Halt mal an. Da vorn ist ein Parkplatz.«

Er geht vom Gas und setzt den Blinker. Ein alter, bunt bemalter VW-Bus mit Peace-Zeichen steht da, als sei er vor langer Zeit dort abgestellt und vergessen worden. Ansonsten sind sie allein.

Sie steigen aus und gehen über Holzbohlen an den Strand. Den Wein hat Martha mitgenommen. Sie laufen ein paar Schritte, bis sie ein Ruderboot finden, das jemand mit dem Rumpf nach oben im Sand abgelegt hat. Sie setzen sich auf das Boot. Michele schraubt die Flasche auf und hält sie Martha hin.

Sie nimmt einen großen Schluck und gibt sie ihm zurück. »Und nun erzähl mir von Boroba ... wie hieß das noch?«

»Borobudur. Es heißt Borobudur und ist eine der größten buddhistischen Tempelanlagen Südostasiens. Auf Java. Grandios, sag ich dir. Eine riesige Pyramide. Wir waren vor Sonnenaufgang da, bevor die Busse mit den Touristen kamen. Diese Reliefs werde ich nie vergessen und den Blick von ganz oben. Nur wir zwei. Silvio und ich und viele, viele Buddhas. Damals beschlossen wir, Yogis zu werden.«

»Silvio macht auch Yoga?«

»Ja.«

»Er wirkt gar nicht so.«

»Noch 'ne schlechte Schulnote, meine Liebe.«

Sie runzelt die Stirn.

»Diesmal in Menschenkenntnis«, erklärt Michele, trinkt von dem Wein und setzt die Flasche zwischen seinen Knien ab. »Du unterschätzt Silvio.«

»Mag sein. Ich hab ihn ja nur zweimal erlebt. Er kam mir immer etwas großspurig vor.«

»Er *ist* großspurig. Er ist auf einer großen, breiten Spur unterwegs. Der Mann kennt keine Grenzen, keine Enge. Er ist offen und neugierig und blitzgescheit.«

Sie legt ihren Kopf auf seiner Schulter ab. »Wo wart ihr noch, ihr zwei?«

»Auf Bali. Das ist jetzt über zwei Jahrzehnte her. Damals war's noch nicht die Insel der Touristen, sondern wirklich die Insel der Götter. Wir haben tagelang in einem Dorf in den Bergen verbracht und eine Bestattungsfeier miterlebt. Es war heiß und feucht und laut. Große Tierfiguren aus Holz hatten die Leute aufgebaut, in die sie die blank geputzten Knochen ihrer verstorbenen Angehörigen packten.«

»Die Knochen?«

»Ja, die Familien sparen Jahre, bis sie das Geld für so eine Zeremonie zusammenhaben. In der Zwischenzeit sind die Leichname verwest.«

Martha greift nach der Weinflasche und trinkt. Sie verschluckt sich und hustet.

Michele klopft ihr auf den Rücken. »Ich weiß, das hört sich für uns Mitteleuropäer komisch an. Aber seitdem ich dort unten war, habe ich eine andere Einstellung zum Tod.«

»Vielleicht hab ich da was verpasst«, sagt sie leise.

»Die Menschen sind so fröhlich. Sie feiern und singen und tanzen und essen tagelang. Zum Schluss werden die hölzernen Tierstatuen in Brand gesetzt, damit die Seelen der Verstorbenen in einen anderen Zustand übergehen, frei werden.«

»Glaubst du an ein Leben nach dem Tod?«, fragt sie und zeichnet mit der Spitze ihres Schuhs Kreise in den kühlen Sand.

»Ich denke, dass die Seele eine Art Energie ist, die fortbesteht und sich irgendwann eine neue Manifestation sucht.«

»Wiedergeburt?«

»So was in der Art, ja. Da kann die Naturwissenschaft mit noch so vielen angeblich handfesten, unverrückbaren

Thesen dagegenhalten. Es gibt Dinge, die sind fühlbar, aber nicht mit Fakten und Zahlen fassbar. Damals auf Bali haben wir das erste Mal eine Ahnung davon bekommen.«

Sie spürt die Wirkung des Weins. Sie hat schon lange nicht mehr so viel getrunken. »Warum hab ich dich nicht früher getroffen?« Sie fragt mehr sich selbst als ihn.

Er antwortet trotzdem. »Weil alles seine Zeit hat, Martha. Eine Weile fühlte ich mich nach meiner Trennung von Carla wie dieser verrückte Onkel in dem Film vorhin. *Voglio una donna!* Das war mein einziger Gedanke. Und ich nahm mit, was ich kriegen konnte.«

»Lauter Anfänge …«, sagt sie. Sie lallt ein wenig.

»… und lauter Sackgassen. Die meisten Frauen wollen zu viel. Sie lernen dich kennen und erwarten, dass du ihnen das Komplettpaket zu Füßen legst. Alles aufgibst, dich aufgibst. Die haben gern Knetmasse in der Hand, um sich daraus den Mann zu formen, den sie sich vorstellen. Und wenn du nicht mitspielst, ziehen sie ihre Strafregister.«

»Ich bin auch eine Frau.«

»Aber du baust nicht gleich das große Zukunftsszenario. Willst nicht das, was ist, sofort in eine Form gießen. Durch dich habe ich erst richtig kapiert, was es heißt, im Jetzt zu leben. Sobald ich mit großen Plänen ankomme, holst du mich wieder in die Gegenwart. Du bist die Erste, die das tut – und das tut mir wahnsinnig gut. Ich hab vorgestern mit Silvio darüber geredet …«

»Ihr sprecht über mich?«

»Klar machen wir das. Er findet übrigens auch, dass du eine ungewöhnliche Frau bist.«

»Ach ja?«

»Ein bisschen Auster, meinte er. Man könne sich bei dir blutige Finger holen …«

»… wenn man nicht den Austernbrecher an der richtigen Stelle ansetzt. Verstehe. Der alte Macho.« Sie grinst, als sie das sagt. »Sag mal, hast du noch Zigaretten?«

Er greift in die Tasche seiner Jacke und holt eine Packung und Streichhölzer heraus. »Du hast wenig geraucht in letzter Zeit.«

»Na ja, mir ist nicht immer danach.«

»Sehr vernünftig. Ich sollte die Finger ganz von dem Zeug lassen. Passt schließlich nicht wirklich zusammen, Yogi sein und rauchen. Aber irgendwie mag ich die Ungereimtheiten im Leben. Die Brüche. Wenn man Regeln boykottiert, zeigt das Perfekte seine liebenswerten Seiten.«

Er gibt ihr Feuer. Das erste Streichholz geht aus; beim zweiten formt er eine Muschel mit den Händen. Er hat schöne Hände. Muskulöse Hände mit schmalen Fingern.

Sie nimmt einen Zug und inhaliert tief. Sie sind sowieso schon da, die Metastasen in ihrer Lunge. Und für einen Moment kommen ihr die Entbehrungen, die Menschen auf sich nehmen, um das Sterben möglichst weit hinauszuschieben, fast absurd vor. Ein einziger Vermeidungs-Parcours – um am Ende doch erwischt zu werden.

Sie gibt die Zigarette an Michele, der ebenfalls einen Zug nimmt. Sie rauchen schweigend und lassen die Asche langsam herunterglühen. Michele raucht Zigaretten ohne Filter und verbrennt sich jedes Mal fast die Finger, bevor er sie ausmacht. Diesmal drückt er sie in den Sand.

Der Mond zieht hinter eine Wolke und verdunkelt für Momente den Strand. Martha spürt erst jetzt, wie kalt es ist. »Ich glaube, ich bin ein bisschen beschwipst«, erklärt sie, als sie aufsteht.

»Du verträgst nicht besonders viel«, erwidert er.

Sie hängt sich bei ihm ein, als sie zum Auto zurücklaufen.

»Meinst du, dass wir morgen schwimmen können?«, wechselt sie das Thema.

»Wenn es so warm ist wie heute, klar. Das Meer wird noch so achtzehn Grad haben, denke ich.«

»Das reicht. Lass uns früh aufstehen, ja?«

»Kein Stress, bitte. Lass uns jetzt erst mal heil ins Hotel kommen. Gott sei Dank schlafen die Carabinieri schon um diese Zeit. Hoffe ich jedenfalls.« Er wirft die leere Weinflasche in eine Abfalltonne am Parkplatz, bevor sie ins Auto steigen und die Heizung aufdrehen.

Sie schlafen gut in dieser Nacht. Sie schlafen unter dem Kalender, der noch immer den 25. August anzeigt. Sie schlafen bei geöffnetem Fenster, und das Meer schickt von draußen leicht salzige frische Luft zu ihnen ins Zimmer.

Einmal wacht Martha auf und hört Micheles tiefe ruhige Atemzüge neben sich. Sie spürt seine Wärme unter der grünen Decke, und sie stellt augenblicklich alle Rechnungen über Minuten, die ihr noch bleiben, ein. Morgen ist Sonntag, und sie freut sich auf diesen Sonntag.

16

Lina entdeckt Martha eher als Hans. Sie sieht ihre Mutter neben dem alten Lancia stehen und winken. Um sie herum Autos, Busse, Menschen mit Gepäck. Es wird laut geredet, zwischendrin hupt jemand. Der Bahnhofsvorplatz pulsiert, die Pulszahl ist hoch.

Sie haben gestern Abend den Nachtzug nach München genommen und dort heute Morgen einen Kaffee getrunken, in einem dieser Coffee-Shops am Bahnhof, die Muffins, Bagels und Donuts zu Heißgetränken in Pappbechern anbieten. Sie wählten einen *Coffee to go*, aber blieben sitzen mit ihren Bechern, und Hans bemerkte, wie komisch er es finde, Kaffee mit Strohhalm zu trinken.

Lina lächelte. Es war mehr das Flackern eines Lächelns. Es kostete sie noch immer Überwindung, ihrem Vater recht zu geben.

Sie waren müde. Eine bleierne Müdigkeit, die in jeden Knochen kroch. Sie hatten schlecht geschlafen in dem Liegewagen, obwohl sie ein Abteil für sich hatten. Stattdessen redeten sie. Sie redeten über Bücher, Filme und Fotografie. Doch sie vermieden es, über sich zu reden, als wollten sie ausklammern, was da alles an die Oberfläche drängte auf dieser Zugfahrt von Hamburg nach Bologna. Dazwischen schwiegen sie minutenlang; jeder hing seinen Gedanken nach, und dieses Geräusch, das Räder auf Schienen machen, füllte ihre Schweigeminuten.

Sie hatten sich in den letzten Wochen häufiger gesehen als all die Jahre zuvor. Sie hatten in dem alten Haus geschlafen und sich vor dem Zubettgehen noch durch die Fernsehprogramme gezappt. Dabei hatten sie festgestellt, dass sie einen ähnlichen Geschmack hatten. Sie mochten amerikanische Serien, und irgendwann hatte Hans eine ganze Tüte DVDs mitgebracht. Lina hatte Erdnüsse und Chips gekauft und Wein für sich und Marillenschnaps für ihn. Manchmal tranken sie auch gemeinsam Gin Tonic. Und dann guckten sie sich von Cliffhanger zu Cliffhanger. Hans hielt die Fernbedienung in der Hand, und sie nickten sich nur zu, wenn sie weiterschauen wollten, und Lina füllte die Gläser nach. Es gab Abende, die sie auf diese Weise in die Nacht hinein verlängerten. Manchmal sagte Hans »Scheiße«, wenn's irgendjemanden im Film erwischt hatte. Manchmal lachte Lina, wenn etwas skurril war. Ihr Vater lachte dann mit, als könnte er sich so mit der Tochter verbünden. Nach einigen Wochen begann sich Lina auf diese Abende mit ihm zu freuen, aber das sagte sie ihm natürlich nicht. Sie genoss es nur, still neben ihm zu sitzen.

Sie hatten auch ein wenig aufgeräumt in der Zeit, der Zeit ohne Martha. Erst packten sie die Kisten und schickten sie nach Bologna, dann begannen sie, sich im Keller und in der Garage Schränke und Regale vorzunehmen. Als sie das alte Schlauchboot vom Haken holten, fragte sich Hans, ob es wohl noch seetüchtig sei. Er fragte mehr sich selbst, aber seine Tochter gab ihm die Antwort. Sie schlug vor, es im nächsten Sommer doch mal auszuprobieren. An diesem Tag lachte er mehr als sonst.

Einmal weinte er auch. Lina sah ihn auf der Kellertreppe sitzen, mit einem Strauß getrockneter Rosen, die Martha in Seidenpapier eingeschlagen hatte. Seine Tränen fielen auf das Papier und hinterließen dort kurzfristig Spuren, die schnell wieder trockneten. Sie wusste, dass es der Brautstrauß ihrer Mutter war, den ihr Vater da in den Händen hielt. Sie sagte nichts, drehte sich nur leise um und ging auf Zehenspitzen in die Küche. Er hatte nicht mal mitbekommen, dass sie ihn vom Treppenabsatz aus beobachtet hatte.

Manchmal telefonierten sie mit Martha, Lina öfter als Hans. Es ging bei diesen Gesprächen meist um Dinge, die erledigt werden mussten: Versicherungen bezahlen, Zeitungs-Abo abbestellen, mit dem Steuerberater reden. Lina vermied es, die Mutter nach ihrem Gesundheitszustand zu fragen. Martha klang zu fröhlich, zu ausgelassen, zu zuversichtlich. Sie erzählte von den Fortschritten, die sie in der Schule machte, von neuen Freunden, die sie gefunden hatte, von Eissorten, die es nur in Italien gab und die einfach himmlisch schmeckten. Hin und wieder fiel auch der Name dieses Mannes, Michele, und er hinterließ Fragezeichen. Fragezeichen, die Lina stehenließ. Sie hielt ihre Neugier zurück. Im Oktober berichtete ihre Mutter von Strandspaziergängen bei Vollmond und von einem Fellini-Film, den sie in einem alten Kino in Rimini gesehen hatte. Sie wirkte wie ausgewechselt, als sei das Leben eine Wundertüte, aus der sie sich nach Herzenslust bediente. Da schienen Fragen nach dem Krebs, der ihrem Körper nach dem Leben trachtete, deplaziert. Also schwieg Lina, flüchtete sich in Dinge, die leichter zu besprechen waren. Dinge wie Rechnungen und Überweisungen und Termine. Irgendwann Anfang November kündigte sie ihre

Reise nach Bologna an. Sie würde mit Papa kommen, sagte sie.

Die Mutter antwortete nicht.

Nächste Woche wären sie da, Freitagnachmittag, fuhr Lina fort. Sie würden den Zug nehmen. Sie wartete in die Pause hinein, die entstand, wartete, während es in der Leitung leise rauschte.

»Gut«, erwiderte Martha schließlich und räusperte sich. »Ich freue mich.«

»Tust du das wirklich?«

Das Husten ihrer Mutter verband sich mit dem Rauschen. »Ja. Sehr sogar. Um wie viel Uhr seid ihr da?«

»Um kurz nach drei. Ich mail dir die genaue Ankunftszeit noch.«

Sie legte den Hörer auf. Hans sah seine Tochter an. Sie zuckte mit den Schultern. »Ich weiß nicht, Papa«, sagte sie leise.

»Was weißt du nicht?«

»Ob sie sich freut.«

»Ich bin sicher, das tut sie.«

»Und was macht dich da so sicher?«

»Ich kenne deine Mutter.«

»Ach ja?«

»Ich war immerhin recht lange mit ihr verheiratet.«

»Und du meinst, das prädestiniert dich dazu, noch heute ihre Gedanken zu lesen?«

»Weißt du was, Lina?«

Sie hob die Augenbrauen. Das war ihre Art, Fragen zu stellen.

»Du bist ihr nicht unähnlich«, antwortete er.

Lina stand auf und stellte das Telefon auf das Rattantischchen, dorthin, wo es schon immer gestanden hatte, neben die Telefonbücher und die blaue Glasvase aus Murano, in der ein paar blasse Hortensien standen, die Martha im letzten Sommer getrocknet hatte. Sie hatten Staub angesetzt.

Um kurz nach sieben bestiegen Lina und Hans in München den Zug nach Italien. »*Roma Termini*« stand auf der Anzeigetafel. Sie saßen in einem Sechser-Abteil, zusammen mit einem Mann, der angestrengt in seinen Laptop schaute, und einer älteren Frau, die in Innsbruck Salami- und Käsebrote aus einer hellblauen Plastikbox holte. Sie bot den anderen Mitreisenden von ihren Broten an. Der Mann mit dem Laptop und Lina schüttelten den Kopf. Hans bediente sich und lächelte und sagte »*Grazie*«. Die Frau lächelte zurück.

Als der Zug über den Brennerpass fuhr, schob Lina das Abteilfenster herunter und lehnte sich hinaus. Die Luft war frisch, sie kündigte bereits den Winter an. Es würde bald schneien hier oben.

Linas Blick fiel jetzt auf die alten Schilder: »*Passo del Brennero*«. Die Grenzhäuschen waren nicht mehr besetzt. Keine Beamten, die Ausweise kontrollierten. Niemand, der Autos anhielt, um in Kofferräume zu schauen. »*Italia*« stand auf einem großen blauen EU-Schild, dem mit den vielen Sternen, die sich im Kreis drehen. Dann rollte der Zug wieder abwärts, Richtung Vipiteno, Bressanone und Bolzano.

Hinter ihrem Rücken hörte sie Hans mit der älteren Frau reden. Sie unterhielten sich auf Italienisch. Lina schloss das Fenster mit einem energischen Ruck. Dann drehte sie sich um und setzte sich neben die beiden. »Worum geht's?«, fragte sie.

»Um die unterschiedliche Qualität von Salami und Schinken«, erklärte Hans.

»Seit wann sprichst du Italienisch?«

»Ich hab's während meines Studiums gelernt. Damals war ich ein Vierteljahr in Rom.«

»Das hab ich gar nicht gewusst.«

»Du weißt vieles nicht.«

Sie nickte. »Woher auch? Wir haben in unserem Leben ja kaum miteinander geredet.«

»Mir scheint, daran ändern wir gerade etwas, oder?« Er zwinkerte ihr zu.

Sie gab ihm recht, aber sie sagte nichts. In diesem Moment war sie froh, dass er sie auf dieser Fahrt begleitete, aber auch das behielt sie für sich. Stattdessen fragte sie, was es denn mit der Salami und dem Schinken auf sich habe.

Hans lehnte sich zurück und begann einen Vortrag zu halten; das hatte er früher schon gern getan, erinnerte sich Lina plötzlich wieder, und sie hatte ihm gern zugehört. Früher hatte er ihr was von Hexen und Trollen und Geistern erzählt. Jetzt redete er von San Daniele und Prosciutto di Parma, von Coppa und Culatello, von wildem Fenchel in Wildschweinsalami und von der Größe einer echten Bologneser Mortadella. Seine Hände redeten mit, und die ältere Frau neben ihm nickte beifällig, obwohl sie kein Deutsch verstand.

Als der Zug in Bressanone hielt, nahm Lina doch ein Sandwich von ihr an. Die Salami darauf schmeckte wirklich nach Fenchel, wie ihr Vater gerade gesagt hatte. Bei Martha hatte es immer nur typisch deutschen gemischten Aufschnitt gegeben – Gelbwurst, Schinkenwurst, Mettwurst. Meist eingeschweißt, aus dem Supermarkt. Ihre Mutter verwendete nie viel Zeit aufs Einkaufen. Was sie kochte, musste schnell gehen.

»Martha hat diese italienischen Sachen gemocht«, sagte Hans, als könnte er die Gedanken lesen, die seiner Tochter gerade durch den Kopf liefen, und sie weiterspinnen, indem er eine neue Farbe zugab, die auf einmal neue Muster erkennen ließ.

Lina sah ihn fassungslos an.

»Ich hab uns damals oft was aus Hamburg mitgebracht. Dort gab es bessere Feinkostläden und Märkte als in dem Kaff, in dem wir wohnten.«

Lina runzelte die Stirn.

»Ich hab's geliebt, mit deiner Mutter in der Küche zu stehen«, fuhr Hans fort. »Wir tranken Wein und probierten und kochten.«

»War das vor meiner Zeit?«

»Ach, du warst noch zu klein und meistens schon im Bett. Irgendwann hat's dann auch aufgehört mit dem gemeinsamen Kochen. Wie alles aufgehört hat …«

Sie ließ das fürs Erste so stehen, und kurz nach Bolzano schlief sie ein. Sie nahm mit, was ihr Vater erzählt hatte. Nahm es mit in wirre Träume, die typisch sind, wenn man am Tag wegdämmert. Als würde man sich im Niemandsland aufhalten, zwischen zwei Ländern – dort, wo das eine noch nicht aufgehört und das andere noch nicht angefangen hat. Auf diesem schmalen Streifen, begrenzt durch Schlagbäume, die sich heben, um einen wahlweise in das Vergessen oder in die Wirklichkeit zu entlassen. In ihren Träumen sah sie ihre Eltern; sie waren jung, so jung wie auf dem Foto, das zu Hause noch an der Wand im Treppenaufgang hing. Das Bild war im Griechenlandurlaub nach ihrer Hochzeit aufgenommen worden, sie standen an der Reling eines Schiffes und hielten einander im Arm. Ein Schwarzweißfoto, das an den Rändern etwas bräunlich geworden war. Martha und

Hans lachten darauf. In Linas Träumen lachten sie auch, aber sie trugen Kochschürzen, und sie scheuchten ihre Tochter weg, als die in einem rosa Nachthemd und mit Teddybär im Arm in der Küche stand, scheuchten sie zurück ins Bett und schlossen die Tür zum Kinderzimmer hinter ihr ab. Es roch sehr gut in der Küche, und es war hell und warm dort. In Linas Kinderzimmer war es dunkel und kalt.

Die Durchsagen am Bahnhof von Verona weckten Lina wieder auf. Eine Frauenstimme, die den Reisenden irgendwas von »*binario sette e binario cinque*« mit auf den Weg gab. Lina rieb sich die Augen und verschmierte dabei ihre Wimperntusche. Sie sah durch die Scheibe des Abteilfensters, sah Menschen mit Gepäckwagen und Koffern und Buggys vorbeieilen, auf der Suche nach dem richtigen Waggon. Sie hatte die Grenze überschritten; sie war wieder in der Realität angekommen.

Die Frau mit den Sandwiches stieg aus. Sie verabschiedete sich mit breitem Lachen und einem »*Buone vacanze*«.

»Na, ausgeschlafen?« Hans sah seine Tochter liebevoll an. Er sah sie an, wie er im Traum eben ihre Mutter angesehen hatte.

Lina nickte. »Wie weit ist es noch?«

»Eine knappe Stunde.«

Sie löste ihre Haare im Nacken, fuhr mit den Fingern durch die leicht verschwitzten Strähnen, zwirbelte sie hoch und steckte sie mit einer breiten Spange wieder fest.

»Wie geht es dir, Papa?«

Er zuckte mit den Schultern. »Eigenartig, dass du mich das fragst.«

»Wieso?«

»Du weißt schon…« Er machte eine Pause, die Platz ließ für Linas schlechtes Gewissen. Sie war oft schroff zu ihm gewesen in den letzten Wochen.

»Ich bin ein bisschen nervös«, fuhr er fort.

Sie sagte nichts.

»Ich habe Martha seit einem guten Jahr nicht mehr gesehen«, erklärte er.

»Wann war das genau?«

»Ich holte damals den alten Plattenspieler ab, der noch im Keller stand.«

»Ich kann mich gar nicht erinnern.«

»Du warst an dem Abend bei einer Freundin. Deine Mutter war ziemlich kurz angebunden. Sie hat mir noch nicht mal mehr einen Wein angeboten.«

»Hat dich das verletzt?«

Er sah aus dem Fenster. Der Zug setzte sich langsam wieder in Bewegung und verließ den Bahnhof von Verona. »Nicht wirklich. Ich hab nicht mehr damit gerechnet, dass sie nett zu mir ist.«

»Und trotzdem fährst du jetzt zu ihr.«

»Ja, aber vor allem begleite ich *dich*, Lina.«

»Benutzt du den Plattenspieler wieder?«

Er nickte. »Ja, ich liebe meine Schallplatten. Martha konnte damals nicht verstehen, dass ich das alte Ding zurückhaben wollte. Ich hab mir eine neue Nadel besorgt und den Tonarm justieren lassen.«

»Was für Musik magst du eigentlich?«

Er schüttelte den Kopf. »Mein Gott, wir kennen uns wirklich kaum. Jazz, Lina, guten, alten Jazz. Miles Davis, Charlie Haden, Chet Baker ... Als ich deine Mutter kennenlernte, gab es noch diese Plattenläden mit den schalldichten Kabinen.«

»Was für Kabinen?«

Er lachte. »Da merkt man's mal wieder, du bist halt eine andere Generation. Man bekam damals seine Wunschplatte ausgehändigt, und dann durfte man damit in einen dieser Räume, die nach außen hin völlig isoliert waren. Man saß darin wie in Watte gepackt, setzte sich dicke Kopfhörer auf, startete den Plattenspieler und ließ die Nadel auf die Rillen sinken. Und dann – zurücklehnen und lauschen ...«

»Und?« Sein Gesicht verriet ihr, dass da noch mehr passiert war.

Er lächelte. »Es war ein guter Ort, um sich ungestört zu küssen. Man fühlte sich irgendwie nicht mehr von dieser Welt. Als sei man auf einem anderen Stern gelandet. Einem Stern, auf dem die Akkorde stimmten.«

Lina sah auf ihre Hände. Sie hatte die Finger ineinander verschränkt, als könnte sie sich so Halt geben. Sie hatte immer geglaubt, ihr Vater und ihre Mutter hätten in einer Zweckgemeinschaft gelebt. Eine Art Zwangsbündnis, weil ein Kind gekommen war. Eine Ehe, die bereits Abnutzungsspuren trug, als sie geschlossen wurde. Jetzt spürte die Tochter auf einmal, dass da mehr gewesen war. Dass ihr Vater das Mädchen, das er auf einer Zugfahrt von Köln nach Hamburg kennengelernt hatte, wirklich geliebt hatte.

Sie räusperte sich, und dann, endlich, stellte sie die Frage, die in ihr gor, seitdem er ihr eröffnet hatte, dass er mit nach Italien kommen wollte. »Warum willst du Mama eigentlich noch mal sehen?«

Er holte tief Luft, aber er schwieg.

»Ist das so eine Art Wiedergutmachung?«, schob sie nach.

»Ich denke, man kann im Leben nichts wiedergutmachen. Man macht sein Ding, und dann muss man damit leben. Punktum. Ich mag keine Nachbesserungen. Das ist, als ob man bei einem Haus irgendwelchen Zierrat anbringt, den man gar nicht braucht und der nur billig kaschiert, was Löcher aufweist. Man baut ein Fundament, und wenn die Mauern irgendwann Risse zeigen, muss man damit klarkommen. Dann hat man Murks gemacht, aber das lässt sich nicht mehr ändern.«

»Man kann auch reparieren.«

»Klar, aber meist muss man dafür schweres Gerät auffahren.«

»Nicht dein Ding, oder?«

Er sah aus dem Fenster. Sah auf die weite Po-Ebene. Ein paar Bäche, Gruppen von Birken, Nebelvorhänge, die die Nacht aufgezogen hatte und die nicht weichen wollten, sondern sich in feinen Schleiern beharrlich über den Tag legten.

»Wir werden sehen«, sagte er leise.

Sie ließ das so stehen. Es gab nichts mehr zu sagen. Jetzt blieb ihnen nur noch Warten. Warten, bis der Zug sein Ziel erreicht hatte.

Und nun sieht sie ihre Mutter dort auf dem Platz vor dem Bahnhof stehen und winken. Sie gibt ihrem Vater einen Stoß in die Seite, zeigt Richtung Martha und winkt zurück. Gemeinsam gehen sie auf den alten Lancia zu.

Martha ist schmal geworden. Sie hat abgenommen, mindestens sieben, acht Kilo, schätzt Lina. Ihre Wangen haben alles ehemals Pausbäckige verloren und zeigen nun Knochen, die früher nie zu sehen waren. Die Haare trägt sie jetzt hochgesteckt. Und da ist etwas in den Augen, das anders ist. Sie haben stets ein wenig stumpf gewirkt, als hätte die Neugier sie irgendwann in diesem Leben verlassen. Als hätten sie sich gewöhnt an das, was es zu sehen gab.

Lina schrickt fast ein bisschen zurück, als sie ihrer Mutter nach all den Wochen in die strahlenden Augen sieht. Sie erinnert sich an die Frau in dem schwarzen Kleid, die an ihrem fünfzigsten Geburtstag zwar gelacht hatte und schön ausgesehen hatte, aber zugleich auch unendlich traurig.

»Mama«, stammelt sie und lässt ihre Reisetasche los. Die Tasche fällt mit einem dumpfen Geräusch auf das Pflaster.

Marthas Umarmung ist fest. Sie drückt die Tochter an sich. Auch das ist neu. Sie hat Körperkontakt immer gemieden, als sei da eine unsichtbare Demarkationslinie, die sie zwischen sich und den anderen gezogen hat. Falls jemand diese Grenze überschritt, reagierte sie mit Abwehr.

Jetzt ist es Lina, die instinktiv zurückweicht. Sie macht sich fast steif in den Armen der Mutter. Sie riecht das vertraute Parfum, möchte sich fallenlassen und kämpft doch dagegen an.

Hans steht neben den beiden Frauen und hält sich am verlängerten Griff seines Koffers fest. Ein schwarz-blau karierter Stoffkoffer mit Flecken, der ziemlich in die Jahre gekommen ist.

Martha lässt Lina los. Ihr Blick geht erst zu dem Koffer und dann zu Hans. »Du hast ihn noch?«, fragt sie, und dabei lächelt sie.

Er räuspert sich. »Ja«, erwidert er. Und als müsste er sich erklären, fügt er hinzu: »Ist schließlich ein verlässlicher Reisebegleiter.«

Marthas Lächeln wird breiter, aber sie antwortet nicht. Stattdessen wendet sie sich zum Auto und öffnet die Heckklappe des Lancia.

»Wo hast du ein Hotel reserviert?«, fragt sie Hans.

»Ist eher so eine Bed-and-Breakfast-Adresse«, entgegnet er und hebt das Gepäck in den Kofferraum. »In einem alten Turm.«

»Aha.« Sie schlägt die Klappe zu. »Was Besonderes, oder?«

»Du weißt, ich ...«

»Ich weiß«, schneidet sie ihm das Wort ab. »Ich hab eigentlich nichts anderes erwartet.« Sie lächelt noch immer, während sie das sagt, und sieht ihn direkt an.

Er lächelt zurück. Ein Lächeln, das versucht, sich warmzulaufen.

Lina sieht überrascht vom Vater zur Mutter. Dann öffnet sie die Beifahrertür und setzt sich ins Auto. Hans nimmt hinter ihr Platz.

Als Martha den Wagen startet und sich langsam zwischen den anderen Autos auf dem Bahnhofsvorplatz den Weg zur Ausfahrt bahnt, beginnt sie in einen lockeren Plauderton zu schalten. Es sei heute noch relativ warm für die Jahreszeit, überhaupt hätten sie hier in den letzten Wochen fast Spätsommertemperaturen gehabt. Erst gegen Abend werde es kalt, und man beginne eine Ahnung von Herbst zu bekommen.

Hans erzählt von den Stürmen zu Hause an der Ostsee und davon, dass im Garten nur noch ein paar spärliche Blätter an den Bäumen hängen.

»Habt ihr schon alles winterfest gemacht?«, fragt Martha.

Er nickt. »Wir haben das Laub zusammengerecht und die Beete abgedeckt.«

»Und den Oleander? Habt ihr den großen Kübel ins Haus gebracht?«

»Natürlich. Euer Nachbar hat uns geholfen.«

»Johannsen?«

»Ja.«

»Der Gute. Immer da, wenn man ihn braucht.« Sie setzt den Blinker, lenkt den Lancia an einem alten Stadttor vorbei in eine belebte Einkaufsstraße. »Hier können die Oleander den Winter über draußen bleiben«, fährt sie fort. »Manche von ihnen blühen sogar jetzt noch.«

»Hier sind wir im Süden«, erwidert er.

»Na ja, nicht ganz. Für Italiener ist dies hier strenger Norden.«

»Wie ist die Stadt so?«

»Bologna ist ...« Sie tritt scharf auf die Bremse, weil eine Frau einen Kinderwagen über die Straße schiebt. Kurz darauf gibt sie wieder Gas. »Bologna ist ein Traum. Architektonisch, kulinarisch, überhaupt.«

Lina sagt kein Wort. Verfolgt nur das Gespräch ihrer Eltern. Registriert den betont lockeren Ton, der sich in die Sätze setzt, die da zwischen Vorder- und Rücksitz hin- und herfliegen.

Martha biegt links ab, fährt durch ein paar Gassen, um schließlich vor einem Turm anzuhalten. »*Prego*«, erklärt sie gut gelaunt und zeigt auf die efeubewachsene Fassade. Balkonkästen mit rosa Geranien hängen vor kleinen Fenstern.

»Sieht ganz so aus, als wolltest du Rapunzel spielen.«

Hans lacht.

Lina beißt sich auf die Lippen.

»Soll zu Inquisitionszeiten mal ein Gefängnis gewesen sein, hab ich gehört«, fährt Martha fort.

»Du meinst, schlechtes Karma und so?«

»Na ja, wunder dich nicht, falls dir nächtens ein paar Geister begegnen.«

»Das ist gemein. Du weißt, dass ich abergläubisch bin.«

»Deswegen warne ich dich lieber. So alte Gemäuer können was.« Ihr Ton ist spöttisch. »Aber nun richte dich hier erst mal ein. Wir telefonieren später. Ich hab uns übrigens für heute Abend einen Tisch reserviert. Gleich um die Ecke. Ist eher ein Lokal für junge Leute, aber die haben sehr gute Schinkenplatten da und passablen Wein. Und zwei, drei frische Pastagerichte gibt's auch.«

Er öffnet die Wagentür und steigt aus. »Ich vertraue dir«, erwidert er noch. Dann holt er seinen alten Koffer aus dem Wagen und trägt ihn zum Eingang des Turms. Er dreht sich noch einmal um und winkt. Martha winkt zurück. Lina nickt nur.

Augenblicklich breitet sich Schweigen im Auto aus.

Lina überlegt, was sie sagen soll. Etwas, das zu einer Situation wie dieser passen könnte. Noch immer wirkt die Unbekümmertheit, ja, fast Fröhlichkeit, mit der ihre Eltern sich nach all der Zeit begrüßt haben, in ihr nach. Hinterlässt Irritationsspuren. Sie sucht nach Worten, doch die Worte verweigern sich ihr. Es sind einfach keine da. Sie fühlt nur, wie sich ein Kloß in ihrem Hals bildet, und sie setzt alles daran, diesen Kloß wegzuschlucken, während sie aus dem Autofenster sieht und die Straßen dieser fremden Stadt an sich vorbeiziehen lässt. Sie sieht Arkaden, überall Arkaden. Orangefarbene Busse. Vespas. Irgendwann zwei große Türme, einer etwas kleiner als der andere, beide schief. Sie recken sich in einen dunkelblauen Nachmittagshimmel, der ein paar Wolken aufgezogen hat.

Ihre Mutter fährt zügig. Sie kennt sich aus. Einmal zeigt sie nach links auf einen alten Palazzo. »Das ist meine Schule.«

Lina sieht eine Holztür, davor einige Leute, die Zigaretten rauchen und sich unterhalten.

»Hast du jeden Tag Unterricht?« Eine Verlegenheitsfrage.

»Ja«, entgegnet Martha. »Grammatik und Konversation im Wechsel. Vier Stunden am Vormittag. Ich bin schon richtig gut geworden.«

Warum machst du das eigentlich noch?, denkt Lina. Doch diese Frage behält sie für sich.

Als ob sie Gedanken lesen könnte, antwortet Martha: »Es bringt Spaß. Ich fühle mich wieder jung. Wie damals, als ich aufs Gymnasium ging. Und ich lerne neue Menschen kennen. Ich muss dir unbedingt Robert und Catherine vorstellen. Ein altes Ehepaar aus Kalifornien, beide extrem belesen und hochintelligent und …«

Den Rest hört Lina nicht mehr. Sie lässt die Sätze der Mutter ins Abseits laufen. Alles in ihr ist nur noch damit beschäftigt, die Tränen zurückzuhalten. Und während Martha neben ihr etwas von einer Francesca erzählt, graben sich Linas Finger in die Polster des Autositzes, als könnte ihr das noch irgendeinen Halt geben.

»Wir sind da.« Martha fährt in eine Toreinfahrt und stellt das Auto im dahinterliegenden Hof zwischen zwei Bäumen ab. Sie sieht zur Seite. »Lina, bitte«, sagt sie leise und streicht ihrer Tochter kurz über den Hinterkopf, wie sie das früher immer getan hat, um sie zu trösten. Früher hat sich Lina die Knie aufgeschürft oder eine Beule am Kopf eingefangen. Jetzt blutet etwas in ihrem Inneren. Etwas, das sich nicht einfach so wegstreicheln lässt.

Sie wendet den Kopf abrupt zur Seite.

»Lass uns erst mal nach oben gehen, ja?« Martha nickt ihr aufmunternd zu.

Sie redet weiter, während sie die Treppen hochsteigen. Sie hat die Tochter gebeten, ihr Gepäck selbst zu tragen, und bleibt nun in jedem Stockwerk stehen, um kurz auszuruhen. Ihr Atem geht schwer. »Ich bin nicht mehr besonders fit, weißt du«, erklärt sie und zieht dabei die Augenbrauen hoch, als würde sie diese Tatsache selbst überraschen.

Du bist schwer krank, denkt Lina. Und wieder sagt sie nichts.

Es riecht nach Essen im Treppenhaus. Aus einer Tür kommt Kindergeschrei, aus einer anderen Klaviermusik, irgendwo streiten ein Mann und eine Frau. Bei ihnen zu Hause in Deutschland ist immer alles still. Die Nachbarn sind weit weg, hinter ihren Thujahecken. Nur samstags, da hört man die Rasenmäher, Schlag drei Uhr am Nachmittag geht's los; jeder hält sich dort an die gesetzlich vorgeschriebenen Ruhezeiten.

Dieses Haus hier ist anders. Auch ihre Mutter ist anders. Sie ist nicht nur dünn geworden – sie ist schöner geworden. Sie hat dieses Leuchten in den Augen. Und sie geht aufrechter, trotz der Atemnot hält sie sich gerade. Keine eingefallenen Schultern mehr, die sie früher stets mit einem großen Tuch zugehängt hat. Das Bild von ihrer Mutter am Schreibtisch, konzentriert und leicht vorgebeugt, hat nichts mit der Frau zu tun, die nun die Haustür zu einer der Wohnungen aufsperrt und mit einer einladenden Geste nach innen zeigt.

»Bitte sehr. Mein neues Domizil.«

Lina tritt ein. Sieht, was Martha vor gut zwei Monaten zum ersten Mal gesehen hat. Das helle Sofa, die bunten Kissen, die vielen Bücher. Die Küche mit dem grünen Kacheltisch. Die Terrasse mit den Pflanzenkübeln. Sie bewegt sich langsam, fast vorsichtig, als laufe sie Gefahr, mit ihren Schritten etwas Unwägbares loszutreten.

Ihre Mutter erzählt von einer Giulia, die ihr die Wohnung überlassen hat, solange sie zu Forschungsarbeiten in

Kanada ist. Sie habe vor, noch über Weihnachten dortzubleiben.

Weihnachten. Lina zuckt zusammen. Immer hat sie den Heiligen Abend mit Martha verbracht. Sie haben Lachs gegessen und Crémant getrunken. Das ist ihr Ritual gewesen. Weil Lina es so wollte, hat ihre Mutter jedes Jahr einen kleinen Christbaum besorgt, in den sie die alten Kugeln hängten, die noch aus der Zeit mit Hans stammten. Goldene und silberne und rote Kugeln mit Kerzenwachs aus Jahrzehnten, das sich nicht mehr ablösen ließ. Kürzlich, beim Aufräumen im Keller, stieß Hans auf den Karton mit dem Weihnachtsschmuck. Nach einem Blick auf seine Tochter stellte er ihn schnell ins Regal zurück. Sie hatten in diesem Moment beide denselben Gedanken, das spürten sie, aber sie sprachen nicht darüber. Stattdessen fragte Hans, ob sie sich Pizza bestellen sollten. Und Lina willigte erleichtert ein.

Jetzt ist er wieder da, der Gedanke an Weihnachten. Schleicht sich hinein in diese fremde Wohnung und stellt Fragen, vor deren Antworten Lina Angst bekommt. Sie wendet sich ruckartig um, als könnte sie die Angst so abschütteln, sieht angestrengt aus dem Küchenfenster.

»Magst du einen Kaffee?«, fragt Martha.

Lina nickt.

Ihre Mutter holt eine Espressomaschine mit Schraubverschluss aus einem Regal über dem Herd, lässt Wasser hineinlaufen und gibt ein paar Löffel gemahlenen Kaffee in den Einsatz. Dann dreht sie die Maschine fest zu und sieht sich nach Streichhölzern um.

Der Gasherd gibt ein Fauchen von sich.

»Milch?«

Lina schüttelt den Kopf.

Als sie kurz darauf am Tisch sitzen, zündet sich Martha eine Zigarette an. Zu Hause hat sie immer nur auf der Terrasse im Garten geraucht.

»Und, wie gefällt dir die Wohnung?«, fragt sie, während sie den Rauch langsam über ihre Kaffeetasse bläst.

Lina sieht sich um. »Ganz gut«, erwidert sie. Und plötzlich kommen die Tränen. Sie lassen sich nicht mehr hinunterschlucken wie eben im Auto noch. Es ist ein ungebremstes Weinen, das bald in lautes Schluchzen übergeht.

Martha sagt nichts. Sie steht nur irgendwann auf und reißt zwei Lagen von einer Küchenrolle herunter, die sie ihrer Tochter über den Tisch hinweg reicht.

Lina greift danach und schneuzt kräftig hinein. Sie knüllt das Papier in ihrer Hand zusammen und sieht auf. Sieht ihre Mutter, deren Augen nun nicht mehr strahlen.

»Ich …« Linas Blick verlässt Marthas Augen und irrt suchend in der Küche umher, um sich schließlich hinauszuflüchten auf die Terrasse. » … ich verstehe das nicht.«

»Was verstehst du nicht?«

»Das alles hier. Diese Stadt, diese Wohnung, diese Schule … Warum bist du nicht zu Hause, in deinem Haus, bei mir, bei deinen Freunden?«

»Ich habe hier neue Freunde gefunden, Lina.«

»Sind dir die alten nicht mehr gut genug?«

»Doch, sie bedeuten mir immer noch sehr viel. Mit einigen maile und telefoniere ich sogar. Aber sie können mir nicht das geben, was ich im Moment am meisten brauche.«

»Und was ist das?«

»Lebendigkeit. Lust, mich auszuprobieren. Das zu tun, was ich immer schon tun wollte. Ein bisschen verrückt sein. Jede Sekunde auskosten. Ich hab das ganz deutlich an meinem Geburtstag gemerkt. Die Freunde waren da, aber sie waren nicht wirklich da. Sie taten nur so als ob.«

»Du hast ihnen ja auch keine Chance gegeben. Du bist einfach abgehauen.«

»Abgehauen?« Martha nimmt einen letzten Zug aus ihrer Zigarette und drückt sie dann aus. »Ist ein starkes Wort.«

»Hast du ein besseres?«

»Okay, es mag von außen aussehen, als ob ich abgehauen wäre, aber so war es nicht.«

»Wie war es dann?«

»Mir ist an diesem Abend damals plötzlich überdeutlich geworden, dass sich alle eingerichtet haben. Als hätten sie sich einen Platz im Leben gesucht und seien festgewachsen.«

»Ist das verkehrt? Ich meine, wenn man weiß, wo man hingehört?«

»Nein, natürlich nicht. Aber wenn man unbeweglich wird, sich nichts mehr zutraut, gar nicht erst etwas versucht, weil man von vornherein nur das Scheitern sieht – das führt zu solchen Sätzen wie …«

»Ach, du spielst wieder auf die blöde Carpe-diem-Sache an?«, unterbricht Lina sie.

»Diese Carpe-diem-Sache, wie du sie nennst, ist eines der wichtigsten Dinge überhaupt.«

»Und das wird dir jetzt klar?«

Martha steht auf, wendet sich dem Herd zu und nimmt die Espressomaschine in die Hand. »Magst du auch noch einen?«, fragt sie über die Schulter.

»Ja. Aber nicht so stark, bitte.«

»Wir sind in Italien.«

»Ich mag Filterkaffee lieber.«

Martha seufzt. »Gibt's hier nicht. Ist außerdem weniger gesund.«

Lina betrachtet ihre Mutter. Schlanke Beine, langer Rücken, schmale Schultern, dunkelblondes dichtes Haar. Sie trägt ein rostbraunes Kleid, das Knie zeigt, dazu schwarze Leggings und flache schwarze Schuhe. Es ist ein neues Kleid, eines, das Lina noch nicht kennt.

»Du siehst gut aus, Mama«, sagt sie so leise, dass man es kaum hört.

Martha dreht sich um und schenkt beiden Kaffee nach. »Danke, Lina. Ich fühle mich auch gut.«

»Du hast abgenommen.«

»Na ja, das war eher unfreiwillig. Diese Metastasen leisten ganze Arbeit.«

»Hast du Schmerzen?«

»Ja, aber sie sind auszuhalten. Mein Arzt versorgt mich mit ziemlich starken Tabletten. Was mir zu schaffen macht, ist diese verdammte Luftnot. Du hast es ja vorhin selbst gemerkt. Ich komme kaum noch die Treppen hier hoch.«

»Hat der Arzt gesagt …?« Lina beißt sich auf die Lippen.

»Du meinst, ob er irgendwelche Prognosen abgegeben hat? Nein, nicht direkt. Aber das muss er auch nicht. Ich spüre ja selbst, was los ist.«

»Und?«

»Das ist meine Abschiedsveranstaltung.«

»Mama, sag das nicht.«

»Doch, Lina. Ich muss das genau so sagen, weil es die Wahrheit ist. Ich freue mich, dass du hier bist.« Sie zögert einen Moment. »Dass *ihr* hier seid«, sagt sie dann. »Und da wären wir wieder bei dem, worüber wir vorhin gesprochen haben. Wir sollten jeden Augenblick miteinander auskosten. Dazu gehört auch, dass wir uns die Dinge sagen, die wir uns schon immer sagen wollten. Die Uhr läuft ab. Es *sind* die letzten Tage, die wir miteinander haben.«

Lina schluckt. »Du wirkst so abgeklärt, so cool«, platzt es dann aus ihr heraus. »Ich begreife nicht, wie du so reden kannst. Hast du gar keine Angst?«

Martha schüttelt den Kopf. »Nicht mehr. Aber du, oder?«

»Was für eine Frage.«

»Ich hatte Angst«, fährt ihre Mutter fort. »Panische Angst sogar. Kurz nachdem ich die Diagnose erfahren habe. Damals, vor meinem Geburtstag. Ich dachte, alles geht jetzt einfach so zu Ende. So unspektakulär. Das Leben läuft einige Monate weiter, wie es immer gelaufen ist. Job, Haushalt, Garten, Besuche bei Papa, hin und wieder ein Wein mit Freunden, irgendwann Krankenhaus – *that's it*. Und plötzlich merkte ich: Genau davor hatte ich am meisten Angst. Seitdem ich hier bin, ist das anders.«

»Wieso?«

»Ich erfülle mir Träume.«

»Was können das schon für Träume sein, wenn man weiß, dass sowieso bald alles vorbei ist?«

Martha zuckt zusammen. »Klar«, erwidert sie nach einer Weile, »die Halbwertzeit meiner Träume ist nicht gerade spektakulär, wenn man's genau nimmt.« Sie zündet sich noch eine Zigarette an. »Aber ob du's nun glaubst oder nicht, von dem Moment an, in dem ich erfahren habe, dass ich sterben werde, habe ich angefangen zu leben. Ich meine, zu leben ohne das viel zitierte Wenn und Aber.«

»Aber warum hast du nicht früher ...?«

»Du hast recht«, unterbricht Martha ihre Tochter. »Eigentlich sollten wir das nicht erst tun, wenn wir todkrank sind. Aber wir sind zu hasenfüßig.«

»Aber es geht schließlich auch nicht immer, dieses Leben nach dem Lustprinzip.«

Martha trinkt einen Schluck Kaffee. »Ich hab anscheinend ganze Arbeit geleistet mit meiner Erziehung.« Sie verzieht den Mund, und Lina weiß nicht, ob es an dem gerade Gesagten oder an dem bitteren Kaffee liegt.

»Was ist denn falsch daran, die Dinge realistisch zu sehen?«, fährt Lina sie an.

»Darum geht's doch gar nicht. Wir laden uns einen Haufen Ängste auf und wundern uns, dass wir nicht vom Fleck kommen. Das Ganze kaschieren wir mit Verantwortung und Pflichtgefühl und verkaufen uns das dann als Sicherheit und, ja, Realismus. Bis so ein blöder Tumor Schluss macht mit dem verlogenen Kram. Es ist, als ob du auf einmal eine Brille verpasst bekommst und zum ersten Mal klar und deutlich siehst, was Sache ist.«

Martha greift über den Tisch hinweg nach Linas Hand. »Ich weiß, das ist alles sehr schwer für dich …«, sagt sie, und ihre Tochter entdeckt etwas in dieser leisen Stimme, das sie nie mit der Mutter in Verbindung gebracht hat. Zärtlichkeit. »… aber vielleicht wird es ein wenig leichter, wenn du verstehst, dass ich jetzt glücklich bin. Glücklicher als all die Jahre zuvor.«

Lina zieht die Hand weg. Erst jetzt merkt sie, wie viel Angst sie eigentlich vor dem Wiedersehen gehabt hat. Sie spürt, dass ihre Mutter die Wahrheit sagt, aber dass sie eben genau vor dieser Wahrheit Angst hat. Als ob sie zum Einsturz brächte, worauf sie ihr bisheriges Leben gebaut hat.

Nun legt Lina ihre nächste Frage auf den Tisch. Auch eine, die sie seit Wochen mit sich herumträgt. »Und was ist mit diesem Mann, Mama?«

Martha lacht kurz auf. »Du meinst, ob *er* der Grund ist, warum ich glücklich bin?«

»Ja, auch.«

»Du wirst Michele kennenlernen. Er schreibt, er macht Yoga, er liebt mich.«

»Yoga?« Lina runzelt die Stirn.

»Jetzt sieh mich nicht so entgeistert an.«

»Aber für so was hattest du früher nie einen Sinn.«

»Ich hatte für vieles keinen Sinn. Am wenigsten für mich selbst.«

»Ich hab's auch mal probiert«, sagt Lina plötzlich.

»Ach, das wusste ich ja gar nicht.« Jetzt sieht Martha ihre Tochter überrascht an.

»Du weißt eben auch nicht alles über mich«, entgegnet Lina, und zum ersten Mal an diesem Tag lächelt sie. Ein Lächeln, das nur kurz aufblitzt, bevor es sofort wieder verschwindet. Was wissen wir überhaupt voneinander?, durchfährt es sie.

»Michele unterrichtet sogar Yoga«, erzählt Martha. »Verglichen mit ihm bin ich steif wie ein Brett. Aber trotzdem – ich glaube, es liegt mittlerweile am täglichen Training, dass es mir noch vergleichsweise gutgeht. Wenn ich auf die Ärzte gehört hätte, bekäme ich jetzt Chemo und hätte keine Haare mehr. Und an so was wie Yoga wäre wahrscheinlich nicht zu denken.«

»Aber hätte man mit Chemo nicht doch noch irgendwas retten können? Es gibt doch immer wieder Leute, die geheilt werden.«

Martha schüttelt den Kopf. »Nein. Meine Ärztin hat's mir ziemlich deutlich gesagt. Und das Internet sagt dasselbe. Bei meinem Befund kann man mit solchen Therapien allenfalls noch ein bisschen Zeit herausschinden, aber das liegt im Nano-Bereich, und der Preis dafür ist hoch. Mir war er zu hoch.«

»Und dabei warst du es, die mir stets eingetrichtert hat, dass es für jedes Problem eine Lösung gibt.«

Martha stellt die leeren Kaffeetassen ineinander. »In gewisser Weise gilt das sogar jetzt. Meine Lösung ist meine freie Wahl.«

»Bereust du es, diesen Michele nicht schon früher getroffen zu haben?«

Martha lässt die Tassen los. »Ja«, sagt sie, und ein Schatten legt sich auf ihr Gesicht.

»Weiß er es?«

»Nein.«

»Warum nicht?«

»Glaub mir, Lina, es ist besser so. Für ihn und für mich. Er wird es noch früh genug erfahren.«

Jetzt nimmt Martha die Tassen, steht auf und stellt sie ins Waschbecken. Sie gibt etwas Spülmittel hinein, lässt Wasser darauflaufen. Das hat sie immer so getan. Und Lina muss in diesem Augenblick daran denken, dass sie es genauso macht, das mit den Tassen.

17

Sie hat sich ein Eis geholt – Emma. Das ist ihre Lieblingssorte geworden. Jedes Mal, wenn sie an der *Sorbetteria* in der Via Castiglione vorbeikommt, kauft sie sich eine Portion Emma. Allein der Name hat für sie etwas Tröstliches. Weil er so rund klingt. So einfach. So gut. Er klingt, wie sich Martha immer ihr Leben gewünscht hat. Ein Leben, wie es jetzt ist. Zumindest tut es so. In Wahrheit leitet es bereits den Rückzug ein. Aber bis es so weit ist, gibt dieses Leben noch mal Zugaben. Ein Finale mit allen Schikanen.

Manchmal setzt Martha sich mit Emma auf die grüne Bank vor dem Laden. Manchmal isst sie das Eis auch, während sie durch die Straßen schlendert. Seit ein paar Wochen läuft sie nicht mehr. Ihr Körper hat auf Entschleunigung geschaltet. Sie weiß, dass die Vollbremsung unmittelbar bevorsteht. So was spürt man. Als Michele sie vor einigen Tagen fragte, ob sie mit ihm den Arkaden-Gang hinauf zur alten Kapelle von San Luca laufen wolle, wusste sie, dass sie das nicht mehr schaffen würde. Vier Kilometer Stufen. Unmöglich. Sie wiegelte ab, fuhr Ausreden auf. Aber der Blick in den Apennin sei phantastisch, hielt Michele dagegen. Sie bemerkte seine Enttäuschung, als sie nicht nachgab. Und in dem Moment verfluchte sie diesen

Krebs, der unbarmherzig die letzten Sandkörner durch die Sanduhr presste. Wie gern hätte sie den Mechanismus einfach auf den Kopf gestellt. Ein neues Spiel begonnen. Eines mit unendlich vielen Sandkörnern.

Als sie sich jetzt Emma auf der Zunge zergehen lässt, nimmt sie den Weg über ein paar Seitengassen. In ihrer Tasche die neuen Tabletten. Noch stärkere, mit noch stärkeren Nebenwirkungen. Ihr Arzt hatte zur Vorsicht geraten, und gleichzeitig hatte er ihr ein Rezept für zwei große Packungen ausgestellt. Da war etwas in seinem Blick, als er sich von ihr verabschiedete. Er ließ Martha lesen in diesem Blick. Das Wichtigste stand zwischen den Zeilen. Sie nahm es mit und verschloss es in sich.

Die Frau in der *Farmacia* mahnt sie ebenfalls zur Achtsamkeit, als sie ihr die grün-weißen Schachteln mit den Tabletten aushändigt. Auf keinen Fall mehr als eine täglich.

Martha lächelt, als sie zahlt. Ja, ja, das wisse sie. Sie sagt es auf Italienisch, und dann wünscht sie der Frau noch einen guten Tag. Das Läuten der Ladenglocke entlässt sie auf die Straße.

Die Arkaden begleiten auch diesmal ihren Gang durch die Stadt. In der Zwischenzeit kann sie sich Straßen ohne Arkaden kaum mehr vorstellen. Schutz und Raum zugleich. Schutzraum.

Vor einem Schaufenster bleibt sie stehen. Ein Trödelladen, in dem neben altem Spielzeug eine Menge skurriler Dinge verkauft werden. Ein Vogelkäfig steht dort, ein Käfig in Gestalt einer Kathedrale. Mit Säulen und Kuppeln und einem großartigen Kirchenschiff, das viel Platz bietet für potenzielles Federvolk. Die Gitterstäbe sind mattweiß lackiert, an einigen Stellen schimmert etwas Gold durch. Das Portal steht weit offen, doch das täuscht nicht darüber hinweg, dass ein feines Scharnier mit Sprungfeder das Türchen blitzschnell zuschnappen lassen kann.

Ein Käfig ist eben ein Käfig, denkt Martha. Selbst eine Voliere begrenzt das Dasein, lässt den freien Flug nicht zu.

In diesem Moment fallen ihr wieder die Schuhkartons ein, aus denen sie früher Häuser für ihre Puppen baute. Heute würde sie die Puppen auf eine blühende Wiese setzen. Doch heute ist sie auch kein kleines Mädchen mehr. Heute ist sie ein großes Mädchen, das keine Sommerwiese mehr sehen würde. Ein Schauer durchläuft sie, und sie zieht ihren Mantel etwas enger um sich.

Über der Vogel-Kathedrale hat jemand Ballons aufgehängt. Kleine Nachbildungen von Heißluftballons, die an dünnen Fäden von der Decke baumeln. Ihr Blau und Grün und Gelb zeigt Patina, und die Körbchen, die sie unter sich tragen und die sie bei jedem Windstoß durch die Lüfte schaukeln, laden Puppen zum großen Abenteuer ein. Einmal abheben. Einmal fliegen. Einmal alles von oben besehen. Aus der Vogelperspektive sozusagen.

Martha drückt die Türklinke des Ladens, tritt ein und riecht augenblicklich den Staub von Jahrzehnten.

Ein junger Mann in Turnschuhen, Jeans und weißem T-Shirt kommt aus einem Hinterzimmer, das durch einen roten Samtvorhang vom Verkaufsraum abgetrennt ist. Er grinst sie an. Es ist frech, dieses Grinsen, und es sagt ihr, dass man sich täuschen kann. Sie hatte mit einem gebückten Mütterchen gerechnet oder einem verschrobenen Alten, dem neben den Haaren auch ein paar Zähne ausgegangen sind. Nie hätte sie inmitten des ganzen Trödels einen Kerl wie diesen hier vermutet.

»Ich hätte gern den da«, sagt sie und zeigt auf einen blassblauen Ballon.

Er geht zum Schaufenster, klettert auf einen Schemel und holt den Ballon von der Decke.

»Ein schönes Vehikel«, sagt er und pustet etwas Staub herunter. »Gut in Schuss. Gucken Sie mal, der Korb unten hat gar keine Löcher. Die Passagiere können also ganz entspannt aufsteigen.«

Sie lacht. »Das nennt man Flugsicherheit.«

»Und ganz ohne Durchleuchten des Gepäcks und Leibesvisitation und maschinenlesbare Personalausweise beim Check-in«, ergänzt er.

»Kaum mehr vorstellbar.«

»Mögen Sie Luftreisen?« Er geht zu einer alten Registrierkasse. So einer, an der man erst die Summe mit Messinghebeln einstellt und das Ganze dann mit einer energischen Drehung an der Kurbel rechts bestätigt. Die Schublade mit den Fächern für Banknoten und Münzgeld gleitet mit einem leisen Klingelton heraus.

»Luftreisen ist ein hübsches Wort«, entgegnet sie. »So schön gestrig.«

»Für Leute, die immer nur im Morgen unterwegs sind, vielleicht etwas ungewöhnlich.«

»Das Morgen ist gar nicht meine Destination. Ich halte mich lieber im Heute auf.«

»Gute Einstellung. Und? Wie ist das mit den Luftreisen?«

»Ich verliere gern mal den Boden unter den Füßen, wenn Sie das meinen.«

»Ja, ja«, nickt er, »die Thermik vollführt hin und wieder wahre Wunder. Sie gibt uns Auftrieb.« Er legt den Ballon vorsichtig neben der Kasse ab.

»Wie viel bekommen Sie dafür?«, fragt sie und holt ihr Portemonnaie aus der Tasche.

Er überlegt kurz. »Sind fünfundzwanzig Euro okay?«

Das Spielzeug ist mehr wert, das weiß sie. Viel mehr wert.

Sie nickt und reicht ihm das Geld. »Könnten Sie es mir als Geschenk einpacken?«

Er legt die Scheine sorgfältig in die dafür vorgesehenen Fächer und schiebt die Lade der Kasse wieder zu. »Wir haben kein Geschenkpapier, aber ... Moment mal ...« Er greift hinter sich in ein Regal und zieht eine schwarz-weiß gestreifte Hutschachtel heraus. »Würde Ihnen so was gefallen?«

»Die ist wunderschön.«

»Ich habe sogar noch irgendwo Schleifen.« Jetzt holt er unter der Kasse eine Kiste hervor. »Schwarz, weiß oder rot?« Er hält ihr drei Satinbänder entgegen.

Sie wählt Rot.

»Sehr gut.« Der Ballon verschwindet in der Schachtel, und mit ein paar Griffen hat der Mann eine imposante Schleife darum gebunden. Er reicht Martha das Paket. »Und wer darf damit losfliegen?«

»Es ist ein Geschenk für meinen Freund.«

Jetzt lächelt er, und sie sieht an seinem Lächeln, wie jung er ist. Mitte zwanzig, schätzt sie. »Frauen, die solche Geschenke machen, sind ein Geschenk«, sagt er.

»Danke«, erwidert sie leise und drückt die Hutschachtel an sich.

»Wissen Sie, was das Tollste an Luftreisen ist?«, fragt er.

»Sie werden es mir sicher gleich verraten.«

»Man kann da oben über den Wolken wunderschöne Luftschlösser bauen.«

»Die überirdische Dimension, oder?«

»Ja, Sie haben verstanden. Darauf kommt's an.« Er eilt ihr voraus zur Tür, die er öffnet, um sie hinauszulassen.

»Guten Flug«, sagt er.

Sie nickt ihm zu, und dann tritt sie mit dem schwarzweißen Paket hinaus ins Freie.

Sie wendet sich nach rechts, passiert einen kleinen Platz mit einer großen Kirche. Ein paar Bänke stehen davor, unter Bäumen, wo irgendwer gut ein halbes Dutzend leere Weinflaschen abgestellt hat. Die Hinterlassenschaft einer Nacht.

Als Martha zur Piazza Santo Stefano kommt, steht die Sonne schräg und bescheint die Säulen links von der Kirche, gegenüber den Cafés, die jetzt bereits im Schatten liegen.

Sie setzt sich auf die Mauer und spürt durch ihren Mantel hindurch die Restwärme des Tages. Die Hutschachtel stellt sie zu ihren Füßen ab. Sie holt eine Zigarette aus ihrer Tasche und fragt ein Pärchen, das neben ihr auf den Steinen sitzt, nach Feuer. Die zwei unterhalten sich auf Deutsch, aber Martha fragt auf Italienisch. Sie belauscht gern Gespräche, und die Chance, etwas zu erfahren, potenziert sich, wenn sie ihre Nationalität nicht preisgibt. Auf ihren Reisen in England und Frankreich und Amerika wurde sie auf diese Weise oft Zeugin zwischenmenschlicher Komödien und Tragödien, je nachdem. Eine Diebin schöner Geschichten, hat Hans sie mal genannt, als sie ihm davon erzählte.

Kurz streifen ihre Gedanken Hans, diesen Abend gestern mit ihm, in einer Trattoria, wo das Essen einfach und billig und gut war und der Wein in Halbliterkaraffen ungefragt nachgeliefert wurde, sobald der Inhalt ihrer Gläser zur Neige ging. Sie aßen und tranken und redeten. Ein Mann und eine Frau, die einmal Mann und Frau gewesen waren. Das erste Tête-à-Tête nach elf Jahren, von dem sie beide wussten, dass es das letzte war.

Martha legt die Gedanken an den Abend beiseite, vorerst.

Der Mann neben ihr holt sein Feuerzeug aus der Tasche, dreht an dem Rädchen und hält ihr die Flamme hin.

»Grazie«, sagt sie, nimmt einen tiefen Zug und bläst den Rauch aus. Sie schlägt die Beine übereinander, die in schmalen hellgrauen Jeans stecken. Schlanke Beine mit Stiefeln, die übers Knie reichen. Kauf sie, hatte Michele zu ihr gesagt, als sie zögerte. Bin ich für so was nicht zu alt?, fragte sie und runzelte die Stirn. Er nahm ihr wortlos die Schuhe aus der Hand und trug sie zur Kasse. Jetzt gefallen ihr die Stiefel, und sie trägt sie fast täglich. Das Wetter ist herbstlich geworden. Die Schuhe werden die Schritte begleiten, die Martha noch bleiben.

Der Mann und die Frau neben ihr sprechen über Vorlesungen und Seminare an der Universität; sie studiert Jura, er irgendwas mit Wirtschaft. Sie sind sich einig darin, dass sie Bologna cool finden. Und dass sie sich gut fühlen, gut und frei, fernab von Deutschland und ihrem Elternhaus. Irgendwann verlegen sie sich auf Pläne. Solche für die nächsten Stunden und solche fürs Leben.

Sie sind noch nicht wirklich ein Paar, denkt Martha. In der Art, wie sie miteinander umgehen, liegt etwas Tastendes. Als wollten sie Möglichkeiten ausloten. Das ewige Spiel vom Suchen. Und die Freude, wenn man sie findet, die Gemeinsamkeiten, in der Hoffnung, sie mögen tragfähig sein. Eine Brücke zwischen zwei Menschen, schnell zusammengezimmert an einem Nachmittag, bei einer Zigarettenpause auf der Mauer einer Piazza. Eine Brücke, auf die man seine Träume legt. Mutig, zweifelsohne, aber wer braucht schon die Gesetze der Statik, wenn er mit Intuition ausgestattet ist? Dieser Währung, die alle Liebenden in ihren Taschen tragen. Na ja, manchmal haben die Taschen Löcher, aber bevor man das merkt, befindet sich das Herz oft schon im freien Fall. Doch es gibt auch andere Fälle. Glücksfälle. Sie legen sich einem zu Füßen, und man muss nichts anderes tun, als sich zu bücken und sie aufzuheben.

Martha sieht zu ihren Füßen, zu der schwarz-weißen Hutschachtel. Die Hutschachtel mit dem kleinen Spielzeug-Fesselballon. Dann wandert ihr Blick über den Platz, auf dem nun ein alter Padre steht, im Gefolge einige junge Männer, denen er mit ausladenden Gesten Geschichten erzählt. Es scheinen lustige Geschichten zu sein, denn es wird viel gelacht. Der Geistliche schlägt sich mit der Hand gegen die Stirn, als habe ihn gerade ein Geistesblitz getroffen. Es könnte auch so eine Art Wink Gottes gewesen sein.

Martha fällt ein, dass Michele ihr kürzlich erzählt hat, Bologna sei die einzige Stadt Italiens, in der es eine Via Paradiso und eine Via dell'Inferno gebe. Sie bestand darauf, mit ihm erst in die Hölle und dann ins Paradies zu gehen. Ungefähr zwanzig Minuten Fußweg liegen zwischen beiden. Die Hölle befand sich im alten Judenviertel; es war dunkel dort und feucht, und es roch nach Abfällen und Urin. Und das Paradies? Die Gasse erwies sich als eng und ebenfalls düster und hatte außer ein paar Geranientöpfen vor den Fenstern wenig zu bieten.

»Und was sagt uns das?«, fragte Michele und lachte.

»Vielleicht dass das, was wir für das Paradies halten, der Hölle manchmal ziemlich nahe kommt«, entgegnete Martha. Sie wirkte für einen Moment abwesend, doch Michele holte seinen Fotoapparat heraus, stellte sie unter das Straßenschild und drückte auf den Auslöser, direkt neben ihrem Kopf befand sich der Hinweis, dass es sich um eine

Einbahnstraße handelte. Danach bogen sie von dort in die Via San Felice ab. Eine Straße mit hübschen Läden und gemütlichen Bars. Und sie freuten sich, dass wenigstens das Glück am richtigen Ort zu Hause war.

Als sich der Padre auf der Piazza Santo Stefano jetzt Richtung Kirche in Bewegung setzt, folgt ihm die kleine Gruppe. Martha beobachtet die etwa zwanzigjährigen Jungs, die meisten von ihnen in Jeans, viele mit hübschen Lockenköpfen. Fast scheinen sie um die Gunst des Alten zu buhlen. Werden auch sie eines Tages Priester werden? Sich dem Zölibat ausliefern und niemals die Beine einer Frau streicheln? In eine Zelle gehen und die Tür zu ihrer Lust fest verschließen – um dann doch irgendwann mit Schuldgefühlen die Beulen in ihren Jeans zu betrachten?

Martha sieht den jungen Männern nach, die einer nach dem anderen vom Kirchentor verschluckt werden.

Warum muss sie gerade jetzt an Verzicht denken? An Wünsche, die da sind und die man sich trotzdem untersagt? Vielleicht weil ihr die Liebe noch einmal in den Schoß gefallen ist und sie die letzten elf Jahre plötzlich in einem völlig anderen Licht sieht. Jahre auf kleinster Flamme, wie bei einem Gasherd, den Knauf weit nach links gedreht, bis zum Anschlag, bis zum absoluten Minimum. Was da brannte, reichte allenfalls, um die Suppe lauwarm zu halten. Das tat sie, jahraus, jahrein, Frühling, Sommer, Herbst, Winter. Sorgfältig darauf bedacht, sich nicht die Finger zu verbrennen. Und jetzt? Hat sie aufgedreht, und zwar richtig. Hat ihre Gefühle an den Siedepunkt gebracht und weit darüber hinaus. Was da nun kocht, ist heiß und schmeckt. Sie kann nicht genug davon bekommen, und sie weiß, dass man ihr das ansieht.

»Du siehst hinreißend aus«, sagte Hans denn auch gestern zu ihr. Er sagte es nach dem dritten Glas Wein, und er sah ihr dabei direkt in die Augen. Als er seine Hand auf ihre legte, zuckte sie nicht einmal. Sie ließ alles an seinem Platz. Sie ließ sogar zu, dass sein Zeigefinger langsam über ihren Daumen strich, und irgendwann bewegte sich dieser Daumen, als würde er nicht ihr gehören und hätte beschlossen, sein eigenes Ding zu machen – er nahm Kontakt auf mit dem Zeigefinger, der da so beharrlich um ihn warb.

»Es heißt ja immer, dass man noch mal aufblüht, bevor's zu Ende geht«, erwiderte Martha.

»Du bist erstaunlich.«

»Warum? Weil ich dabei bin zu sterben?«

Er lehnte sich zurück, und dabei achtete er sorgfältig darauf, dass die Zeigefinger-Daumen-Allianz hielt. Eine Weile sagte er nichts. »Nein, das meine ich nicht«, entgegnete er schließlich.

»Was meinst du dann?«

»Du überraschst mich.«

»Das hast du schon mal anders gesehen.«

»Du warst für mich immer ...« Er brach ab, suchte nach Erklärungen.

»Ich war für dich so was wie ein offenes Buch«, fiel sie ihm ins Wort. »Allerdings eines, das dich nach den ersten Kapiteln nicht mehr sonderlich interessierte.«

Er zog seine Hand abrupt weg, ballte die Faust und schlug mit ihr auf den Tisch. Die Weingläser zitterten. »Kannst du nicht einmal damit aufhören, Martha?« Seine Stimme war so laut, dass die zwei Pärchen an den Nebentischen zu ihnen herübersahen.

Sie zuckte zusammen. »Womit?«

»Mit deiner verfluchten Selbstgefälligkeit.« Er betonte jedes Wort.

»Bitte, Hans, nicht so laut.«

»Ach, Gott. Das ist mal wieder typisch. Kaum zeige ich Gefühle, pfeifst du mich zurück. Weißt du was? Die Leute hier sind mir scheißegal.«

Sie griff nach ihrer Handtasche und stand auf.

Er erhob sich ebenfalls, fasste sie an den Schultern und drückte sie wieder auf ihren Stuhl zurück. »Du bleibst hier.« Er winkte der Kellnerin zu. »Noch einen halben Liter, bitte.«

Das Mädchen nickte, und keine Minute später stand der Wein auf dem Tisch. Hans füllte die Gläser nach.

Martha atmete schwer. »Warum bist du eigentlich hergekommen?«, stieß sie hervor.

»Weil ich dich sehen wollte. Weil ich mich seit Jahren frage, warum das mit uns damals auseinandergegangen ist ...«

»Das fragst du noch?«, fuhr sie ihn an. »Du hast mich nach Strich und Faden betrogen. Du bist mit jeder Frau ins Bett gegangen, die du kriegen konntest. Und du hast jetzt die Frechheit, mich zu fragen ...«

»Hör auf! Ich kenne die offizielle Version. Ich weiß, was ich getan habe. Du hast es mir ja oft genug vorgehalten. Ich mir selbst übrigens auch, falls es dich interessiert. Auswendig kann ich es runterbeten, mein Sündenregister. Aber hast du eigentlich ein einziges Mal darüber nachgedacht, warum ich es bei dir nicht mehr ausgehalten habe?«

»Du wirst es mir wahrscheinlich gleich verraten.«

»Du hast uns keine Chance gegeben. Du hast alles erdrückt mit deinen Prinzipien. Am Anfang, ja, da hatte ich das Gefühl, du brauchst mich.«

»Hab ich auch. Und genau das war mein Fehler. Ich dachte, du würdest mich retten, auftauen, was meine Mutter eingefroren hatte, doch das ist der größte Irrglaube überhaupt gewesen – anzunehmen, du könntest alles heilen.«

»Aber wir haben uns mal geliebt, Martha.«

»Wir haben uns aneinandergeklammert wie zwei Ertrinkende, du mit deinen Träumen und ich mit meinen Ängsten.«

»Wir hätten alles haben können, aber nach Linas Geburt ... Du warst plötzlich so unnahbar. Was ich auch tat, nichts genügte dir. Haus, Arbeit, Garten, Kind, ich bekam überall schlechte Noten von dir. Ich war ja auch nicht perfekt. Aber ich war vernarrt in dich. Doch wenn ich mich an dir wärmen wollte, hast du mir die kalte Schulter gezeigt. Müde, du warst immer nur müde. Und irgendwann war ich auch müde ...«

»... und dann hast du dich trösten lassen.«

»Ja. Ich war schwach. Und nicht nur das. Du hast mir täglich aufs Neue meine Schwächen vorgehalten. Als die anderen Frauen kamen, wurde es ja noch mal schlimmer. Ich fühlte mich dir gegenüber wie ein Wurm.«

Sie nahm einen großen Schluck Wein. »Und ich fühlte mich wie eine Versagerin. Ich wollte alles richtig machen, das Schiff wieder seetüchtig machen. Ich wollte, dass du mit mir die Segel setzt, aber dir war das alles zu viel. Du lebtest in deinen Luftschlössern, und sobald das Wort Verantwortung fiel, hast du dich in dein Wolkenkuckucksheim verabschiedet.«

»Dahin hätte ich dich gern mitgenommen«, sagte er leise.

Sie schloss für ein paar Sekunden die Augen, und in der Schwärze, die sie plötzlich umgab, sah sie auf einmal ihre verpassten Chancen. Wie ein Flugzeug, das gerade die Startbahn verlässt und abhebt, während man frierend auf dem Rollfeld steht, den Kondensstreifen am Himmel sieht und genau weiß, dass dies der letzte Flieger war.

»Verzeih mir«, flüsterte sie. »Ich wäre nichts lieber als mitgekommen damals.«

Er sah sie ungläubig an. »Ist das wahr?«

»Ja, aber mir war das nicht bewusst. Und nun es ist zu spät. Nun ist meine Destination eine andere.«

Er schluckte. Sie sah, wie seine Lippen zitterten.

»Den Tod, ja, ich meine den Tod. Aber nicht nur den. Da ist auch die Liebe zu einem anderen Mann.«

Er nickte. »Hab ich nie richtig hingeschaut, oder hast du dich verändert?«, fragte er schließlich.

»Beides, Hans«, antwortete sie leise.

»Dieser Michele ...«, begann er vorsichtig.

»Ja?« Sie goss erst ihm, dann sich Wasser nach. Sie ließ sich Zeit damit, rückte sogar die Gläser ein wenig zurecht.

»Er macht einiges richtig, scheint mir.«

»Er ist, wie er ist. Da gibt es kein Richtig und Falsch. Die Liebe hat andere Parameter.«

»Welche?«

»Das fragst ausgerechnet du?«

»Ich will, dass du es mir erklärst.«

»Das ist eine Sache von Schwingungen. So als ob du plötzlich spürst, dass da jemand auf deiner Frequenz funkt. Michele passt in mein Leben, jetzt, in diesem Moment. So wie du auch mal in mein Leben gepasst hast.«

»Hab ich das wirklich?«

Sie neigte den Kopf, ganz leicht nur, aber diese Geste löste auf, wohinter sie sich so lang verborgen hatte, gab ihr etwas Weiches. »Natürlich, Hans. Ich hab's dir vorhin schon gesagt. Die Liebe macht nicht allzu viele Hausbesuche im Leben. Bei mir war sie ganze zwei Mal zu Gast, von ein paar belanglosen Stippvisiten mal abgesehen.«

»Du sagst das ohne Bitterkeit.«

»Ich mag den Geschmack von Bitterstoffen nicht mehr. Sie verderben einem alles. Wird Zeit für was Süßes, wenigstens zum Schluss.«

»Ich hätte damals einfach nicht sofort alles hinwerfen sollen.«

»Hans, bitte, verschon uns damit. Keine Reue zum Ausverkauf. Das ist zu billig.«

»Schon gut. Aber ich hab viel nachgedacht in den letzten Wochen.«

»Das bringt nichts.«

»Was?«

»Diese Rückschau. Wir sind nicht auf dieser Welt, um alles richtig zu machen. Wir machen Fehler, gehen uns selbst auf den Leim, belügen uns, und während wir das alles tun, gehen wir weiter. Wir sind ohne Unterlass auf der Reise. Manchmal haben wir sogar unsere großen Momente. Du und ich, Hans, wenn das nicht gewesen wäre, gäbe es jetzt Lina nicht.«

Sie bemerkte, dass seine Augen feucht wurden, und redete schnell weiter. »Ich versuche gerade, meinen Frieden mit der Vergangenheit zu machen.«

»Kann man das so einfach?«

»Es ist schwer zu erklären.«

»Probier's trotzdem.«

»Unsere Vergangenheit hat uns zu dem gemacht, was wir sind. Ohne sie säßen wir zwei nicht heute hier. Hier in dieser Trattoria. Sie hat uns an diesen Ort geführt. Sie leuchtet quasi die Gegenwart aus und wirft ihren Lichtkegel in die Zukunft. Wir hadern zu oft mit dem, was gewesen ist, meinen, alles hinter uns lassen zu müssen.«

»Aber ist das nicht wichtig, um weiterzukommen?«

»Blödsinn. Dieses große Abhaken ist ein großer Beschiss. Nur wenn wir zulassen, dass sich die Vergangenheit wie eine Decke um unsere Schultern legt, können wir im Jetzt ankommen.«

Er schwieg, und seinen Stirnfalten sah sie an, dass er versuchte zu begreifen, was sie gesagt hatte. Irgendwann räusperte er sich: »Das klingt alles so klug, so ausformuliert und ... ja, so furchtlos.«

»Ich hatte viel Zeit nachzudenken, Hans. Manchmal schreib ich meine Gefühle auch auf, um sie besser greifen zu können. Als ich nach Bologna kam, hatte ich noch keinen Plan. Ich bin regelrecht getürmt aus meinem alten Leben. Da war diese Diagnose, da war mein Geburtstag, da war die nackte Angst. Ich wusste nur, dass etwas anders werden musste, aber ich hatte keine Ahnung, was mich eigentlich hier erwartete.«

»Ziemlich mutig.«

»Man nennt das auch Mut der Verzweiflung.«

»Du musst dich verdammt allein gefühlt haben.«

»Nein, das war's gar nicht. Ich war sogar zu leer, um so was wie Alleinsein überhaupt wahrzunehmen. In mir saß die Panik, und die hat alles andere verdrängt. Ich sag dir, Panik kann ziemlich raumgreifend sein, sie frisst deiner Seele die letzten Haare vom Kopf.«

»Na ja, du hattest trotzdem die Kraft aufzubrechen.«

»Weißt du, was Martin Walser mal gesagt hat? Dem Gehenden schiebt sich der Weg unter die Füße. In meinem Fall war's das Gaspedal, das ich durchgetreten habe. Und plötzlich hab ich so was wie 'ne Straße wahrgenommen.«

»Warum gerade Bologna?«

»Ach, das ist eine lange Geschichte. Ich hab auf einer Dienstreise eine Frau kennengelernt, und die hat mir beim Abschied den Kassenzettel eines Supermarkts mit ihrer Telefonnummer in die Hand gedrückt. Tja, und hier bin ich.«

»Und willst du bleiben? Ich meine, bleiben bis …?«

»… zum Schluss? Ja! Ich wüsste nicht, wo ich jetzt noch hinsollte. Zurück an einen Ort, der schon lange nur noch die Illusion von Zuhause war? Weg von Michele? Das wäre doch verrückt.«

»Lina hat gehofft, dich wieder mit nach Deutschland nehmen zu können, denke ich zumindest.«

»Ich weiß. Ein Kind will nicht, dass die Mutter stirbt. Und das Elternhaus scheint da eine Art letzter Schutzraum. Aber du und ich, wir wissen, dass das Kinderglaube ist.«

Er zögerte. »Meinst du, *sie* hat das verstanden?«

»Keine Ahnung.« Martha machte eine Pause, in der sie der Kellnerin hinterhersah, die gerade ein Tablett mit Tellern zwischen den Tischen hindurchbugsierte. Eine junge Frau mit einem großen Hintern, der in einem etwas zu engen und etwas zu kurzen schwarzen Rock steckte. Der Rock warf Falten, und er lenkte die Blicke einiger Männer auf sich.

»Lina hat ja noch dich, Hans.« Marthas Stimme war im Begriff unterzugehen in dem Lachen und Reden und Gläserklirren ringsum. Er hörte sie trotzdem. »Und das aus deinem Mund …«

»Mich verlassen die Kräfte. Ich müsste mehr mit ihr reden. Es gäbe so viel zu erklären, zu tun, nachzuholen, aber ich kann nicht mehr. Mir fällt es schon schwer, morgens aus dem Bett zu kommen. Die Infusionen und Tabletten, die ich kriege, stabilisieren mich bislang einigermaßen, aber sie machen auch müde. Ich beginne, Dinge durcheinanderzubringen. Und Lina fordert meine ganze Konzentration.«

»Sie kann anstrengend sein, ich weiß.«

Martha lächelte. »Allerdings. Sie ist wütend auf mich, auf den Krebs, auf Michele, der ihr die Mutter entzieht, was weiß ich? Das kann ich ja alles verstehen, aber in mir meldet sich etwas, das mir bislang völlig fremd gewesen ist.«

»Du denkst an dich?«

»Ja, das mag egoistisch klingen, aber ich will meine letzten Tage nicht damit verbringen, mit meiner Tochter herumzustreiten. Ich schaff das nicht. Und vermutlich könnten wir sowieso nicht alles klären. Wie denn auch, in ein paar Tagen? Das ist, als ob du kurz vor Ladenschluss in einen Supermarkt hetzt, um deinen Einkaufswagen richtig vollzuladen. Die Kassiererin schaut bereits ungeduldig auf die Uhr, weil sie Schluss machen will. Klar, dass du da die Hälfte vergisst. Und während sie hinter dir die Rollläden runterlassen, weißt du schon, was alles fehlt. Lina wird sich den Rest allein besorgen müssen.«

»Soll ich mit ihr reden?«

Sie schüttelte den Kopf. »Nicht jetzt. Vielleicht später mal, wenn ich nicht mehr bin. Es ist besser, den Dingen ihren Lauf zu lassen. Wir werden es sowieso nicht schaffen, alles in Ordnung zu bringen. Du und ich genauso wenig wie Lina und ich. Also nehmen wir einfach das, was ist.«

»War es ein Fehler herzukommen?«

»Im Gegenteil. Aber zu glauben, wir könnten unsere Familiengeschichte mal eben an einem Abend beim Essen reparieren, das wäre ein Fehler. Du hast noch ein paar Jahre vor dir und die Chance, ein bisschen was anders zu machen. Lina wird ihren Weg gehen, und wenn ihr zwei es schafft, euch zusammenzuraufen, könnte ich mit leichterem Gepäck abtreten. Lassen wir es also gut sein.«

»Dabei warst gerade du es immer, die früher alles bis zum bitteren Ende diskutieren wollte.«

»Der Blick aufs Ende verändert sich, wenn es plötzlich direkt vor einem steht.« Ein kleines Lächeln huschte über ihr Gesicht. »Wie wär's zum Schluss mit einem Dessert?«, fragte sie. »Die haben nur zwei zur Auswahl hier, Panna cotta oder Torta al cioccolato.«

Sie wählten den Schokoladenkuchen.

Als sie gingen, hakte sich Martha bei Hans unter. Sie bestand darauf, ihn zu seinem Turm zu bringen. In den Arkaden hing dichter Novembernebel, der die Deckenlaternen mit einem sanften Schleier umgab. In einigen Straßen hatte man bereits die Weihnachtsbeleuchtung angebracht. Sterne und Sternschnuppen.

Nach etwa zehn Minuten waren sie am Ziel. »Eigentlich hätte ich *dich* nach Hause bringen sollen«, meinte Hans.

»Das wäre ein Umweg gewesen«, erwiderte sie.

Er kramte umständlich den Schlüssel aus seiner Hosentasche. Dann sah er sie an. Ein Blick, der sich Zeit nahm. »Ich hab das Gefühl, es gäbe noch so viel zu sagen, Martha.«

»Wir haben geredet. Das allein zählt.«

Er fasste sie bei den Schultern und zog sie zu sich heran. Seinen Kuss setzte er auf ihre Stirn.

Sie schlug den Kragen ihres Mantels hoch, drehte sich um und ging in die Nacht.

Das Pärchen, das neben Martha auf der Mauer sitzt, steht auf. Der Mann zieht die Frau nach oben, und für einen kurzen Augenblick hält er ihre Hand. Allein diese Berührung setzt ein kurzes Leuchten in ihr Gesicht. Sie werden sich heute noch in den Arm nehmen, denkt Martha. Sie werden sich küssen. Sie werden das Spiel eröffnen, das sich Liebe nennt.

Der Mann nickt ihr zu, als sie gehen. Martha nickt zurück, und ihre Blicke begleiten die beiden, die nun nebeneinander über die Piazza schlendern, darauf bedacht, ihre Schritte einander anzupassen. Sie gehen vorbei an dem Barbier, der in seiner weißen, akkurat sitzenden Jacke vor seinen Laden getreten ist, um eine Zigarette zu rauchen.

Martha hat ihm oft von ihrem Aussichtspunkt auf der Mauer zugesehen, wie er seine Kunden einlädt, auf den breiten gepolsterten Frisiersesseln Platz zu nehmen, und ihnen mit elegantem Schwung den großen weißen Umhang um die Schultern wirft. Er arbeitet akribisch mit Kamm und Schere, und wenn er die Männer rasiert, benutzt er einen dicken Pinsel, und danach setzt er das Messer an und zieht die feine scharfe Klinge mit geübtem Griff über Wange und Kinn und Hals, dorthin, wo die Halsschlagader nur noch Millimeter entfernt ist. Nie scheint seine Konzentration nachzulassen, denn er weiß genau: Wenn sie ihm den Dienst quittiert, diese Konzentration auf das Wesentliche, könnte das blutig enden.

Kurz nachdem Martha in Bologna angekommen war, ging sie einmal zu dem Barbier in den Laden, stieß die Glastür mit dem dicken goldenen Griff auf, um ihn nach der Uhrzeit zu fragen. Sie weiß noch, dass er nicht mal zusammenzuckte, als sie ihn von hinten ansprach, sondern das Rasiermesser wie in Zeitlupe sanft durch den Schaum zog, um danach auf seine Armbanduhr zu sehen. Eine silberne Uhr mit großem Ziffernblatt. Seitdem grüßt er Martha, wenn sie vorbeikommt und er vor seinem Geschäft steht, um zu rauchen oder den Menschen auf dem Platz zuzusehen. Er lächelt nie, aber seine Miene verrät Gutmütigkeit. Ein Gesicht, das einlädt, ihm zu vertrauen. Nun ja, das bringt sein Job wahrscheinlich mit sich. Ein Barbier, dem die Leute nicht vertrauen, kann seinen Laden dichtmachen.

Auch jetzt hebt er kurz die Hand, und Martha muss plötzlich daran denken, dass sie in Deutschland, in der Fußgängerzone der Kleinstadt, wo sie seit Jahren ihre Einkäufe erledigte, niemand grüßte, wenn sie vorbeikam. Man nahm keine Notiz voneinander, sondern ging schnell seiner Wege. Auch sie hatte das getan, hatte sich im Tunnel ihres Alltags bewegt und sich immer nur beeilt. Wozu eigentlich? Um möglichst zügig durch dieses Leben zu kommen und dabei nicht mal den Versuch zu unternehmen, dem Dasein noch ein wenig mehr abzuringen als pünktlich bezahlte Rechnungen und rechtzeitig abgegebene Artikel für Zeitschriften, die nach spätestens drei Wochen ins Altpapier wanderten?

Ihr letzter Chefredakteur hatte ihr vor einigen Wochen eine Mail geschickt und wortreich bedauert, dass sie keine Reportagen und Interviews mehr für ihn machte. Niemand hatte ihm anscheinend gesagt, was mit ihr los war. Martha hatte zunächst den Impuls verspürt, eine höfliche und unverbindliche Antwort zu schicken. Doch dann nahm sie sich einen Abend Zeit, und sie schrieb diesem Mann, dessen Stimmungen eine geradezu fatale Abhängigkeit von der Auflage seines Blattes entwickelt hatten, eine lange

Mail. Sie schrieb von Geschichten, die sich keiner traute zu veröffentlichen. Sie verwendete Worte wie Wahrheit und Wahrhaftigkeit, Lüge und Larmoyanz, Beweihräucherung und Beschiss. Einen Moment zögerte sie, bevor sie auf »Senden« drückte, doch dann schickte sie ihren letzten großen Text an diese Redaktion auf die Reise. Danach hörte sie nichts mehr von ihrem ehemaligen Chef. Die Dinge würden weiter ihren Lauf nehmen. Ohne sie.

Ihre Gedanken trägt sie durch die Straßen. Zusammen mit dem kleinen Heißluftballon.

Bei *Zanarini* legt sie einen Zwischenstopp ein. Sie geht an die Bar und bestellt sich einen Spumante. Der Mann hinter dem Tresen zwinkert ihr zu, bevor er eine Flasche Rosé aus einem großen Eiskühler holt, mit schnellem Griff entkorkt und ein Glas vollschenkt.

»Gibt's was zu feiern, Signora?«, fragt er und stellt ihr ein paar Tramezzini und Oliven daneben.

»Das Leben«, erwidert sie und nimmt einen Schluck.

»Ein guter Anlass«, sagt er und schenkt ihr ungefragt nach.

Der beste, denkt Martha. Und sie spürt, wie der Alkohol die Wirkung der Tabletten, die sie vorhin genommen hat, augenblicklich verstärkt. Den aufkommenden Schwindel schickt sie mit einer leichtfertigen Handbewegung weg. Jetzt noch nicht, denkt sie und sucht Halt in der verbleibenden Zuversicht.

Sie atmet tief durch. Genau so, wie Michele es ihr erklärt hat. Sie spürt, wie die Wellen durch ihren Köper fließen. *Ujjayi*, die siegreiche Atmung, nennen die Yogis das. Martha besiegt damit die Restbestände ihrer Angst. Lässt entweichen, was ihr die Luft abschnüren will.

»Möchten Sie noch einen?« Der Kellner zeigt auf ihr leeres Glas.

Sie schüttelt den Kopf und verlangt die Rechnung.

Als sie aus der Bar hinaus ins Freie tritt, ist es dunkel. Martha ist froh darüber, denn in der Dunkelheit bemerken die Passanten, die ihr entgegenkommen, ihre Tränen nicht.

18

Es ist Silvio, der ihr öffnet, als sie Minuten später bei Michele an die Tür klopft. Silvio mit seinem herausfordernden Blick – als wäre die Selbstsicherheit dort ein Dauergast, der sich von nichts und niemandem vertreiben lässt.

Die Lampe im Flur brennt hell, und Martha weiß, dass ihre Augen leicht gerötet sind. Sie vermutet sogar verräterisch zerlaufene Wimperntusche. Beherzt lächelt sie all diese Spuren weg.

»Ciao.« Er hält ihr die Tür mit einer ausladenden Bewegung auf.

»Danke.« Sie tritt an ihm vorbei in die vertrauten Räume.

Sie fühlt noch immer leises Unbehagen in seiner Nähe. Ein paar Mal haben sie sich in den letzten Wochen gesehen. Michele war stets dabei. Die Orte, an denen man Silvio traf, waren Hörsäle an der Uni oder Museen oder Theater. Ab und an gingen sie auch ins Kino und danach auf ein Glas. Silvio trank viel, aber man merkte ihm den Alkohol nicht an. Er wurde immer redseliger und scharfzüngiger. Oft machte er Martha auch Komplimente. Michele spielte den Vermittler, wenn sie nicht entsprechend reagierte. Sie wurde den Eindruck nicht los, dass etwas in diesem Mann darauf lauerte, sie zu enttarnen. In seiner

Gegenwart meinte sie eine gläserne Haut zu haben, durch die er direkt in ihr Innerstes sehen konnte.

»Wo ist Michele?«, fragt sie jetzt.

»Das sind schöne Stiefel«, entgegnet er lächelnd.

»Michele hat sie ausgesucht.«

»Aha. Er hatte schon immer einen guten Geschmack.« Er schließt die Tür hinter ihr. »In jeder Beziehung.«

Sie sieht sich um. Die große Stehlampe brennt und taucht das Zimmer in warmes Licht. Auf dem Sofa liegen Stapel bedruckten Papiers. Es riecht nach Kaffee.

Martha stellt die schwarz-weiße Hutschachtel auf den Boden.

»Was ist das?« Silvio zeigt auf die Box mit der roten Schleife.

»Ein Geschenk.«

»Für Michele?«

Sie nickt.

»Darf man fragen, was drin ist?«

»Fragen darfst du schon, aber ich werde es dir nicht verraten.«

Jetzt ist er erstaunt. Ein bisschen verärgert ist er auch, sie sieht es an dem leichten Stirnrunzeln. Und daran, dass sein Lächeln verschwunden ist. »Warum nicht?«

»Ich will nicht, dass du es vor ihm weißt.«

Er hat sich wieder gefangen. Das Lächeln ist zurück. »Verstehe.«

»Wirklich?«

»Nun ja, manchmal ist es eben besser, keine Geheimnisse auszuplaudern. Magst du einen Kaffee?«

»Ein Wasser.«

Er geht in die Küche, holt ein Glas aus dem Regal über dem Waschbecken, dreht den Hahn auf und lässt Wasser hineinlaufen. Er bewegt sich in dieser Wohnung, als ob es seine eigene wäre.

»Was ist das?« Martha zeigt auf die Blätter auf dem Sofa.

»Micheles Romananfang. *Nachsaison*. Er hat dir ja davon erzählt …« Silvio sammelt die bedruckten Seiten ein, um ihr Platz zu machen.

Sie bleibt stehen mit dem Glas in der Hand. Sie hat Michele in der letzten Zeit oft gefragt, ob sie mal hineinlesen dürfe, und er hatte nur genickt und es dabei belassen. Jetzt versetzt es ihr einen Stich, Silvio mit dem Manuskript hantieren zu sehen.

»Er wollte, dass ich's mir ansehe, bevor du einen Blick darauf wirfst«, erklärt er.

Sie zuckt zurück, wie ertappt. Doch dann entspannt sie sich gleich wieder.

»Michele hat Respekt vor dir«, fährt er fort. »Vor deinem Talent. Im Internet hat er einige deiner Reportagen gelesen.«

Das hat sie nicht gewusst.

»Sie hätten so eine Intensität, deine Texte, meinte er. Sie haben ihm gefallen. Sehr sogar.« Er sieht erst auf ihre Beine, dann sieht er ihr in die Augen. »Mir übrigens auch«, ergänzt er.

»*Du* hast meine Geschichten gelesen?«

»Ist ja kein Verbrechen. Das Internet ist schließlich jedem zugänglich.« Er setzt sich aufs Sofa. »Du magst mich nicht, stimmt's?«

»Bitte, Silvio …«

»Ich mag mich manchmal auch nicht, glaub mir.«

»Fällt mir schwer.«

»Wir tragen alle unsere Masken. Meine ist die des selbstgefälligen Philosophen.«

»Das ist auch wieder selbstgefällig.«

»Kluge Frau. Du hast übrigens die perfekten Beine für diese Schuhe. Aber du füllst die Stiefel noch nicht aus.«

»Das ist ...« Sie sucht nach dem passenden Wort.

»Unverschämt?«, hilft er ihr.

Sie kann nur nicken.

»Ein Wort, das ich sehr liebe. Eines, das die Scham entlässt. Sich nicht aufhält mit höflichem Getue.«

»Ich wollte diese Schuhe erst nicht kaufen«, sagt sie vorsichtig.

»Aha.«

»Aber sie sind bequem.«

»Und sie sind sexy.«

»Was wird das hier?«

»Ein Gespräch zwischen einem Mann und einer Frau. Genau genommen ist es das schon.«

»Willst du ...?« Schon wieder dieses Tasten nach Worten. Als seien ihr alle verlorengegangen.

»Ob ich dich anmachen will?« Er schüttelt den Kopf. »Nein. Du bist die Freundin meines besten Freundes. Da habe ich meine Prinzipien. Aber du bist anders als die Frauen, die er vorher hatte. Und ... auch *er* ist anders, seitdem ihr ein Paar seid.«

Sie trinkt ihr Glas leer und stellt es auf dem Tischchen vor dem Sofa ab. Dann setzt sie sich, wobei sie etwas Abstand zwischen sich und Silvio lässt.

»Seit wann bist du eigentlich Single?«, fragt sie.

»Zu lange.«

»Und warum?«

Er lehnt sich zurück und verschränkt die Hände hinter dem Kopf. »Ich könnte jetzt sagen, ich bin zu anspruchsvoll. Ich könnte auch sagen, es gibt nicht viele Frauen wie dich. In Wahrheit bin ich für jede potenzielle Kandidatin eine Zumutung.«

»Hattest du schon jemals so was wie eine längere Beziehung?«

»Kann man nicht sagen. Ich tauge wohl nur für die Kurzstrecke. Bei weiteren Entfernungen geht mir der Treibstoff aus. Mehr als zwei Jahre habe ich's nie geschafft.«

»Und das bedauerst du.«

»Hab ich das gesagt?«

»Nein, aber ich hab's gehört.«

Er sieht sie überrascht an. »Ich begreife langsam, warum du so gute Interviews geführt hast.« Er zeigt auf ihr leeres Glas. »Noch Wasser?«

Sie schüttelt den Kopf.

»Einen Wein?«

»Nein, ich hatte schon Spumante vorhin.«

»Allein?«

»Ja.«

»Gab's einen Anlass?«

»Es gibt immer einen Anlass.«

»Martha?« Seine Stimme wird leiser. »Ich hab dich kürzlich gesehen. Du hast mich nicht bemerkt.«

»Wo war das?«

Er zögert. »Bei Dottore Antinori.«

Sie wird blass. Der Name ihres Onkologen hat hier nichts zu suchen. Und doch steht er da, breitet sich aus in diesem Raum, den Michele und sie gefüllt haben mit Lachen und Liebe und mit nichts anderem.

»Du kamst aus dem Besprechungszimmer. Ich stand an der Garderobe und half gerade meiner Mutter aus dem Mantel.«

»Deiner Mutter?«

»Sie hat Lungenkrebs im Endstadium. Dabei hat sie nie geraucht. Na ja, sie hasst Ärzte. Und deshalb begleite ich sie. Mit ihrem Sohn fühlt sie sich etwas sicherer. Obwohl's nur die Illusion von Sicherheit ist bei all dem, was wir da hören.«

Martha überlegt. Überlegt fieberhaft, ob sie Fragen stellen soll. Fragen, um abzulenken. Wie alt seine Mutter ist? Wann der Krebs bei ihr entdeckt wurde? Ob sie Schmerzen hat? Doch all diese Fragen würden einer einzigen letztlich nicht ausweichen können. Also schweigt sie.

Silvio kommt direkt zum Punkt. »Und warum warst *du* bei einem Onkologen?«

Sie beißt sich auf die Unterlippe. »Bestimmt nicht, weil er mein Liebhaber ist.«

Ein Lächeln streift Silvios Gesicht. »Weiß Michele es?«

»Nein, ich hab es ihm nicht gesagt.«

»Verstehe.«

»Du bist der Erste, der das sagt. Die anderen meinen, ich sollte ehrlich sein.«

»Die Leute überschätzen die Ehrlichkeit. Hört sich immer so toll an, aber in Wahrheit haben wir doch alle Schiss davor, uns mit der Wahrheit anzulegen. Ist es schlimm bei dir?«

»Ziemlich schlimm.«

»Ist ein guter Arzt, der Antinori. Kein Schönredner. Der weiß, was er tut.«

Sie nickt, und sie denkt dabei an die Tablettenschachteln in ihrer Handtasche.

»Von mir erfährt Michele nichts.« Silvio steht auf. »Ach ja, du fragtest vorhin, wo er ist. Er gibt eine private Yogastunde. Müsste bald wieder zurück sein.«

Sie erhebt sich auch, und während sie hinter ihm zur Tür geht, begreift sie plötzlich, was sie all die Wochen nicht begriffen hat – warum er Micheles bester Freund ist.

»Ich gebe übrigens am nächsten Samstag ein kleines Fest. In meinem Haus oben in Verucchio«, sagt er.
»Wo ist das?«
»In der Nähe von Rimini, in den Bergen.«
»Ich wusste gar nicht, dass du ein Haus hast.«
»Genau genommen gehört es meiner Mutter, aber sie hat es mir geschenkt. Noch zu Lebzeiten«, setzt er nach.
»Was gibt es zu feiern?«, fragt sie.
»Meinen Geburtstag. Kein runder, um deine nächste Frage zu beantworten. Eine Vier und eine Sieben, 'ne ziemlich krumme Sache also.«
Sie lacht. »Besser als eine Sieben und eine Vier.«
»Hey, was ist los? Du hast mich gerade das erste Mal richtig angelacht. Das rettet meinen Tag, liebe Martha.«
»Danke.«
»Wofür? Weil ich dir gesagt habe, dass du sexy Beine hast?« Er nimmt die Türklinke in die Hand. »Bring übrigens deine Tochter und deinen Ex-Mann mit zu meinem Fest.«
»Du weißt von den beiden?«
»Michele kann wenig für sich behalten. Er brennt ja schon drauf, die zwei endlich kennenzulernen. Könnte eine hübsche Familienzusammenführung werden. Francesca ist auch dabei. Und als Mediator habe ich den verrückten Psychologen eingeladen, mit dem du Italienisch lernst und der letztens mit uns in dieser Bar an der Maggiore war. Ziemlich trinkfest und ziemlich clever, der Alte.«
»Ich mag ihn sehr.«
»Das ist mir nicht entgangen.«
Martha reicht Silvio die Hand. Ihr Blick fällt auf die Hutschachtel am Boden. »Da ist ein Spielzeug drin«, sagt sie.
»Ein kleiner Fesselballon.«

»Das wird ihm gefallen«, erwidert er und tritt hinaus in den Flur. Sie schließt die Tür hinter ihm und lehnt sich mit dem Rücken dagegen. Sie atmet jetzt schwer. Zwei, drei Minuten bleibt sie so stehen. Dann geht sie langsam zum Fenster. Die Ginkgobäume bewegen sich im Novemberwind. Es ist, als würden sie ihr winken.

Eine Weile steht sie so da. Dann zieht sie ihre Stiefel aus. Sie geht ins Badezimmer, heizt den Ofen dort ein, drückt den kleinen Gummistöpsel in die Wanne und dreht den Wasserhahn auf. Sie findet ein Badepulver, das süßlich riecht und Unmengen an Schaumbläschen produziert. Das Erbe einer anderen Frau, das sich aufplustert und mit steigendem Wasserpegel über den Wannenrand kriecht.

Martha muss an den Geruch von Parfum auf Micheles Kopfkissen denken, damals, in der ersten Nacht, in der sie bei ihm schlief. Kurz streifen ihre Gedanken die Vorstellung, dass weitere Frauen folgen werden. Sie ist nicht neu, diese Vorstellung, sie kommt immer wieder zu Besuch und setzt alles dran, Micheles und Marthas Liebe als das zu zeigen, was sie ist – eine wunderschöne Momentaufnahme. Ein Foto, auf dem alles stimmt – Motiv, Tiefenschärfe, Belichtung. Die vollkommene Harmonie, eingefangen in einem einzigen Augenblick, der sofort Vergangenheit wird.

Aber ist das nicht im Grunde das Wesen der Liebe? Ihr Markenzeichen? Das fragt sich Martha, als sie Jeans, Pullover, Strümpfe, BH und Slip auszieht und auf einem Hocker neben dem Waschbecken ablegt. Sind die Versprechungen, die sich zwei Menschen für die Zukunft geben, nicht immer nur Ausdruck des Wunsches, es möge bloß nicht aufhören, was die Gegenwart zum Traum macht? Ist es nicht die Angst vor dem Aufwachen, die uns beteuern lässt, den anderen nie zu verlassen?

Der Spiegel ist beschlagen, daher gibt er nur Marthas Konturen wieder. Einen schmalen nackten Körper, weichgezeichnet durch Wasserdampf. Mit ihrem Zeigefinger malt sie ein M auf den Spiegel, daneben ein zweites. Und wie in ihrem Schulheft umgibt sie auch hier die beiden Ms mit einem Herz.

Es gefällt ihr, dass ihre Vornamen mit demselben Initial beginnen. Michele gefällt es auch, das hat er ihr am letzten Wochenende gesagt, als sie morgens im Bett lagen und Kaffee tranken und nach Gemeinsamkeiten suchten. Sie fanden dies und das. Als Kinder hatten sie beide Angst vor Gewittern. Später mieden sie Schulpartys, stattdessen lagen sie lieber zu Hause und lasen Hermann Hesse. Sie gaben den Stones den Vorrang vor den Beatles, bei den Beatles ließen sie allenfalls das *Weiße Album* durchgehen, ihr Lieblingssong darauf war *Fool On The Hill*. Ansonsten schwärmten sie für Jim Morrison und Lou Reed. Sie schrieben Gedichte und zeigten sie niemandem. Wenn sie mutig waren, gingen sie nachts auf den Friedhof. Manchmal fuhren sie auch Achterbahn, die ganz große mit den Loopings. Sie mochten gebrannte Mandeln lieber als Zuckerwatte, und an den Schießbuden schossen sie stets daneben. Irgendwann gingen sie dann nur noch mit ihren Kindern auf den Jahrmarkt und sahen denen zu, wie sie im Kettenkarussell abhoben, während sie selbst am Boden blieben und vom Warten kalte Füße bekamen.

Als Martha ihren großen Zeh ins heiße Wasser taucht, zuckt sie im ersten Moment zurück, doch dann lässt sie erst einen, schließlich den zweiten Fuß folgen. Sie gleitet hinein in den Schaum, legt ihren Kopf auf dem Wannenrand ab und schließt die Augen. Sie denkt an Silvio. An seinen Blick auf ihre Beine. An sein Lächeln, das verschwand, als sie ihm sagte, wie es um sie steht. An seine Freude darüber, dass sie ihn zum Abschied angelacht hat. Fünf Tage noch bis Samstag. Fünf Tage bis zu seinem Geburtstagsfest. Sie würde in diesen Tagen vieles in Ordnung bringen. Sie spürt ein Bedürfnis aufzuräumen, die Dinge an ihren Platz zu stellen, zu tun, was noch getan werden muss. Und dann wieder spürt sie Müdigkeit, weil allein der Gedanke an all diese Dinge sofort in Erschöpfung umschlägt.

Leise fährt sie mit ihrer rechten Hand durch den Schaum, lässt die Bläschen zerplatzen, bis dieses weiße federleichte Gebirge langsam, wie in Zeitlupe, in sich zusammenfällt und nur noch kleine Inseln auf der Wasseroberfläche bleiben. Martha hebt ihren linken Fuß, an den Zehen ist dunkelroter Lack, den sie vor ihrem Ausflug ans Meer aufgetragen hat und der nun hier und da abblättert. Sie würde etwas nachbessern, morgen oder übermorgen. Sie würde auch zum Friseur gehen und sich die Haarspitzen schneiden lassen.

Warum würde sie das alles tun? Sie weiß es selbst nicht.

Sie zieht nun den Stöpsel heraus und legt sich wieder zurück. Sie wartet, bis das Wasser die Wanne verlassen hat, dann steht sie auf und greift sich das große Badetuch, das an einem Haken neben dem Boiler hängt. Ihre Hände haben jetzt diese schrumpelige Haut, die beim Baden entsteht. Lina fand das als kleines Mädchen immer lustig, und am liebsten hätte sie Stunden in der Wanne verbracht, nur um den Eltern anschließend ihre aufgeweichten Fingerchen entgegenzustrecken.

Heute Abend ist Lina mit Hans im Kino. Vater und Tochter. Ohne Mutter.

So kann's gehen, denkt Martha und fährt sich beim Abtrocknen über den Bauch. Sie spürt wieder diese Krämpfe darin, als würden ihre Eingeweide sich zu Fäusten ballen. Hinzu kommt die Übelkeit, die in den letzten Tagen zugenommen hat. Dass sie sich unendlich müde fühlt, schiebt sie auf das heiße Bad. Sie holt tief Luft und bezahlt das sofort mit einem Hustenanfall. Er ist rauh, der Husten, rauh und trocken, und er will nicht aufhören. Martha taumelt zum Fenster und will es aufreißen. Es klemmt, und als sie daran zerrt, wird ihr plötzlich schwarz vor Augen. Es ist ein abgrundtiefer Schwindel, der sie zu Boden gehen lässt. Und während sie auf die Fliesen sackt, spürt sie noch kalten Schweiß, der sich in winzigen Tröpfchen auf ihre Stirn legt. Dann spürt sie nichts mehr.

»Martha, was ist los?«

Micheles Stimme holt sie wieder zurück.

Sie schlägt die Augen auf und sieht in seine Augen. Er kniet neben ihr und streicht ihr die feuchten Haare aus der Stirn. Seine Hand ist warm.

Sie hört ihren Atem. Ein Geräusch, das ihr fremd ist. Wie ein fernes Rasseln. Als sie versucht, etwas zu sagen, bringt sie kein Wort heraus, sie hustet nur.

Michele steht auf und greift nach einem Bademantel, der neben dem Waschbecken hängt. »Kannst du dich aufsetzen?«, fragt er.

Martha nickt und stemmt sich hoch.

Er legt ihr den Frotteemantel um die Schultern und drückt sie fest an sich. Sie zittert. Aus dem Zittern wird Schüttelfrost. Ihre Zähne schlagen aufeinander.

»Versuch aufzustehen«, sagt er und zieht sie langsam nach oben. Sie taumelt etwas, doch seine Arme halten sie.

Schritt für Schritt gehen sie zurück in den Wohnraum. Michele setzt Martha auf das Sofa, legt ihre Beine hoch, schiebt ihr ein Kissen unter den Kopf. Dann holt er eine Wolldecke aus dem Schlafzimmer und deckt sie damit zu. Das Licht der Stehlampe dimmt er ein wenig herunter.

»Danke«, flüstert Martha, und sie ist froh, dass ihre Stimme wieder da ist und das Zittern nachlässt.

»Was ist passiert?«

»Ich hab gebadet. Wahrscheinlich war das Wasser zu heiß, oder ich bin zu schnell raus aus der Wanne. Mir ist plötzlich schwindlig geworden.«

»Hast du so was öfter?«

»Mein Kreislauf war noch nie besonders stabil«, lügt sie.

»Es gibt Yoga-Übungen, mit denen man mehr Stabilität aufbauen kann. Ich werde dir ein paar davon zeigen, wenn du wieder fit bist.«

Sie lächelt und nimmt seine Hand. Sie hustet.

Er runzelt die Stirn. »Erkältet hast du dich anscheinend auch noch.«

»Schon möglich«, erwidert sie. »Lina hat sich irgendwas eingefangen auf der Zugfahrt. Wahrscheinlich hat sie mich angesteckt.«

»Hast du Fieber?«

Sie winkt ab. »Alles halb so schlimm. Jetzt sieh mich nicht so an.«

»Hör mal, ich hab einen ziemlichen Schrecken gekriegt.«

Ich auch, denkt sie.

Bislang haben ihr die Tabletten und Infusionen einen gewissen Halt verschafft, ja fast so etwas wie Normalität. Eine Illusion von Normalität, das hat sie immer gewusst. Doch dies hier ist neu. Es ist das, wovon alle gesprochen haben, ihre Ärztin zu Hause in Deutschland, ihr Arzt in

Bologna, selbst die Krankenschwester, die sie in der onkologischen Praxis nun alle drei Tage an den Tropf hängt, damit das Mittel, das da in Marthas Venen tropft, die verbliebenen Abwehrkräfte mobilisiert.

Und nun dieser Schwindel, diese Ohnmacht, dieser Sturz. Als ob eine Ampel in ihrem Körper von Orange auf Dunkelorange wechselt. Martha weiß: Das Rot ist unausweichlich.

»Es ist wirklich alles in Ordnung, Michele«, beruhigt sie ihn lächelnd. Die Tapferkeit lächelt mit.

Er lächelt zurück. »Ich liebe dich, Martha.«

Sie sagt nicht »Ich dich auch«. Sie nimmt ihre Antwort dorthin mit, wo er nicht hinkommt. Nicht hinkommen kann, weil sie es ist, die ihm den Weg versperrt.

Eine Weile schweigen beide.

Schließlich setzt Martha sich auf. »Silvio war hier«, erzählt sie, bemüht, ihre Stimme unbeschwert klingen zu lassen. »Er hat uns eingeladen.«

»Ich weiß. Das Haus da oben in Verucchio wird dir gefallen. Ich bin oft dort gewesen. Diese Nachmittage am Küchentisch werde ich nie vergessen. Seine Mutter ist eine großartige Köchin, ständig will sie einem was Gutes tun. Hier eine Suppe, dort noch etwas Pasta oder einen kalten Braten. Männer brauchen was Ordentliches im Magen, hat sie immer gesagt.« Er kratzt sich am Hinterkopf. »Sie ist übrigens sehr krank.«

Sie nickt langsam. »Silvio hat's mir gesagt.«

Michele hebt die Augenbrauen. »Er spricht so gut wie nie darüber.«

Sie klopft sich ein Kissen im Rücken zurecht. »Nun, es gibt so Momente, da ist Menschen nach Reden zumute«, sagt sie beiläufig.

»Eigenartig«, entgegnet er. »Silvio redet sonst erst nach ein paar Gläsern Wein ...«

»Du wirst an seinem Geburtstag endlich Lina kennenlernen«, unterbricht sie ihn. »Und Hans natürlich auch.«

»Ja, ja.« Er wirkt irritiert. »Warum ist dein Ex-Mann eigentlich nach Bologna gekommen?«, fragt er schließlich. »Ich hatte immer den Eindruck, ihr habt in den letzten Jahren kaum noch Kontakt gehabt, und nun besucht er dich.«

Sie presst die Lippen aufeinander. »Er wollte einfach seine Tochter begleiten«, erwidert sie dann. »Außerdem hatte er Lust auf Italien.«

»Zwischen ihm und dir ...«

»Ach, *das* meinst du?« Sie ist erleichtert. »Hans und ich haben uns wieder ein bisschen angenähert, nachdem wir jahrelang nur das Nötigste miteinander gesprochen haben. Aber da ist nichts mehr.« Sie fährt ihm mit der linken Hand über den Kopf. »Bist du etwa eifersüchtig?«

Er nickt, und kurz darauf schüttelt er den Kopf. »Ich weiß auch nicht, Martha. Wenn du nicht an dein Handy gehst, mache ich mir bereits Gedanken. Wenn du auf eine SMS von mir nicht gleich reagierst, glaube ich schon, du gehst wieder zu deiner Familie nach Deutschland zurück. Wenn ...«

»Es ist nichts von alldem«, fährt sie dazwischen. »Und wenn ich auch sonst nicht viel weiß, aber eines weiß ich ganz sicher: Ich werde nicht in dieses miese kleine Einfamilienhaus hinter den Thujahecken zurückkehren.«

»Es ist dein Zuhause.«

»Das ist es schon lange nicht mehr. Es ist ein Ort, an dem ich mein Leben abgesessen habe.«

»Du klingst so bitter heute.«

Ja, denkt sie, bin ich auch. Ich habe meine Tage hinter mich gebracht, ohne viel zu verlangen. Ich habe Deadlines in der Redaktion eingehalten und Lina das Essen hingestellt und Papa die Wäsche gewaschen, und abends habe ich den Wecker auf sieben Uhr gestellt und mir die Decke über den Kopf gezogen. Selbst Träume habe ich mir versagt, bis jetzt. Jetzt stehe ich da mit einem Traumüberschuss und weiß nicht, wohin damit. Es bleibt keine Zeit mehr, all diese schönen Träume zu leben.

»Heißt das, dass du deine Zelte in Deutschland abbrechen willst, um hierzubleiben?«, unterbricht er ihre Gedanken.

Sie atmet hörbar ein und wieder aus. »Du stellst zu viele Fragen, Michele.«

»Vielleicht, weil ich Antworten will.«

Sie spürt, dass er meint, was er sagt. Und sie spürt, dass ihr heiß wird. Heiß und schwindlig.

»Schau mal.« Sie zeigt Richtung Tür. Dorthin, wo die schwarz-weiße Hutschachtel steht.

Sein Blick folgt ihrer Hand. »Was ist das?«

»Das ist für dich.«

»Ein Geschenk?«

Sie nickt.

Er steht auf, holt die Schachtel und setzt sich damit wieder aufs Sofa. Sie beobachtet seine Finger, die behutsam die rote Schleife aufknüpfen. Als er den kleinen blauen Fesselballon herausholt, verheddert sich das Körbchen unten in den Schnüren. Martha hilft Michele, das Knäuel zu entwirren.

»Mein Gott, ist der schön.« Er hält das Spielzeug hoch und besieht es sich von allen Seiten. »Wo hast du den gefunden?«

»In dem kleinen Laden in der Via Solferino. Es gab viele von denen dort, ein ganzes Fenster voller Ballons.«

»Woher wusstest du, dass Blau meine Lieblingsfarbe ist?«

»Ich hab einfach die Farbe deiner Augen genommen.«

»Ich mag altes Kinderspielzeug. Es erinnert an Zeiten, die vorbei sind und doch bis ans Ende unserer Tage in uns nachwirken.«

Sie sieht ihn an, und Gänsehaut legt sich um ihr Herz, weil sie das Ende ihrer Tage so dicht vor sich weiß und sich plötzlich nichts sehnlicher wünscht als Zukunft, die mehr als nur ein Morgen kennt. Eine Zukunft, von der man zwar weiß, dass sie irgendwann endet, aber nicht weiß, wann das sein wird. Eine Zukunft, die einem die Illusion schenkt, dass noch alles drin ist und man nur hineingehen muss, um zuzugreifen.

Er streicht über die glatte blaue Fläche des Ballons. »Das ist das schönste Geschenk, das ich jemals bekommen habe. Was hältst du davon, wenn wir ihn vors Fenster hängen?«

Sie lächelt, und gleichzeitig spürt sie, dass ihre Hände kalt werden. Sie steckt sie rasch unter die Wolldecke. »Guter Platz für einen Ballon«, erwidert sie.

Er verschwindet in der Küche. Sie hört, wie er ein paar Schubladen aufzieht. Er kommt mit Hammer und Nagel zurück, steigt auf einen Stuhl, hält den Ballon in die Luft und sieht fragend zu Martha.

Sie nickt. Sein Eifer und seine Freude tun ihr fast weh.

Er schlägt den Nagel in die Wand oberhalb des Fensterrahmens. Der Ballon wackelt ein wenig, als Michele ihn an seinem neuen Platz anbringt.

»Wir geben ihm unsere Wünsche mit auf seine erste Reise«, sagt er.

Sie erwidert nichts.

»Wir machen es wie bei den Sternschnuppen«, fährt er fort. »Jeder von uns denkt sich was aus, aber keiner darf es dem anderen verraten.«

»Okay«, flüstert sie und schlingt die Arme um ihre Knie. Das Letzte, was sie sieht, bevor sie die Augen fest schließt, ist Michele, der mit dem Hammer in der Hand vor ihr steht und ebenfalls die Augen zukneift. Für Momente fühlt sie sich wie damals, als sie ein kleines Mädchen war, das Verstecken spielte und schnell bis zehn zählte, bevor es suchen durfte, was es sicher finden würde. Und dann nehmen ihre Gedanken Kurs auf den blauen Ballon. Sie wollen abheben, die Wünsche, wollen einfach fortfliegen, wollen da oben in der Unendlichkeit über den Wolken finden, was sie ihr Leben lang gesucht hat.

Martha hält die Augen geschlossen, als könnte sie ihren Wünschen so die Bruchlandung ersparen.

Als er sich wieder zu ihr setzt, sucht seine Hand unter der Wolldecke nach ihrer, die Finger verschränken sich ineinander, seine warmen und ihre kalten Finger. Sie verstärkt den Griff, will festhalten, was ihr zu entgleiten droht.

»Martha, ist wirklich alles okay?« Micheles Stimme ist leise, als wollte sie die Zweifel nicht zu laut werden lassen. Aber die Zweifel sind da, und Martha weiß, dass Zweifel sich niemals mit Flüstern zufriedengeben.

Ihr Kopfschütteln kommt von ganz allein. Irgendetwas in ihr zieht unsichtbare Fäden, die dieses Kopfschütteln auslösen.

Sie hört ihn atmen, schneller als sonst.

»Ich hab dich angelogen«, sagt sie und öffnet die Augen. »Da ist nichts mit meinem Kreislauf. Und eine Erkältung habe ich auch nicht.«

Die Ratlosigkeit in seinem Blick tut ihr weh. Sie spürt schon Sekunden vorher, wie die Unbeschwertheit, die sie beide bislang getragen hat, schwankenden Boden betritt.

Sie holt tief Luft. »Ich habe Krebs, Michele. Es dauert nicht mehr lange. Ich werde ganz bald nicht mehr da sein. Ich …« Sie verschluckt sich an dem, was sie sagen will. Ihr Husten macht Schluss mit irgendwelchen Erklärungen. Es gibt auch nichts mehr zu erklären.

Micheles Hand verkrampft sich.

Martha hält den Druck aus, während sie weiter hustet.

»Bitte, gib mir ein Wasser«, stößt sie schließlich hervor.

Er sieht sich suchend um, als sei er zum ersten Mal in diesem Raum. Sein Blick findet das Glas, das noch auf dem Tisch steht. Unvermittelt lässt er Marthas Hand los und greift nach dem Glas. Er tut das schnell, als müsste er sich sofort wieder irgendwo festhalten.

Dann steht er auf und läuft zum Waschbecken.

Sie hört, wie er den Hahn aufdreht. Und dann hört sie ihn weinen. Erst leise, schließlich immer lauter. Ein ungebremstes Weinen, dazu das Fließen des Wassers.

Sie stemmt sich vom Sofa hoch, geht langsam in die Küche und dreht den Hahn zu. Sie nimmt Michele das Glas aus der Hand und stellt es neben der Spüle ab. Dann schließt sie ihre Arme um ihn. Dabei vergräbt sie ihr Gesicht in seiner Schulterbeuge, die sich durch das Schluchzen hebt und senkt.

Minutenlang stehen sie so da.

Als sie zu ihm hochsieht, ist sein Gesicht rot verquollen.

»Weißt du es schon lange?«, fragt er. Die Frage geht in Schluchzen unter.

Sie nickt.

»Von Anfang an?«

Noch ein Nicken.

»Warum …?«

Sie legt ihm ihren Zeigefinger auf die Lippen. »Nicht weiterfragen«, flüstert sie. »Du weißt es doch.«

Jetzt ist es an ihm zu nicken, und sofort fließen neue Tränen.

Sie streichelt über seinen Kopf, seinen Nacken, seine Wangen. Sie küsst ihm die Tränen weg, immer wieder. Als ihre eigenen dazukommen, kapitulieren ihre Lippen.

Martha kann sich später nicht mehr erinnern, wie lange sie so dastanden und weinten. Immer wieder suchte Michele Zuflucht in Fragen, suchte mit seinen Fragen nach Hoffnung, und immer wieder war ihre Antwort die gleiche, eine Antwort, die keine Hoffnung zuließ: Sie würde sterben.

Irgendwann sahen beide zu dem blauen Ballon, und sie wussten, dass ihre Träume keinen Ballon mehr brauchten, um sich in dieser Nacht davonzumachen.

»Ich muss mich hinlegen«, sagte sie, als es nichts mehr zu sagen gab. Sie fühlte eine unendliche Müdigkeit.

Sie weiß später auch nicht mehr, wie sie ins Bett gekommen ist. Sie weiß nur, dass sie gegen fünf Uhr morgens aufwacht und der Platz neben ihr leer ist. Ihre Hand tastet über ein zerwühltes kühles Kopfkissen.

Wie in Trance steht sie auf und sieht sich im Halbdunkel um, greift nach Micheles blauer Strickjacke, die am Türgriff hängt, und zieht sie sich über. Sie fröstelt.

Draußen brennt Licht. Es ist nicht wirklich hell, es ist nur die alte Stehlampe, die eingeschaltet ist. Trotzdem blinzelt Martha.

Michele sitzt auf dem Boden, neben sich einen Putzeimer und eine kleine Schachtel.

Er sieht zu ihr hoch. »Ich musste etwas tun«, erklärt er und zuckt mit den Schultern. »Ich hab alle Schränke ausgewischt, die hatten's schon lange nötig. Ich konnte sowieso nicht schlafen, und da dachte ich …«

Sie geht zu ihm, schiebt den Eimer etwas beiseite und kniet sich hin. »Schon okay«, flüstert sie.

»Das hier hab ich gefunden, in einem der Küchenschränke.« Er greift nach der Schachtel. Es ist eine Streichholzschachtel, und als er sie aufzieht, sieht Martha zwei Figuren darin, aus roter und blauer Knetmasse.

»Die beiden sind nicht unter die Erde gekommen«, sagt er. »Wahrscheinlich wollten Francesca und ich sie noch in unserem Vorgarten in Triest beisetzen, aber irgendwas muss passiert sein damals.«

»Vielleicht gab's damals keinen Hefezopf mehr«, hilft ihm Martha.

Er lächelt kurz. »Kann schon sein.«

»Wer sind die zwei?«

»Signorina Alberti, unsere Lieblingslehrerin. Sie unterrichtete italienische Literatur. Und er war ein Mann, der sie immer von der Schule abholte, in einem alten Fiat 500 mit Faltdach. Francesca und ich stellten uns vor, dass sie zusammen ans Meer fuhren, um Liebe zu machen. Und dann ließen wir sie beim Schwimmen ertrinken und vergaßen, sie zu beerdigen. Dabei hatte ich eine ziemlich gute Grabrede vorbereitet.«

Sie streicht ihm über den Kopf. Er schwitzt. Seine Haare sind feucht.

»O Gott, Martha. Das war ein Spiel, und jetzt …« Er beißt sich auf die Lippen.

»Jetzt ist es im Grunde auch ein Spiel«, unterbricht sie ihn. »Das ganze Leben ist nichts anderes.«

»Aber es ist ein grausames Spiel. Eines, bei dem wir verlieren. Dabei hab ich gedacht, wir zwei hätten das Glück gewürfelt.«

»Haben wir ja auch.«

»Für zwei Monate. Ich wollte die nächsten Jahre mit dir sein, ein ganzes Leben mit dir aufwachen und mit dir einschlafen, mit dir lachen und weinen und die Sterne zählen. Ich wollte endlich glücklich sein, endlich mal etwas zu einem guten Ende bringen. Weißt du, welchen Wunsch ich gestern in deinen kleinen Ballon gelegt habe?«

Sie nickt. »Ich kann's mir denken. Und ich würde nichts lieber tun, als dir diesen Wunsch zu erfüllen. Ich habe ja den gleichen«, setzt sie leise nach. »Ich wollte es dir schon sagen, als wir ans Meer gefahren sind. Aber ich konnte einfach nicht, und im Nachhinein war es gut so. Erinnerst du dich, in dieser Bar in Rimini hab ich dir gesagt, dass du den Moment in dir bewahren sollst, um ihn irgendwann wieder herauszuholen, wenn es dir mal nicht so gutgeht.«

»Wie hast du das ausgehalten, Martha? Unsere Gespräche über den Tod und das Sterben.« Er schlägt sich an die Stirn. »Ich Idiot hab dir sogar noch von balinesischen Bestattungszeremonien erzählt.«

»Du bist kein Idiot gewesen«, erwidert sie sanft. »Es war gut, dass wir über all diese Dinge geredet haben. Das hätten wir nie getan, wenn du Bescheid gewusst hättest. Du hättest Rücksicht genommen, und ich will keine Rücksicht. Ich will dich. Uns. Solange es uns noch gibt. Jeden Moment will ich mit dir leben.«

»Wirst du irgendwann ins Krankenhaus müssen, um dort ...?« Er unterbricht sich und wendet den Blick von ihr ab.

Sie schüttelt den Kopf. »Nein, das will ich nicht. Ich mache es selbst, Michele.«

Jetzt sieht er sie entsetzt an. »Du willst dich umbringen?«

»Der Krebs bringt mich um«, entgegnet sie. »Ich bestimme nur den Zeitpunkt, wann es so weit ist.«

»Aber wie, um Gottes willen? Was hast du vor? Du kannst doch nicht einfach …«

»… sterben? Das tue ich sowieso. Ich möchte nur nicht an Infusionen hängen und mit Gift vollgepumpt werden und als Letztes eine Wand in einem Krankenzimmer sehen. Bitte, Michele, versteh doch. Ohne dich wäre ich vielleicht längst zusammengebrochen. Du hast mir immer was von Chi erzählt und von Prana, dem universellen Atem. Aber was nützt mir dieser Atem an einer Beatmungsmaschine?«

Seine Augen werden wieder feucht, aber diesmal kommen keine Tränen. Er hält sie zurück, und sie ist ihm dankbar.

»Das ist zu viel für dich, ich weiß«, sagt sie. »Ist es für mich ja auch. Wir haben alles Mögliche gelernt in unserem Leben, wie man seine ersten Schritte macht und eine Scheidung übersteht und seine Kinder großzieht, aber niemand hat uns gesagt, wie das mit dem Tod ist. Damit haben wir nun mal keine Erfahrung.« Sie rückt etwas näher an ihn heran. »Ich brauche dich«, flüstert sie. »Sei einfach da, wie du in den letzten Wochen da gewesen bist. Sei der Michele, den ich liebe. Versprich mir, dass du mich nicht bemitleidest und dich selbst auch nicht. Hey«, sie stupst ihn an, »sonst kriegen wir noch unseren ersten richtigen Streit.« Sie lächelt.

»Ich vermisse es jetzt schon«, sagt er und fährt mit seinem Zeigefinger über ihren.

»Was?«

»Dein Lächeln.«

»Es wird immer da sein«, erwidert sie, »auch wenn ich nicht mehr da bin.«

Dann steht sie auf, nimmt den Eimer und trägt ihn in die Küche. Sie schüttet das Wasser in die Spüle und wringt den Lappen aus. Sie sieht sich suchend nach einem Handtuch um, und als sie keins findet, wischt sie ihre Hände an Micheles Strickjacke ab und geht langsam zu ihm zurück.

Er sitzt noch immer am Boden, die Streichholzschachtel liegt geöffnet neben ihm. Sie bückt sich, greift danach und schließt sie.

Draußen spielt der Wind unaufhaltsam mit den Ginkgobäumen. Als Martha die Schachtel in das Körbchen des kleinen blauen Ballons legt, schaukelt er leise.

19

Es ist eines dieser Dörfer, wie es viele in Italien gibt. Ein Dorf, das sich seinen Platz gesucht hat, um für alle Zeiten die Aussicht zu genießen. Weit oben, wo der Blick davonfliegen kann. Um Castello und Chiesa und Convento liegen ein paar Sträßchen mit Kopfsteinpflaster. Es gibt eine Piazza, eine Bar, sogar einen Fischladen. Letzteren, weil es nicht weit ist zum Meer, das man hier zwar nicht sehen, aber fühlen kann. Die Nähe zum Meer spürt man immer; es ist, als ob die Luft einen Zusatzstoff hätte, der Weite verheißt.

Es ist Samstag, und es ist kurz nach drei Uhr am Nachmittag, als Marthas alter Lancia die Straße nach Verucchio hinauffährt. Hans sitzt am Steuer, Martha neben ihm, Lina auf dem Rücksitz.

Der Kassettenrekorder spielt *Everybody Knows* von Leonard Cohen. Dieses Auto hat noch keinen CD-Player, und das Band hat den typischen Klang von Bändern, die bereits viele Strecken zurückgelegt haben. Vor und zurück. *Everybody knows that the boat is leaking. Everybody knows that the captain lied. Everybody got this broken feeling like their father or their dog just died.*

Hans und Martha singen mit, sie kennen den Text. Lina kennt den Text nicht, sie sieht schweigend aus dem Fenster.

Vor drei Tagen hatte Martha ihre Tochter gebeten, zu Hans in den Turm zu ziehen. Das war nach der Nacht, in der sie Michele alles gesagt hatte. Sie ging morgens in ihr Appartement, kochte Kaffee für zwei und trug das Tablett mit den Tassen zu der Couch, auf der Lina gerade die Augen aufschlug. Sie machte nicht viele Worte, sondern strich der Tochter über den Kopf und sagte, sie werde ihre Sachen packen und zu Michele gehen.

»Ich liebe dich«, sagte sie noch. Linas erstaunter und gleichzeitig abwehrender Blick zeigte, dass sie das erst viel später verstehen würde.

Hans, den Martha kurz darauf anrief, verstand sofort.

»Sei nachsichtig mit ihr und verwöhn sie ein bisschen«, bat sie ihn, und obwohl sie ihn nicht sehen konnte, wusste sie, dass er nickte. »Wir treffen uns dann am Samstag zu dem Geburtstagsessen. Ich hole euch ab.«

Sie gab in der Schule Bescheid, dass sie nicht mehr zum Unterricht kommen würde. Sie habe genug gelernt, erklärte sie der verblüfften Ornella im Sekretariat.

Von da an verbrachte sie jede Minute mit Michele. Manchmal machten sie noch einen Spaziergang durch die Arkaden, abends, wenn die Gitter des großen Marktes in der Via Ugo Bassi geschlossen waren. Ein Verkäufer dort hatte Martha vor ein paar Wochen gesagt, sie habe schöne Augen. Dabei hatte sie nur Eier gewollt. Als sie Michele davon erzählte, musste er lachen. Es war das erste Lachen seit jener Nacht.

Vor der Bar *Gamberini* standen die Heizpilze eng zusammen. Irgendjemand hatte eine große Kette mit Vorhängeschloss darumgebunden. Am Tag würden die Gasbrenner wieder Wärme abgeben an die Leute, und die Kellner würden Aperitifs und belegte Sandwiches servieren. »Hier habe ich meinen ersten Cappuccino getrunken«, sagte Martha, »an meinem ersten Morgen in Bologna.« Es kam ihr vor, als sei das bereits Jahre her.

Ansonsten gingen sie nicht mehr aus. Sie blieben zu Hause, oft blieben sie sogar im Bett.

Irgendwann holte Michele sein Manuskript und begann, ihr vorzulesen. »Es ist zwar noch nicht fertig«, meinte er, »aber …«

Sie wussten beide, was er dachte. Dass sie das Ende nicht mehr hören würde. Aber ihr gefiel der Anfang, und das sagte sie ihm auch. Daraufhin nahm er sie in den Arm, und sie schliefen miteinander. Und für Momente vergaßen sie alles.

Michele sagte an diesen Tagen alle Termine ab. Er gab keine Yogastunden, bat Auftraggeber um Aufschub. Er blieb bei Martha. Über den Krebs sprachen sie nicht mehr; es war eine stille Übereinkunft, an die sich beide hielten. Stattdessen erzählten sie sich ihr Leben. Selbst Kleinigkeiten erschienen ihnen auf einmal wichtig. Dass Martha auf Reisen immer ihr Kopfkissen mitnahm und Michele ein Foto seiner Eltern. Sie würden nie mehr zusammen irgendwohin reisen, aber darum ging es nicht. Sie wussten, dass alles möglich gewesen wäre; nun blieb ihnen nur der Konjunktiv, aber dem verlangten sie noch mal alles ab.

Es gab auch die Momente, in denen sich das Schweigen über sie legte. Meistens begann Michele dann, Dinge aufzuräumen. Er holte alte Kisten aus dem Keller, sortierte Fotos aus, warf Unterlagen weg, die in seinem Leben keine Rolle mehr spielten. Das Bad und die Küche putzte er öfter als nötig, selbst die Böden wischte er täglich, und eines Morgens nahm er sich sogar die großen Fenster vor. Er füllte das Schweigen, indem er den Eimer mit Wasser füllte. Martha wusste, dass er das tat, um nicht verrückt zu werden. Manchmal half sie ihm sogar ein bisschen, aber nach spätestens fünf Minuten bildeten sich Schweißtropfen auf ihrer Stirn, und sie musste sich hinlegen. Die Kräfte machten sich davon und hinterließen Mattigkeit. Statt Chemo hatte Liebe ihr Aufschub gewährt, doch es blieb eine Frage der Zeit, bis selbst die höchste Dosierung hier nichts mehr ausrichten konnte.

Abends kochte Michele für sie beide. Er kochte gut und viel, und Martha aß mit Appetit. Der Appetit war ihr geblieben, er war sogar größer als früher.

Sie verwendete viel Zeit darauf, sich schön zu machen, blieb lange im Bad, schminkte sich und suchte Kleider aus, von denen sie wusste, dass sie ihm gefielen.

»Sag, dass das alles nicht wahr ist«, bat er sie, als sie eines Morgens beim Frühstück saßen.

Sie goss ihm gerade Milch in seinen Kaffee, und sie goss so viel in die Tasse, dass die Milch über den Rand lief. Sie bemerkte es erst, als er ihr das Kännchen aus der Hand nahm und auf dem Tisch abstellte.

Sie zuckte mit den Schultern. »Vielleicht ist es wirklich nur ein Traum«, entgegnete sie leise. »Du weißt ja, wie das ist, wenn man etwas ganz realistisch träumt, und dann wird man in der Früh wach und reibt sich die Augen und denkt – was war das jetzt?«

»Du meinst also, wir gehen von einem Traum in den anderen?«

»Könnte doch sein, dass nichts ist, wie es scheint.«

»Und unsere Liebe?«

Sie lächelte ihn an. »Die ist aus dem Stoff, von dem man sich wünscht, dieser Traum würde niemals enden.«

Dann erzählte sie ihm von der Matrjoschka-Puppe, die ihr Vater ihr mal von einer seiner Reisen mitgebracht hatte.

Sie liebte es, im Bauch der Puppe eine weitere Puppe zu finden und in deren Bauch wieder eine – eine schier unendliche Zahl von Puppen, bis zu einer winzigen Figur, gerade mal so groß wie ein Daumen. Ihre Mutter ermahnte sie abends immer, aufzuräumen und die Matrjoschkas ineinanderzustapeln. Doch manchmal kroch Martha wieder aus dem Bett, und dann stellte sie alle Püppchen auf der Fensterbank auf, der Größe nach, und ließ sie hinaussehen in die Nacht. Sie malte sich aus, dass auch in ihrem Bauch weitere Marthas wohnten, und irgendwann, wenn sie erwachsen wäre, würde sie alle herausholen und in die Welt schauen lassen.

»Und hast du's getan?«, fragte er.

»Na ja, ich war ziemlich nachlässig. Erst mit dir hat auch das letzte Püppchen was zu sehen bekommen. Und ich kann dir gar nicht sagen, wie glücklich es darüber ist.«

An diesem Tag schalteten sie ihre Handys ab. Sie wollten für niemanden mehr erreichbar sein. Es war Donnerstag, am Samstag hatte Silvio sie nach Verucchio eingeladen.

Am Samstagnachmittag sagte Martha, sie werde nun Hans und Lina abholen. Michele solle mit seinem Auto schon mal vorfahren.

Sie versprachen sich, richtig zu feiern. »Als gäbe es kein Morgen mehr«, fügte Martha hinzu.

Sie zog sich den Mantel an und nahm ihre Handtasche.

»Ist das dein ganzes Gepäck?«, fragte Michele.

»Nachthemd und Zahnbürste sind da drin«, log sie.

Sie gab ihm einen Kuss, dann ging sie zur Tür. Dort drehte sie sich noch einmal um, und ihr Blick ging zu dem kleinen blauen Ballon, der nun zwei Passagiere an Bord hatte.

Hans' Hände klopfen auf dem Lenkrad den Takt mit, während Leonard Cohens brüchige Stimme den Wagen füllt.

Bei *Famous Blue Raincoat* dreht Martha ab. »Ist zu traurig«, sagt sie munter, als Hans sie überrascht ansieht. »Außerdem sind wir sowieso gleich da. Ich glaube, da vorn ist es.«

Sie zeigt auf ein Haus, das etwas zurückgesetzt liegt. Ein altes Haus, wie alle Häuser hier, aus groben Natursteinen, über die wilder Wein kriecht, die Blätter zeigen noch Reste von Rot. Vor dem Eingang ein Ziehbrunnen, umgeben von einer halbhohen Mauer, auf der sich ein paar Katzen in der Nachmittagssonne räkeln.

Hans stellt den Wagen auf dem großen Vorplatz ab. Drei Autos stehen bereits dort.

Sie steigen aus und gehen zum Eingang. Martha drückt auf die Klingel und löst damit augenblicklich ein Bellen aus, das immer näher kommt.

Silvio öffnet. Er trägt eine Küchenschürze und hält einen großen schwarzen Labrador am Halsband fest. Der Hund bellt und zieht an der Leine und wedelt dabei mit dem Schwanz.

»Keine Angst, Nero ist einfach nur froh, wenn man lieb zu ihm ist. Er mag Menschen und würde einem Dieb noch die Beute hinterhertragen.«

Lina streicht dem Hund über den Kopf.

»Den wirst du heute nicht mehr los«, sagt Silvio und nimmt ihnen die Jacken ab. »Fühlt euch hier wie zu Hause. Die Schlafzimmer sind oben, aber am besten, ihr kommt erst mal mit in die Küche. Die anderen sind auch schon da.«

Lina schaut hoch. »Heute ist Ihr Geburtstag, oder?«

»Nein, nein, erst morgen. Wir feiern rein. Aber du kannst mich ruhig duzen.« Er wendet sich Martha zu und umarmt sie. Er drückt dabei etwas fester zu als sonst.

»Eine hübsche Tochter hast du«, meint er, als er von ihr ablässt. »Na ja, eigentlich hab ich ja auch nichts anderes erwartet, bei der Mutter.«

Noch vor ein paar Tagen hätte sie so eine Bemerkung von ihm geärgert. Jetzt lacht sie ihn an.

Die Küche ist ein riesiger Raum, größer als ihr Wohnzimmer zu Hause in Deutschland. Alles hier ist alt – der Herd, die Regale mit Tongefäßen darin, die mit »*Farina*« und »*Zucchero*« und »*Sale*« beschriftet sind, der Geschirrschrank, das Waschbecken, die Speisekammer, deren Tür offen steht und den Blick freigibt auf Vorräte, die sich bis zur Decke stapeln.

In der Mitte steht ein Tisch, über dem eine gelbe Porzellanlampe hängt. Eine Tür führt hinaus in einen Garten mit Obstbäumen, Kräutern und Rosen, die nur noch vereinzelte Blüten tragen.

Michele steht vom Tisch auf. Nur zwei Stunden waren sie jetzt getrennt, seitdem Martha die Tür seiner Wohnung hinter sich zugezogen hat. Ihr kommt es vor wie zwei Wochen.

Sie stellt Lina und Hans vor.

Die Männer schütteln sich die Hand und mustern sich dabei. Sie sind sehr verschieden, denkt Martha, und doch haben sie sich in dieselbe Frau verliebt. Genau dieser Film scheint bei beiden in ebendiesem Moment abzulaufen. Er zeigt eine Martha, die sich verändert hat.

Michele wendet sich Lina zu, die sich ein halbherziges Lächeln abringt.

Martha spürt, dass ihre Tochter viele Fragen hat, und sie spürt noch etwas, das ihr einen Stich versetzt. Einen Nadelstich. Ich bin ihr kein gutes Vorbild gewesen, denkt sie. Ich wollte immer alles richtig machen, aber schon in diesem ehrgeizigen Versuch lag der Keim des Scheiterns. Ich habe ihr beigebracht, wie man die Zähne zusammenbeißt und Dinge durchsteht und sich dabei ja nichts anmerken lässt. Aber Leichtigkeit und Spielfreude und Losgelöstheit hat sie von mir nicht gelernt. Das waren die Wahlfächer, die ich niemals auf meinen ehrgeizigen Stundenplan gesetzt habe. Und nun muss sie mit einer Situation umgehen, die ihr das Äußerste abverlangt, und wenn nicht noch ein Wunder geschieht, wird sie Bitterkeit in ihre Zukunft tragen.

Hilfesuchend sieht Martha zu Hans. Er fängt ihren Blick auf, sieht schulterzuckend zu Michele, der mit ein paar Nettigkeiten versucht, die Situation zu entspannen, und legt Lina die Hand auf den Arm.

Silvio übernimmt es, Robert, Catherine und Francesca vorzustellen.

»Ich hoffe, ihr zwei mögt auch Lamm?«, fragt er.

Vater und Tochter nicken.

»Na, Gott sei Dank. Ich dachte schon, wir hätten hier heute irgendwelche Vegetarier dabei.«

»Und ich dachte immer, Yogis essen kein Fleisch«, entgegnet Lina und sieht Michele herausfordernd an.

»Aha, Martha hat schon von mir erzählt? Also gut, ich mache Yoga und kann mir ein Leben ohne nicht mehr vorstellen, aber in Sachen Essen bin ich Italiener. Ich esse zwar nicht viel Fleisch, aber hin und wieder ein Braten ist was Wunderbares. Und Silvio hat gute Lieferanten an der Hand.«

»Eher meine Mutter. Die kennt jeden Bauern in der Umgebung«, erwidert Silvio, gießt drei Gläser mit Weißwein voll und reicht sie Martha, Hans und Lina.

»Das ist das Haus Ihrer Mutter, oder?«, fragt Lina. Eine Verlegenheitsfrage, denkt Martha.

»Ja. Hier bin ich aufgewachsen«, erwidert Silvio. »Ich komme oft aus Bologna her, um zu arbeiten. Man hat seine Ruhe hier oben. Kann den Geist fliegen lassen. Und nicht so förmlich, schönes Mädchen, das mit dem Du vorhin war ernst gemeint.«

Lina wird rot. »Wo ist deine Mutter heute?«, bringt sie hervor.

»Sie hat sich hingelegt. Ist eben eine alte Signora ...«
Hans mischt sich ein: »Du schreibst Bücher?«
»Ja, damit verdiene ich mein Geld.«
»Welche Richtung?«
»Die Leute nennen es Philosophie. Ich sage immer, ich versuche, den Menschen die Welt zu erklären.«
»Ziemlich ehrgeiziger Plan.«
»Man soll die Hoffnung nie aufgeben. Nein, im Ernst, das Leben ist ein abenteuerlicher Trip. Da kann man hin und wieder einen Reiseführer ganz gut gebrauchen.«
»Ein Yogi mit missionarischem Eifer«, erklärt Robert und grinst.
»Yogi ja, Missionar nein. Und nun brauche ich Küchenhilfen.«

Es werden Messer und Holzbretter verteilt. Salat, Knoblauch, Zwiebeln, Tomaten, Kartoffeln, Kräuter kommen auf den Tisch. Silvio schneidet Salami und stellt sie mit Oliven und Brot dazu, damit jeder sich bedienen kann.

Nero springt schwanzwedelnd von einem zum anderen, um etwas Wurst zu ergattern, bei Lina hat er den größten

Erfolg. Während sie immer wieder etwas von der Salami nach unten abgibt, hackt sie Knoblauch. Sie tut das mit Akribie.

Francesca hält inzwischen Vorträge über die Küche der Emilia-Romagna. Sie hat dabei diesen typisch dozierenden Lehrerinnenton, stellt Martha fest.

Catherine mischt sich ein und erzählt von ihren Verwandten aus dem Friaul, die sie und Robert bald besuchen wollen und bei denen es eine Tante gebe, die sich einbilde, die besten Gnocchi Italiens zu machen.

Hans hilft Silvio, das Lammfleisch zu parieren. Er hantiert geschickt mit dem schmalen scharfen Messer, und Martha muss daran denken, wie sie vor vielen Jahren mit ihm in der Küche stand. Hätten sie eine Chance gehabt, wenn sie nicht so unnachgiebig gewesen wäre? Mit beiden Händen schiebt sie die Gemüseabfälle vor sich zusammen und wirft sie in den dafür vorgesehenen Mülleimer. Ihre Frage wirft sie dazu. Weg mit dem ganzen Was-wäre-gewesen-wenn ... Solche Gedanken versperren nur die Sicht auf das, was ist. Und heute ist ein guter Tag. Keine Müdigkeit, keine Schmerzen, kein Schwindel. Sie fühlt sich erstaunlich wohl, als hätte jemand ihr diese Stunden geschenkt und dabei keine Bedingungen gestellt.

Hans erzählt Silvio unterdessen von den Lämmern in Schleswig-Holstein, die auf Salzwiesen an der Nordsee weiden und einen ganz besonderen Geschmack haben. Er wechselt immer wieder ins Italienische, obwohl sich heute alle eher auf Englisch unterhalten, wegen Robert, der achselzuckend zugibt, er habe bislang nicht besonders viel gelernt in dieser Schule in Bologna. So was wie ihn nenne man wohl einen hoffnungslosen Fall. Aber das scheint ihn nicht besonders zu stören. Und während er Tomaten zerkleinert, kreist er um sein Lieblingsthema – Männer und Frauen. Sie seien im Grunde nicht kompatibel, erklärt er irgendwann und hebt sein Glas. Dass sie's immer wieder miteinander versuchten, grenze an ein Wunder und sichere ihm sein Einkommen.

Catherine lächelt in sich hinein, während sie Kartoffeln schält.

Selbst Lina kann sich der Stimmung in dieser Küche nicht entziehen und riskiert hier und da ein Lachen. Man stößt oft an, und Silvio schenkt eifrig nach.

Martha trinkt wie immer wenig, doch sie spürt den Alkohol. Sie merkt, dass sie rote Backen bekommt. Immer wieder greift sie nach Micheles Hand und er nach ihrer; sie tun das, während sie sich Rosmarin und Thymian reichen, manchmal tun sie es auch einfach so. Als Silvio nach Salbei fragt, stehen sie fast gleichzeitig auf, um im Garten ein paar Zweige zu holen. Für ein paar Minuten sind sie dort draußen allein, während sich die Sonne mit ein paar letzten Strahlen auf die Mauern verabschiedet, indem sie noch etwas warmes Rot auf die Steine gießt. Ein Finale, dem die Kraft des Sommers fehlt.

»Geht's dir gut?«, fragt Michele.

Sie nickt.

»Lina scheint mich nicht besonders …« Er sucht nach Worten.

»Sie ist in einer Ausnahmesituation«, hilft sie ihm. »Und sie ist schwierig. War sie immer schon. Meine Erziehung halt …«

»Ach, komm«, unterbricht er sie. »Keine Mutter, kein Vater ist unfehlbar. Sieh mich an.«

»Aber du kannst noch das eine oder andere zurechtrücken. Das kann ich nicht mehr. Ich hab's versucht, in den letzten Tagen. Ich versuch's selbst heute Abend noch. Ich will ihr etwas mitgeben, das ich selbst erst jetzt wirklich entdeckt habe. Ich will, dass sie mich fröhlich in Erinnerung behält und glücklich.«

»Bist du denn glücklich?«

»Ja, zumindest jetzt, hier. Das haben wir uns so oft gesagt, du und ich. Dass letztlich nur der Moment zählt. Alles andere ist Illusion.«

»Aber Menschen mögen nun mal Illusionen.«

Sie lächelt. »Ja, und Liebende sind da ganz besonders gefährdet. Die haben die Illusionen geradezu erfunden.« Sie gibt ihm einen Kuss, einen kleinen, zarten, der die Lippen kaum berührt.

Dann bückt sie sich und pflückt ein paar Stengel Salbei. Als sie sich wieder aufrichtet, schwankt sie ein bisschen.

»Alles okay?« Er fasst nach ihrem Arm.

»Ja, ja.«

»Verträgst du den Wein?«

Sie legt die Stirn in Falten. »Hey, das bisschen wird mir nicht mehr schaden. Die ganze Sache hat auch ihre Vorteile. Man fühlt sich plötzlich frei, weil alles an Bedeutung verliert. Das Leben spielt sich nicht mehr im Promillebereich ab. Im Gegenteil, es wird auf seine letzten Tage richtig großzügig.«

Er schweigt und sieht auf die Salbeistengel in ihrer Hand.

»Michele, tust du mir einen Gefallen?« Sie wartet seine Antwort nicht ab. »Hilf mir zu lachen. Mir ist heute danach, aber ich brauche dich dabei. Versprich es mir.«

Mit der freien Hand streicht er ihr eine Haarsträhne aus der Stirn. »Okay, ich verspreche es«, sagt er, und wie zum Beweis verzieht er den Mund zu einem schiefen Lächeln.

Sie reicht ihm die Kräuter. »Und nun lass uns diesem Lamm da drinnen mal ein bisschen Salbei geben.«

Immer wieder taucht er auf an diesem Abend, der Gedanke an ihren eigenen Geburtstag vor fast drei Monaten, und dreht Pirouetten in ihrem Kopf. Sie hatte die Feier abgewickelt, hatte Crémant ausgeschenkt und Roastbeef serviert, während ihr Herz bereits die Reise ins Ungewisse antrat. Sie hatte sich gewehrt gegen ihre Freunde, die ihr weismachen wollten, dass man sich mit fünfzig abzufinden hatte. Sicher wohlmeinende Freunde, aber auch Menschen, die sich eingerichtet haben in einem Planquadrat, das sie Leben nennen. Die ihren Job machen und ihre zweiwöchigen Urlaube und zu Weihnachten Gänsebraten. Die im Laufe der Jahre ihre Träume als Jugendsünden abgelegt haben und sich Zufriedenheit gern mal als Glück verkaufen. Die den Selbstbetrug kultiviert haben und auf Dinnerpartys ihr Dasein wie einen Bauchladen aufklappen, in dem lauter Mogelpackungen glitzern. Menschen, die teuren Rotwein trinken und teure Autos fahren und nicht mehr merken, dass es das wahre Glück umsonst gibt, weil sie das schlichte Hinspüren verlernt haben, wie man Vokabeln einer Sprache verlernt, die man lang nicht mehr gesprochen hat.

Martha hat diese Sprache wiedergefunden, weil sie das Land gewechselt hat. Sie hat ein paar Leute zurückgelassen, aber Hans ist heute hier, und Lina ist es auch.

Sie spürt eine neue, zaghafte Vertrautheit zwischen den beiden, und das erleichtert und irritiert sie gleichermaßen. Sie würde auf den letzten Metern damit leben müssen, dass die Tochter sich zurückzieht und neben ihren Vater setzt, aus Angst oder Traurigkeit oder Wut oder einer Mischung aus allem. Martha, die immer für alles eine Antwort gesucht hat, würde nichts mehr klären können. Und während sie den Salbei in Streifen schneidet, merkt sie plötzlich, dass sie das auch gar nicht mehr will. Sie sieht auf die silbrigen Blätter vor sich und lässt die Fragen in sich los. Schließlich hat sie nichts mehr zu verlieren.

Später decken alle zusammen den Tisch. Sie räumen die Bretter und Messer beiseite und stellen Kerzen und Weinflaschen und Wasserkaraffen darauf. Das Geschirr ist aus grün-weißem Steingut, an einigen Stellen blättert bereits die Farbe von den Tellerrändern. Das Silberbesteck ist schwer und ein bisschen angelaufen. Es trägt alles die Gebrauchsspuren von Jahrzehnten. Wie ich, denkt Martha und lacht.

Michele und Hans sehen sie an, gleichzeitig. Und sie lacht noch ein bisschen mehr.

Der Lammbraten kommt nach zwei Stunden aus dem Ofen, doch sein Duft hat bereits vorher alle überzeugt.

Lina nimmt sich mehr als einmal nach. Als Silvio ihr sagt, dass er eine Schwäche hat für Frauen, die gut und gern essen, bedankt sie sich bei ihm artig für das Kompliment.

Martha beobachtet die beiden. Er gefällt ihr, denkt sie, doch sie will ihm das noch nicht zeigen.

Und er? Sieht Lina an, ein Blick, der sich Zeit nimmt, und dann gibt er Zugaben, wie ein Musiker, der fühlt, dass da ein Publikum sitzt, das er berührt hat. Sie habe eine erstaunliche Präsenz, erklärt er. Und hinreißende Augen habe sie auch. Währenddessen sieht er ihr auf die Beine, die sie übereinandergeschlagen hat. Sie trägt schwarze Strumpfhosen und Schuhe mit glänzendem Absatz.

Lina erwidert die Schmeicheleien, indem sie ihm ihr Glas hinhält. Sie tut das ein bisschen zu forsch.

Er schenkt ihr nach. Gleichzeitig schenkt er ihr ein Lächeln.

Was bahnt sich da an? Martha würde es nicht mehr erfahren. Sie würde die Fortsetzung verpassen, und kurz durchzuckt sie ein Schmerz wie ein verletzter Nerv, der Klopfzeichen sendet.

»Michele«, flüstert sie dagegen an, »pass auf deinen Freund auf.«

Er sieht zu den beiden hinüber. »Ich fürchte, da bin ich machtlos.«

Sie weiß, dass sie das auch ist.

Als der Espresso gekocht und eine riesige Schokoladentorte aufgetragen wird, flirtet Lina bereits heftig. Silvio spielt mit.

Francesca fährt irgendwann dazwischen und fragt ihn, ob er noch seine Gitarre im Haus habe.

Er nickt, und mit einem Blick zu Lina läuft er hinaus, um kurz darauf mit einem Instrumentenkoffer zurückzukommen.

Robert wirft gut gelaunt ein, dass er als junger Mann auch Gitarre gespielt hat, und Catherine ergänzt, dass sie ihm stundenlang zuhörte, wenn die Kinder endlich im Bett waren. »Er hat mich mit Bob Dylan in den Schlaf gesungen. Er konnte ihn wunderbar imitieren, diesen näselnden Tonfall.«

»Das wollen wir hören«, ruft Martha. Sie weiß, warum sie dieses alte Ehepaar so mag. Ihr Vater fällt ihr ein. Er hätte sich wohl gefühlt unter diesen Menschen. Er lachte so gern, aber er hatte nicht viel zu lachen. Sie wischt sich mit der Hand über die feuchte Stirn. Die Kerzen flackern, im Ofen unter dem Herd brennt ein Feuer, und die Männer legen ständig Holz nach.

Michele holt eine Magnumflasche Spumante aus dem Kühlschrank. Als er den Korken herausdreht, gibt es einen lauten Knall. Schnell füllt er die Gläser, und dabei lässt er den Schaum über die Ränder laufen.

Francesca zupft ein wenig an den Saiten der Gitarre, dreht oben an den kleinen Stellschrauben und beginnt dann mit dem Geburtstagsständchen.

Alle singen laut mit.

Silvio sitzt da und lauscht. Ohne zu lächeln. Zwischendrin streift sein Blick Martha, die ihren Kopf in Micheles Schulterbeuge gelegt hat. Sie lacht noch immer, aber ihre Augen fallen manchmal zu, und als sie aufsteht, um Silvio zu gratulieren, wird ihr ein wenig schwindlig. Da ist es wieder, dieses Schwanken, wie vorhin im Garten. Er tut, als würde er nichts bemerken, und sagt, dass er sich gern von bezaubernden Frauen vorsingen und feiern lässt. Dann drückt er ihre Hand und hält sie einen Moment lang fest.

Als Michele ihn umarmt, fährt ihm Silvio durchs Haar. »Du hast Glück, mein Freund«, sagt er und nickt in Richtung Martha.

»Ich würde es gern festhalten«, entgegnet Michele.

Silvio klopft ihm auf die Schulter. »Mann, du weißt doch, dass Glück wie eine launische Geliebte ist. Jetzt freu dich doch mal, dass sie sich heute von ihrer besten Seite zeigt.«

»Was wäre ich nur ohne dich?«

»Na, ich vermute mal, du wärst verloren.« Jetzt lacht Silvio aus vollem Hals. Und Martha ist erleichtert, als Michele in dieses Lachen mit einstimmt.

Dann nimmt Silvio die Glückwünsche der anderen entgegen. Lina ist die Letzte, die gratuliert. Sie ist etwas kleiner als er trotz ihrer hohen Absätze. Sie stellt sich auf die Zehenspitzen, um ihm einen Kuss zu geben. Sie lässt sofort wieder von ihm ab. Seine Augen halten sie einen Moment fest, es liegt eine Mischung aus Erstaunen und Anerkennung darin, und ehe sie sich versieht, gibt er ihr einen Kuss zurück, einen ebenso kurzen.

Hans tauscht mit Martha ein Augenzwinkern, während Michele sich zu seiner Schwester setzt, die Robert gerade die Gitarre reicht. Da ist nun nichts mehr, was das Beisammensein dieser acht Menschen stört. Kein falscher Ton. Wie ein Orchester, das seine Instrumente gestimmt hat und für den Moment zueinandergefunden hat. Endlich, denkt Martha und blendet Dissonanzen, die sich hinter der Partitur dieser Nacht verbergen, einfach aus. Sie entlässt ihre Zweifel wie langjährige Weggefährten, von denen man sich nicht mehr überstimmen lassen will.

Robert singt *You're A Big Girl Now* und *You're Gonna Make Me Lonesome When You Go* und dann natürlich *Shelter From The Storm*.

Niemand denkt daran, schlafen zu gehen. Sie reden und singen und lachen, und irgendwann legt Silvio ein Haschisch-Piece auf den Tisch. Er zündet das Ende an und krümelt eine Portion davon in den Tabak, den er feinsäuberlich auf drei zusammengeklebte Zigarettenpapierchen gelegt hat, die er dann zusammenrollt.

Alle ziehen nacheinander daran, als täten sie das hier heute nicht zum ersten Mal. Nur Lina hustet, und Silvio klopft ihr aufmunternd auf den Rücken. »Du musst tief inhalieren, Mädchen«, sagt er. »Je länger du den Rauch auf deine Lungen legst, umso besser wirkt es.«

Sie probiert es, nachdem ihr Blick sich bei Hans Hilfe geholt hat. Der nickt nur und verzieht die Mundwinkel. Ein Vater, der seiner Tochter allein mit seinem Mienenspiel die Erlaubnis zum Grenzübertritt gibt.

So einfach kann das sein, denkt Martha. Und dann denkt sie an ihren letzten Joint. Über zwanzig Jahre ist das jetzt her, Lina war gerade ein paar Monate alt. Hans und Martha fuhren mit der Kleinen ans Meer. Sie kicherten viel an diesem windigen Nachmittag im Herbst. Sie saßen in einem von der Kurverwaltung vergessenen Strandkorb, das schlafende Kind zwischen sich, und sie fanden alles komisch: die Sonntagsspaziergänger am Strand, die Hunde, die herumjagten und versuchten, Haken zu schlagen, ein Surfer in einer knallroten Neoprenhaut, dessen flatterndes Segel vor dem aufkommenden Sturm kapitulierte. Sie lachten auch über die vermeintliche Schwere des Lebens, die ihnen in dem Augenblick vorkam wie ein schlechter Witz. Bis genau diese Schwere sich ihnen irgendwann auf die Brust setzte und sich ihr Lachen mitsamt der Leichtigkeit davonstahl.

Es ist gegen halb drei, als Hans einen letzten tiefen Zug nimmt, zu Lina sieht und dort Marthas Blick trifft. In diesem Moment finden sie ihr Lachen wieder. Als ob sie ein vertrautes Bild hervorholten, das sie jahrelang auf dem Dachboden haben verstauben lassen, weil sie damit nichts mehr anzufangen wussten.

Michele rückt etwas näher zu Martha.

Um halb vier Uhr liegt Silvios Hand in Linas Nacken. Nero liegt auf ihren Füßen.

Wie im Zeitraffer vergeht der Rest der Nacht.

Gegen fünf Uhr steht Catherine auf, streckt sich und sagt, sie müsse sich nun hinlegen. Robert tut es ihr gleich.

Plötzlich herrscht müde Aufbruchstimmung. Nach und nach verlässt einer nach dem anderen die Küche. Man wünscht sich eine gute Nacht und schöne Träume und verabredet sich gegen Mittag zum Frühstück. Halb ausgetrunkene Gläser und Flaschen bleiben auf dem Tisch zurück.

Hans legt Martha kurz die Hand auf die Schulter, bevor er geht. Alles okay?, scheint seine Hand zu fragen.

Sie nickt und macht keine Anstalten aufzustehen. Erst als alle draußen sind, beugt sie sich zu Michele und küsst ihn. Es wird ein langer Kuss, als hätten sie nur darauf gewartet, dass sie endlich allein sind.

Irgendwann sind sie beide außer Atem. Und während Martha Luft holt, nimmt sie Anlauf für ihre Frage: »Fahren wir an den Strand?«

Er sieht sie erstaunt an. »Willst du denn nicht schlafen?«

»Noch nicht. Ich will den Sonnenaufgang mit dir ansehen.«

Beim Hinausgehen greift sie nach einer kleinen Wasserflasche, die neben dem Herd steht, und steckt sie in ihre Tasche.

Als sie im Flur ihre Mäntel anziehen, hören sie den Hund bellen. Dann hören sie Lina lachen.

20

Draußen gehen sie zu dem alten Lancia. Hand in Hand. Der Kies knirscht unter ihren Schritten.

»Bitte, fahr du.« Martha hält ihm die Autoschlüssel hin.

Im Wagen ist es kalt. Sie greift nach hinten auf die Rückbank und holt eine Decke hervor, in die sie sich einwickelt. Sie zittert, und ihre Zähne schlagen leise aufeinander.

Michele startet den Motor und dreht die Heizung hoch. Begleitet von dem Geräusch des Gebläses fahren sie rückwärts aus der Einfahrt. Auf der Dorfstraße lassen sie sich langsam im Leerlauf bergab rollen. Dann legt Michele den dritten Gang ein, der Wagen scheint sich ihrem Tempo anzupassen. Sie haben es nicht eilig.

Auf der Nationalstraße ist um diese Zeit kaum jemand unterwegs. Marthas Blick folgt den weiß leuchtenden Streifen, die rechte und linke Fahrbahn voneinander trennen. Ihr Blick ist wach, hellwach. Einige Tankstellen haben noch oder schon wieder geöffnet. Sie werfen für Momente ihre Neonfarben in die Nacht. Martha muss an die Tankstelle denken, an der sie diesen dünnen Kaffee trank, bevor sie die Grenze nach Italien passierte.

Michele achtet darauf, dass die Tachonadel ruhig bei achtzig Stundenkilometern liegt. Ab und an sieht er nach rechts hinüber zu Martha, die in ihre Decke eingehüllt dasitzt. Das Zittern hat nachgelassen. Sie ist froh, dass die Schmerzen heute ausbleiben und die Angst. Vielleicht ist es das Haschisch, das sich wie eine zweite Decke sanft um ihre Gedanken legt, dort in Watte packt, wo bislang immer wieder spitze Panik eingebrochen ist.

Sie reden nicht, es wurde so viel geredet in dieser Nacht, jetzt gönnen sie sich etwas Schweigen. Die Art Schweigen, das zwei Menschen einander noch näherbringt, weil mit dem Ungesagten alles gesagt ist. Während der Wagen durch die Dunkelheit gleitet, spult der letzte Abend noch einmal vor Marthas Augen ab. Ein Abend, der alles aufgefahren hat und nun sanft in die Vergangenheit abtaucht. Wie ein schöner Film, den man mit auf die Straße und nach Hause nimmt, nachdem man das Kino verlassen hat.

Marthas Hände, die locker in ihrem Schoß liegen, sind warm geworden. Einmal legt sie ihre Linke in Micheles Nacken, streichelt die Härchen, die sich dort sofort erwartungsvoll aufstellen. Sie liebt diesen Flaum, der über eine kleine Kuhle Richtung Rücken läuft. Sie liebt es, Küsse daraufzusetzen, und sie weiß, wie sehr er es liebt, wenn sie das tut.

Er räuspert sich.

Sie spürt, dass er etwas sagen will, und sieht ihn erwartungsvoll an. »Dein Mann ... Hans ...«, beginnt er.

»Hans ist schon lange nicht mehr mein Mann«, erklärt sie.

»Ich glaube, er mag dich immer noch.«

»Er mag mich wieder, und darüber bin ich froh. Ach, Michele, du bist doch nicht etwa eifersüchtig?«

»Nein, nein, aber ...«

»Wir haben etwas zu Ende gebracht und zum Schluss noch mal einen Anfang gemacht. Man könnte auch sagen, wir haben unseren Frieden gemacht. Mein Gott, nach all den aberwitzigen Kämpfen der letzten Jahre ...«

»Deine Tochter kämpft immer noch, scheint mir.«

Sie schließt für einen Moment die Augen. »Ja, aber das ist jetzt ihr eigener Kampf. Und sie wird ihn ohne mich führen müssen. Ich hoffe nur, dass sie sich mehr öffnet, mehr zulässt in ihrem Leben.«

»Bei Silvio hat sie's zumindest versucht.«

Martha zieht die Augenbrauen hoch. »Was hältst du davon?«

Er zuckt mit den Schultern. »Keine Ahnung. Silvio ist mein Freund, aber er hat seine Probleme mit Frauen. Ein Suchender, aber keiner, der findet.«

»Ob er Lina findet, werde ich nicht mehr erfahren.«

Sie spürt, wie sich etwas in ihm verkrampft, sie spürt es an seiner Atmung, die plötzlich flacher wird. »Wie meinst du das?«, fragt er stockend.

Sie legt ihre Hand wieder in seinen Nacken. »Das weißt du doch«, entgegnet sie leise.

»Aber du bist doch noch da.« Er bringt es fast trotzig hervor.

Sie spürt, wie ihre Augen feucht werden. »Lass uns aufhören festzuhalten«, sagt sie schließlich. »Es kostet einfach zu viel Kraft.«

Werde ich die Kraft haben?, fragt sie sich im selben Moment. Die Kraft, loszulassen. Sie weiß, dass ein Morgen wie dieser nicht wiederkommen wird. Ein Morgen nach einer Nacht, die ihr alles gegeben hat. Sie weiß das, und trotzdem ist da noch immer etwas in ihr, das nicht wahrhaben will, was sich als Wahrheit so offensichtlich aufdrängt. Als würde ein letztes Band sie mit der Hoffnung verbinden, aus einem bösen Traum zu erwachen. Ein haarfeines Band, aber ein reißfestes – und genau dieses Band würde sie selbst durchschneiden müssen. Sie ist unendlich froh, nicht allein zu sein, und gleichzeitig ist sie aus genau diesem Grund unendlich traurig.

Als die ersten Lichter Riminis auftauchen, zeigt die Uhr im Auto kurz vor sieben. Es ist noch still in der Stadt am Meer. Ein feiner Dunst zieht durch die Straßen. Dieser für die Gegend so typische Dunst. *Misty* hat Robert ihn immer genannt. Die Lightversion von Nebel. Nicht ausreichend, um die Orientierung zu verlieren.

Doch selbst bei dichtem Nebel bräuchten sie kein Navi. Keine Stimme, die ihnen sagt, wann sie rechts oder links abbiegen müssen, die ihnen beim nächsten Kreisverkehr die Entscheidung abnimmt und Meter und Minuten bis zum Ziel ausrechnet. Ihr Ziel ist der Strand. Den Weg dorthin kennen sie. Sie wissen auch, dass jedes Navi angesichts des Meeres kapituliert und zur sofortigen Umkehr auffordert. Doch das ist für Martha keine Option mehr.

Ein junger Mann mit Kopfhörern in den Ohren und Hund an der Leine läuft über eine große Kreuzung. Michele bremst, und Martha sieht Hund und Herrchen noch ein paar Sekunden hinterher. Sie werden gleich in einem der Hauseingänge verschwinden. Wahrscheinlich freuen sie sich auf das Frühstück und auf den Tag, der vor ihnen liegt. Der Mann wird Kaffee kochen und Brot toasten und Butter mit Marmelade oder Honig daraufgeben. Er wird damit nicht allein sein in Italien. Überall in Rimini, in Florenz, in Rom werden die Menschen ihre Kaffeemaschinen einschalten. Auch in Frankreich werden sie das tun, in Spanien, in Deutschland. Alle werden tun, was sie immer tun an einem Sonntagmorgen, und sie werden sich nichts dabei denken. Außer dass sie morgen neue Milch besorgen oder mal wieder ihre Mutter anrufen oder endlich die Steuererklärung machen sollten.

Sie wenden sich irgendwann nach links und fahren hinaus aus der noch schläfrigen Stadt. Ihre Erinnerungen an den Kinobesuch vor ein paar Wochen nehmen sie mit. Damals in der kleinen Bar hatte Martha Michele gebeten, sich an diesen Augenblick des Glücks zu erinnern, wenn es ihm mal irgendwann nicht so gutgehen würde. Damals hatte sich ihr Wissen mit seiner Ahnungslosigkeit verbunden.

»Halte an unserem Parkplatz an«, bittet sie ihn.

Er setzt den Blinker.

Der alte VW-Bus mit dem aufgemalten Peace-Zeichen steht noch immer dort. Am Himmel über dem Meer stehen ein paar Sterne, die bald verblassen würden. Auch der Mond steht da, der heute eine Delle zeigt, weil er bereits die Rückreise zum Neumond angetreten hat. Auch er würde tun, was er immer tut – bis zur Sichel abnehmen, um danach wieder zuzulegen.

Michele stellt den Motor aus.

»Lass uns im Auto sitzen bleiben«, sagt Martha. Sie rutscht zu ihm hinüber und legt ihren Kopf auf seine Brust.

»Bist du müde?«, fragt er.

»Und du?«, fragt sie zurück.

»Nein«, erwidert er, »aber ich hatte Angst, dass es dir zu viel wird. Die Leute, das Essen, der Wein, der Joint, die Musik …«

Sie legt ihm den Zeigefinger auf den Mund. »Das war genau das, was ich wollte, Michele. Ich wollte mich am Leben und am Wein satt trinken, wollte Leute um mich haben, die ich liebe, und dich ganz nah bei mir.«

Sie setzt sich kurz auf, um das Seitenfenster herunterzukurbeln. Dann legt sie ihren Kopf wieder ab. Kühle kriecht in den Wagen. Kühle, die bereits nach Morgen riecht. Sie bringt das Rauschen des Meeres mit. Man hört die Wellen an Land kommen, eine nach der anderen, unermüdlich rollen sie aus der Nachtschicht der Tagschicht entgegen. Ein fließender Übergang.

»Ist dir nicht kalt?« Michele legt die Decke, die heruntergerutscht ist, um Marthas Schultern.

»Nicht mehr«, erwidert sie. Seine Fürsorglichkeit rührt sie.

Eine Zeitlang sitzen sie da, ohne etwas zu sagen. Sie sehen aufs Wasser und auf den Himmel darüber, der langsam heller wird. Ein paar Möwen drehen ihre Kreise. Ihr Kreischen setzt sich in Marthas Gedanken, als wollte es sie mit Nachdruck in den Augenblick holen. Immer wieder spielen diese Gedanken mit einer Zukunft, die sie nicht mehr hat. Täuschen sie wie eine Fata Morgana mit Bildern, die so tun, als gäbe es ein Morgen. Sie sieht sich mit Michele an anderen Stränden dieser Welt sitzen und auf andere Meere schauen. Sie sieht sich mit ihm in den Garküchen Bangkoks Suppe essen und in Havanna Mojito trinken, Schiffe und Flugzeuge und Berge besteigen, in Bologna eine Wohnung suchen und Lampen aufhängen und Teppiche ausrollen, Sonntage im Bett verbummeln und sich aus Büchern und der Zeitung vorlesen und sich zwischendrin lieben, während es draußen regnet oder schneit, ein paar mehr Falten und graue Haare an sich entdecken und darüber lachen, ja, lachen, vor allem viel lachen …

»Tust du mir einen Gefallen?«, fragt Martha irgendwann.

»Ja.«

»Hol uns zwei Muscheln vom Strand, zwei, die noch nass vom Wasser sind. Ich bin ein bisschen zu erschöpft zum Laufen.« Sie hebt den Kopf und sieht ihn an. »Bitte.«

Er öffnet die Fahrertür und steigt aus.

Sie sieht ihm nach, wie er die paar Schritte über den Parkplatz geht.

Als er auf dem breiten Sandstreifen ist, greift sie nach ihrer Tasche. Sie holt die grün-weißen Packungen mit den Tabletten heraus, von denen sie nicht mehr als eine pro Tag einnehmen sollte. Doch dieser Tag ist nicht wie jeder Tag.

Es sind kleine weiße Pillen, und sie drückt alle davon in ihre Hand. Mehr als zwanzig Stück. Sie denkt nun nicht mehr nach. Sie hat sich entschieden. Jeder noch so kleinste Zweifel würde sofort eine innere Bremse aktivieren, das weiß sie. Deshalb schraubt sie schnell die kleine Wasserflasche auf, steckt die Tabletten in den Mund und nimmt einen großen Schluck aus der Flasche. Die Dosis wird genügen. Noch gestern hat sie darüber im Internet recherchiert, während Michele Kaffee kochte und fragte, ob sie Rühreier oder Spiegeleier wollte. Sie entschied sich für Rühreier, und gleichzeitig entschied sie, dass sie ihr Leben mit einem Fest beenden wollte. Sie hatte Rühreier bekommen – und ihr Fest hatte sie auch bekommen. Mehr war nicht drin.

Als Michele sich wieder zu ihr in den Wagen setzt, schenkt sie ihm ein Lächeln.

Die Muscheln sind noch feucht, und sie riechen nach Meer. Ihre Innenseiten schimmern wie Perlmutt.

»Sie sind wunderschön«, sagt Martha und fährt mit den Fingern über die feinen Rillen. »Als kleines Mädchen hab ich an der Ostsee Muscheln und Steine gesammelt. Ich hatte ein ganzes Arsenal davon in meinem Zimmer, und manchmal hab ich sie mit Wasser befeuchtet, damit sie glänzen. Doch sie glänzten immer nur für einen Moment. Am nächsten Morgen waren sie wieder stumpf und grau.«

Sie lehnt sich zurück und holt tief Luft.

Die Müdigkeit kommt schneller als erwartet.

»Weißt du, eines meiner Lieblingszitate stammt von Camus«, sagt sie, und sie lallt etwas dabei, merkt, dass sie die Silben bereits mit äußerster Sorgfalt aneinanderfügen muss. »›In den Tiefen des Winters erfuhr ich schließlich, dass in mir ein unbesiegbarer Sommer liegt.‹ Mit dir, Michele, hab ich diesen Sommer gefunden. Der da draußen«, sie macht eine müde Handbewegung Richtung Meer, »wird ohne mich stattfinden. Mein Morgen ist anderswo.«

Er streicht ihr über die Wangen. Seine Hände sind ein bisschen feucht von den Muscheln.

Sie rückt ganz nah an ihn heran. Sie spürt die Wärme seines Körpers, und sie spürt, wie die Kraft sie langsam verlässt.

»Ich habe eben Tabletten genommen«, flüstert sie. »Es dauert nicht mehr lange …«

Er setzt sich ruckartig auf.

Sie drückt ihn sanft zurück in den Sitz. »Ich wollte es selbst entscheiden, Michele, das wusstest du.«

»Mein Gott, Martha, das ist nicht wahr. Sag, dass es nicht wahr ist.« Seine Stimme wird laut, überschlägt sich.

»Doch, es ist wahr.«

»Wir fahren sofort in ein Krankenhaus …« Er greift zum Zündschlüssel.

»Das schaffen wir nicht mehr«, hält sie dagegen. »Ich will es auch nicht mehr schaffen. Und nun nimm mich einfach nur in den Arm.«

Als die Sonne aufgeht, schließt Martha die Augen.

Der Geschmack des Glücks

ANNETTE HOHBERG

ALLES, WAS BLEIBT

Roman

Siebzehn Jahre lang führten Leo und Gesine eine Ehe wie aus dem Bilderbuch. Doch dann sagt Leo eines Tages den schicksalhaften Satz: »Mir ist da was passiert.« Der 50-Jährige hat sich in eine jüngere Frau verliebt, Gesine steht vor den Scherben ihrer Ehe und tut das, was sie immer zusammen mit ihm gemacht hat: Sie kocht – und sie reist in das gemeinsame Haus in der Normandie, im Gepäck 17 Fotos, die die Geschichte ihrer Liebe erzählen und allmählich die Brüche aufzeigen, die sie zu lange nicht sehen wollte. In Frankreich findet Gesine schließlich zu sich selbst – und trifft beinahe eine tragische Entscheidung …

*Stell dir vor, du triffst nach Jahren
die Liebe deines Lebens wieder …*

ANNETTE HOHBERG
EIN SOMMER WIE DIESER

Roman

Es ist ein herrlicher Sommer. Klara und Stephan sind Anfang 20, als sie sich in Italien kennenlernen und ineinander verlieben – bis eine unglückliche Verkettung von Umständen sie trennt. Die Jahre vergehen, jeder führt sein eigenes Leben. Durch einen Zufall begegnen sie sich Jahrzehnte später wieder und entdecken, dass sie noch immer dieselben starken Gefühle füreinander haben. Doch Klara ist verheiratet und hat eine erwachsene Tochter, und Stephan ist Literaturprofessor und hat seine Affären. Sollen sie das wirklich alles aufgeben und den Sprung ins Ungewisse wagen? Es kommt der Tag, da müssen sie eine Entscheidung treffen …